주식 생존의 법칙

일러두기

- 통상적으로 사용하는 구어체 표기와 맞춤법 일부를 그대로 따랐습니다.
- 외래어 표기는 국립국어원 원칙을 따르되, 일반적으로 통용되어 굳어진 용어나 기업 명칭은 그대로 사용했습니다.
- 각 장의 앞부분은 임용한 저자가, 뒷부분은 전인구 저자가 썼습니다. 두 부분은 이미지 기호로 구분되어 있습니다.
- 문장 부호는 다음의 기준에 맞춰 사용했습니다.

《》 단행본·신문·잡지·정기간행물 등

〈 〉 칼럼·논문·기사·영화·노래 등

주식 생존의 법칙

세계 전쟁사에서 배우는 20가지 생존 투자전략

임용한
×
전인구

생각
정원

차례

2부 위기를 기회로 만드는 승리의 기술

프롤로그

강인한 마인드와 현명한 지혜가 필요한 시간

"수많은 전쟁 역사를 통해 한 시대가 종말을 고하고 새로운 시대가 열린 것은 전쟁 영웅들의 치밀하고 섬세한 전략과 전술 덕분이었다. 그 뛰어난 전략과 전술은 상식을 뛰어넘었고, 적의 허를 찔렀으며, 죽고 살기를 넘나드는 도박 같은 과감성 등이 융합되어 만들어진 지혜와 능력이었다. 전쟁에서의 전략 전술은 오늘날 작게는 개인의 인생사를 비롯해 기업의 경영, 국가의 경제 분야에서도 회자되어 영향력을 발휘하고 있다."

'전쟁사의 독보적 전문가'로 알려진 임용한 박사님의 말이다. 전 세계 전쟁 영웅들의 탁월한 전략 전술을 주식 투자에 적용하면 어떤 인사이트를 구할 수 있을까? 올해(2022년) 1월 유튜브 〈전인구경제연구소〉에서 임용한 박사님을 모시고 '전쟁과 주식' 콘텐츠를 기획한 이유가 여기 있다. "전쟁과 주식이라고?" 처음 의외의 조합이라는 시청자 반응은 회를 더할수록 뜨거워졌고, "임용한 박사님과 〈전인구경제연구소〉의 콜라보는 대박이다"라는 호평 속에 20만 회 이상의 조회 수를 기록 중이다.

내 주식을 지키기 위한 생존 전략

이 콘텐츠를 기획한 이유는 곧 다가올 '생존의 시간'을 대비하기 위해서였다. 당시만 해도 금리 인상은 '곧 시작'과 '시기상조'라는 의견 대립이 팽팽할 때였고, 코스피 지수가 3000으로 여전히 유동성이 넘치는 시기였다. 많은 투자자가 새롭게 부상하는 기술주나 반짝이는 성장주에 관심을 가지며 혹시라도 얻을 수 있는 '차익'을 기대했을 때인데, 우리는 오히려 투자자의 '생존'을 위한 콘텐츠를 기획한 것이다. 이유는 무엇일까? 곧 다가올 불확실성 때문이었다.

잠시 지난 4년간의 경제 상황을 돌아보자. 2018년에 미국과 중국의 무역 분쟁이 났을 때, 경기침체를 우려한 미국은 금리를 내렸다. 그 후 경기가 좋아지면서 현금을 거두어들이려고 했지만 2020년 코로나 사태가 터졌다. 이때 시장에 쇼크가 발생했고, 다급한 연준연방준비제도은 유동성을 회수하지 못한 채 돈을 더 풀어야 했다. 돈이 풀린 시장은 마치 진통제를 맞은 운동선수와 같았다. 초기에는 정상으로 돌아오는 듯했으나 진통제 효과가 빠지자 문제들이 드러나기 시작한 것이다. 2021년부터 물가가 치솟기 시작했고 2022년 초, 연준의 금리 인상을 두고 비둘기파와 매파의 줄다리기가 팽팽했다.

우리는 장기적으로 세계경제의 심각성을 받아들이며, 곧 다가올 위기를 준비하기 위해 투자자들에게 '차익'이 아닌 '생존'에 대한 메시지를 주려고 한 것이다. 아니나 다를까 '한국전쟁 속 고지전 : 진짜 역발상 투자는 그런 게 아니다'라는 주제의 첫 콘텐츠를 업로드한 다음 날 연준은 금리 인상을 발표했다. 주식시장에 어둠이 깔린 것이다. 그런데 문제는 금리 인상에 그치지 않았다. 엎친 데 덮친 격으로 러시아가 우크라이나를 침공하면서 세계의 곡창지대에서 공급받던 곡물 수급에 차질이 생겼다. 농산물 가격이 오르기 시작했고 다른 한편에서는 유가가 치솟았다. 친환경 정책이 널리 권장되면서 정유 업계는 원유 생산을 줄여왔는데, 이 과정에서 생산 조절에 실패한 것이다. 유동성 버블로 인해 원자재 가격도 오르고 있었다. 불확실한 변수들이 꼬리에 꼬리를 물며 일어나자 2021년까지 좋았던 증시 분위기는 싸늘하게 얼어붙으며 하락장으로 돌변했다.

'사자의 심장과 여우의 두뇌'로 무장하라

언제나 그렇듯, 불확실한 변수가 발생하면 주가는 급락한다. 당황한 투자자들은 투자금을 회수하려고 하지만 시간이 턱없이 모자란다. 이럴 때 불안한 상황을 벗어나고자 손실을 감수하고 투자금을 회수하는 일이 능사는 아니다. 이 시기야말로 투자자가 현재의 상황을 면밀히 살피고 향후 무엇을 할지를 고민해야 하는 시간이다. 바로 내 주식을 지키기 위한, 생존을 위한 전략을 짤 시간인 것이다.

역사적으로 주식시장에는 늘 위기가 있었다. '투자자들의 스승'이라 불리는 벤저민 그레이엄은 제1차 세계대전, 제2차 세계대전, 경제공황 등 수차례의 경제위기를 겪었다. 가장 위대한 투자자로 칭송받는 워런 버핏도 2000년 닷컴버블, 2008년 금융위기를 피해 가지 못했다. 심지어 마젤란펀드의 피터 린치는 2년마다 시장의 위기가 온다고 말했다. 이렇듯 투자자에게 위기는 어찌 보면 일상적이다. 이 과정에서 투자자가 할 수 있는 일은 단순히 손절을 선택하고 손실을 감수하는 것만이 아니다. 이런 위기일수록 자신에 대해 깊이 탐색하고, 마음을 다스리는 질문을 던져야 한다. 그 질문은 바로 '왜 투자를 하는가?'에서 시작된다.

세상에는 다양한 투자 분야가 있다. 그중 주식투자는 '위험성이 있는 투자'다. 원금이 보장되지 않기 때문이다. 단순히 원금을 잃고 싶지 않다면 예금이나 적금을 들면 된다. 그러나 높은 수익을 얻기 위해 주식투자를 선택했다면 그만큼 위험을 감수해야만 한다. 주식투자의 기본은 종목을 사고 파는 데 있는 것뿐만 아니라 위기 상황이 엄습했을 때 어떻게 견뎌내느냐에 있다. 시장은 롤러코스터처럼 변한다. 급락과 오랜 하락 장세, 반복되는 위기 상황마다 끈질기에 살아남아야 하는 개인 투자자의 생존 전략은 무엇인가.

위대한 사상가이자 《마키아벨리 전술론》을 쓴 마키아벨리는 군주에게 필요한 덕목이 크게 두 가지가 있다고 했다. '사자의 심장과 여우의 두뇌'를 가지고 있어야 한다는 것. 이 두 가지를 가진 자가 위기의 상황을 역전하여 기회로 만들 수 있다는 것이다. 투자자의 생존 전략도 이와 비슷하다. 불확실한 변수로 인해 급락할 수 있는 주식시장에서 투자자는 흔들리지 않는 '강인한 마음'과 상황을 객관적으로 분석해서 정확하게 판단할 줄 아는 '현명한 지혜'가 절대적으로 필요하다. 즉, 위기 상황에서는 예측을 잘하는 것보다 대응을 잘하는 것이 중요하며, 이 '대응'의 핵심이 바로 '사자의 마음과 여우의 지혜'이다.

'나는 왜 전쟁을 하는가', '나는 왜 투자를 하는가' 대원칙을 잊지 마라

흔히 사람들은 주식시장이 전쟁터와 유사하다고 이야기한다. 둘 다 한 치 앞도 내다볼 수 없는 불확실성에 놓여있기 때문이다. 전쟁에서는 불확실성을 '전장의 안개'에 비유한다. 아무리 철저히 준비했다고 해도 전쟁이 시작되는 순간, 전장은 불확실성이라는 안개에 휩싸인다. 안개는 서서히 짙어지고, 아군도 적군도 서로를 알아보지 못하는 안개 속에 갇힌다. 어떤 위대한 명장일지라도 안개로 인해 비합리적 판단을 내리거나 두려움에 빠지는 순간을 피할 수는 없다. 전장의 안개는 화력과 병력을 무용하게 만든다. 전력이 우위에 있어도 승리를 장담하지 못한다. 결국 승패를 결정짓는 것은 불확실성이라는 안개를 받아들이면서, 그 상황에서 적을 압도할 수 있는 생존 전략을 찾아내는 데 있다. 그렇다면 실제 전쟁사의 영웅들은 이를 어떻게 극복했을까. 고대의 영웅인 카이사르와 조조를 시작으로 중세의 나폴레옹, 현대의 롬멜Erwin Johannes Eugen Rommel, 1891~1944과 패튼George S. Patton, 1885~1945까지, 세계에 이름을 떨친 명장들은 한 치 앞도 보이지 않는 안개 속에서 어떻게 승리를 이끌어냈을까?

이 책은 불확실성 속에서 승리를 이끌어낸 위대한 명장들의 생존 전략을 소개하고, 투자자에게 경제위기를 넘길 수 있는 통찰과 지혜를 담았다. 핵심은 크게 두 가지다. 하나는 명장들이 평정심을 유지하는 비법이다. 살인과 방화, 속임수와 약탈이 난무하는 지옥 같은 상황에서 평정심은 가장 중요한 무기다. 이를 위해 명장들은 '나는 왜 전쟁을 하는가?'라는 대의명분을 복기하며 내면의 유혹을 이겨내고 자신을 통제하는 법, 불안과 공포를 다스리는 법, 비관적인 상황을 이겨내고 사기를 진작하는 과정에 대해 치밀하게 준비한다. 투자자 역시 가장 큰 적은 외부 변수가 아니라 내면의 불안이다. 명장들이 마음을 다스리는 법은 '사면초가'에 빠진 투자자들에게 위기를 헤쳐나갈 실마리를 제공해서 '배수의 진'과 같은 강한 버팀목을 제공해줄 것이다.

다른 하나는 명장들의 냉철한 상황 판단과 전략을 담고자 했다. 나폴레옹은 '거대한 댐을 무너트리는 것은 작은 구멍'이라고 말했다. 냉철한 분석으로 적의 약점, 작은 구멍을 발견하여 적극 공략하는 것이 명장의 전략이다. 노르망디 상륙작전과 벌지전투, 게티즈버그전투와 적벽대전 등 불리한 전세를 극복하고 승리로 이끈 명장의 생존 전략은 투자자에게 위기를 기회로 만들 인사이트로 다가올 것이다.

지금 우리를 몹시 힘들게 하는 인플레이션이 장기화될 것인지, 아니면 단기에 마무리될 것인지는 누구도 예측할 수 없다. 하지만 자본시장의 미래가 어둡지 않다는 것은 명확한 사실이다. 자본주의 시장이 궁극적으로 우상향했음을 투자의 역사가 보여주지 않는가. 인공지능과 친환경 기술로 대변되는 4차 산업혁명은 우리에게 새로운 시장과 미래를 약속한다. 이 책을 통해 독자 여러분이 강인한 마인드와 현명한 지혜를 얻을 수 있기를 간절히 희망한다. 좋은 경험이 쌓일수록 우리의 선택은 현명해진다. 전쟁사에서 또 하나의 귀한 경험을 얻기를 바란다. 목숨을 건다는 점에서 전쟁과 투자는 매우 닮았다. 흔들릴 때마다 '나는 왜 투자를 하는가'라는 근본적인 대원칙을 잊지 않으면 좋겠다.

1부

전략가처럼
투자하라

태도

전략가란 누구인가?

—

투자자의 자세

전략가는 감정의 유혹을 이겨내면서 분석적 사고를 하고, 전략을 창출할 수 있어야 한다. 이것은 투자자에게도 마찬가지다. 왜 투자자는 "어깨에 사서 무릎에서 파는" 어리석은 일을 반복할까? 이기는 전략을 위한 투자자의 자세를 살펴보자.

전쟁에서는 늘 두 가지 일이 벌어진다. 예측하지 못했던 돌발 상황과 불가사의한 일이다. 돌발 상황이란 지휘관이 갑자기 심장마비로 쓰러진다거나 일식, 월식이 나타나 병사들이 동요한다거나(옛날 전쟁에서는 심각한 동요를 일으켰다) 하는, 인력으로는 예측, 통제가 불가능한 상황이다.

불가사의한 일이란 돌이켜보면 도무지 상식적으로 이해가 가지 않는 사태를 말한다. 이를테면 지휘관이 어제와 똑같은 공격을 반복하는 경우가 있다. 한국전쟁 때 미군이 중공군의 인해전술에 두려워하면서도 동시에 안도했던 것은 이틀, 사흘간 똑같은 시간에 똑같은 곳을 공격했기 때문이다. 의외로 전쟁사에서 이런 일을 무수히 찾아볼 수 있다. 최근 러시아-우크라이나 전쟁에서는 러시아군이 체르노바에브카공항에 대해 무려 10번이나 똑같은 공격을 반복했다는 기사도 있었다.

사람들은 이런 이야기를 들으면 전쟁에 대한 낭만과 자신감이 생긴다. "나 정도면 훌륭한 지휘관이 되겠구나", "내가 전쟁에 나가면 훌륭한 군인이 되겠군". 아니다. 이해되지 않는 결정을 하는 지휘관이 정상이다. 극도의 긴장과 공포가 가득한 전장은 한 번 실수하면 두 번의 기회가 없는 극단의 선택을 찰나의 순간에 강요한다. 협곡에 갇힌 두 병사가 서로를 엄호하며 다섯 발짝씩 각개약진을 한다고 하자. 언덕 위에서 조준하고 있는 적의 저격병은 몇 번 만에 둘의 패턴을 간파하고 정확하게 예측 사격을 할까? 사실은 이런 생각조차 하기 힘들다. 책상에서는 누구나 제갈량이 되지만 전쟁터에서는 생명의 위협과 임무의 중압감에 대한 작용과 반작용을 반복할 뿐이다.

전투라는 급류에 휩쓸려 허우적거리는 병사가 되지 않는 방법은 진정한 '전략가'가 되는 길뿐이다. 전장의 제갈량은 무역풍을 부르거나, 상대의 의도를 손금 보듯이 들여다보는 신통한 계책을 부리는 게 아니라 급류에서도 이성적으로 사고하고, 공포에 굴하지 않고, 담대한 결정을 행동으로 옮길 수 있는 사람이다. 이것이 군인들에게, 투자자들에게 끊임없이 강조하는 "전략가가 되라"는 말의 이유이자 목적이다.

하버드 경영대학원 교수 신시아 몽고메리는 대표 저서인《당신은 전략가입니까》에서 경영자는 경영 실적만 추구할 것이 아니라 전략가가 되어야 한다고 주장했다. 그럼 경영 실적은 포기하라는 말일까? 아니다. 실적을 달성하고 지속적으로 성장시키기 위해서는 급변하는 경제 여건 속에서 변화와 충격에 대처하고, 실적의 급격한 하락을 방지하기 위해서는 똑같은 방법을 반복하는 지휘관이 아니라 현장에서 가장 효과적인 목표 달성의 방법을 고안해서 시도할 수 있는 지휘관이 되어야 한다는 의미다.

나는 몽고메리 교수의 책을 읽고 강연을 들은 적도 있지만, 처음에는 이 메시지를 이해할 수가 없었다. 메시지의 의미를 이해하지 못했다는 말이 아니다. 한 학기 수강료가 수만 달러에 달하는 그녀의 강의에는 세계 굴지의 기업가들이 모인다. 그런 사람들이 이런 이야기를 들으면 너무 당연한 이야기라고, 다 아는 이야기라고 화내지 않을까? 그러나 그녀는 확신을 가지고 이야기했다. 수업에 참가한 그 쟁쟁한 회사의 경영자, 중역 중에 전략가는 극히 드물다고. 거의 없다는 말이었다. 그녀의 말이 맞았다. 전쟁의 역사는 기관총 진지를 향해 오늘도 내일도 똑같은 육탄 돌격을 반복하는 병사들의 비명과 피로 가득하다.

이것이 당신이 전략가가 되어야 하는 이유다.

지휘관들이 분석적 사고를 못 하는 이유

그렇다면 전략가에게 필요한 자질은 무엇일까? 첫 번째로 분석적인 사고를 해야 한다. 역사가들은 미국 남북전쟁1861~1865에서 가장 참혹한 전투이자 북군이 승기를 잡는 계기가 된 것이 게티즈버그전투1863라고 말한다. 그 현장으로 돌아가보자. 전투 2일 차에 북군의 메인 20연대가 리틀라운드탑이라는 작은 능선에서 하루 종일 남군의 공격을 막아냈다. 이곳은 북군 방어선의 맨 끝으로 이곳이 뚫리면 북군 측면이 무너지고 남군은 노도처럼 북군의 방어선을 쓸어버릴 수 있었다.

메인 연대는 결사적으로 방어선을 지켰다. 고지의 중요성을 알았던 남군도 필사적인 공격을 감행했다. 하루가 저물고 있었다. 메인 연대는 이제 한 번의 공격만 막아내면 되었지만, 연대의 방어선은 축소됐고 탄약마저 떨어졌다. 포기할 수밖에 없는 상황에서 연대장 체임벌린 Joshua Lawrence Chamberlain, 1828~1914 대령은 착검 돌격을 명령한다. "적은 오늘 세 번이나 고지를 올랐다. 체력적으로 우리보다 지쳤다. 우린 위에서 아래로 공격한다. 우리가 유리하다." 폭포처럼 내리꽂기 위해서 대령은 횡대 돌격이 아닌 종대형 공격을 시도했다.

체임벌린의 모험은 대성공을 거둔다. 이 장면은 영화 〈게티스버그〉1993에서도 클라이맥스를 구성한다.

이 현장에 와보면 정말 놀라게 된다. 광활한 게티즈버그전투의 현장에서 이 능선은 북군이든 남군이든 처음에는 둘 다 간과했을 정도로 눈에 띄지 않는 공간이다. 그 말은 공격하는 남군 입장에서 얼마든지 융통성 있는 전술이 가능했다는 것이다.

왜 그러지 못했을까? 많은 지휘관이 전술을 구상하고 연습하고 훈련한다. 실전으로 경험을 축적하기도 한다. 그러나 분석적 사고를 하지는 못한다. 많은 지휘관이 전투의 복기가 분석이라고 생각한다. 전투를 복기하고, 승리와 패배의 요인을 정리하고 외운다. 하지만 경험을 외우는 것은 분석이 아니다. 분석이란 승리의 요인을 정리하는 것이 아니라 그 요인이 승리의 요인이 될 수 있었던 환경과 조건을 살펴보는 것이다. 이 조건을 끊임없이 분석하고 체크하는 대신, 눈에 보이는 요인만 메모하기 때문에 전혀 다른 상황에서 어리석은 공격을 반복하고, 사소해 보이지만 창의적인 적용과 응용을 하지 못하는 것이다.

전략가가 되려면 끊임없이 분석해야 한다. 그래야 급류에 휘말렸을 때도 사고가 작동한다. 어떤 상황에서도 침착하고 냉정한 지휘관이란 심성이 굳건한 지휘관이 아니라 분석적 두뇌가 살아 있는 지휘관이다.

감정의 유혹에 무너진 사다트

전략가에게 필요한 두 번째 자질은 감정의 유혹을 이겨낼 수 있어야 한다는 것이다. 전략가는 수많은 결정의 순간을 맞이한다. 이때 유능한 전략가는 익숙한 유혹과 결별하고 새로운 것에 도전할 용기를 발휘한다. 현대전에서 극적인 전쟁으로 손꼽히는 것이 바로 이스라엘과 아랍연합군이 맞붙은 6일전쟁이다. 대중적인 인식에서는 그렇다. 하지만 1967년의 6일전쟁과 1973년 10월에 발발한 욤키푸르Yom Kippur전쟁을 모두 겪은 이스라엘 장교들의 인식은 다를 것이다. 그들은 아마도 욤키푸르전쟁이 6일전쟁보다 더 극적이었다고 대답할 것이다. 실제로도 그렇다. 욤키푸르전쟁은 이스라엘의 최대 명절인 욤키푸르 기간에 이집트와 시리아가 주축이 된 아랍연합군과 이스라엘이 치른 전쟁이다.

욤키푸르전쟁에는 두 번의 극적인 전기가 있었다. 개전 당시 모두의 예상을 깬 이집트의 선전이 그렇다. 이스라엘이 조 단위의 비용을 들여 수에즈운하 동안에 건설한 바레브 방어선을 한 방에 무너트리고, 다음 날에는 이스라엘의 자랑인 공군과 기갑사단을 전멸 직전까지 몰아갔다. 이스라엘은 물론, 미국과 소련을 비롯한 전 세계 어느 국가도 이집트군이 단기간에 이토록 멋지게 변하리라고는 예상하지 못했다.

이 성공의 비결은 이집트가 소위 모래를 씹을 줄 아는 지휘관을 선발한 덕분이었다. 이집트 군부는 무능하고 타락한 데다 인맥으로 얽혀 있었다. 당연히 현장과의 괴리, 병사들과의 불소통 문제가 심각했다. 새로 취임한 사다트 대통령이 여기에 손을 댔다. 이 개혁의 상징적인 인물이 참모총장 엘샤즐리Saad el-Shazly, 1922~2011 장군이다. 최정예 공수부대장을 역임한 엘샤즐리는 진정한 야전형 지휘관이었다.

서전에서 완벽하게 성공했지만 이스라엘의 저력도 만만치 않았다. 전멸 직전의 위기를 극복하고 반격에 나선 이스라엘은 기습적으로 수에즈운하를 역도하해서 이집트를 위협했다. 이것이 두 번째 반전이었다. 운하를 건넌 이스라엘 기갑부대와 공수부대는 이집트군의 미사일 기지를 공격하기 시작했다. 개전 초기에는 미사일 덕분에 이스라엘 공군기들이 운하 근처 상공으로 접근하지도 못했었다. 미사일 장막이 걷히면서 이스라엘이 제공권을 회복했다. 이스라엘군을 다시 운하로 밀어 넣으려던 이집트 제3군은 오히려 포위를 당해 절망적인 상황에 빠졌다.

이런 비극적 사태를 예감한 엘샤즐리 장군은 이스라엘군이 운하를 건넜다는 소식을 듣자마자 수에즈운하 동안에 진출한 이집트군을 재빨리 철수시켜 무방비 상태의 운하 서쪽 지역을 방어해야 한다고 건의했다. 지금껏 엘샤즐리를 신뢰하던 사다트는 이 말에 격노했다. 국방상 알리Ahmad Ismail Ali, 1917~1974는 도하한 이스라엘군은 소수이고, 잘 싸우고 있는 이집트군을 후퇴시키기는 너무 아까우며, 제3군이 이스라엘 침투 부대를 충분히 몰아낼 수 있다고 주장했다.

사다트의 눈에는 비관적인 전망을 하는 엘샤즐리가 이미 자신감을 잃고 정서적으로 불안정해 보였다. 이때 알리가 장밋빛 전망을 내놓지 않고 엘샤즐리에 동의했다면 사다트도 철수에 동의했을 것이다. 국방상과 참모총장이 상반된 주장을 펼치자 사다트는 긍정적인 의견에 손을 들어주었다. 그는 즉시 엘샤즐리를 해임하고, 참모총장을 새로 임명했다. 사다트는 자신의 회고록에서 자신과 알리의 판단이 옳았다고 끝까지 주장했지만, 전사 연구자들은 엘샤즐리의 주장에 동조한다.

위대한 승리를 거두었던 사다트는 마지막 판단에서 감정의 유혹을 이기지 못했고, 이 결정으로 승리의 영광을 놓쳤다. 전략을 수립할 때 최대의 적은 자기 감정이다. 모든 독재자는 스스로 파멸했다. 누구의 탓도 아니다. 자신의 감정, 내면의 유혹을 이겨내지 못한 탓이다.

우리의 머리 위에는 수많은 과실이 열려 있다. 어떤 것은 보석으로 치장하고 있고 어떤 것은 황금빛으로 빛난다. 누구나 그것에 손을 뻗고 싶다. 하지만 그중 하나를 선택할 때는 현실에 발을 디디고 냉정한 계산하에 점프해야 한다.

'점프'라고 표현한 이유는 현실에 발을 디디라고 하면 많은 사람이 허리를 굽혀 땅에 떨어진 열매만 찾거나 눈앞에 있는 열매에만 손을 내밀기 때문이다. 감정의 유혹에 빠져 무리한 목표를 추구하는 것도 전략을 망치지만, 그보다 더 많은 사람이 점프를 두려워해서 전략가가 되지 못한다. 전략이란 한 단계 더 높은 곳에 도전하거나 아직 열어본 적이 없는 문을 열고 들어가는 행위다. 익숙한 곳에서 늘 하던 행위를 반복하는 것은 매뉴얼을 따르는 것이지 전략이 아니다. 그래서 전략은 점프이자 계산된 모험이다.

소련군의 창의적 전술

마지막으로 전략가는 그야말로 전략을 창출할 수 있어야 한다. 어찌 보면 당연한 말일 수 있지만, 앞서 이야기했듯이 실제 전쟁의 현장에서 전략을 창출한다는 것은 그리 쉬운 일이 아니다. 1943년 2차 대전 당시 독일군과 소련군은 우크라이나의 서부와 동부에서 마주 보고 있었다. 우크라이나에는 북쪽 키이우에서 흑해까지 남북으로 흐르며 거대한 자연 경계를 이루는 드니프로강이 있다. 동부의 주요 거점으로서 러시아-우크라이나 전쟁에서도 격전지가 되고 있는 루한스크와 도네츠크에는 시베르스키도네츠강이 흐른다.

독일군은 우크라이나에서 벨라루스 지역으로 진출하려던 계획이 실패하자 후퇴해서 드니프로강과 시베르스키도네츠강을 방어선으로 삼았다. 소련군 입장에서는 우크라이나 동부를 완전히 장악하고 독일군을 드니프로강 서안으로 밀어내기 위해서는 시베르스키도네츠강 방어선을 격파해야 했다.

독일군은 강을 따라 철벽 방어선을 구축했다. 마침 독일군 쪽에는 고지 몇 개가 솟아 있어서 방어를 더욱 손쉽게 해주었다. 독일군은 고지에 포대를 설치하고 강이 내려다보이는 지점에 빠짐없이 기관총을 거치했다. 소련군의 포격에 대응하기 위해 포와 기관총은 빠짐없이 엄호되었고, 진지와 진지는 터널과 참호로 연결되었다.

소련군은 난감했다. 독일군의 화망 아래에서 도하를 감행하려면 신속하게 움직이는 수밖에 없었지만 소련군은 당시 부교 건설 기술조차 없었다. 독일군 지휘관은 이런 상황에서 소련군이 분명 야간에 도하작전을 펼칠 것이라고 예상했다.

아니나 다를까. 8월 2일 밤에 독일군 진영에 소련군의 포탄이 떨어지기 시작했다. 이는 독일군 진지 동쪽 끝부분으로 이어지는 교량을 건설하면서 발생하는 소음을 감추려는 기만 포격이었다. 그러나 노련한 독일군은 강 쪽에서 들리는 망치 소리, 톱질 소리를 놓치지 않았다. 어둠 속에서 독일군은 소리 나는 지점을 향해 맹포격을 퍼부었다. 놀랍게도 소련군은 공병들이 궤멸적인 피해를 입으면, 2진, 3진을 또 투입했다. 독일군은 밤새도록 모든 화력을 쏟아부어 소련군의 시도를 좌절시켰다.

다음 날에도 똑같은 공격이 시도되었고, 독일군 역시 같은 방법으로 대처했다. 그런데 갑자기 독일군 진지 앞에 소련군 T-34 전차가 출현했다. 독일군 지휘관은 눈을 의심했다.

간신히 소련군 전차를 격퇴한 독일군은 미스터리를 풀기 위해 즉시 강가로 달려갔고, 거기서 놀라운 광경을 목격했다. 수면 아래에 판자가 놓여 있고 판자 아래에는 소련군 전차가 있었다. 소련군은 먼저 전차를 강에 밀어 넣어 침몰시킨 뒤 전차 위에 판자를 가설했다. 이 판자가 수면 아래에 있었기에 독일군 탐조등에 전혀 발견되지 않았던 것이다.

창의적 전술을 위한 소재

창의적인 전술이란 내가 가진 것으로 목표를 달성하는 가장 효과적인 방법을 찾는 것이다. 그런데 독일군은 자신들이 아는 도하작전의 교범대로 적의 행동을 이해하다가 낭패를 당할 뻔했다. 창의적 전술의 사례로 하필 너무 잔혹하고 비인도적인 사례를 들었지만, 사실은 여기에도 이유가 있다. 소련군이 사전에 잘 훈련되고 충분한 기술과 여건을 갖추었더라면 더 괜찮은 전술을 고안해낼 수 있었을 것이다. 하지만 아무리 훌륭한 장비와 자질을 갖춘 군대라도 창의적인 전략이 아닌 습관과 매뉴얼에 의존한다면 더 큰 손실을 초래할 수 있다. 많은 리더가 이 부분을 심각하게 착각한다. 경쟁자보다 더 훌륭한 인력, 장비와 기술, 여건을 갖추려고 노력하는 리더가 많지만 그런 것들 자체가 승리를 보장해주는 조건이라고 생각해서는 안 된다. 조직이 가진 모든 조건과 경험은 새로운 목표, 새로운 지형에 들어맞는 창의적 전술을 위한 소재임을 잊어서는 안 된다.

왜 투자자는 어깨에 사서 무릎에 파는 것을 반복할까?

전략적 사고의 어려움

전쟁에서 전략을 창출하는 것이 어렵듯이 주식시장에서 투자자가 전략을 창출하는 것 역시 결코 쉬운 일이 아니다. 일례로, 주식 명언 중에 "무릎에 사서 어깨에 팔아라"라는 말이 있다. 주가가 발끝까지 내려올 때를 기다렸다가 사지도, 머리끝에 오를 때까지 기다렸다가 팔지도 말라는 의미다. 그러나 이 흔한 제언은 지켜지지 않는다. 오히려 반대의 현상이 벌어진다. 즉 일반 투자자들은 주가가 오를 때 사고 떨어질 때 판다. 그리고 이 행동을 무수히 반복한다. 왜 이런 일이 발생할까. 주가 차트를 보면 알 수 있듯이, 좋은 기업을 하나 골라서 10년 이상 보유하면 대개 수익이 난다. 그런데 일반 투자자들은 참지 못하고 사고팔기를 반복한다. 고점에 사서 저점에 파는 것을 반복하니 장기로 갈수록 손실이 커진다. 앞으로는 그러지 않겠다고 다짐하고도 또다시 그런 행동을 반복한다.

전략가처럼 주식에 투자하라는 말은 거창한 전략을 쓰라는 의미가 아니다. 최소한의 분석이 필요하다는 것이다. 우리는 흔히 차트를 보면서 "두 번 바닥을 찍었으니 세 번째는 상승한다"라고 말한다. 애석하게도 이것은 분석이 아니다.

판을 읽는다는 것

그렇다면 정확한 분석은 어떻게 할 수 있을까? 첫째, 판을 읽을 수 있어야 한다. 내가 투자하는 기업과 그 기업이 만들어내는 제품, 그리고 경쟁기업의 현황 등 해당 산업의 전체 그림을 읽을 수 있어야 한다. 전기차를 예로 들어보자. 지구온난화로 인해 최근 30년 동안 평균기온이 섭씨 1.4도 상승했다. 국제사회는 더 이상의 기온 상승을 막기 위해 1992년 기후변화협약을 채택하기에 이르렀다. 그 중심에 '탄소중립'이 있다. 에너지산업에서 화석연료의 사용 비중을 낮춰서 기온 상승을 막자는 것인데, 최근 들어 유럽은 물론 한국, 미국, 중국, 일본 모두 2050년까지 탄소중립을 이루겠다고 약속했다. 자, 그렇다면 자동차 시장은 어떻게 될 것인가? 자동차의 연료는 대개 온난화의 주범인 화석연료다. 그래서 미국은 물론 전 세계 국가들이 전기차와 수소차를 생산하는 기업에게 세금 혜택과 함께 투자 대출을 대폭 지원하고 있다. 이에 따라 세계적인 자동차 기업들이 전기차와 수소차 개발로 패러다임을 전환하면서 전기차 산업의 미래는 밝다고 볼 수 있다. 그러나 판을 읽었다고 해서 무조건 투자를 하는 것은 아니다.

다크호스를 찾아라

둘째, 숨은 다크호스를 찾을 수 있어야 한다. 전기차 산업에는 다양한 기업들이 포진해 있고, 치열한 경쟁을 통해 승자와 패자가 갈릴 것이다. 그래서 우리는 큰 판을 읽었다면, 이후에는 글로벌 전기차 시장의 주요 기업들, 각 기업의 생산 효율성, 경쟁사의 출현, 브랜드가치, 매출과 이익의 성장성, 차세대 모델 또는 서비스, 가격경쟁력 등을 살피면서 성장 가능성이 높고 미래가치가 큰 기업을 선별해서 투자해야 한다.

두 개의 기업을 예시로 들어보자. 바로 토요타와 테슬라다. 잘 알다시피 토요타는 자동차 판매 세계 1위이자 내연 자동차 산업의 최강자다. 반면 테슬라는 내연 자동차를 한 대도 생산하지 않는 기업이다. 이 두 기업은 '친환경' 패러다임 속에서 전혀 다른 길을 선택했다. 토요타는 연료와 전기를 함께 사용하는 '하이브리드차'에 올인했고, 내연 자동차를 한 대도 만들지 않았던 테슬라는 '전기차'를 생산하기 시작했다. 그리고 십수 년이 지난 현재 결과는 어떻게 되었을까? 우리는 전기차가 대세인 시대에 살게 되었고, 2021년에 두 기업의 성과는 뚜렷한 차이를 보여줬다. 토요타의 전기차 생산량은 고작 1만 4천 대인 반면 테슬라는 94만 대의 전기차를 생산한 것이다. 그리고 2022년 3월 기준으로 이 기업들의 주가는 향후 성장 가능성과 미래가치를 대변하고 있다. 토요타는 시가총액이 약 350조 원인 반면, 테슬라는 약 1천 200조 원으로 3.4배 정도 차이가 난다.

투자자로서 성공하려면 전체 판을 읽으면서 향후 미래가치가 큰 기업을 선별할 수 있는 안목을 길러야 한다.

공포를 이기는 힘은 분석에서 온다

'무릎과 어깨' 제언을 다시 이야기해보자. 자본주의경제가 발전하리라는 전제에서, 우리는 주식이 우상향하리라고 믿는다. 그런데 10년 동안 보유만 해도 수익을 보는 과정에서 우리는 왜 어깨에서 사서 무릎에서 파는 해프닝을 겪게 되는 것일까? 많은 사람이 심리적 영향 탓이라고 대답할 것이다. 주식시장에는 끊임없이 변수가 출몰한다. 투자자들은 자신이 예측하지 못한 변수가 등장할 때마다 공포를 느끼고 주식을 던지곤 한다. 그렇기 때문에 평정심은 투자자가 지녀야 할 매우 중요한 태도다. 그러나 "마음의 안정이 중요하다"라고 말하면 끝일까? 아니다. 공포를 이겨내는 힘은 평정심 못지않게 '분석'에서 나오기 때문이다.

테슬라를 예로 들어보자. 2022년 3월 28일, 코로나로 인해 중국 정부가 상하이에 봉쇄령을 내렸다. 테슬라 상하이 공장은 무기한 가동 중단에 들어갔고 주가가 바로 하락했다. 일반 투자자들은 봉쇄란 말을 들으면서 불안을 느끼고 급기야 언제 회복될지 모른다는 생각에 손해를 보더라도 주식을 던졌다. 투자자들의 투매는 정확한 분석일까? 아니면 감정의 유혹을 떨쳐내지 못한 오판일까? '상하이 공장 가동 중단'

이라는 이슈로 테슬라 주식을 던지는 것이 맞는지 판단하려면 한 방향이 아닌 다양한 분석이 필요하다. 공장 폐쇄가 악재는 맞지만 이것이 치명적인 악재인지 살펴야 한다는 것이다. 당시 테슬라의 다른 조건들은 변한 것이 없는 상황이었다.

테슬라의 가장 큰 무기는 전기차 브랜드라는 것을 넘어서서 숨은 생산능력에 있다. 업계에서는 상하이 공장이 2022년에 90만 대까지 생산하리라 전망한다. 이런 생산능력은 주로 '기가프레스'라는 공법에서 나온다. 경쟁사들처럼 차체 부품을 컨베이어벨트에서 하나씩 용접해 나가는 대신, 거대한 프레스 기계에서 차체를 한 번에 찍어내는 기술이다. 이 기술을 사용하면 필요한 인력을 크게 줄일 수 있다. 또한 컨베이어벨트가 필요 없어지고 공간에 여유가 생기면서 같은 수의 인력으로 더 많은 양을 생산할 수 있다. 그러면 제작 원가가 크게 감소하고 마진은 더 높아진다.

다른 회사들도 자동차를 프레스로 찍어낸다는 생각을 해보지 않은 것은 아니지만, 이 아이디어를 적극적으로 도입한 회사는 테슬라다. 그래서 2021년 테슬라의 영업이익률은 BMW의 14.5%보다 높은 14.7%를 기록했다.

따라서 테슬라에 투자하는 경우 상하이 공장 폐쇄라는 단기 변수만 고려할 것이 아니라 향후 증가하는 생산능력, 즉 장기 변수도 고려해야 한다. 이렇게 다양한 변수들을 종합적으로 고려하여 투자를 지속하는 것이 맞다고 판단하면 계속 주식을 보유하는 전략을 써야 한다. 그러면 남들이 팔 때 팔지 않을 용기가 생긴다. 예측 불가의 변수가 만들어내는 공포. 결국 그것을 이겨내는 힘은 다양한 변수들을 치밀하게 분석해서 내린 나만의 판단에서 나온다.

불확실성

'전장의 안개'를 극복하라

—

주식시장 위기 대처법

아무리 신과 같은 지휘관이라도 전장에서 상황을 예측하기는 어렵다. 아무리 전설적인 투자자여도 주식시장의 미래를 예측하는 것은 불가능하다. 즉, 우리는 불확실성 속에 살고 있고 미래를 예측할 수 없다. 그래서 불확실성에 대처하는 방법이 중요하다. 위대한 지휘관 나폴레옹과 투자자 워런 버핏, 피터 린치가 불확실성을 이겨내는 법을 알아보자.

《삼국지》의 제갈량은 적이 언제, 어디서 나타날지, 어떤 계략을 쓸지 앉은자리에서 꿰뚫는다. 사람들은 이처럼 신 같은 지휘관을 좋아한다. 아니면 명장의 일화를 신과 같은 지휘관의 것으로 포장한다. 전쟁은 병사들에게 목숨을 요구한다. 이에 대한 공포와 두려움이 '신이라 불리는 장수'를 소망하게 하는 듯하다.

그러나 사람, 제도, 문명, 기술, 자원 등 한 사회가 가진 모든 역량을 항아리에 넣고 단숨에 연소시키는 것이 전쟁이다. 항아리에 들어가는 모든 요소와 질량을 체크하고 분석했다고 해도 그것들을 고속으로 휘젓고, 격렬하게 불태우는 과정에서 어떤 변수가 어떤 불완전연소를 일으킬지 모른다. 전쟁에서는 매우 다양한 변수가 중첩해서 영향을 주기 때문에 아무리 신과 같은 지휘관이라도 전장에서 어떤 상황이 펼쳐질지 예측하기 어렵다.

이런 현상을 군사용어로는 '전장의 안개fog of war'라고 한다.

"그렇다면 예측과 대비가 무슨 소용이 있는가?" 간혹 이런 회의적인 질문을 던지는 사람도 있다. 하지만 당연히 소용이 있다. 누구도 돌발 상황을 예언할 수는 없다. 그러나 더 많이 대비한 사람, 더 철저히 대비한 군대가 전장의 안개를 극복할 가능성이 높아진다. 다음의 사례를 살펴보자.

나폴레옹 인생 최고의 전투

나폴레옹이 평생 자랑한 가장 극적이고 훌륭한 승리는 아우스터리츠 전투의 승리였다. 워털루전투1815에서 승리했다고 하더라도 나폴레옹은 이 평가를 바꾸지 않았을 것이다.

나폴레옹은 이 전투에서 분진합격전술을 구사했다. 분진합격전술은 부대를 나누어 각자 다른 길로 이동하며 적을 속인 뒤에 전투 현장에 모여서 적을 공격하는 전술로서, 그를 상대했던 장군 모두가 예측하지도 시도하지도 못했던 것이었다. 드높았던 프랑스군의 사기도 한몫했다. 사령관에 대한 신뢰와 패기, 나폴레옹의 전쟁이 아니라 그들 모두의 전쟁이라는 믿음, 아직은 건전하고 선량했던 부하 장군들…… 그 모든 것이 어우러진 전투였다.

전투를 시작할 때만 해도 상황이 나폴레옹에게 절대 불리한 것 같았다. 파리에서 쿠데타가 발생하기 직전이어서 당장 전투를 중지하고 회군해야 할 판이었다. 전황도 불리했다. 상대인 오스트리아와 러시아 연합군은 8만, 나폴레옹의 병력은 7만 정도였다. 병력 차이는 1만 정도에 불과했지만 전투가 벌어진 장소는 오늘날 체코의 넓은 평원이었다. 전선은 남북으로 수 킬로미터 뻗어 있었다. 평원에서 보병들이 줄을 만들고 앞줄부터 싸우는 라인배틀 방식의 전투에서는 1개 사단만 우위에 있어도 적이 없는 곳을 통해 측면이나 후방으로 진입해 포대를 박살내거나 군수창고를 불태울 수 있었다.

연합군 입장에서는 성급하게 공격하는 대신, 후퇴하는 프랑스군을 천천히 추격하면서 압박하다가 결정적인 장소에서 공격할 수도 있었다. 그것이 나폴레옹이 제일 두려워하는 상황이었다.

위기감을 느낀 나폴레옹은 주저하는 소심한 모습을 노출하면서 상대가 공격해 들어와주기를 바랐다. 전투 전날 나폴레옹의 포진을 보면 확실히 겁을 먹고 스스로 코너에 몰린 것 같았다. 전선 정중앙에 있는 작은 언덕, 언덕이라고 하기 힘든 작은 고지였지만 주변이 워낙 평원이었던 탓에 감제고지적의 활동을 살피기에 적합하도록 주변이 두루 내려다보이는 고지가 되었던 프라첸 고지를 스스로 내주고 물러섰다. 병력이 부족한 상태에서 상대의 병력에 맞춰 전열을 너무 길게 늘인 탓에 프랑스군 좌익의 포진은 제법 탄탄했지만 우익은 얇고 엉성하게 펼쳐져 있었다. 그곳에는 작은 마을들이 있고 작은 물웅덩이가 있는 개천이 있어서 병력을 밀집하기가 힘들었다. 연합군 측에서는 병력이 부족한 나폴레옹이 이 애처로운 마을과 작은 개천을 바리케이드 삼아 어떻게든 버텨보려는 속셈이라고 파악했다. 좌익이 단단한 벽돌이라면 우익은 구멍이 숭숭 뚫린 치즈였다.

연합군은 전 전선에 병력을 투입하되, 대열의 중앙과 우익(프랑스군의 좌익)에서는 적을 붙들고만 있어도 되었다. 승부수는 좌익(프랑스군의 우익)이었다. 남은 병력을 좌익에 집중해 병력도 열세이고 포진도 뒤숭숭한 프랑스군을 격파한 다음 바로 우회전해서 중앙으로 치고 올라가는 것이 연합군의 전술이었다.

전장에서 벌어진 의외의 사건

그러나 연합군의 작전은 나폴레옹이 예측하고 의도한 바였다. 나폴레옹은 비단 주머니에서 비장의 책략 두 가지를 꺼내들었다.

첫 번째가 프라첸 고지 습격이다. 1805년 12월 2일 아침, 평원에 안개가 두텁게 깔렸다. 나폴레옹은 안개를 이용해서 '생틸레르'와 '방데'라는 최정예 2개 사단을 프라첸 고지 앞으로 조용히 투입했다. 안개가 걷히자 프랑스군은 단숨에 고지를 점령했다. 연합군은 눈 깜짝할 새에 전선 지휘부라고도 할 수 있는 심장부의 고지를 탈취당했다. 이곳에 프랑스군이 포대를 설치하면 연합군을 좌우로 분리하고, 좌우 군단의 측면에서 마음껏 포격을 퍼부을 수 있었다. 연합군은 당황했지만 이곳에 투입할 예비대가 없었다.

두 번째 비책은 루이 다부Louis Nicolas Davout, 1770~1823의 2개 사단이었다. 나폴레옹은 전장에서 150킬로미터나 떨어져 있던 빈의 다부에게 연락해 전투 당일까지 전장으로 달려오라고 지시했다. 다부는 이 임무를 완수해냈고, 프랑스군의 병력을 과소평가하던 연합군은 예상치 못한 부대의 출현에 전세를 역전당하게 된다.

약간, 어쩌면 상당히 자기도취적 성향이 있었던 나폴레옹이 희열을 느끼고 있을 때, 뜻하지 않은 사건이 발생했다. 프라첸 고지를 점령하고 가쁜 숨을 몰아쉬던 생틸레르 사단 앞에 갑자기 새로운 오스트리아 사단이 출현한 것이다. 생틸레르의 병사들은 당황했다. 프라첸 고지가 승부처임을 알고 최선을 다해 빠르게 탈취했던 덕분에 전투 시간은 짧았지만 체력이 바닥나 있었다. 더 심각한 건 탄약도 바닥난 것이었다. 당시 보병 한 명이 휴대하는 탄약의 표준량은 60발이었다. 총구를 통해서 장전하는 전장식 소총이어서 1분에 2발을 쏜다고 해도 30분이면 소모되는 양이었다. 전선이 워낙 긴 데다 프라첸 고지 전투는 기습이었던 만큼 소음이 심하고 적에게 들킬 우려가 높은 보급 수레나 병참부대는 딸려 보내지 않은 것 같다.

한순간에 두 군대의 운명이 바뀔 상황이 벌어졌다. 그런데 이 오스트리아 사단은 어디에서 나타난 것일까? 그들은 연합군의 승부처였던 프라첸 고지 남쪽 전선으로 투입된 사단이었다. 러시아군과 오스트리아군은 프랑스군만큼 유능하지 못해서 작전계획이 엉성했다. 전술은 어느 지점에 몇 사단을 투입한다는 구상으로 끝나는 것이 아니다. 수만의 군대를 움직이려면 서로 엉키지 않도록 병력과 보급 마차가 움직이는 시간과 경로를 짜야 한다.

소설《삼국지》에는 이런 기술이 전혀 언급되지 않지만, 실전에서는 전투의 승부를 좌우할 정도로 중요한 테크닉이다. 명령도 지도도 부실했던 탓에 이 사단은 길을 잃고 헤매다가 우연히 프라첸 고지 앞에 도달한 것이었다. 무능했던 연합군 사령부의 실수가 천재의 전략을 물거품으로 만들어버릴 수도 있을 줄 누가 알았을까?

이런 것을 전장의 안개라고 한다. 앞서 언급했듯 전장의 불확실성을 비유적으로 표현한 용어다. 프라첸 고지의 안개는 예상할 수 있었지만 전장의 안개는 나폴레옹도 예상할 수 없었다. 전투는 치밀하게 준비해야 하고, 그런 군대가 승리할 가능성이 높다. 그러나 아무리 치밀하게 준비해도 막상 전투가 벌어지면 전장은 '안개'가 지배한다. 그러면 준비는 필요가 없을까? 아니다. 준비가 잘된 군대가 안개를 극복할 가능성도 높다. 다만 한 가지 전제가 있다. 그 준비 중에는 전장의 안개를 대비한 준비도 포함되어야 한다는 것이다.

전장의 안개를 극복하는 방법

그렇다면 전장의 안개는 어떻게 대비하고 극복할 수 있을까?

첫 번째, 확고한 목표 의식과 전투 경험이 있어야 한다.

생틸레르 사단은 고참병, 정예병이 모인 사단이었다. 이 병사들은 처음부터 자신들이 전투의 결정적인 자리에 투입된다는 사실을 알았다. 그런데 그 결정적인 공을 이루려는 순간에 오스트리아군이 접근해오자 그들은 잠깐 당황했다. 그러다 자신들이 물러서면 이 전투도 나폴레옹의 운명도 끝장임을 인지했다. 그들은 고지에서 물러서는 대신 적을 주시했다. 그리고 이내 접근해오는 오스트리아 병사들이 신병 사단임을 알아차렸다. 어떻게 알았을까? 전투 경험이 있는 병사들은 행진하는 모습만 보아도 알 수 있다. 현대전에서는 서서 전진하는 라인배틀이 사라졌지만, 베테랑 병사들은 자기편에 쏟아지는 적의 총격 형태만 보고도 적의 수준을 짐작한다.

그다음에 생틸레르 사단의 베테랑 병사들은 오스트리아군이 느낄 공포, 그것이 야기할 공황에 대해 예측했다. 오스트리아군은 이미 고지를 빼앗긴 상황에서 전투에 처음 임하는 공포를 느꼈을 것이다. 이때 비탈 위에서 프랑스군이 번뜩이는 총검을 휘두르며 쏟아져 내려온다면 노련한 병사들은 즉시 한쪽 무릎을 꿇고 침착하게 총구에 화약과 탄환을 장전한 다음, 프랑스군이 코앞에 다가왔을 때 방아쇠를 당길지도 모른다. 그랬다면 생틸레르 장병들은 전멸했을 것이다.

신병과 베테랑이 적절히 뒤섞인 부대라면 일부는 장전을 하고, 그사이에 일부는 도주했을 수도 있다. 이때 가장 판단이 어렵다. 베테랑 병사들도 구멍이 숭숭 뚫린 전열을 보면서 도주할 수도 있고, 아니면 굳건히 자리를 지킬 수도 있다. 마지막으로 신병이 압도적으로 많은 부대라면 공포에 질려 도주한다. 프라첸의 경우는 세 번째였다. 나폴레옹은 아우스터리츠에서 일생일대의 승리를 거머쥐었다.

어느 명장도 어떤 장소에서 무슨 일이 벌어질지를 구체적으로 예지할 수는 없다. 그러나 전투의 운명을 바꿀 돌발 상황이 발생할 만한 지점은 예측해야 한다. 그리고 돌발 상황에 대응할 능력을 지닌 지휘관과 병사를 양성하고, 그곳에 그들을 투입해야 한다. 흔히 '전투감각'이라고 하는 것은 무슨 신비한 감각이 아니다.

전투는 격렬하고 빠르게, 수십 가지 요소가 뒤죽박죽으로 혼합되어 진행된다. 실험실의 반응처럼 하나하나 논리에 따라 순서대로 진행되지 않는다. 비유를 들자면 메모리에 저장한 수십 가지 정보가 CPU중앙처리장치에서 순식간에 처리되는 것과 같다. 그러다 보니 전투 현장에서 리더가 내리는 결단을 직감이나 전투감각 등으로 표현할 수밖에 없는 것이다. 그러나 알고 보면 이것은 CPU를 통해 집행되는 리더의 지식, 경험, 통찰력의 총합이다.

두 번째, 안개를 사랑하는 지휘관이 되어야 한다.

모든 지휘관은 정확한 상태를 원한다. 모든 것이 제자리에 있어야 하고, 명확하게 잘 정리된 순간에 분명하고 명쾌한 승리를 획득하기를 원한다. 작전을 짜는 단계에서 이런 노력을 게을리해서는 안 된다. 데이터에 기반해 전장의 모든 움직임을 정확하게 예측하고 계산해서 전략, 전술을 짜야 한다.

그러나 전장의 안개를 두려워해서 회피하려는 의도로 계획을 짜서는 안 된다. 불행하게도 실제로는 이렇게 되는 경우가 많지만 말이다. 포성이 터지고 돌발 상황이 발생하고 전황이 통제 불능을 넘어 예측 불가한 상황이 되어버리면 지휘관은 두려움에 판단력을 잃고, 분노를 넘어 격노에 빠지게 된다. 그러면 무전기를 들고 호통만 치거나 전령들을 재촉하게 된다. "부대는 어디에 있는가?", "현재 위치를 보고하라", "현재 상황을 보고하라"같이 말이다. 이런 독촉을 받게 되면 현장 지휘관들은 지휘관이 아니라 현장 중계자로 변해버린다. 사령관도 마찬가지다. 행동을 정하지 못하고, 승기의 순간을 휘어잡지 못하며, 그토록 공들여 세운 계획이 산산이 부서져가는 상황도를 보면서 가슴을 친다. 이미 깨져버린 파편들을 들고 부서진 부분을 때우려고만 한다.

역사에 이름을 남긴 지휘관들은 바로 이런 상황에서 전장의 안개를 피하지 않고 승리의 방법을 찾으려 했다. 처음 계획이 트레이싱페이퍼라면 현장은 지도다. 훌륭한 지휘관은 지도 위에 트레이싱페이퍼를 대보면서, 전투의 목적과 전략의 방향성을 잃지 않으려 한다. 또한 계획과 실상황의 어그러진 부분을 대조하고, 결정적인 포인트와 방법을 지목하려 한다.

어떤 명장도 항상 옳은 판단을 할 수는 없다. 항상 승리할 수도 없다. 그러나 자신을 돌아보고 정신을 강하게 할 수는 있다. 지휘관은 자신의 정신과 지력, 경험이 전투의 규모를 감당할 수 있는지를 냉정하게 점검하고, 감당할 수 있는 규모의 전투에 뛰어들어야 한다. 동시에 끊임없는 분석과 자기 단련을 통해 그 규모를 키워가야 한다. 어떤 이들은 자신에게 부여되는 계급과 직위와 훈장, 모의 전투에서 명확하게 드러나는 수치와 형태로 스스로를 측정한다. 이것은 절대적인 금기 사항이다. 불확실성과 혼돈을 버텨내고 극복할 수 있는 정신과 능력은 자신만이 측정할 수 있다. 스스로를 단련하고 판단하자.

주식시장에는 2년마다 안개가 온다

예측할 수 없는 위기의 양상

2020년은 그야말로 불확실성의 한 해였다. 기하급수적으로 퍼져나가는 코로나로 인해 사망자가 속출했고, 당시에는 백신과 치료제도 없어서 사람들은 공포에 질렸다. 세계 증시도 속절없이 무너졌다. 주식의 역사에서 전염병으로 인해 증시가 무너지는 일은 겪어본 적도 없었고, 앞으로 어떻게 해결될지 누구도 예측할 수 없는 상황이었다.

엄청난 손실을 본 투자자들이 계속 쏟아져 나왔지만 증시가 어디까지 내릴지 아무도 예측하지 못했다. 기업들은 코로나를 막기 위해 직원들을 자택에서 근무하게 했고, 중앙은행은 겁을 먹고 극약처방으로 엄청난 돈을 살포했다. 그러자 증시가 코로나 이전보다 엄청나게 상승하기 시작했다.

그리고 2년 뒤인 2022년. 처방으로 인한 후유증이 찾아왔다. 살포된 돈으로 인해 물가가 건잡을 수 없이 올라가서 극심한 인플레이션이 발생했고, 중앙은행이 물가를 잡기 위해 금리인상을 단행하면서 세계 증시가 또다시 추락한 것이다. 지금의 과정을 누구도 예측할 수는 없다. 하지만 여전히 코로나는 끝나지 않았고, 경기는 계속 침체될 것이어서 기업과 가계의 파산도 염려를 안 할 수 없는 상황이 되었다.

전설적인 펀드매니저 피터 린치는 주식시장에 평균 2년마다 위기가 온다고 했다. 그런데 그 위기의 내용이 저마다 다르다. 이번 위기의 주원인인 코로나처럼 언제 어떤 내용으로 찾아올지 알 수가 없다. 그리고 2년마다 찾아오는 '안개'로 인해 투자자들은 혼란해하고 손실을 입곤 한다.

투자자들의 심리는 매번 똑같다. 주가가 오르면 영원히 오르리라 생각하고, 떨어지면 영원히 떨어지리라 생각한다. 안개 밖으로 빠져나오고 난 후에야 공포에 질려 팔아버린 주식을 떠올리며 "그때 팔지 말았어야 했는데" 하고 깊은 탄식을 한다. 하지만 다음 위기가 오면 똑같은 행동을 반복한다.

린치와 버핏이 안개를 헤쳐나가는 법

전설적인 투자자들은 2년마다 찾아오는 위기, 즉 불확실성에 대해 어떻게 대처하고 있을까? 기본적으로 그들 또한 우리와 다르지 않다. 왜냐하면 누구도 그 위기를 예측하기란 불가능하기 때문이다. 차이가 있다면 위기를 대하는 태도라고 할 수 있다.

13년간 연평균 29.2%라는 엄청난 수익률을 낸 피터 린치의 사례를 보자. 1987년 10월 19일은 투자자들에게 잊히지 않는 날이다. 뉴욕 주가가 하루에만 22.6%나 하락했기 때문이다. 특이한 점은 급락의 원인을 추측만 할 뿐 그 누구도 제대로 파악할 수 없었다는 사실이다. 사람들은 이날을 블랙먼데이라고 불렀다. 린치 또한 이 위기를 피할 수 없었다. 그러나 그는 블랙먼데이를 겪으면서 중요한 인사이트를 얻었다. 블랙먼데이라는 안개는 12월에 이르자 서서히 걷히기 시작했다. 그달에 시장이 꾸준히 상승하기 시작했고, 다음 해 6월에는 23%나 상승했다. 물론 린치도 수익을 냈다.

린치는 안개를 어떻게 헤쳐나갔을까? 단순했다. "쓸데없는 걱정으로 좋은 휴가를 망치지 말라." 익살스럽지만 그의 말은 곱씹을 필요가 있다. 린치는 증시 위기가 오고 가는 것에 대해 신경 쓰지 말라고 했다. 안개는 곧 걷힐 것이기 때문이다. 정작 신경을 쓰고 싶다면 현금을 모아두라는 정도다. 그리고 여기에 신경 쓰는 대신 기업을 분석하는 데 시간을 투자하라고 말한다.

워런 버핏도 비슷한 관점으로 말했다. "위기를 예상하지 말고 좋은 기업에 투자하라." 버핏의 애플 사랑은 일관성이 있었다.《월스트리트 저널》과《뉴욕타임스》등 주요 일간지에서 애플의 위기를 이야기하고, 그때마다 애플 주가가 폭락했을 때 버핏은 애플 주식을 모았다. 그는 이렇게 말했다. "애플이 위기라고 해도 주위를 둘러봐라. 사람들은 아이폰을 계속 사용하고 있다. 그렇다면 지금은 위기가 아니라 바겐세일 기간이다." 버핏은 2022년 1분기에 애플의 주가가 하락하자 6억 달러의 주식을 추가로 사들였다. 그는 2016년부터 애플 주식을 사들이면서 현재 뱅가드그룹 등 투자 펀드를 제외하면 애플의 최대 주주가 되었다. 버핏은 늘 애플에 대해 좋은 기업이라고 확신했다. 그래서 위기에서도 애플 주식은 바겐세일이라고 여기며 매수를 한 것이다.

위기 이후를 상상하라

물론 좋은 기업도 예측하지 못한 위기를 맞이하면 주가는 하락한다. 하지만 우리가 알아야 할 것은 훌륭한 기업들은 그 위기를 헤쳐나갈 능력이 있다는 것이다. 어떤 위기가 찾아올지 모르지만 조직, 영업망, 원가관리, 브랜드, 신제품, 자금 면에서 힘을 지닌 우량기업은 다른 기업보다 살아남는 능력이 우수하다. 위기가 오면 나만 힘든 것이 아니라 경쟁자도 힘들다. 경쟁자가 쓰러지고 나면 살아남은 기업들의 시장 점유율이 올라간다. 위기가 반복될수록 경쟁자는 점점 줄어들고 살아남은 기업들 위주로 시장이 재편되며, 새로운 경쟁자가 함부로 들어오지 못한다.

그래서 우리는 시장을 예측하는 눈을 기르려는 노력에 앞서 좋은 기업을 찾고 투자하는 습관을 들여야 한다. 그러면 좋은 기업이 알아서 스스로 위기를 탈출할 것이다.

투자

섬세한 관찰과 분석의 힘

—

현명한 투자란 무엇인가

우리는 무모함과 용기를 구별해야 한다. 둘 다 위험이 따른다는 점에서 공통점이 있지만, 무모함과 달리 용기는 치밀한 관찰과 분석에서 나온다. 그래서 상대가 볼 때 무모해 보일지 몰라도, 결국 승리하는 쪽은 용기를 추구한 사람인 것이다. 이는 버핏이 주식시장이 위험한 상황에서도 투자하는 이유이기도 하다.

우리는 흔히 만용과 용기를 착각하지만 이 두 가지는 구분해야 한다. 전쟁에서도 예외는 아니다. 뻔한 전술을 반복하는 것도 위험하지만 무모함과 계산된 모험을 구분하지 못하는 것은 더 위험하다. 주식시장에서는 투기와 투자를 예로 들 수 있겠다.

다만 전쟁에서든 주식시장에서든 양자를 구별하기가 쉽지는 않다. 그러다 보니 냉소적인 사람은 결과론에 불과하다고 평하기도 한다. 아주 잘못된 태도다. 이를테면 사과나무 두 그루를 심고 겉보기에는 비슷하지만 실제로는 많이 다른 농법을 적용해보았다고 하자. 어느 쪽이 좋은 농법인지 나쁜 농법인지는 결과가 나와봐야 평가할 수 있다. 그런데 평가자가 농법에 대한 이해가 없어서 두 농법의 차이를 모른다고 하자. 그렇다면 이 평가자는 두 농법의 차이를 결과론으로 치부할 수도 있다.

전쟁에서도 이런 경우가 상당히 많다. 두 지휘관이 무모한 돌격을 했는데, 한쪽은 성공하고 한쪽은 몰살당했다. 전장의 상황과 전술 원리를 이해하지 못하고 함성을 지르며 달려가기만 하는 사람은 "둘이 뭐가 다르냐"면서 "성공한 쪽이 운이 좋았을 뿐"이라고 말할 것이다.

양자의 차이는 결국 정확한 상황 판단에 있다. 승자의 전술은 아군과 적의 능력, 심리, 적의 상태와 행동 예측 등에 기반해서 나온다. 즉 자신이 처한 상황을 철저히 인식하고, 적군이 예상하지 못하는 허를 공략하는 것이다.

무모한 기다림의 대가

워싱턴에서 리치먼드로 가는 길에 프레더릭스버그라는 곳이 있다. 그 앞에는 동서로 래퍼핸녹강이 흐른다. 기억에 폭이 50미터 정도 되었던 것 같다. 강의 양쪽 둔덕은 배가 진입하기에 어려운 지형은 아니다. 남쪽 둔덕은 강을 건너면 바로 완만하고 긴 경사를 이룬다.

남북전쟁 초기에 불의의 일격을, 아니, 번번이 패했던 북군으로서는 일격이라기보다는 심기일전의 기회를 노렸다. 1862년 후반, 북군은 앰브로스 번사이드Ambrose Burnside, 1824~1881 장군을 새로 사령관으로 임명하고 12만에 가까운 대군을 편성해 다시 남진을 시도했다. 여기에 맞선 남군 사령관 로버트 리Robert Edward Lee, 1807~1877 장군에게는 7만 5천 정도의 병력이 있었다.

두 군대는 강을 사이에 두고 프레더릭스버그에서 만났다. 북군이 강에 먼저 도착했고, 건너편에 있는 남군은 극히 소수였다. 그러나 번사이드는 남군이 오기 전에 빨리 도하하자는 부하 장군의 건의를 무시했다. 북군 병력도 다 도착하지 않았고 도하용 선박도 오지 않았다는 이유였다. 북군의 준비가 충분하지는 않았지만 남군은 북군에 대항할 준비가 아예 되지 않은 상황이었다. 북군이 도하작전을 한다면 희생이 따르겠지만 충분한 승산이 있었다. 그러나 번사이드는 기다림을 택했다. 번사이드가 북군의 준비가 완전해지기를 기다리는 동안 남군의 병력은 완벽하게 보강되었다. 남군이 있는 언덕에는 강을 내려다보는 위치에 기다란 돌담이 강과 평행하게 쌓여 있었다. 목장에서 소들이 넘어가지 못하도록 사람 키 높이로 쌓아둔 전형적인 돌담이었다. 남군은 이 돌담 뒤에 병력을 배치했다.

최악의 상황에서 번사이드는 정면 공격을 계획한다. 이번에는 우회해야 한다는 장군들의 건의를 듣지 않았다. 대치 상태가 거의 한 달이 이어진 12월 13일에 북군은 도하를 개시했다. 전선은 크게 동쪽과 서쪽 두 방면에서 형성되었다. 번사이드는 여섯 사단을 남군의 조준 아래로 밀어 넣었다. 각 사단은 한 번에 진격하지 않고 연대 단위로 공격을 시도했다. 돌담 뒤에 있는 남군에게 긴 횡대로 경사로를 올라오는 북군 병사는 완벽한 표적이었다.

북군이 시도한 총 16차례의 행진은 16번의 몰살로 이어졌다. 연대가 15분 만에 전멸한 경우도 있었다. 북군은 전사자 1천 284명을 포함해 총 1만 2천 653명의 사상자가 나왔다. 남군 전사자는 608명이었다. 전선 상태를 보면 남군에 600여 명이나 전사자가 발생한 것이 이상할 정도지만 이 전사자는 돌담에서 발생한 것이 아니라 전투 초기에

강안을 방어하다가 북군 기습 부대에게 입은 손실이었다.

번사이드는 왜 이토록 무모한 공격을 했을까? 북군이 병력 수에서 유리하다는 것, 희생이 따르겠지만 한 번만이라도 공격이 성공한다면 남군 주력을 섬멸하고 전쟁을 종식할 수 있다는 기대감 때문이었을 것이다. '피로 (더 많은) 피를 막는다'는 비장한 각오였지만, 북군이 처한 상황을 보면 30% 정도 병력의 우위로는 지형이 주는 전술적 불리함을 극복할 수 없었다.

번사이드는 이런 생각을 했을지도 모른다. '전쟁사의 명장들은 불리하고 열악한 상황, 모두가 안 된다고, 불가능하다고 말하는 상황에서 장애와 제약을 극복하고 밀어붙여서 승리했다.' 맞는 말이다. 그러나 명장들의 승리가 '무모함'의 승리는 아니었다. 철저히 계산하고 준비한 승리였다. 단지 다른 사람에게 무모해 보였던 것뿐이다.

무모해 보이나, 무모하지 않은 돌격

양자의 차이를 명확히, 가장 잘 보여주는 사람이 독일군의 명장 에르빈 롬멜이다.

1915년 1월 29일, 프랑스와 독일 접경지대에 위치한 아르곤 삼림지대에서 롬멜 대위가 지휘하는 9중대가 프랑스군과 마주했다. 당시 프랑스군의 참호는 철조망과 요새화된 방벽을 두르고 있었다. 그런데 롬멜 대위는 철벽을 뚫고 프랑스군 참호 중에서도 가장 잘 요새화된 진지의 중앙을 점령하는 데 성공했다. 1차 대전 전사를 아는 분들은 이런 성공이 얼마나 드물고 힘든 사례인지 아실 것이다. 보통은 1차 공격대가 돌격하다가 전멸한 뒤에 2차, 3차 공격을 통해 성공하거나 물러섰다. 살아서 적진에 도달한다 해도 엄청난 희생으로 전투력이 고갈되어버리는 경우가 허다했다. 적의 반격이 바로 이어지면 피로 습득한 진지를 포기하고 후퇴하곤 했다.

롬멜 대위는 어떻게 적의 철벽을 뚫었을까? 롬멜 중대는 무모한 돌격을 감행하는 대신 적의 사각지대를 찾아내 낮은 포복으로 철조망을 통과하는 방식으로 큰 희생 없이 진지를 점령할 수 있었다. 그러나 이제부터가 문제였다. 프랑스군은 대대 병력으로 롬멜을 포위한다. 롬멜은 즉시 프랑스군이 설치한 철조망과 참호를 등지고 프랑스군 쪽을 향해 참호를 파고, 반원형으로 중대 방어선을 구축했다. 그는 이곳을 교두보 삼아 돌파구를 찾을 계획이었다. 하지만 예상을 뛰어넘은 롬멜의 점령 방식 때문에 대비를 안 했던 독일군은 후속 지원부대를 보내지 못했다. 심지어 탄약 지원조차 오지 않았다.

롬멜은 교두보에 대한 미련을 버리지 못하고 끝까지 버텼지만 지원도 보급도 끝내 오지 않았다. 대신 전령의 목소리가 들려왔다. "지원이 불가능하니 철수하라." 롬멜 중대는 탄약이 떨어졌다. 10분 후면 고갈될 상황이었다. 무책임한 대대장은 중대를 엄호할 계획도 세우지 않았다. 알아서 탈출하라는 지시였다. 롬멜은 고민했다. 그가 선택할 수 있는 방법은 두 가지뿐이었다. 지금 상태에서 자신들이 돌파해온 경로를 따라 후퇴하면 (이미 프랑스군이 알아차렸기 때문에) 최소 절반의 인명 손실을 각오해야 한다. 아니면 탄약을 다 소모한 후에, 즉 끝까지 싸운 뒤에 적에게 투항하는 것이다. 슬픈 일이지만 명예는 지킬 수 있고 병사들의 생명도 보존할 수 있다.

둘 다 마음에 드는 방안이 아니었다. 이때 최후의 방법이 떠올랐다. 한쪽으로 돌격을 감행해 적을 몰아내고 적이 혼란에 빠진 틈에 들어온 경로를 따라 철수하는 것. 이것은 훌륭한 계획일까, 무모한 모험일까? 앞서 말했지만 1차 대전 시기에 돌격은 위험 부담이 너무 컸다. 참호가 많을 때는 10선까지 될 정도로 겹겹이 축조되어 있었기에 롬멜 중대가 진지를 점령했다고 해도 반격을 시도하는 프랑스군이 야지산이 적고 들판이 넓은 지대에 위치하게 되는 것은 아니었다. 롬멜을 포위한 프랑스군도 2선 참호와 벙커를 이용해 포진하고 있었다. 즉 서로 요새화된 참호 진지에 몸을 숨기고 대치 중이었다.

이런 상태여서 롬멜 중대가 돌격하면 전멸해버릴 수도 있었다. 문제는 더 있었다. 동쪽의 프랑스군은 강력한 기관총 진지를 구축해서 롬멜 중대를 향해 기총소사를 퍼붓고 있었다. 만약 서쪽의 프랑스군을 공격한다면 등 뒤에서 기관총 세례를 받을 수도 있었다. 그럼 동쪽을 공격하면 어떨까? 동쪽의 프랑스군은 300미터 정도 떨어져 있었다. 기총소사를 받으며 그 정도 거리를 달려갔다간 살아남기 힘들었다.

섬세한 관찰과 분석의 힘

상황을 종합하면 다시 원점으로 돌아오게 된다. 세 번째 방안은 이판사판 밀어붙일 수 있는 방안이 아니었다. 그냥 철수하는 것보다 더 큰 희생을 초래할 가능성이 높았다. 그러나 롬멜은 세 번째 방안을 선택했고 모험에 성공했다. 중상자는 참호에 두고 나와야 했고 몇이 적탄에 맞기는 했지만 중대원 대다수가 무사히 귀환할 수 있었다. 운이 좋았던 것일까? 아니다. 롬멜의 성공 비결은 포위된 상황에서도 프랑스군을 섬세하게 관찰하고 분석한 것이었다.

프랑스군은 대대 병력으로 롬멜 중대를 포위한 상황에서도 한 번도 선제공격을 해오지 않았다. 그들도 돌격전이 부담스러웠다. 어차피 프랑스군 진지에 고립된 롬멜 부대다. 프랑스군은 롬멜 부대의 탄약이 떨어질 때를 기다리는 것이 분명했다. 심지어 롬멜 중대가 공세적으로 나가도 방어만 하면서 위치를 고수하고 있었다. 이런 부대라면 기습적이고 강력한 공격을 감행하면 당분간 혼란에 빠질 것이 분명했다. 동쪽의 기관총 사격도 롬멜은 예민하게 관측했다. 사격의 정확성도 의욕도 없었다. 그들도 롬멜 부대를 붙잡아만 놓으면 이긴다고 생각하고 있음이 틀림없었다. 300미터나 떨어진 거리에서 하늘을 향해 사격하고 있는 기관총이라면 돌발 상황에서 정확한 대응을 하지 못할 것이다.

롬멜은 병사들을 모아 사력을 다해 돌격하는 것이 죽음과 불명예를 피할 수 있는 방법이라고 설득했다. 롬멜에게 동의한 병사들은 서쪽

진지를 향해 강력한 공격을 감행해서 벙커 하나를 탈취했다. 놀란 프랑스군은 진지를 포기하고 도주했다. 뒤가 벌판이었다면 프랑스군도 맞서 싸웠을 것이다. 그러나 뒤에 또 다른 참호와 진지가 있었고 2선 진지를 빼앗겨도 독일군은 프랑스군 진영으로 더 깊이 들어온 것에 불과했다. 다시 포위해서 잡으면 된다고 프랑스군은 생각하고 있었음이 분명하다. 그렇다면 당연히 죽음을 각오한 진지 방어보다는 유연한 대응을 택한다. 롬멜은 프랑스군의 공격 방식, 열의, 진지 상황, 전쟁의 심리를 통해 이런 반응을 정확히 예측했다. 동쪽의 기관총 사격도 롬멜의 예상대로 부실했다. 물러났던 서쪽의 프랑스군이 전열을 가다듬고 반격을 시도할 즈음에 롬멜은 이미 독일군 진지에 도달해 있었다.

이런 지휘를 체험하면서 병사들은 롬멜을 신이라고 불렀다. 이렇게 쌓인 믿음을 바탕으로 병사들은 롬멜을 더욱 신뢰하게 되었고, 그의 기묘하거나 대담한 지시들을 더 충실하게 이행하면서 롬멜 중대의 전과는 더 높아져갔다.

롬멜 중대가 프랑스 진지에서 탈출할 수 있었던 가장 큰 이유는 그의 선택이 '계산된 모험'이었기 때문이다. 모험이란 그 자체로 위험이 존재하지만, 그럼에도 불구하고 원하는 것을 얻어야 하기에 불가피하게 도전하는 것이다. 전쟁은 입시처럼 합격에 도달하기 위한 '절대적인' 정답이 있는 것이 아니다. 승리를 간절히 원하는 '상대적인' 적이 존재하기에, 그들의 계산된 행위를 넘어서는 전략과 전술을 통해 상대를 이겨야 한다. 적을 물리치기 위해 많은 전술을 준비했고, 계산된 전략이 있다고 하더라도 전쟁의 승패를 예측하는 것은 불가능하다. 때로는 리스크를 안더라도 승리하는 전쟁이 있는 반면, 리스크와 더불어 패하는 전쟁도 있다. 전쟁에서 리스크를 줄일 수는 있지만 그것을 완전히 없앨 수는 없는 일이다. 이는 투자에서도 마찬가지다.

안전한 투자가 정말 현명할까?

주식투자에 대한 흔한 오해

롬멜의 돌격은 멀리서 보면 위험해 보이지만 롬멜 자신이 관찰한 근거로 보면 가장 확률 높은 전략이었다. 주식투자에서 어떤 이들은 안전해야 한다면서 주가 변동이 없거나 자산 가치 대비 저평가되거나 배당이 많은 주식에 투자하는 경우가 많다. 이런 주식 중에는 좋은 주식도 있겠지만 대개는 주가가 잘 오르지 않거나 서서히 내려가는 주식이 많다.

마치 냄비 안의 개구리처럼 서서히 죽어가는 것을 안전한 투자라고 오해하는 사람들도 많다. 그러고서 돈은 못 벌지만 안전한 주식을 샀으니 든든하다고 말한다. 하지만 안전자산은 예금과 채권이지, 주식은 애초에 안전한 투자가 아니다. 주식시장 자체가 전쟁터인데 전쟁터에서 안전을 찾는 것 자체가 더 위험한 생각이다.

주식시장에서 법칙처럼 내려오는 말이 '분산투자 하라', '우량주에 투자하라', '주가가 내려갔을 때 꾸준히 사서 모으라'는 말이다. 하지만 주식으로 부자가 된 사람들은 대개 이 말대로 하지 않았다. 워런 버핏조차 분산투자를 하지 않고 소수의 종목 위주로 투자하며, 사람들이 말하는 시총 상위주를 우량주라고 하지 않는다. 증시 전체가 무너지는 위기에서 분산투자는 의미가 없고, 우량주라도 가격이 안 떨어지는 것이 아니며, 주가가 비쌀 때 꾸준히 사서 모으는 사람들이 대다수다.

정확한 분석과 판단이 필요하다

어떤 전문가들은 "자신이 만든 프로그램을 활용하면 안전하게 돈을 번다", "본인이 고안한 매매법을 따라하면 안전하게 돈을 번다"라고 말하는데 세상에 그런 것은 없다. 가장 중요한 것은 지금 세계가 어떤 상황인지, 어떤 정책이 펼쳐지고 외교는 어떤지다. 이를 바탕으로 어떤 업종과 기업이 더 유리할지 판단하고 투자하는 것이 더 안전하다.

CEO를 판단할 수 있는 눈도 필요하다. 아무리 좋은 기술과 재무제표를 발표해도 CEO가 사기를 치면 그것들을 믿을 수 없게 된다. 훌륭한 기업들도 CEO의 거짓말 때문에 투자자들이 크게 손실을 본 경우가 허다하고 지금도 진실 공방을 하고 있는 기업들이 널려 있다.

그리고 그 기업의 주변에서 벌어지는 변화를 봐야 한다. 기업의 내부자들이 회사 사정에만 집중하다 보면 기업 밖의 변화를 감지하지 못하는 경우가 종종 있다. 원자재 가격이 변하거나 산업 전체의 기술 수준이 올라가거나 경쟁사가 바뀌는 일이 벌어지면 그 기업에 변화가 일어나기 시작한다. 이를 미리 알아차린다면 내부자보다 정확한 판단하에 투자를 하거나 혹은 투자금을 회수할 수 있게 된다.

워런 버핏의 계산된 모험

워런 버핏은 훌륭한 가치투자자로 알려져 있지만 그의 투자 방식은 언뜻 굉장히 무모해 보인다. 세계 경제위기 속에서 부도 직전의 기업에 거액의 투자를 한다거나 위기로 인해 주가가 크게 하락한 기업에 투자한 경우가 많다. 왜 버핏은 위험한 상황에서 투자를 하는 것일까?

남들은 위험한 상황으로 판단했지만 버핏이 보기에는 위험한 상황이 아니었기 때문이다. 대다수가 위험한 상황이라고 판단하면 주가가 크게 내려가거나 아무도 그 기업에 돈을 빌려주려고 하지 않는다. 그럼 버핏은 더 좋은 조건으로 그 기업의 주식을 사거나 돈을 빌려줄 수 있게 된다.

남들이 위험하다고 판단할수록 버핏은 더 좋은 조건으로 투자를 하므로 안전 마진이 늘어난다. 반대로 남들이 좋다고 뛰어드는 기업은 좋은 조건으로 투자할 수 없고 기업의 가치보다 더 비싼 값을 줘야 한다. 그렇다면 남들이 살 때 비싼 값으로 같이 사는 행동은 안전한 투자가 아니라 위험한 투자가 된다.

투자할 때는 교과서에서 말하는 안전한 투자를 할 것이 아니라 본인의 분석과 판단에 따라 본인이 책임질 수 있는 정말 현명한 투자를 하길 바란다.

강점

수류탄이 원자폭탄보다 강한 이유

자신만의 무기를 찾아라

한국전쟁 당시 마오쩌둥은 말했다. "미국에 원자폭탄이 있다면, 우리에겐 수류탄이 있다." 실제로 중공군의 인해전술은 미군을 어려운 처지로 몰아넣었다. 이렇듯 '좋은 무기'는 전술적 상황에 따라 달라진다. 기업은 전통적으로 '기술력'이라는 강력한 무기를 내세운다. 하지만 이것만 믿고 투자하면 성공할 수 있을까? 스타벅스와 테슬라의 새로운 무기를 살펴보자.

무기가 더 좋다고 전투에서 승리할 수 있는 것은 아니다. 무기는 승패를 결정하는 한 가지 요소일 뿐이다. 그렇다고 해서 무기의 중요성을 폄하하거나 무기의 우위를 얼마든지 극복할 수 있다는 말은 아니다.

전술은 일종의 종합예술이다. 전투의 다양한 요소를 적절히 배분해서 목표 달성을 위한 최선의 조합을 찾아내거나, 내가 가진 조합이 최선의 기능을 발휘할 수 있는 목표나 상대를 골라내는 것이 승부의 관건이다. 이런 관점에서 보면 무기가 좋다 나쁘다 하는 평가 기준부터 바꿔야 한다. 석궁과 현대식 소총 중에 어느 것이 더 좋은 무기냐고 물으면 보통은 소총이 더 좋다고 대답할 것이다. 만약 1개 중대가 고지에서 전투를 벌인다면 소총이 석궁을 압도할 것이다. 그러나 테러리스트가 점거하고 있는 화물선에 침투해서 소리 없이 경계병을 사살하는 데는 석궁이 훨씬 좋은 무기다.

다른 사례를 들어보자. 선회력이 좋은 전투기와 상승력, 즉 수직 이동 능력이 좋은 전투기가 맞붙으면 어느 쪽이 유리할까? 이것은 공중전이 생긴 이래로 해결되지 않은 오랜 의문인데, 실제 전투 사례로 보면 결국은 자신의 장점을 살리는 전술과 조종술이 승부를 결정한다. 자, 다음은 좀 더 극단적인 사례다. 바로 원자폭탄만큼 강력한 무기에 대한 이야기이기 때문이다. 우리는 다음 사례를 통해 자신만의 무기를 만든다는 것이 어떤 의미인지를 구체적으로 파악할 수 있다.

중공군의 무기

"미국에 원자폭탄이 있다면 우리에겐 수류탄이 있다."

한국전쟁 당시 마오쩌둥은 중공군의 승리를 자신하며 이렇게 말했다. 이 이상한 호언장담을 유엔군 지휘관들이 들었다고 해도 그 의미를 깨닫지 못했을 것이다. 당시 중공군의 전투력과 전법은 베일에 가려 있었다. 반면 미군의 전술은 샅샅이 노출되어 있었다. 미군과 중공군, 두 군대는 바위와 얼음의 땅인 혹한의 개마고원에서 훗날 '장진호 전투1950'라 불리는 전투로 충돌한다.

공격 개시 전까지 중공군은 흰색 위장포를 쓰고 눈 덮인 대지에 엎드려 있었다. 야간전투에 능했던 그들은 밤이 되어 공격 개시 신호가 울리자 위장포를 걷어내고 돌진을 시작했다. 그 순간을 목격한 미군 병사들의 증언에 따르면 하얀 대지가 순식간에 검게 변했다고 한다. 마치 산과 들판이 동시에 벌떡 일어나 달려드는 듯했다고 그들은 회고했다. 기관총을 쏘아도 이 검은 파도 속에 빨려 들어 사라졌다. 직경 50미터의 구덩이를 내는 155밀리 포가 작렬하면 검은 그림자 속에 하얀 원이 생겼다가 다시 메꿔졌다.

이 공포의 파도가 방어선에 근접하면서 여기저기서 폭발음이 들리기 시작했다. 수류탄이었다. 어두워서 정확히 보이지는 않았지만, 중공군의 대형에는 소총을 든 병사가 얼마 되지 않았다는 증언이 있다. 심한 경우에는 10명 중 1명만이 소총을 들었다는 말도 있다. 대신 이들은 수류탄은 몸에 주렁주렁 걸었다고 할 정도로 확실히 무장하고 있었다. 수류탄이 가 닿을 수 있는 거리에 이르면 여러 명, 때론 수십 명이 일제히 수류탄을 투척했다. 전투에 참전했던 어느 미 해병은 수류탄이 하늘을 덮으며 새까맣게 날아오는 광경은 그때 처음 보았다고 했다. 참호에 있는 보병으로서는 도저히 피할 방법이 없었다. 혹 참호나 진지를 버리고 피하는 경우 참호에 거치한 기관총이나 포를 포기해야 했다.

그나마 다행이었던 건 중공군의 방망이형 수류탄이 위력이 약하고 불발탄이 많았다는 점이었다. 동료를 구하기 위해 참호 안에 떨어진 수류탄을 몸으로 덮쳤던 병사가 작은 부상만 입고 살아난 경우도 있다. 덕동고개전투1950의 영웅으로 미의회명예훈장을 받은 헥터 카페라타Hector Cafferata, 1929~2016 일병은 호 안에 떨어진 수류탄을 집어 되던지려다가 수류탄이 손안에서 폭발하며 부상을 입었다. 몸이 산산조각 나도 이상하지 않은 상황이었는데 손가락 한두 개만 부러졌을 뿐이었다.

중공군은 방어선이 뚫리거나 무너지면 총을 든 병사들이 전진해서 돌파하고, 이 돌파구를 통해 상대의 측면과 후면을 공격했다. 유엔군은 이 전술을 인해전술이라고 부르기 시작했다. 인해전술이 틀린 말은 아니지만 정확한 설명도 아니다. 인해전술을 오직 인명이란 물량 공세로 승부를 거는 전술로 이해한다면 더욱 부정확하다.

중공군의 장점을 살린 인해전술

이 전술은 1937년에 중국을 침략한 일본군에 맞서 중국 공산당과 국민당이 손잡고 항전했던 중일전쟁 당시, 중공군의 영웅 린뱌오林彪, 1907~1971 사령관이 창안한 전술로 알려져 있다. 일본군에 비해 화력과 무기, 훈련이 열세였던 중국군은 중일전쟁에서 막대한 희생을 치르고 있었다. 장제스의 국민당군은 미국으로부터 상당량의 무기를 지원받았지만 전세를 역전시키기에는 무리였다.

부족한 무기와 화력을 가지고, 똑같은 방식으로 훈련하고 전투법을 습득해서는 불리할 수밖에 없었다. 린뱌오는 중국군의 독특한 장기로 두 가지를 꼽았다. 바로 병력 수와 집단성이다. 과거 한국, 중국, 일본, 이 세 나라 국민은 서구 사회에 비해 개인의 이익보다는 국가와 전체의 이익이 우선이라는 관념이 강했다. 다만 이 관념이 발현되는 방식이나 특징은 조금씩 달랐다. 전쟁사에서 중국군은 거대한 집단으로 움직이며, 육체적 고통과 포격을 버티는 데에 독특한 장기를 보여주었다. 예를 들면 태평천국의 난1851 때, 후퇴하는 태평천국군에게 포탄 세례가 떨어졌다. 당시 강가에서 수송선을 타기 위해 대기 중이었던 태평천국군은 포탄이 떨어지는 와중에도 도망가지 않고 나루에 서서 버텼다. 포탄이 군중에 떨어져 구멍이 생기면 이내 다른 사람들이 그 자리를 메꾸었다. 이 기막힌 광경은 나루에서 사람이 다 없어질 때까지 계속되었다.

병력 수와 집단성이라는 두 가지 장기를 이용해서 중공군은 새로운 전법을 익힌다. 먼저 철저한 기도비닉企圖秘匿과 은밀기동을 훈련한다. 땅에 흔적을 남기지 않고 소리를 내지 않으며 공격 준비 지점까지 이동한다. 그리고 공격 명령이 내려질 때까지 참호 속에서 대기한다. 적에게 들키지 않기 위해 화장실에 가는 것도 금지였고 강추위 속에서 얼어 죽어도 그대로 버텨야 했다.

장진호전투에서 중공군은 미군 참호까지 소리 없이 접근해 침낭 속에 잠들어 있던 미군을 침낭 째 끌어내거나 칼로 살해하곤 했다. 초전에는 이런 전법에 미군 중대 하나가 통째로 당하기도 했다. 중공군은 항공정찰을 피하기 위해 눈 위로 이동하면서 빗자루로 발자국을 지웠고, 나뭇가지를 들고 서서 하늘에서 보면 숲으로 보이게도 했다. 이런 유령 같은 이동 능력으로 적의 방어선 틈으로 침투해 후방으로 파고들었다. 산과 계곡이 많은 한국의 지형은 중공군의 이런 전술에 적격이었다. 유엔군은 그 많은 산곡과 협로에 모두 병력을 배치할 수가 없었다. 소리 없이 파고든 중공군은 2개의 부대로 갈라진다. 한 부대는 특히 포대, 사령부, 보급창을 습격해서 전방 부대를 고립시킨다. 다른 부대는 고개와 교차로 같은 주요 길목을 점령하거나 주변에 매복해서 지원부대나 후퇴하는 부대를 공격해 섬멸한다.

이 공격은 한 번에 이루어지는 것이 아니다. 일단 공격 목표를 포위하고 귀신같이 잠복한다. 약속 시간이 되면 전방과 후방에서 동시에 공격이 시작된다. 이때는 소위 인해전술로 인명을 아끼지 않고 계속 공격해 전선을 무너뜨리거나 탄약을 고갈시킨다. 방어하는 측에서 보면 갑자기 포대와 연락이 끊기거나 포병의 화력지원이 사라지고, 지원부대나 보급 트럭이 오지 않는다.

포위되고 고립되었다는 사실이 알려지면서 공포감이 엄습하고 사기와 투지는 급속히 떨어진다. 포위망을 탈출하기 위해 진지를 버리고 후퇴하는 부대는 사전에 침투해서 통로를 포위하고 있던 부대의 매복에 걸려든다. 대형이 붕괴하고 전의를 상실한 채 후퇴하던 부대는 여기서 더 큰 피해를 입는다.

이처럼 중공군의 인해전술은 단순히 머릿수만 믿고 병력을 쓰나미처럼 운용하는 전술이 아니다. 적을 쪼개고 분리해서 병력의 효율을 극대화하는 전술인 것이다. 물론 화력의 열세, 결정적 순간의 육탄 돌격으로 인해 인명의 희생이 적지는 않겠지만, 이 전술로 승리를 거둔다면 패전할 때보다는 희생을 줄일 수 있다.

정리하면 '좋은 무기'는 전술적 상황에 따라 달라진다. 자신의 장점을 정확하게 파악하고 가장 효과적인 방식으로 활용해야 전쟁에서든 주식시장에서든 승리할 수 있을 것이다.

당신만의 무기는 무엇입니까?

슈퍼개미가 집중투자 하는 이유

주식투자에서 유명한 격언 중 하나가 "달걀을 한 바구니에 담지 말라"는 말이다. 혹시 모르니 주식을 하나만 사지 말고 여러 종목을 사서 위험에 대비하라는 격언은 거의 성서처럼 받아들여진다. 그래서일까, 분산투자가 만능이라고 생각하는 투자자가 대다수다. 하지만 주식투자로 부를 이룬 사람들은 집중투자를 했다.

뛰어난 재능을 가진 펀드매니저들도 대부분 지수 평균 수익률을 넘어서지 못한다. 그래서 코스피200, 나스닥에 투자하는 QQQ ETF, S&P500에 투자하는 SPY ETF가 대중에게 인기가 많다. 하지만 역설적이게도 주식으로 슈퍼개미가 된 사람들은 분산투자가 아니라 소수 종목에 집중투자를 한 사람들이다. 이들은 자신이 잘 아는 업종에서 가장 확실하다고 생각하는 기업에 집중투자 한다. 자신이 종사했던 업종이라 기업에 대해 전문가보다 더 많이 공부했거나, 이 기업을 알기 위해 몇 달에서 몇 년에 걸쳐 공들여 분석한다. 남들보다 더 많이 더 오래 분석한 다음 집중해서 많은 돈을 투자한다. 100만 원으로 10배가 되면 1천만 원이지만 10억을 투자해 10배가 되면 100억이 된다. 큰돈을 투자하기 때문에 그만큼 확신이 필요하고, 한 번만 투자에 성공해도 부자가 될 수 있다.

워런 버핏도 투자자가 여러 주식에 분산투자 하는 것은 그만큼 자기가 투자한 주식에 대한 확신이 없다는 반증이라고 말한다. 그는 분산투자보다 확실히 오른다는 믿음을 주는 주식 네다섯 종목에 집중투자 하는 것이 낫다고 했다. 일반 투자자는 직장 생활을 병행해야 해서 이보다 많은 기업에 투자하고 정보를 조사한다는 것이 쉬운 일이 아니기 때문이다.

기술력이 최고라는 환상

이들이 투자해서 소위 대박이 난 종목들은 의외로 독보적인 기술력을 보유한 기업들이 아니다. 대중은 독보적인 기술력에 환상을 갖는다. 어느 기업도 따라잡을 수 없는 기술을 가지고 있으면 기업의 주가가 상상 못 할 정도로 오르리라 생각한다. 하지만 기업이 독보적인 기술을 가진 것과 돈을 잘 버는 것, 즉 주가가 오르는 것은 별개일 수 있다. 신무기를 도입했다고 해서 전쟁에서 꼭 이길 수는 없듯이, 기술력 대신 고객이 제품을 사게 할 다른 매력적인 요소가 있어도 된다.

대표적인 예로 버핏이 투자한 기업들은 강력한 기술력을 가진 기업들이 아니라 코카콜라, 시즈캔디, 질레트, 코스트코, 애플 등 강력한 브랜드를 가진 기업들이다. 브랜드가치는 숫자로 표현하기 어려워 재무제표에 반영되지 않는다. 그래서 투자자들은 특정 브랜드의 가치가 얼마나 위력적인지를 모른다. 반면 강력한 기술력, 저렴한 가격은 눈에 보이는 요소여서 투자자에게 믿음을 준다. 하지만 실제로 판매 경쟁이 시작되면 의외로 어느 순간부터는 기술력과 가격경쟁력으로 시장을 넓히는 데 한계가 있음을 투자자는 깨닫는다.

스마트폰이 시장에 나온 초창기에는 기술력이 곧 경쟁력이었다. 누가 더 좋은 기술을 도입한 스마트폰을 더 저렴한 가격에 내놓는지가 핵심이었다. 하지만 시간이 지날수록 사용자가 그런 고성능 스마트폰의 기능들을 다 활용할 수 없는 수준에 도달했다. 어차피 인터넷, 메신저, 유튜브, 게임 정도만 하는데 여기서 더 좋은 성능이 나온다 한들 큰 매력을 느끼지 못한 것이다. 그러자 고성능 스마트폰을 만들던 기술력 있는 기업들이 무너졌다. 반대로 저가 스마트폰에 대한 매력도 과거처럼 강한 영향을 주지 못했다. 신흥국들에서도 소득이 증가하고 스마트폰 활용도가 올라가면서 저가 스마트폰보다는 본인이 갖고 싶은 스마트폰으로 구입 기준이 바뀌기 시작했다.

이들 중 많은 수가 선호하는 스마트폰은 바로 아이폰이다. 아이폰은 애플 기기가 아니면 호환이 되지 않아 불편하고 기술력이 독보적으로 뛰어나지도 않으면서 가격도 다른 제품에 비해 비싼 편이다. 하지만 다수는 디자인과 브랜드가 주는 감성 때문에 아이폰을 갖고 싶어 한다. 이렇게 되면 경쟁사는 답이 없어진다. 아이폰보다 더 뛰어난 기술을 가진 신제품을 내놓거나 더 저렴하게 출시해도 고객은 아이폰을 산다. 브랜드라는 보이지 않는 적과 마주한 경쟁사들은 공포를 느끼고 하나둘 사업을 철수한다.

브랜드에 주목하라

커피 프랜차이즈 시장도 그렇다. 스타벅스보다 더 맛있고 저렴한 커피 가게는 많을 수 있다. 하지만 커피 업계 점유율 1위가 스타벅스일 만큼 사람들은 스타벅스 커피를 원한다. 중요한 사실은 다수의 사람들이 커피 맛을 잘 모른다는 것이다. 그러면서도 스타벅스 커피가 맛있다거나 감성이 느껴진다, 분위기가 좋다는 이유로 스타벅스를 애용한다. 자, 당신이 다른 커피 프랜차이즈 대표라면 스타벅스와 어떻게 경쟁할 것인가? 더 저렴하게 만들어도, 더 맛있게 만들어도 사람들은 스타벅스 브랜드를 향한 선호를 버리지 않는다. 국내의 커피 브랜드 시장이 시작되고 수십 년이 흘렀지만 사람들은 전 세계 프랜차이즈 커피 시장에서 점유율 2위를 차지하는 브랜드가 무엇인지 알지 못할 만큼 스타벅스에만 열광한다.

다음 전쟁터는 전기차다. 전기차는 이제 시작되는 산업으로 10년 전의 스마트폰 시장을 생각나게 한다. 당시 2G폰을 만들던 모토로라, 노키아가 전 세계를 호령했지만 스마트폰을 앞세운 애플의 등장으로 수많은 휴대전화 제조사가 무너졌다. 기존의 여러 완성차 업체들은 전기차에 대한 자신감을 내비치고 있지만, 전기차를 시작으로 자동차 회사가 된 테슬라에 밀릴 가능성이 높다.

당장은 풍부한 제조 경험으로 기술력이 뛰어나고 규모의 경제를 실현할 수 있는 완성차 업체들이 우위를 점할 수도 있지만, 대중에게는 '전기차=테슬라'라는 인식이 강하다. 그리고 대중에게 테슬라는 매력 있는 전기차라는 브랜드 이미지를 가지고 있다. 아이폰도 출시 초기에는 소수만 이용했지만, 아이폰을 한 번 써본 사람은 다음에도 계속 아이폰을 선택했다. 이렇게 브랜드에 대한 충성도가 높은 동시에 신규 고객들도 유입되었다. 반면 다른 스마트폰 이용자들은 브랜드 충성도가 높지 않아서 기술력이나 가격에 따라 브랜드를 바꿨다.

전기차 시장도 처음에는 혼전이 예상되지만 어느 순간부터는 기술력과 가격경쟁력이 큰 매력 요소가 아닌 순간이 올 것이다. 그때부터는 강력한 브랜드를 가진 기업이 전기차 시장을 주도할 것이다. 지금으로서는 테슬라가 제2의 애플, 제2의 스타벅스가 될 가능성이 높다.

주식시장에서 기술력에 대한 맹신이 환상이듯 기업의 절대적인 무기 같은 것은 없다. 기업의 장점은 업계 현황과 전망 등 주변 환경에 따라 달라진다. 테슬라의 예시처럼 전망 있는 업계에서 어떤 기업이 브랜드가치를 선점하고 키워가는지 눈여겨보자.

데이터

전쟁사를 분석해야 하는 이유

—

호황과 불황은 반복된다

전쟁사를 통해 전략을 배우듯, 주식에서도 역사를 통해 배우는 것이 있다. 왜냐하면 둘 다 인간 행동의 결과이고, 인간 본성은 잘 바뀌지 않기 때문이다. 인간의 행동 패턴을 배우면서 현실에 적용해보는 것은 리스크를 줄이는 방법이 될 수 있다. 그러나 역사에서 얻은 통찰을 맹목적으로 적용하거나 반복하면 안 된다. 그것을 창의적으로 훌륭하게 응용하려면 과거와 현재의 차이를 정확히 비교, 분석해야 한다.

내가 역사를 전공한다고 하면 많은 사람이 고상하고 훌륭한 학문을 한다고 말해준다. 존경심을 표하는 분도 있다. 그런데 그 존경의 이유 중 하나가 현실과 무관한 배고픈 학문을 하기 때문이란다. 인문학이 배고픈 학문인 것은 맞는데, 살아가는 데 소용없다는 말은 뼈아프다.

나 같은 역사 연구자에겐 너무 당연해서 설명하기 힘들고 낯선 이유지만, 현대에 과거의 전쟁사를 배워서 어디에 써먹느냐고 하는 사람도 의외로 많다. 특히 군대에서 너무나 많은 장교, 사관생도들이 이런 의문을 품는다. 제트기와 드론이 날아다니는 시대에, 창과 방패로 싸우던 시대의 전쟁사에서 무엇을 배울 수 있냐는 것이다. 창과 방패로 싸우던 전쟁 교리가 현대에는 쓸모없다고? 그런 말은 과거의 전쟁 교리를 현대전과 미래전의 소재로 가공하는 능력이 결여되었다는 소리나 마찬가지다. 사실은 그 능력이야말로 바로 명장의 조건이 된다.

전술은 바뀌어도 전략은 바뀌지 않는다는 말이 있다. 특히 전략을 구상할 때 지정학적 요인은 세월이 지나도 여간해서 변하지 않는다. 그런데 더욱 변하지 않는 것이 있다. 인간의 본성이다. 군의 사기, 전투의

지, 사명감이 전투에 미치는 영향도 변하지 않는다. 그것이 우리가 전쟁사를 연구해야 하는 이유다.

천하삼분지계에 대한 오해

소설《삼국지》는 천하삼분지계天下三分之計, 지금의 쓰촨성을 점령해서 화북의 위나라, 강남의 오나라와 함께 천하를 삼분하고 최종 승부를 겨루자는 아이디어를 제갈량의 창작으로 묘사한다. 삼고초려 끝에 제갈량을 만난 유비는 천하삼분지계에 대해 듣고 감동한다. 이건 소설적 허구다. 천하삼분지계는 방통과 주유도 구상했다. 아마 당대에 알 사람은 다 알았을 것이다. 왜냐하면 이미 유방과 후한 광무제가 두 번이나 쓰촨성으로 들어가 힘을 비축한 뒤에 중원이 혼란한 틈을 타서 치고 나와 천하를 제패한 사례가 있었기 때문이다.

유비가 제갈량과 그런 의논을 한 것은 사실이다. 하지만 천하삼분지계라는 아이디어를 듣고 감탄한 것이 아니라 천하삼분지계를 이룰 방법과 성공 가능성에 대해 논의했을 것이다.

촉 또는 익주라고 불린, 지금의 쓰촨분지는 가파른 산으로 첩첩이 둘러싸여 있다. 그 산악지대를 여러 개의 통로가 통과하지만 대부분 험하고 좁은 길이다. 때로는 잔도라고 불리는, 바위벽에 설치한 등산로 같은 길을 지나야 한다.

내가 아는 연구자 중에 이 길을 가봤던 분들이 있다. 시안에서 청두까지 버스로 가는 길인데, 한 분은 야밤에 산맥 지역을 통과하는 바람에 아무것도 보지 못했다고 한다. 길에 가로등 하나 없었기 때문이다. 몇 년 후에 다른 분이 학생들을 데리고 가봤는데 그사이에 중국 정부가 구불구불한 옛 도로를 버리고 터널로 직통하는 도로를 뚫어버려서 터널만 보다가 돌아왔다고 한다.

미스터리한 길이지만 기록에 의하면 공격군이 뚫고 들어가기가 보통 힘든 곳이 아니다. 수비 측도 밖으로 나오기가 쉽지 않다. 그런데 산맥 안쪽의 쓰촨분지는 의외로 평야가 비옥하다. 이곳의 농업생산력이 비슷한 면적의 주변 성省, 중국의 지방 행정구역 2~3배는 된다. 그러므로 당장 천하통일을 시도할 만한 역량은 없어도 힘을 비축하며 관망하다가 상대가 자중지란에 빠지거나 어려움에 처했을 때 치고 나올 기회는 주는 곳이다. 더욱이 쓰촨분지를 넘어서면 바로 장안중국의 고도(古都)로 현재의 시안에 해당한다이다.

입촉 전략의 역사

험한 산맥으로 둘러싸인 익주의 가치를 알고 제일 먼저 써먹은 사람이 유비의 먼 조상인 한나라 고조 유방이다. 항우의 세력에 밀린 유방은 수도 장안과 관중 지방을 항우에게 양도하고 촉으로 들어갔다. 이때 유방은 자신이 관중 지방을 습격할 의도가 없고 항우와 천하를 다툴 마음이 없으며 지방 영주로 사는 것에 만족한다는 뜻으로 절벽에 걸린 잔도를 불태워버렸다. 그러나 유방은 천하 패권을 포기하지 않았다. 잔도 방화는 속임수였다. 대체로 험로여서 그렇지 잔도 말고도 길은 꽤 많았다.

항우를 속인 유방은 산맥을 크게 우회해서 관중 지방을 기습한다. 이 공격은 유방이 천하 통일을 하는 데 주춧돌이 되었다. 한나라는 중간에 한 번 망했다. 외척 왕망王莽, B.C. 45~A.D. 23이 한나라를 멸망시키고 신이라는 나라를 세운다. 이때 황족이었던 광무제는 유방의 전철을 따라 촉으로 도피했다가 바로 군을 끌고 나와서 왕망을 제거하고 한나라를 부활시킨다. 이때부터를 역사에서는 후한 시대라고 한다.

그 후한이 쇠락하면서 삼국시대가 시작된다. 유비는 촉으로 들어간 세 번째 유씨 가문 사람이었다. 그러니 천하삼분지계를 몰랐다는 건 말도 안 된다. 동시에 유비는 입촉入蜀 전략을 성공시키지 못한 첫 번째 유씨였다. 유비가 촉에 들어간 것도 역사의 교훈을 따른 것이었다. 그러나 이미 역사에서 두 번이나 성공 사례가 있는 전략이었고 다른 사람들도 역사를 공부했기에, 입촉 전략의 중요성을 알고 그만큼 충분히 대비했던 것이 유비의 촉한이 성공하지 못한 이유 중 하나가 아닐까?

역사는 성공과 실패를 모두 간직하고 있지만 쓰촨성의 지형, 지정학적 가치는 변하지 않았다. 따라서 입촉 전략의 역사는 반복된다. 당나라가 멸망할 때 안녹산安祿山, 703?~757의 반란이 일어나자 당나라 현종은 촉으로 피란길에 올랐다. 도중에 병사들이 반란을 일으켜 나라를 망친 여인으로 지목된 양귀비를 죽이라고 요구해서 현종이 양귀비를 죽인다. 그녀가 죽은 장소가 지금은 가느다란 1차선 도로가 되었는데 당시에는 촉으로 직행하는 국도였다.

이후에도 입촉의 역사는 지속된다. 청나라 말, 광둥성, 푸젠성을 기반으로 태평천국군이 봉기해 난징에 도읍하고 중국 남부를 석권했다. 그러나 태평천국군은 청군과 한족 관료층의 연합, 외국 군대의 개입, 태평천국군 내부의 분열로 무너진다. 이때 태평천국군에서 아주 강력한 군벌을 거느리던 전쟁영웅 석달개石達開, ?~1863는 태평천국 황제인 홍수전과 결별하고 스스로 황제가 되어 서쪽으로 향했다. 이때는 소설 《삼국지연의》가 온 세상에 보급되어서 천하삼분지계와 입촉 전략은 평민들도 다 아는 이야기가 되었다.

석달개도 알고 청군도 알았으므로 촉 진입을 막기 위한 경주가 벌어졌다. 이때 석달개의 진로는 산시성에서 쓰촨성으로 들어가는 루트가 아니라 남쪽에서 진입하는 루트였다. 아무리 역사적인 전략을 반복한다고 해도 1천 년이 넘게 흘렀고, 출발 지점이 다르니 진입로의 변경 정도는 이해해야 한다. 쓰촨성 남쪽에서 촉으로 들어가려면 다링강大凌河이 흐르는 거대한 협곡을 지나야 하는데, 석달개는 단 하루 차이로 이 강을 건널 수 있는 루딩차오 다리를 장악할 기회를 놓쳤다. 여기서 벌인 전투에서 석달개는 패했고, 결국 이 패전이 치명타가 되어 청군에게 투항했다가 처형되고 말았다.

루딩차오 다리의 혈전

국공내전1946~1949 때 마오쩌둥도 공산당군이 장제스의 국민당군에 밀리자 입촉 전략을 시도했다. 이것이 중국 공산당이 오랫동안 선전했던 대장정이다. 국민당군과 공산당군은《초한지》와《삼국지》의 사례에 석달개의 사례까지 알고 있었다. 장제스는 추격군의 지휘관에게 "태평천국군의 역사를 재현하라"라고 타전했다.

국민당군과 공산당군은 대협곡을 건너는 루딩차오 다리를 선점하기 위해 달리기 시합을 벌였다. 협곡 양쪽에서 군대가 서로 마주 보며 달려가는 진짜 경주였다. 선두에서 경주를 지휘했던 펑더화이彭德懷 1898~1974는 병사들에게 이렇게 말했다(펑더화이는 나중에 한국전쟁 때 중공군 총사령관이 된다). "(이 달리기 시합에서) 승리는 곧 생존이고, 패배는 죽음이다." 솔직히 국민당군 쪽에서도 똑같이 말하지 않았을까? 뜻은 같았어도 어조는 달랐을 수도 있다. "이 경주에 패배하면 모두 내 손에 죽을 줄 알라"같이 말이다.

국민당군이 경주에 이겨서 다리 한쪽에 먼저 방어진지를 쳤다. 하지만 석달개의 운명을 아는 22명의 공산당군 특공대가 육탄으로 루딩차오 다리를 건너 국민당 군 수비대를 제압했다. 어떻게 국민당 군 방어진지의 공격을 뚫고 다리를 건너는 기적이 일어났을까? 정확한 사실은 전해지지 않지만, 국민당군이 어리석은 짓을 저질렀다. 루딩차오 다리는 쇠사슬로 발판을 붙들어 맨 구름다리로 길이는 100미터, 너비는 3미터 정도다. 그들은 다리를 아주 끊어버리지 않고 자신들이 있는 곳부터 다리 중간까지 바닥 발판만 들어냈다. 다리를 다시 건설할 때 드는 비용이 걱정돼서 그랬다는 설도 있지만 진실은 알 수 없다.

22명의 특공대는 다리 발판이 사라진 부분은 쇠사슬에 매달려 팔 힘으로 건넜다. 특공대가 다리를 건너는 동안 공산당군이 기관총으로 국민당군 기관총 진지를 제압하려고 했지만 역부족이었다. 국민당군은 기관총 진지에서 기관총을 발사했고 나무 위에는 저격병이 자리 잡고 있었다.

당연히 특공대가 전멸해야 정상이지만 국민당군의 총알은 선두에 있던 세 명을 맞혔을 뿐이다. 그것도 처음 출발했을 때였다. 공산당군이 다리를 건너 가까이 다가올수록 국민당군의 사격은 더 빗나가기 시작해서 아예 한 명도 맞히지를 못했다. 최초로 다리를 건넌 병사가(그의 무장은 등에 멘 소총과 수류탄뿐이었다) 국민당군 진지에 수류탄을 던져 넣을 때까지도 맞히지를 못했다. 도저히 믿기 어려운 전황이지만 역사에는 이렇게 기록되어 있다. 당시의 사정은 자세히 알 수가 없다. 아무튼 그 광경을 본 공산당군은 뒤를 이어 계속 다리를 건너왔고, 마침내 국민당군의 방어진지를 함락했다.

이 공격으로 공산당은 구사일생했다. 대장정의 최종 목적지는 석달개와 달랐다. 공산당군은 쓰촨성에 머무르지 않고 남쪽에서 북쪽으로 쓰촨성을 종단해서 올라간 뒤에 《삼국지》에서 강족의 땅인 농서 지방의 연안 지역으로 들어간다. 입촉 전략이 아니라고 할 수 있지만, 이 역시 응용으로 이해하자.

전쟁사를 연구해야 하는 이유

입촉 전략 사례에서 알 수 있듯 역사를 연구하는 일은 매우 중요하다. 그러나 역사를 연구하고 적용할 때 조심해야 할 부분이 있다. 과거의 사례를 배운다고 해서 맹목적으로 적용하거나 반복하면 안 된다는 점이다. 유방과 광무제의 경우처럼 반복해도 되는 경우가 있고 적절히 변용, 응용해야 하는 경우가 있다. 이를 구분해서 과거의 사례를 창의적으로 훌륭하게 응용하려면 과거와 현재의 차이를 정확히 비교, 분석해야 한다. 예를 들어 현대의 무기는 과거의 무기와는 수준이 다르다. 전례가 없는 최첨단 무기를 가지고 전략, 전술을 구상한다고 할 때 무엇을 참조할 수 있을까? 전쟁사의 뛰어난 영웅들이 과거의 전략, 전술을 분석하고 과거와 당시의 모든 차이점을 파악해서 전략, 전술을 구상했던 사례를 참조할 수 있다. 이것이 과거의 전쟁이 필요한 이유고 과거의 자산을 200% 활용하는 방법이다.

인간의 본성도 그렇다. 용기, 두려움, 공황, 사기, 투지, 이런 요인을 말하기는 쉽지만 정도를 수치로 표현하거나 정확히 측정할 수는 없다. 한 사람이나 집단이 어떤 요인 때문에 두려움을 느끼거나 사기가 오르내릴 때, 각각의 전투 상황에 따라 그 정도는 아주 다를 수 있다. 예를 들어 전차가 출현했을 때 병사들은 어마어마한 공포를 느낀다. 그런데 비록 적의 장갑을 꿰뚫을 수 없는 대전차무기라고 해도 그런 방어 수단을 가지고 있는 경우와 없는 경우에 느끼는 공포와 그다음의 행동이 크게 달라진다.

전쟁터에서 이런 세부적인 상황은 매 전투마다 나타나지만 사전에 훈련할 수 없고 경험하기도 힘든 경우가 많다. 이럴 때 과거의 경험을 충분히 보유하고 숙지해야 한다. 지휘관이 비록 처음 겪는 상황이라고 해도 과거의 사례들을 잘 알고 있다면 병사들의 반응을 올바로 예측하고 적절한 방법을 찾아낼 가능성이 아주 높아진다. 전투는 극한의 싸움이고 간발의 차이로 삶과 죽음, 승패가 나뉜다. 과거의 전쟁사를 잘 알고 있는 지휘관은 이 간발의 차이를 나누는 결정들을 올바로 내릴 가능성이 높을 것이고, 이 차이는 전쟁의 승패를 가르는 중요한 요인이 될 것이다.

주식의 역사는 반복된다

큰 위기 직전에 큰 호황이 있다

1920년대 대공황, 1970년대 오일쇼크, 2000년 닷컴버블, 2008년 리먼브라더스 파산, 2020년 코로나 위기. 증시는 꾸준히 상승하지만 위기는 반복된다. 주식을 하면서 가장 우려스러운 점이 있다. 상승장 뒤에는 하락장이 있음에도 투자자들은 영원한 상승장이 오리라 믿고 레버리지 투자를 즐긴다는 것이다. 우리나라 국민들이 투자하는 미국 주식 1~5위가 매일 증권사 앱에 나오는데, 대부분이 지수 3배를 추종하는 ETF상장지수펀드들이다. 상승장일 때는 남들보다 3배의 수익을 내지만 하락장일 때는 3배의 손실을 입는다. 하지만 그 하락장이 언제 올지는 아무도 모른다. 2022년 반년간의 긴 하락장이 왔을 때 이 3배 지수 추종 ETF들의 손실률은 80%가 넘었다. 2020년 동학개미운동 이후 주식투자자가 급증했던 사실을 고려하면 이들은 2년간 상승만 하는 증시를 보고 지수가 계속 상승하니 더 욕심부리는 투자를 했다가 낭패를 본 것으로 추정된다.

주식에 투자하는 사람이라면 증시 위기의 역사에 대해 공부해볼 필요가 있다. 닷컴버블은 왜 왔고, 그때 어떤 주식들이 많이 하락했으며, 그 위기에도 살아남은 투자자들은 어디에 투자했는지, 그리고 그 위기 이후 어떤 장세가 되었는지를 분석하면 다음 위기에 무너지지 않는 투자자가 될 것이다.

어떤 사람들은 매번 똑같은 위기가 아니라 다른 형태의 위기가 찾아오기 때문에 주식의 역사를 공부해봤자 소용없다고 말한다. 위기는 언제 어떤 내용으로 올지 알 수가 없으니 그럴듯한 말처럼 들리겠지만 사실 위기가 오기 전에는 항상 공통된 전조 현상이 있었다. 큰 위기 직전에 큰 호황이 있었다는 것이다. 돈 번 사람들이 쏟아지고, 대다수가 주식투자를 하고, 불량한 주식들이 더 많이 오르고, 사람들이 수익률에 눈이 멀어 욕심을 내는 상황에서 위기가 발생하고 증시가 크게 무너졌다. 어떤 위기가 올지는 몰라도 위기 전에 어떤 신호들이 나타나는지는 대략 직감할 수 있다. 그래서 주식의 역사를 공부해야 하는 것이다.

주식의 역사에서 배우는 투자법

수백 년에 걸친 주식의 역사를 돌아보면 수많은 위기와 호황이 있었다. 많은 투자자가 주식시장에 뛰어들었고, 사라졌다. 그 와중에 시장에서 오랫동안 꾸준히 수익률을 낸 투자자도 있다. 이미 이런 빅데이터가 존재하기 때문에 어떤 것을 하고 어떤 것을 하지 않는 것이 투자에 유리한지를 유추해볼 수 있다.

가장 중요한 것은 욕심을 절제하고 공포를 이겨내는 능력이다. 투자로 돈을 벌려면 싸게 사서 비싸게 팔아야 한다. 대다수는 거꾸로 비싸게 사서 싸게 판다. 욕심날 때 사면 비싸게 사게 되고, 무서울 때 팔면 싸게 팔게 된다. 남들이 욕심을 낼 때 나는 팔 수 있는 절제력이 있어야 하고, 남들이 무서워서 팔 때 나는 살 수 있는 용기가 있어야 한다.

대중과 반대되는 마음가짐을 갖는다는 것은 매우 어려운 일이다. 그래서 이론을 이해해도 실전에서는 몸이 안 따라주기 마련이다. 금액을 서서히 늘려가면서 욕심과 공포를 컨트롤할 수 있어야 한다. 정해놓은 금액 내에서 충분히 컨트롤이 된다면 서서히 액수를 늘려가자.

또 중요한 것은 위기의 시기를 정확히 맞히기는 어렵지만 위기가 오기 전에 전조 현상들이 나타난다는 점이다. 사람들이 욕심에 눈이 멀면 가치 없는 것들이 비싼 가격을 형성하는 일이 발생한다. 한때 네덜란드에서는 튤립 한 송이가 집 한 채 가격까지 올라갔었고, 닷컴버블 시절에는 작은 소프트웨어 기업의 시가총액이 대기업 몇 개를 합친 것보다 높았다. 상식적으로 이해되지 않는 일이 벌어진다는 것은 대중의 욕심으로 시장이 왜곡되기 시작했다는 뜻이다. 이럴 때 다른 사람들을 따라 들어간다면 얼마 있지 않아 큰 위험에 직면할 수 있다.

약점이 없는 기업에 투자하는 것이 가장 안전하다. 어떤 때는 돈을 잘 벌고, 어떤 때는 못 버는 기업은 주가가 크게 오르락내리락한다. 반면 경기가 좋든 나쁘든 꾸준히 돈을 잘 버는 기업은 상대적으로 주가가 덜 하락한다. 만약 이런 기업이 경쟁력이 있고 브랜드가치도 뛰어나다면 가격도 비싸게 팔 수 있다. 그럼 이익이 꾸준히 빠르게 상승하니 주가도 잘 오른다. 허쉬, 코카콜라, 코스트코, 애플, 스타벅스, 교촌치킨 같은 기업들이 위기에 방어력도 좋다.

심리

흔들리지 않는 무소의 뿔처럼

—

심리가 무너질 때 생각해야 할 것들

인간은 심리가 크게 흔들리면 전략적 판단을 내리기 힘들다. 이렇게 심리전은 상대를 큰 위험에 빠뜨릴 수 있어서 전쟁에서 자주 사용된다. 하락장은 투자자의 심리를 무너뜨리는 대표적인 상황이다. 투자자는 하락장을 겪으며 심리적인 압박을 크게 느낀다. 반면 상승장에서도 거품의 위험이 도사리고 있다. 어떤 상황에서도 심리가 흔들리지 않고 내 자산을 지킬 수 있는 방법은 무엇일까?

전투란 하나뿐인 생명을 담보로 하는 승부다. 편안하고 부담 없는 상태에서 내리는 결정과는 차원이 다르다. 이를테면 책상에 3개의 서랍이 있다고 하자. 어제 썼던 볼펜이 어디 있을까? 우리는 아무 생각 없이 3개를 차례로 열어본다. 혹시 기억을 더듬어 한 번만에 찾아본다고 해도 쉽게 기억이 떠오른다. 그런데 하나의 서랍에는 볼펜이 있고 나머지 2개의 서랍에는 부비트랩이 연결되어 있다고 하자. 자신이 늘 첫 번째 서랍에 볼펜을 두는 습관이 있다고 해도 서랍을 열기가 쉽지 않다. 어제의 기억은 하얗게 사라져서 떠오르지 않는다. 이처럼 전쟁터의 압박, 부담, 긴장감은 실제 전장에서 전략가가 정상적인 사고를 못 하게 한다.

적에게 정신적인 혼란을 주어서 전략적 판단을 하지 못하게 하는 대표적인 전술이 심리전이다. 우리가 잘 알고 있는 '사면초가四面楚歌'라는 사자성어의 유래에서도 알 수 있다. 항우는 해하전투B.C. 202에서 유방에게 패했다. 충격은 항우뿐 아니라 전군에 퍼졌다. 그날 밤, 초나라군을 포위한 한나라군 진영에서 초나라 노래가 들리기 시작했다. 이건 한나라군의 계략이었지만 항우는 크게 놀랐다. 노랫소리만큼 많은 초나라 병사가 한나라 진영으로 투항했다고 여겼다. 항우가 이렇게 생각할 정도였으니 병사들은 어땠을까? 초군은 붕괴하고 항우는 최후를 맞는다. 여기서 사면초가라는 고사성어가 탄생했다. 사면초가는 고대부터 전쟁에서 심리전을 펼쳤음을 말해준다.

고대의 심리전

더 오래된 고대 심리전의 증거로는 워댄스war dance가 있다. 문명 세계에서는 흔적이 사라져버렸지만 뉴기니의 부족들, 아메리칸인디언의 워댄스가 대대로 내려와 우리에게 전해진다. 뉴기니의 워댄스는 지금은 뉴기니의 명물이자 세계적인 인기 공연이 되었는데, 보는 사람마다 기묘한 중독성이 있다고들 말한다.

이 워댄스는 전쟁술이란 기준에서만 판단하면 형편없는 수단이다. 정말 전투 전에 저런 워댄스를 선보였다면 싸우기도 전에 지쳐버릴 것이다. 원시 전쟁에서도 진짜 무서운 부대는 함성도, 요란한 머리 장식도 없이 적을 향해 곧장 달려드는 침묵의 전사들이었다. 그럼에도 워댄스를 전장에서 사용한 이유는 그것이 승리를 수확하는 훌륭한 수단 중 하나였기 때문일 것이다. 워댄스를 추는 적의 함성과 자신감 넘치는 몸짓을 보면 몸이 움직이지 않고 공포가 이성을 이긴다. 새로운 이성의 목소리가 귀에 속삭인다. "굳이 목숨을 걸 필요가 있는가? 그냥 저들이 원하는 것을 주자. 그게 없다고 우리가 살기 어려워지는 것도 아니고 큰 불편도 없잖아."

이것이 워댄스의 마력이다. 물론 워댄스는 보다 잘 훈련된 전문적인 전사가 원시의 전사를 대체하면서 효력을 잃었다. 문명인들은 그 춤과 괴성을 잊어버렸다가 지구상에 남아 있는 오지의 정글에서 그것을 다시 발견했다. 그렇다고 해서 워댄스의 원리, 전장에서는 공포가 이성을 지배한다는 원리가 폐기된 것은 아니다. 구현 방식이 달라졌을 뿐이다.

무기 디자인에 각별한 노력을 들이는 이유

전쟁에서 사용하는 심리전의 용도와 방법은 대단히 다양하다. 일일이 열거할 수가 없을 정도다. 현대전에서는 심리전을 담당하는 전문화된 부서와 부대까지 운용된다.

다만 심리전이라고 하면 방송, 전단, 스피커와 마이크로 하는 전투라고 착각하는 경우가 많다. 그러나 병사들의 함성, 침묵, 깃발, 제복, 투구 장식, 부대의 명성, 포격, 사격, 모든 것이 심리전의 요소다.

이를테면 잘 차려입은 제복은 심리전에서 중요한 요소가 될 수 있다. 물론 세련되게 잘 갖추어 입는다고 해도 제복이 방탄조끼는 아니다. 또한 훌륭한 제복은 국방비가 넉넉하고 군수품의 보급이 풍족하고 원활하다는 간접적인 증거는 될 수 있지만, 그것이 완전한 승리를 보장하지는 않는다. 전장에서는 제복을 대체할 승부의 요소가 얼마든지 있다. 그럼에도 깔끔한 제복과 정연한 군대는 사기와 확신을 높인다. 높아진 사기에 적은 공포를 느끼고 자신감을 잃을 수 있다.

고대 그리스의 청동 보병부터 현대군에 이르기까지 모든 군대는 제복, 헬멧, 심지어 오직 기능성만이 중요할 듯한 무기까지도 디자인에 신경을 쓴다. 각국은 제식소총 나라에서 군인들에게 기본적으로 지급하는 소총 마저도 SF 영화에나 나올 법한 모습으로 디자인하기 위해 각별한 노력을 기울이고 있다.

굳이 그렇게까지 할 필요가 있을까? 소총이란 기능성만 뛰어나면 되지 않을까? 그렇지 않다. 온갖 첨단무기와 유도무기가 활개 치는 현대전에서 소총이 차지하는 역할은 계속 감소하고 있지만, 현대의 소총은 성능에 상당한 추가 지출을 요구하는 디자인까지 강요당하고 있다. 왜? 그것이 아군 병사에게는 자신감을, 적에게는 두려움을 주기 때문이다.

심리전의 목적

그러면 심리전이란 아군의 사기를 높이고 적군에게는 두려움을 주는 것이 주목적일까? 그렇지 않다.

심리전의 목적은 크게 두 가지다. 첫째는 싸울 의욕을 꺾는 것, 두 번째는 적의 감정을 자극해서 전략적 오판을 유도하는 것이다(물론 현실에서 이 둘은 서로 상호작용을 일으키고 딱 구분되지 않는 경우도 있다). 워댄스, 함성, 제복 등은 첫 번째를 목적으로 하는 고전적인 케이스라고 할 수 있다. 하지만 전쟁에서 정말 중요한 부분은 두 번째다.

앞서 '전장의 안개'라는 용어를 소개하면서 아무리 이성적으로 판단해서 철저하게 준비해도 막상 전투가 시작되면 전장은 불확실성과 돌발 상황이 가득해진다고 했었다. 지휘관이 이성을 유지하고 합리적인 판단을 하려고 해도 전장의 안개는 합리적 판단의 근거를 불확실성이란 두터운 막으로 감싸버린다.

이때 지휘관은 전장에서 가장 두려운 순간을 마주한다. 처음 계획대로 밀어붙여야 할 것인가? 계획을 변경해야 할 것인가? 전쟁터에 나가본 적이 없다고 하더라도 우리는 삶에서 이런 순간을 무수히 경험한다. 전투의 승부는 테이블에서 결정되지 않는다. 포연 속에서 병사들이 움직이고 격돌하는 순간, 전장의 안개가 전쟁터를 가리고 지휘관의 심장까지 스며드는 순간, 이때의 판단이 전쟁의 승패를 가르는 결정적 요인이 된다.

심리전을 이겨내는 방법

우리가 전략가가 되어야 하는 이유는 전략 수립, 목표 설정, 분석, 방법 도출이라는 메커니즘을 항상 붙들고 있어야 하기 때문이다. 돌발 상황, 공포스러운 첩보가 전해질 때 당황하지 말고 내가 수립한 계획의 전체적인 구조, 다이어그램을 펼쳐놓고 분석하는 습관과 능력을 지녀야 한다.

혹자는 이런 과정을 거치면 상황에 순발력 있게 대처하기 어렵지 않느냐고 의문을 품을 수 있다. 그러나 이것이 가장 순발력 있고 정확하게 상황에 대처할 수 있는 방법이다. 그리고 훈련을 통해 그 속도를 빛의 속도처럼 빠르게 높일 수도 있다. 오히려 지휘관들이 순발력 있고 정확하게 상황에 대처하지 못하는 이유는 전체 전략이 정리되어 있지 않기 때문이다. 타인의 첩보나 계획에 의존해서, 타성에 젖어서, 지난 경험을 통해서 수립하는 전략일수록 본인이 전략의 처음과 끝을 알지 못한다. 그러므로 당황스러운 소식이 들려오고 감정이 동요할 때 오판을 저지르는 것이다.

전략가는 자신이 선택한 전술의 근거가 잘 정리된 서랍이나 다이어그램처럼 명확하게 계통화되어 있는 사람이다. 예측하지 못한 상황, 새로운 상황이 발생하면 그 상황이 다이어그램의 어디에 위치하는지를 빨리 분석하고 결정한다.

새로운 변수가 전략의 뿌리를 대체하는 변수인지, 가지를 흔들어 열매를 떨어트리는 변수인지, 기둥을 새로 박아야 하는 변수인지, 기왓장을 날리는 변수인지를 파악해야 한다. 물론 아무리 천재 전략가라도 항상 올바른 판단을 내리지는 못한다. 그러나 이런 전략가는 실패를 통해 성장해서 전략 수립과 대응 능력이 높아진다. 처음에는 실수를 저지르더라도 다음 번에는 더 빠르고 정확한 분석과 판단을 할 가능성이 높아지는 것이다.

이것이 심리전을 이겨내는 올바른 방법이다.

하락장에서 심리를 흔드는 것들

주식창을 과감히 닫아라

주식시장에서 평상심을 유지한다는 것은 쉽지 않은 일이다. 하지만 투기가 아니라 투자를 하는 것이고, 그러려면 큰 흐름에서 장기적 안목을 가져야 하기에 평상심을 유지하는 일은 투자자에게 매우 중요하다.

대체로 투자자의 심리가 급격히 무너지는 상황 두 가지가 있다. 하락장일 때와 상승장일 때다. 특히 하락장일 때 투자자들의 마음은 급격히 불안해진다. 돈이 묶이는 상황이 되면, 미리 팔지 못한 것에 대한 후회부터 다시는 주식을 하지 않겠다는 자책까지 그야말로 수많은 감정이 겹겹이 쌓이면서 고민을 하게 된다. 이 과정에서 누구나 알지만 시도하지 못하는 해법이 있다. 바로 마음을 다스리는 일이다. 수없이 이야기하지만 주식시장은 누구도 예측할 수 없는 위험이 도사리는 시장이다. 그리고 투자자들은 위험을 감수하고 투자하는 것이다. 이를 염두에 두고 심리가 흔들릴 때 하지 말아야 할 일들을 살펴보자.

첫째, 주식 시황을 가급적 멀리하자. 하락장이 멈추는 징조가 보일 때까지 가능하면 주식창을 열어보지 않는 것이 좋다. 세력은 투자자가 어떤 상황에서 주식을 매수하고 매도하는지를 잘 알고 있기 때문에 투자자의 심리를 건드는 수준까지 주가를 올리고 내리며 압박한다. 그래서 하락장이 오면 어디 멀리 여행을 떠나거나 일을 늘려 스스로를 바쁘게 하는 편이 좋다. 특히 계좌 잔고를 확인하지 않는 것이 좋다. 몇 % 하락이 났는지 확인하는 순간, 내가 이렇게 많은 돈을 잃었구나 하며 공포감이 엄습하기 때문이다.

둘째, 뉴스 기사에 현혹되지 말자. 투자자의 심리를 흔드는 것이 바로 뉴스 보도다. 하락장이 오면 나쁜 뉴스가 메인을 장식하고, 긍정적인 뉴스는 분노한 투자자들의 악플로 도배가 된다. 대중은 그들이 원하는 기사 위주로 클릭한다. 자신의 의견과 기사의 논조가 다르면 클릭하지 않거나 반대 의견을 댓글로 단다. 그럼 기자들도 하락장에는 공포를 주는 기사를 쓰고, 상승장에는 장밋빛 전망을 제시하는 기사를 써야 클릭을 더 많이 받고 광고 수익을 늘릴 수 있다. 이런 뉴스에 흔들린다면 좀처럼 마음을 다스리지 못하는 경우가 많아진다.

하락장에서 깊이 생각해야 할 것들

하락장에서 불안이 극에 달하게 되면, 투자자들은 대체로 두 가지 반응을 한다. 바로 물타기와 손절매다.

물타기는 주가가 하락한 주식을 추가로 구매해서 평단가를 낮추는 전략이다. 그러나 초보 투자자들은 마음이 급하다 보니 주가 하락 초입에 주식을 사는 경우가 많다. 그러면 이후 계속 가격이 하락해도 더 이상 주식을 살 돈이 없다. 아니, 오히려 더럭 겁을 먹고 손절매에 나서게 된다.

손절매는 손실을 본 상태로 주식을 파는 전략이다. 급격하게 가격이 하락하는 장세에서 더 이상의 손해를 막기 위해 파는 전략이 현명한 선택처럼 보일 수도 있다. 하지만 손절매는 매우 신중히 해야 한다. 손절매는 몇 번만 해도 재산이 급격하게 줄어들기 때문이다. 현금이 필요할 경우나 투자한 기업의 미래가 엿보이지 않을 때를 제외하고는 절대 피해야 할 전략이다. 앞 장에서 언급했지만, 워런 버핏도 피터 린치도 하락장에서 투자자가 해야 할 일은 시장을 믿고 기다리는 것이라고 했다. 많은 위기에서도 살아남은 투자자들의 격언을 하락장에서 깊이 생각해볼 필요가 있다.

상승장에서 돈을 잃지 않는 방법

하락장뿐 아니라 상승장에서도 투자자들의 심리가 무너질 때가 있다. 인간의 심리를 살펴보자. 인간은 불을 발견하고 무기를 만들기 전까지 맹수의 위협에 취약한 동물이었다. 약한 동물이 생존율을 높이는 방법은 무리 생활을 하는 것이다. 혼자서 다니다 맹수를 만나면 죽을 확률이 100%에 가깝지만, 무리를 지으면 맹수들이 보통 낙오하는 소수만 공격하기 때문에 생존율이 급격히 높아진다.

이처럼 원시시대부터 무리 짓던 습성이 있어서 인간은 오늘날에도 무리에서 낙오하는 것을 본능적으로 두려워한다. 그렇기 때문에 남들과 같이 돈을 잃을 때보다는 남들은 돈을 버는 상황에서 나만 못 벌 때가 더 괴롭다. 남들은 다 부자가 되는데 나만 부자가 되지 못한다는 두려움 때문에 주식에 관심이 없는 사람들도 견디다 못해 투자를 한다.

그런데 여기서부터 주식시장의 위기는 시작된다. 투자에 관심이 없는 사람들이 투자하기 위해 들어올 때가 가장 끝물이기 때문이다. 주식시장은 더 이상 돈을 가지고 들어올 사람들이 없는 한계 상황에 도달한 것이다. 이렇게 주식시장에 거품이 가득 차 있다고 인지한 투자자들이라면 큰 문제가 없다. 이때부터 자신의 주식을 잘 처분하면 되기 때문이다. 하지만 이를 인식하지 못하는 초보 투자자들은 몇 가지 준비를 해야 한다.

첫째, 전문가에게 의지하지 말아야 한다. 초보 투자자들은 주식 스터디를 하면서 같이 공부하는 사람들의 정보에 많이 의존하는 경향이 있다. 하지만 내가 직접 공부하고 찾아낸 기업이 아니라 남이 찾아낸 기업에 투자하면 잘못된 결과를 초래할 수도 있다. 기업에 대한 정보는 인터넷만 뒤져도 차고 넘칠 정도로 많다. 스터디를 할 정도로 자료 조사가 힘든 시대가 아니다. 또한 자신에게 잘 맞는 주식을 찾아야 스스로 견디는 힘이 생기는데, 스터디를 하면 의존적인 성향을 가지게 된다. 또한 대중의 트렌드를 따라가는 경향이 강하므로 가급적 혼자 공부하고 판단해야 한다. 커뮤니티, 유튜브, 방송도 자신의 판단을 돕는 수단이지 결코 그대로 따라해서는 안 된다. 처음에는 적은 돈으로 시작해서 실패하더라도 자기 경험을 쌓는 일이 중요하다. 가능하면 전문가의 추천을 따라하지 않는 것이 좋다.

둘째, 분할매수와 분할매도가 가장 좋다. 특히 멘탈이 약한 투자자들에게 가장 권하고 싶은 방법이다. 한 달에 한 번 투자할 금액을 정하고 매수를 꾸준히 한다. 혹시나 위기 전 전조 증상이 나타났을 때 적당히 분할매도를 한다면 웬만한 고수보다 높은 수익률을 올릴 수 있다. 이것도 어렵다면 가장 우량주, 또는 지수ETF를 퇴직할 때까지 월급날마다 사 모으는 전략도 있다.

미국의 경우 퇴직연금으로 주식투자를 할 수 있다. 그 덕분에 2021년 말 기준 퇴직연금 잔액이 100만 달러 이상인 사람이 44만 명이라는 뉴스가 있었다. 우리나라도 연금저축펀드, 퇴직연금계좌 등을 통해 주식형ETF에 투자할 수 있다. 이렇게 하면 장기 투자가 되기 때문에 수익이 날 가능성이 높다.

미국 S&P500지수를 보면 최근 10년의 연평균 상승률이 15% 수준이다. 10년간 4배가 올랐다고 볼 수 있다. 그러면 20년이면 16배, 30년이면 64배가 된다는 뜻으로 장기 투자가 유리하다는 것을 알 수 있다.

동기부여

명분 없는 전쟁은 없다

—

왜 투자를 하는가?

전쟁은 병사들의 의지와 체력을 한계치 이상으로 투여할 것을, 나아가 목숨을 희생할 것을 요구한다. 그렇기 때문에 전쟁을 할 때 그들이 납득할 만한 명분이 중요하다. 주식시장도 다르지 않다. 시장은 누구도 예측할 수 없는 대폭락과 위험이 가득한 곳이다. 투자자가 위기에도 견딜 수 있으려면 반드시 스스로에게 물어야 할 것이 있다. "나는 왜 투자를 하는가?"

《손자병법》에 나오는 "용병用兵은 적을 속이는 것이다"라는 구절처럼 속임수가 칭찬받는 건 전쟁뿐이다. 속임수뿐인가. 전쟁은 살인, 방화, 약탈 등 모든 불의한 것을 정당한 수단으로 만든다. 이런 전쟁에 대해 대의명분을 찾는 게 중요할까? 오히려 그렇기 때문에 더 중요하고 반드시 필요하다. 모든 폭력과 악행을 정당화하기 위해서는 반드시 정의가 모든 행동의 정점에 있어야 한다.

전투에 참여하는 병사들에게는 자신의 목숨을 내어놓을 만한 이유가 필요하고, 국민의 생명과 재산을 희생하는 국가에는 그만큼 합당한 이유가 있어야 한다. 군대와 병사가 전쟁의 수행 목적, 자신이 포화 밑에 엎드려 있어야 하는 이유를 회의하게 된다면 전투력이 급속히 약화되고 나아가 반란이 일어날 수도 있다.

이런 현실적인 이유를 넘어서서 인류의 발전이라는 궁극의 관점에서도 대의명분은 중요하다. 전쟁은 하지 않는 것이 최선이다. 하지만 전쟁을 피하지 못할 사정이라면 이 엄청난 폭력과 희생을 인류의 진보, 보다 나은 삶을 위해 사용해야 하지 않겠는가?

먼저 맞고 시작하는 전쟁

1967년, 6일전쟁이라고도 부르는 제3차 중동전쟁이 발발하기 직전에 이집트 대통령 가말 압델 나세르는 비밀리에 군 수뇌부를 소집했다. 이날 대화의 주제는 이집트가 이스라엘에게 선제공격을 허용했을 때 손실이 얼마나 되겠냐는 것이었다. 선제공격에서 제일 우려되는 것은 20~30분이면 이집트 내의 목표물에 도달할 수 있는 이스라엘 공군의 속도였기에 시선이 공군사령관에게 집중되었다. 공군 사령관 모하메드 시드키 마무드Mohamed Sedky Mahmoud, 1914~1984 장군은 20% 정도라고 대답했다. 나세르가 중얼거렸다. "음, 그 정도라면 감당해낼 수 있겠군."

'공군 전력의 20%.' 당시의 군용기는 지금처럼 초고가는 아니었지만 그래도 어떤 장비보다도 비쌌다. 여기에 활주로와 미사일, 레이더, 그리고 돈으로는 평가할 수 없는 생명까지, 나세르는 눈을 질끈 감고 이를 희생하기로 했다. '우리의 전쟁은 정당하다. 이스라엘이 우리를 먼저 공격했기에 우리도 대응한 것이다'라는 대의명분을 위해서 말이다.

막상 전쟁이 시작되자 이스라엘 공군은 이집트 공군력의 20%가 아닌 거의 전부를 파괴해버렸다. 자신들을 가려줄 숲도, 깊은 골짜기도 없는 시나이반도에서 제공권을 빼앗긴 이집트군은 무참하게 패했고 이스라엘은 전대미문의 승리를 얻었다.

6일전쟁의 교훈, 즉 대의명분을 위해 선제공격을 양도한 결과가 얼마나 치명적이었는가를 제일 정확하게 습득한 나라는 이스라엘이었다. 그러나 6년 후인 1973년 10월, 이스라엘은 이집트군의 공격 징후를 무수히 보고받고도 사전에 예비군을 동원하지 않았다. 공군이 마련해놓았던 선제공격 계획도 승인하지 않았다. 이때는 이집트군이 대공미사일 방어망을 견고하게 구축해놓았기에 선제공격을 감행한다고 해도 6일전쟁 때와 같은 전과는 기대할 수 없었고, 어쩌면 이스라엘 공군의 궤멸이라는 정반대의 결과를 초래했을 수도 있다. 그러나 주목해야 할 부분은 이번에는 이스라엘이 먼저 한 대 맞고 전쟁을 시작하기로 결정했다는 사실이다.

그 대가는 엄청났다. 단 이틀 만에 시나이반도에 배치해둔 이스라엘군 기갑사단이 전멸하고 공군 전력은 20%에 가까운 손실을 입었다. 이 소문이 진위를 확인하기는 어렵지만, 당시 놀란 이스라엘이 핵무기 사용까지 준비했다는 소문이 있을 정도로 이스라엘은 패전 직전까지 몰렸다.

전쟁에서 대의명분이 차지하는 위상

'먼저 맞고 시작하는 전쟁.' 대의명분이 전쟁의 승패를 좌지우지할 정도로 중동전사를 지배한 이유는 이집트든 이스라엘이든 국제여론과 외국의 지원이 전쟁의 승패를 결정하는 제일의 요인이었기 때문이다. 당시 주 교전국인 이집트와 시리아는 소련으로부터, 이스라엘은 미국으로부터 군수지원을 받고 있었다. 당시의 경제력이나 산업력을 고려하면 양쪽 다 자력으로는 전쟁 수행이 불가능했다. 그뿐 아니라 경제개발까지도 두 강대국의 원조에 의존해야 했기에 전쟁의 명분에 신경 쓰지 않을 수가 없었다.

당시 미국과 소련은 모두 현재의 국경선을 인정하고, 더 이상 침공이 이루어지지 않는 상태를 추구했다. 무기를 지원하기는 하지만, 상대를 정복하지는 못하고 상대에게 정복당하지 않을 수준까지만 지원한다는 것이 중동 정책의 근간이었다.

이런 상황이어서 교전국들이 전쟁을 개시해도 오래 지속하지는 못했다. 또한 양쪽 모두 유엔이 평화협정 내지는 휴전협정을 제안하면 전쟁을 중단해야 한다는 사실을 알고 있었다. 이들의 전략은 신속하게 원하는 목표를 쟁취해서 '현 상태에서 전쟁 중지'를 전가의 보도로 내세우는 유엔 중재안의 내용을 최대한 유리하게 이끄는 것이었다.

이런 것을 보면 좀 어이없기도 하다. 전쟁의 원인은 전략적인 부분에서 찾아야 하며 그것은 국가 간에 구조적이고 장기적인 요인으로 얽혀 있다. '선제공격'은 전술적인 요인에 불과하다. 전쟁사에서 전쟁의 명분이 되었던 사라예보의 총성(1차 대전의 경우), 노구교사건1937년 중국의 베이징 노구교에서 일본군과 중국군이 충돌한 사건으로 중일전쟁의 계기가 되었다, 무슨 일병 납치극(중동전), 지하 깊숙이 숨겨둔 화학무기(걸프전), 네오나치(우크라이나-러시아 전쟁). 과연 이런 것들이 전쟁의 원인이 될 수 있을까?

그러나 희한하게 이런 사건을 대의명분으로 내세운다. 게다가 대의

명분이 국제여론을 압도하고 전쟁의 승패를 가르며 역사적인 평가까지 좌지우지하는 경우도 많다.

대체로 우리 현대인들은 대의명분을 중세의 유물이라고 여기는 듯하다. 17세기 만주족이 만주를 제패했을 때 성리학에 철저했던 조선 사람들은 명과 조선의 관계를 황제와 제후의 관계로 보았다. 또한 성리학에서는 황제와 제후를 아버지와 아들의 관계로 보았기 때문에 조선 사람들은 아무리 청나라의 국력이 현실적으로 강하다고 해도 아버지와 같은 명나라를 배신하고 청과 외교관계를 맺을 수는 없다고 여겼다. 그 결과 두 번의 침략(정묘호란, 병자호란)을 당했다.

그러나 조선 사람들은 힘에는 굴복했지만 마음으로는 청을 인정하지 않았다. 명이 멸망한 다음에도 명에 대한 사대 의리를 지켰다. 지금은 대다수가 이런 이야기를 한심하게 생각하는 것 같지만, 내가 10대였던 1970년대까지도 교과서는 명을 향한 조선의 사대 의리를 찬양했다. 앙케트 조사를 해보지는 않았지만, 21세기인 지금도 당시에 조선을 양분했던 척화론(청과 싸워야 한다는 주장)과 주화론(청과 화친해야 한다는 주장) 중 어느 쪽이 옳았냐고 묻는다면 의외로 척화론 지지자가 제법 나올 것 같다.

우리만 그럴까? 전쟁에서 대의명분론은 구시대의 낡은 사고일까? 아니다. 중동전의 사례에서 보듯이 적어도 전쟁의 영역에서 대의명분은 이전 전쟁보다 더 중요한 위상을 차지하고 있다.

여기에는 합당한 이유가 있다. 근대사회는 민주주의와 시민을 기반으로 한다. 근대국가의 군대는 왕의 군대가 아닌 국가의 군대, 시민의 군대다. 국민의 여론이 참전과 전쟁의 지속 여부에 결정적인 역할을 한다.

중동전보다 더 훌륭한 사례가 1, 2차 대전이다. 두 대전의 승패에 결정적인 키를 쥐었던 나라가 미국이다. 미국은 세계의 군수공장이었다. 두 대전 모두 태평양과 대서양을 건넌 미국 수송선이 군수물자를 하역하는 항구의 나라가 승전국이 되었다.

1차 대전 때부터 교전 세력들은 미국을 자기편으로 끌어들이기 위해 노력했다. 미국은 이민자들로 이루어진 나라다. 지금은 인종의 구성과 세력이 크게 달라졌지만, 당시만 해도 미국을 움직이는 시민들은 서유럽에서 건너온 백인들이었다. 그런데 그들의 조국, 선조의 나라끼리 전쟁이 벌어진 것이다.

영국, 프랑스, 독일은 미국을 자기편으로 끌어들이기 위한 선전전을 펼쳤다. 이때 선전의 주제가 대의명분이었고, 대의명분의 소재가 민간인 학살, 약탈, 강간, 방화, 포로 살해 같은 것들이었다. 이런 소재의 이야기들이 사실과 과장이 뒤섞여 무차별적으로 뿌려졌다. 2차 대전 때는 아예 프로의 경지에 도달해서 전담 팀을 두고 전 세계를 향한 홍보 전략을 펼쳤다.

물론 미국이 독일을 적으로 돌린 것은 이런 홍보 전략의 결과물만은 아니다. 그러나 이 선전전에서 독일이 압도적인 우위를 지녔더라면 미국이 행동하는 데 상당한 제약을 받았을 것이다.

대의명분이 병사 개개인에게 끼치는 영향

이렇게 이야기를 끌어가다 보니 현대전에서 대의명분이란 아직 청산하지 못한 중세의 유령이며 대중조작의 결과물처럼 느껴진다. 하지만 그렇지 않다. 중세의 대의명분과 현대전의 대의명분은 확연히 다르다. 예를 들다 보니 선전 사례를 들었지만 조작과 선동이 대의명분의 본질은 아니다.

대의명분은 국제적 협력, 동맹, 지원을 끌어내는 데도 중요하지만, 병사 개개인의 전투의지와 헌신을 끌어올리는 데도 결정적인 역할을 한다. 전쟁에 참전한다는 것은 하나뿐인 생명을 담보로 내놓는 행동이다. 전투는 병사에게 스스로의 의지와 체력을 한계치 이상으로 뽑아낼 것을 요구한다. 그래서 병사 개개인을 설득하고, 병사 자신도 납득할 만한 명분이 필요하다.

과거의 전쟁에서는 이중의 명분이 사용되었다. 국가나 정의, 신을 내세우는 거룩한 명분과 종족이나 가족, 개인의 보호를 내세우는 현실적 명분이다. 이 둘은 구분하기 힘들 정도로 뒤섞일 때가 있고 이것은 지금도 마찬가지다. 그러나 과거에는 전투의욕을 고취하기 위해 좀 더 노골적인 명분 또한 사용되었다. 전리품이나 포로 획득, 약탈 같은 승자의 권리나 사적으로 복수할 권리를 공개적으로 허용했던 것이다. 이런 명분은 거의 20세기까지 암암리에 사용되었고 일부 지역에서는 지금도 사용되고 있다. 하지만 이제는 문명국이라고 자부하는 나라가 전투의지를 고취한다는 목적으로 "병사들이여, 너희들의 눈 아래에 유럽에서 가장 부유한 도시와 아름다운 여자들이 있다"라고 야만적인 말을 할 수 없는 세상이 되었다.

그래서 개개인의 민주시민에게 정당한 대의명분은 더욱 중요한 것이 되었다. 그것이 비록 선전선동, 형식논리에 오염된다고 하더라도 말이다. 심리학자는 우리가 이런 내막을 알면서도 본능적으로 자기합리화를 시도하고 있다고 진단할지도 모르겠다. 그럴 수도 있다. 현대인은 더 선해진 것이 아니라 더 위선적으로 변한 건지도 모른다. 그렇다고 하더라도 변화는 변화이고 현실은 현실이다. 카이사르나 나폴레옹이 병사들을 고무시켰던 연설이 지금은 시민 병사들의 집단 반발과 전투 거부, 지휘관의 지휘권 박탈까지 야기할 수 있는 시대에 우리는 살고 있다.

솔직히 말하면 나는 이를 현대인의 위선이라고 생각하지 않는다. 인간의 본성은 바뀐 것이 없다고 하더라도 인간 공동체를 유지하고 살아가는 방법은 바뀌었다. 문명은 인간의 본성을 개조하는 것이 아니라 생존의 방식, 관계의 방법을 개선한다.

또한 야수적인 전쟁론이 판을 치던 시대에도 인간의 영혼에는 고귀한 측면이 분명히 남아 있었다. 그 시대에도 고귀한 목적과 선한 의지로 전투 의욕을 고취하고, 생명을 헌신했던 사람들이 많았다. 본능적인 욕구는 당장에 무언가에 달려들게 하는 데는 효과가 있지만 장기적으로 상황을 분석하고, 끊임없이 자기를 발전시키고, 작전적, 전술적 승리를 넘어 전략적 승리를 추구하게 하는 데는 대단히 부족하다. 전장은 너무나도 현실적이고 원초적인 현장이라 이런 도학적인 가식이 통하지 않으리라고 생각하는 사람은 어리석은 사람이다.

지금 우리 주변에서도 재주는 차고 넘치지만 덕이 부족한 사람들의 몰락을 쉽게 볼 수 있다. 격렬한 대결의 분야일수록 재주만 있는 사람의 재주는 빨리 사라지고, 몰락 또한 빠르다. 게다가 전쟁은 겉보기에는 뼈와 살이 부딪히는 격렬한 물리적 격전장이지만, 알고 보면 진정으로 고도한 두뇌 게임이자 재능이 아닌 덕의 승부처다.

우리는 왜 주식투자를 하는가?

투자의 목표를 명확히 세워라

우리가 아는 재테크 대상은 크게 두 가지다. 주식과 부동산. 주위를 보면 대체로 주식보다는 부동산으로 부자가 된 사람이 더 많다. 왜 부동산투자로 성공한 사람은 흔히 보이는 반면, 주식투자로 성공한 사람은 보기 어려울까?

그 이유는 부동산투자를 할 때와 주식투자를 할 때의 마음가짐이 다르기 때문이다. 부동산에 투자하는 이유는 자산 증식의 목적도 있지만 대체로 실거주 목적이 더 크다. 결혼하고, 가정을 꾸리고, 나이가 들어 내가 살아갈 집을 가지는 것이 부동산투자의 제1 목표다. 집을 사고파는 것보다 실제로 사용하고 싶은 목적이 더 강하기 때문에 부동산은 수에 비해 거래 비율이 낮다. 가격이 떨어져도 내가 살면 되고, 나중에 가격이 오르면 주택연금으로 활용해도 된다. 또한 2년 이상 실거주하면 양도소득세를 면제해주고 다주택자라 하더라도 장기 임대사업을 하면 세금감면을 받을 수 있어 당장의 가격보다 절세를 통한 이익이 더 크다. 그래서 당장의 가격변동에도 보유자들이 큰 걱정을 하지 않는다.

반면에 주식투자를 하는 사람들의 목적은 오로지 투자다. 싸게 사서 비싸게 팔아야만 이익을 낼 수 있다. 장기로 보유한다고 세금을 감면해주지 않고 오로지 배당금만 받을 수 있다. 월세와 다르게 배당금은 기업의 이익에 따라 들쭉날쭉한 경우가 많아 노후연금처럼 돈이 차곡차곡 쌓이기를 기대하기에는 불안하다.

부동산은 큰돈을 투자해야 하기 때문에 많은 고민 끝에 사게 되고, 가격이 조금만 올라도 차익이 큰 편이다. 하지만 주식투자를 하는 사람들은 주로 소액을 투자하다 보니 고민이 적다. 그리고 가격이 많이 올라야 원하는 차익을 거둘 수 있다 보니 고수익, 고위험 투자로 자연스럽게 넘어가게 된다. 소액 투자자들이 많이 하는 말 중 하나가 투자한 돈을 다 잃어도 상관없으니 큰돈 버는 곳이 없냐는 질문이다.

이렇듯 결과가 뻔히 보이는 차이를 가지고 시작하다 보니 성공률도 확연히 차이가 난다. 안전한 운전을 즐기는 부동산투자자와 달리 오토바이 곡예 운전을 하는 주식투자자는 비참한 말로를 맞이할 가능성이 크다. 당장은 고수익이 달콤하게 느껴지겠지만 그만큼 위험이 따르는 것이다.

주식투자의 목적을 제대로 세우지 않으면 주식투자자는 자연스럽게 고수익, 고위험 투자로 서서히 옮겨간다. 고수익 투자를 해야 뇌에서 도파민이 나오고 설렘을 느낀다. 여기에 중독되고 나면 안전한 주식은 재미가 없고 시시하게 느껴진다. 그래서 처음부터 주식투자의 목표와 원칙을 명확히 세워야 한다.

주식투자의 목표로는 노후 준비에 포커스를 맞춰야 한다. 장기로 꾸준한 수익률을 낸다면 자산은 눈덩이처럼 불어난다. 하지만 단기에 부자가 되려면 도박에 가까운 투자를 해야 하는데, 도박은 횟수를 거듭할수록 '카지노'가 이기게 된다. 주식시장에서는 가장 높은 확률에 장기간 투자해야 서서히 투자자에게 유리해진다.

현실적인 목표는 최대 연 15% 수익률

이처럼 주식투자자 대다수가 단기간에 소액으로 부자가 될 수 있다는 환상을 품고 시장에 들어온다. 우선 그 환상부터 지워야 한다. 우리가 주식투자에서 원하는 기대수익률을 현실에 맞게 조절할 필요가 있다.

안전한 투자를 즐긴다면 기대수익률을 10% 이상으로 정하지 않는 것이 좋다. 예금이자 수익률이 연 3%이고 채권도 비슷한 수준이다. 그러니 10%도 굉장한 수익률이다. 부동산임대로도 연 10%의 수익률을 내기 힘들다.

하지만 사람들은 주식투자에서만 가혹하게 높은 수익률을 기대한다. 과거 워런 버핏이나 피터 린치의 연평균 수익률이 30%에 육박했다. 당시 세계경제가 고속 성장을 했기 때문에 가능했던 수익률이다. 지금은 그 정도의 고성장을 기대하기 어렵다. 버핏의 최근 10년간의 수익률을 보면 연 13%밖에 되지 않는다. 우리는 그보다 정보력도 투자 실력도 좋지 않은데 수익률만은 더 높길 바란다.

특별한 극소수가 아닌 다수가 주식투자로 기대할 수 있는 현실적인 목표 수익률은 최대 연 15% 수준이다. S&P500지수가 고점이었던 2021년 말 기준으로 보면 10년 연평균 수익률이 배당을 포함해서 연 15% 수준이다. 브랜드가치가 뛰어나고 꾸준하게 실적을 내는 코스트코, 스타벅스 같은 기업들의 연평균 주가 상승률도 연 15% 수준이다.

버핏은 아내에게 자신이 사망하면 직접 주식투자를 하지 말고 지수를 추종하는 S&P500 ETF를 사라고 했다. 우리는 그 말을 깊이 생각해볼 필요가 있다. 미국에서 가장 우수한 기업 500개의 평균 수익률보다 우리가 장기간 더 높은 초과 수익을 낼 수 있다는 생각 자체가 굉장한 자만이다.

10년, 20년을 보고 투자하라

우리의 주식투자 목표를 10년 이상의 기간에 걸쳐 잡아보자. 연 15% 수익률로 10년이 지나면 1억이 4억이 된다. 20년이 지나면 16억이 되고, 30년이 지나면 64억이 된다. 미국의 물가상승률이 보통 연 2% 수준이고, 인플레이션이 극심했던 2022년이 8% 수준이었으니 연 15% 수익률은 물가를 이겨내는 투자다. 연 2%로 30년이 지나면 1억은 2억 정도가 되고, 연 15%로 30년이 지나면 1억은 64억이 된다. 노후에 필요한 돈은 내가 살고 있는 집을 빼고 보통 10억이 있으면 넉넉하다고들 한다. 그러니 20년 정도만 투자해서 1억으로 16억을 만들어도 노후를 대비할 수 있다.

그런데 사람들은 10년, 20년을 보고 투자하지 못하고 당장 내년에 부자가 되기를 원한다. 그건 투자가 아니라 도박을 하는 사람의 마음이다. 투자에서 도박 수익률을 기대하는 것 자체가 투자의 목표가 잘못 설정된 것이다.

현실적으로 노후에 얼마가 필요할지, 그리고 얼마의 기간이 남았는지, 종잣돈은 얼마나 있는지를 보고 가장 안전한 수익률을 추구해서 투자한다면 높은 확률로 노후 자금을 마련할 수 있을 것이다.

상황

숫자가 아닌 현장에 집중하라

—

재무제표만 믿으면 안 되는 이유

우리는 전쟁사에서 압도적인 병력과 신무기를 맹신했다가 패배하는 것을 종종 지켜봤다. 이는 어디로 향할지 모르는 현장 상황에 미리 대처하지 못해서 생기는 일들이다. 증시에서도 모든 지표가 좋다며 장밋빛 전망을 내세울 때 주가가 급락하는 경우가 있다. 이유는 명확하다. 높은 상승 이후에 하락은 필수적이기 때문이다. 우리가 알아야 할 것은 지표는 과거에 기반한 것이지 미래를 정확히 나타내지는 않는다는 점이다. 투자자는 지표를 맹신하면 안 된다.

"거대한 댐을 무너트리는 것은 하나의 작은 구멍에서 시작한다."

나폴레옹의 유명한 격언이다. 그리고 알렉산드로스 대왕은 "전쟁은 격동"이라고 말했다. 전투란 격동 속에서 명멸하는 하나의 구멍을 찾아 적을 파괴하는 것이다. 이것이 명장의 싸움법이다. 하나의 구멍을 찾아 적을 무찌르기 위해서는 손실과 판단 착오를 피하려고만 해서는 안 된다. 진정한 명장들은 사전에 축적된 데이터를 가지고 전투를 벌인다. 하지만 이것이 전부가 아니다. 안전하고 확실한 우회로를 찾는 것이 아니라 결전을 벌여 전장의 안개를 호출하고, 그 속에서 굳건하고 명철한 승부수를 던지는 것이다. 결국 100% 승리를 예측할 수 없는, 어느 쪽으로 튈지 모르는 격동의 상황에서 작은 구멍을 발견하고 댐을 무너트리는 위력을 발휘하는 자가 승리한다.

천재 전략가의 놀라운 계획

미국 남북전쟁 초기 북군의 총사령관은 조지 매클렐런George Brinton

McClellan, 1826~1885이었다. 그는 필라델피아의 명문가 출신으로 전쟁이 시작되기 전부터 명성이 높았던 군인이었다. 그의 아버지는 대통령에게 부탁해 그가 입학 연령이 되기도 전에 웨스트포인트 육군사관학교에 입학시켰다. 전교 2등으로 졸업했지만, 군인을 위한 과목만 따지면 그가 1등이었다.

그의 사진을 보면 야심과 총명함이 강렬하게 느껴진다. 실제로도 그랬다. 그는 멕시코전쟁1846~1848에 참전했지만 야전 지휘관으로서 맹활약하지는 못했다. 용기나 능력이 부족해서가 아니라 그가 전술가와 행정가로 더 적합했기 때문이다. 그는 이 방면에서는 모두가 인정하는 최고의 전문가였다.

남북전쟁이 벌어지자 매클렐런은 자신이 이 전쟁의 승리자가 될 것이라고 확신했다. 이 야심가는 링컨 대통령이 군과 전쟁에 대해서는 백치나 다름없다고 여기고는 불쌍한 그를 도와야겠다고 결심했다. 승리를 확정 지은 다음에는 자신이 대통령이 되리라 생각했다. 실제로 그는 나중에 대통령 선거에 출마했다가 낙선했다.

종전과 대통령을 향한 야심을 품고 매클렐런이 세운 작전이 바로 반도전역Peninsula Campaign, 1862이다. 천재 전략가답게 그는 남북이 전통적인 방식으로 보병끼리 전투를 벌여서는 막대한 인명 피해만 초래할 뿐, 승부를 결정짓기 어렵다고 간파했다. 그는 적의 방어선을 우회해서 급소를 치는 전략을 구상한다. 북군의 해군을 이용해서 바다로 군대를 수송한 뒤, 리치먼드 남쪽, 현재 미군 해군기지가 있는 노퍽 근처에 상륙

한다. 여기서 해안선을 따라 북상해서 리치먼드를 함락한다는 계획이었다. 해군이 수송할 물량은 무려 12만 명의 병력과 이들이 사용할 야포와 군수 일체, 그것을 운반할 1만 5천 필의 말과 노새였다.

순수하게 전략적 관점에서 보면 남북전쟁을 통틀어 가장 화려하고 웅장하고 놀라운 계획이었다. 당시의 기술 수준, 교통수단 등을 감안하면 아이디어 차원에서 생각할 수는 있어도 실제로 이런 대병력과 군수품을 조직하고 이동시킬 능력은 상상하기 힘든 것이었다. 그런 점에서 매클렐런은 천재임이 분명하다.

결론을 말하면 반도전역은 대참사로 끝났다. 매클렐런은 작전의 실패가 자신이 아니라 링컨을 포함한 전쟁을 모르는 소심한 워싱턴의 정치가들 때문이라고 주장했다. 전 병력을 리치먼드 남부로 투입한다면 워싱턴과 리치먼드 사이에는 남군만 남게 된다. 링컨은 놀라서 최소 5~6만의 병력을 워싱턴 방어에 남겨두어야 한다고 주장했다. 매클렐런은 그 병력을 자신에게 주었으면 반도전역이 성공했을 거라고 주장했다.

정말로 그랬을지도 모른다. 그러나 바로 이 주장에 매클렐런이 실패할 수밖에 없었던 원인이 들어 있다. 매클렐런은 전쟁을 병력과 지도로만 운영했다. 천재 참모답게 공격과 방어에 필요한 병력을 정확히 예측하고, 전투 데이터와 전장을 분석해서 방어군을 압도할 병력이 나오지 않으면 대담한 우회 작전을 구상했다.

그의 계산은 정확했지만 빠진 변수가 있었다. 지휘관의 대응과 용기, 전투의 불확실성이다. 그는 야전을 통해 상황을 창출하고 적을 분석하고 승리의 방법을 찾아내는 과정을 무시했다. 전투 전후의 상황을 뽑아내 영화에 등장할 듯한 전술적인 승리를 추구했다. 하지만 그의 전략 구상과 전쟁지도에는 땀과 피, 전술적 승리와 격동이 없다. 그의 전략은 단 하나의 명제에서 시작해서 명확한 결론으로 끝난다. '북군은 병력, 군수, 재력에서 우월하다. 병력을 효율적으로 운영하고 기동해서 모든 접점(남군과의 전술적 충돌 지점)에서 수와 물자의 우위를 유지한다'는 것이었다.

매클렐런의 신념에 따라 그의 병사와 노새들은 지친 발과 야포를 끌고 움직였다. 그는 전황이 불리하면 더 많은 병력과 더 많은 포탄을 투입할 지점을 설정하고 그곳으로 병력을 이동, 집중시켰다. 불쌍한 북군은 적의 후방에서 이리 뛰고 저리 뛰었고, 군수지원 부대는 진흙탕에서 수레를 끌며 보병을 쫓아가느라 안간힘을 썼다. 그사이 남군은 병력을 움직여 방어선을 재구축하고 북군을 기다렸다. 이 사실을 보고받으면 매클렐런은 다시 지도를 점검하고 새로운 이동로를 그었다.

반도전역은 여러 개의 대규모 전투를 포함한 거대한 전투였다. 따라서 이렇게 간단하게 설명하는 것이 전사적으로 올바른 설명은 아니다. 하지만 전략적 관점에서 천재 참모의 실수를 설명하자면 이렇다. 어떤 위대한 지휘관도 전쟁의 변수를 완전히 파악하고 상황을 정확히 예측해 100%의 승리, 100%의 적중률을 달성할 수는 없다.

매클렐런처럼 전략 수립 단계에서 병력에 집착하고, 안전하고 명확하고 밝은 조명 아래에서 확실한 승리에만 집착하는 지휘관들이 의외로 많다. 그들은 숫자처럼 명시된 지표만 좋아하고 비가시적인 지표, 불확실성, 격동적인 변수를 싫어한다. 전쟁사를 연구하면서 실전에서 데이터에 매여 변화무쌍한 현장 상황에 대응하지 못하는 사례가 곧잘 발생한다는 사실을 알게 되었다.

이 의미를 명확히 하기 위해 필자가 사병일 때 겪은 아주 단순한 사례 하나를 추가하고자 한다. 당시 우리 부대는 이전을 해서 부대 건설공사가 한창이었다. 건축공사야 전문 업체에 맡겼지만 조경공사, 진입로와 배수로 공사 등에는 사병들이 동원되었다. 공사 진도는 상당히 느렸다. 부사단장이 격노해서 사단 참모에게 따졌다. 왜 공사가 계획대로 진행되지 않느냐? 내가 우연히 그 장면을 목격했다. 평소에도 열혈남아였던 부사단장은 화가 나서 얼굴이 붉으락푸르락했지만 참모였던 소령은 아주 침착했다. 그분은 차분하게 차트를 펼치더니 약간 미소까지 머금고 찬찬하게 설명을 시작했다.

"공사에 필요한 병력은 총 몇 명입니다. 그런데 이런저런 사정으로 병력 동원이 원활하지 않습니다. 지금까지 총동원 병력이 몇 명입니다. 필요 인원의 몇 %입니다. 고로 공사가 계획의 몇 %밖에 진행되지 않은 것입니다."

너무도 태연한 참모의 설명에 지켜보는 내가 다 불안불안했다. 나는 거기까지밖에 보지 못했는데, 나중에 그분이 사단장실에 불려가 엄청나게 혼났다는 이야기를 우연히 들었다.

그때 나는 삽자루를 들고 흙부대를 나르던 사병이었으니 속으로 좀 답답하기는 했어도 그저 해프닝으로 웃고 넘겼다. 그리고 20년 후 전사를 연구하기 시작하면서 전쟁, 실전에서도 불확실성에 대한 준비 없이 숫자와 데이터만 맹신하는 사례가 곧잘 발생한다는 사실을 깨닫고 놀랐다.

숫자의 우위를 믿은 폼페이우스

자, 이제부터는 위기를 벗어난 한 명장의 사례를 이야기해보자. 이름만 대면 누구나 알 만한 인물, 바로 카이사르다. 객관적인 전력으로 보면 100% 패배할 전쟁에서 그는 적을 완벽하게 불확실성 속으로 빠트렸고, 결국 위기에서 벗어나는 기적을 만들어냈다. 어떻게 가능했을까?

기원전 48년 8월 9일, 그리스 중부의 도시 파르살루스 외곽. 최정예 로마군단이 동서로 나뉘어 포진해 있었다. 그들의 심정은 말할 수 없을 정도로 착잡했다. 그들은 동포였고, 수년간 갈리아에서 함께 싸워온 전우들도 있었다. 어떤 병사들은 자신이 결전을 앞두고 있다는 사실이 믿기지 않았을 것이다. 진군나팔이 울리는 순간까지도 지도부의 극적인 타협과 전투 중지라는 신호가 떨어지기를 기원하는 병사도 적지 않았을 것이다.

그러나 아마도 더 많은 병사의 심정을 지배했던 감정은 두려움이었을 것이다. 상대는 그들이 야만적이고 무장이 형편없다고 여겼던 갈리아의 전사도, 사르데냐의 해적도, 북아프리카의 용병도 아니었다. 그들과 똑같은 전술과 장비로 무장하고 수많은 전투를 경험한 직업군인이자 베테랑들이었다. 양군을 이끄는 사령관은 로마 최고의 지휘관이라는 명성을 나누어 가졌던 인물, 폼페이우스Gnaeus Pompeius Magnus, B.C.106~B.C.48와 카이사르였다.

이 두 군대가 격돌하면 누가 승리할까? 아니 승부가 나기나 할까? 우열을 가릴 수 없는 격전이 벌어지고, 이 벌판은 한때 세계를 제패했던 위대한 병사들의 공평한 죽음과 피로 가득 찰지도 모른다. 그래도 우세를 점친다면 폼페이우스 쪽이 월등했다. 병력으로 보면 폼페이우스는 군단병 6만 명, 보조병 4천 200명, 그리고 7천 명의 기병이 있었다.

카이사르는 겨우 2만 2천 명, 4개 군단에 기병은 1천 명에 불과했다. 보조병의 수만 많아서 5천에서 1만 명 정도였다. 하지만 이들을 군단병과 합쳐도 폼페이우스 군단병의 절반도 되지 않았다. 실전 경험은 카이사르 쪽이 좀 더 있었다. 갈리아에서 오랫동안 실전 경험을 쌓은 병사들이 대부분이었다. 하지만 카이사르의 갈리아 군단 중 2개 군단이 폼페이우스에게 가담했다. 특히 기원전 58년부터 기원전 51년까지 로마와 갈리아족이 맞붙었던 갈리아전쟁 내내 카이사르의 부사령관이었던 라비에누스Titus Labienus, B.C.100~B.C.45가 전격적으로 폼페이우스에게 붙었다. 그는 자진해서 자신이 기병을 지휘하게 해달라고 부탁했다. 전투가 시작되자마자 월등하게 우세한 기병을 이끌고 카이사르의 진영을 휘저을 심산이었던 것이다.

전투 전날 폼페이우스는 승리를 확신하고 장담했다. 그는 모두에게 익숙한 전통적인 전술로 싸울 예정이었다. 똑같은 군대가 똑같이 익숙한 전술로 싸운다면 병력이 2배나 많은, 무엇보다 기병이 7배나 많은 자신들이 승리할 수밖에 없었다. 모두에게 익숙한 전술이란 전형적인 '망치와 모루' 전술이다. 전투가 벌어지면 보병이 전진해서 적의 보병과 격돌한다. 그들은 최소한 비기거나 시간만 끌어줘도 된다. 2배가 넘는 병력이면 버티기에는 충분하다. 그동안 좌익에 배치한 압도적으로 우세한 기병 7천으로 카이사르의 기병을 몰아내고 보병의 뒤로 돌아 들어간다. 라비에누스의 기병이 카이사르 군의 뒤를 치기 시작하면 카이사르의 보병은 무너질 것이다. 이때 6만의 군단보병이 양익을 벌리며 전진해서 카이사르군을 포위, 섬멸한다. 절대로 질 수가 없는 전투였다. 폼페이우스는 카이사르를 무찌르고 로마의 일인자로 등극할 것이었다.

숫자가 아닌 현장에 집중한 카이사르

이것이 전날 8월 8일의 상황이었다. 다음 날, 전투가 개시되었다. 폼페이우스가 숫자의 우위를 믿었던 만큼 카이사르도 숫자의 열세를 확신했다. 똑같은 방식으로 싸운다면 병력에서 밀리는 쪽이 패배할 수밖에 없다. 그래서 카이사르는 똑같은 방식의 전투가 아닌 그때까지 로마군이 경험한 바가 없는 전술을 들고 나왔다. 카이사르는 각 군단에서 최고 베테랑 병사들을 1개 대대씩 차출해 특전대 6개 대대를 편성했다. 정확한 방법까지는 알 수 없지만, 그들에게 기병을 저지하는 강철 방벽의 역할을 맡겼다. 기병과 보병의 전투에 대한 오랜 속설이 있다. 보병이 창과 방패로 가시와 철의 장벽을 만들고 버티면 기병은 절대 돌입할 수 없다는 것이다. 당시의 기병은 등자 없이 말을 탔기 때문에 중세 기병처럼 긴 랜스를 끼고 보병 진에 충돌하는 전술을 사용할 수가 없었다. 그러나 기병이 돌진해 올 때, 두려움을 이기고 꿋꿋하게 버틸 수 있는 보병도 없다.

치킨 게임과도 같은 이런 속설에 카이사르는 도전했다. 충성스럽고 노련한 병사들을 뽑아, 그들이 이날 전투의 승패를 결정하는 영웅이 될 것이라고 말해주었다. 전투가 벌어지자 7천의 폼페이우스 기병이 승리를 향해 돌진했다. 그들은 카이사르의 기병을 가볍게 몰아냈지만 이건 체력 소모를 위한 카이사르의 작전이었다. 기병을 몰아내고 카이사르 보병의 뒤로 돌입하려는 순간 특전 6개 대대가 맨 뒤에서 튀어나와 기병을 막았다. 막는 정도가 아니라 기병을 공격해 몰아냈다. 폼페이우스의 기병이 도주하자 그 뒤를 따르던 궁병들이 무방비 상태가 되었다. 카이사르의 특전대대는 기회를 놓치지 않고 이들을 몰살했다.

보병 전투는 여전히 혼전 중이었지만 폼페이우스 군단의 기병과 궁병이 패퇴하면서 좌익이 텅 비었다. 이제는 지쳤을 만도 하지만 노련한 특전대대는 그들이 만들어낸 승리의 순간을 알아차렸다. 그들은 즉시 폼페이우스 보병대의 좌익 측면으로 쳐들어갔다. 라비에누스의 기병이 카이사르 진영에서 하려던 역할을 카이사르의 보병들이 불굴의 투지와 온몸으로 수행해냈다.

그 순간 카이사르는 전투 중이던 보병대의 3열, 즉 보병대 중에서도 베테랑들로 구성된 3열의 병사들에게 돌격하라는 명령을 내렸다. 이 병사들은 이때까지 자신들 중에서 뽑아 간 특전대대의 활약을 지켜보고 있었다. 화도 나고 경쟁심도 발동했을 것이다. 카이사르의 돌격 명령이 떨어지자 무시당한 자존심을 만회하려는 듯이 맹렬하게 폼페이우스의 보병에 충돌했다. 이날은 고참이 무엇이 다른지를 보여주는 날이었다. 이 기세에 폼페이우스의 보병은 붕괴했고 도주하기 시작했다.

폼페이우스군에서는 6천 내지 1만 5천 명이 전사했다. 나머지 병사들은 대부분 투항했다. 카이사르군의 전사자는 겨우 200명이었다고 한다. 폼페이우스는 탈출에 성공했지만 재기 불가능한 대패였다. 그는 나중에 이집트로 망명하려다가 살해된다.

더 이상 무슨 추가적인 설명이 필요 없을 듯하다. 같은 로마군단이었지만 병력이라는 숫자에 맹목적으로 의지한 군대와 전투라는 현장의 상황에 집중하고, 베테랑의 전투의지와 역량, 전장의 심리 등을 조합해서 창의적 전술로 대응한 군대의 차이는 이처럼 극명했다.

왜 잡주는 자주 오르고 우량주는 오르지 않을까?

재무제표만 믿으면 안 되는 이유

투자자들이 흔히 저지르는 실수 중 하나가 바로 주가를 예측하려 한다는 것이다. 잘 알다시피, 주가는 수요와 공급이 만나는 지점에서 결정된다. 이 말은 주가에 개별 기업의 데이터를 기반으로 하는 객관적인 성장세뿐 아니라 시장 참여자들의 주관적인 심리도 반영된다는 것을 의미한다. 이러다 보니 성장 조건은 완벽한데 주가는 오르지 않는 기업이 있다. 매출, 이익, 자본, 사업 비중, 이익성장률, 배당수익률까지 재무제표상으로는 이만한 기업이 없음에도 주가는 반 토막이 나는 경우가 있다. 이런 현상의 원인에 대해 전문가조차도 단지 수요자와 공급자가 매력을 느끼지 못한다는 원론적인 분석만 내놓는 경우가 많다. 이런 것이 주식이다.

주식을 데이터로만 보면 좋은 기업은 얼마든지 있다. 주식을 가르쳐주는 사람과 배우는 사람 모두 PER 주가수익비율, PBR 주가순자산비율, 주가를 주당순자산가치로 나눈 값, ROE 자기자본이익률, 기업의 자기자본에 대한 기간이익의 비율, 성장률, EV/EBITDA 기업의 시장가치(EV)를 세전영업이익(EBITDA)으로 나눈 값, 배당수익률같이 숫자로 정확히 떨어지는 지표 값을 좋아할 만하다. "이 기업은 PER이 5배입니다. 굉장히 저렴하죠"라고 말하면 투자자들은 고개를 끄덕인다. 이처럼 데이터가 완벽한 기업은 추천하는 사람도 받아들이는 사람도 좋은 주식이라고 공감한다.

문제는 주가 상승은 이러한 기술적인 분석과는 별개라는 것이다. 무기가 좋고 잘 훈련된 군대가 잘 싸울 것 같지만 실전은 또 다른 것처럼 말이다. 주식시장에서 주가가 오르는 주식들을 보면 재무제표가 좋지도 않고 숫자상으로 부실한 기업들이 많다. 투자자는 투자 철학이 흔들리면서 "왜 잡주가 더 잘 오르고 우량주는 안 오르는 거냐?"라며 분노를 느끼기도 한다.

실제 주식시장은 우리가 배운 것과 반대로 돌아간다

주식 공부를 처음 시작할 때는 재무제표, 경기지표, 물가, 환율, 유가 등을 보면서 증시의 오르내림을 배운다. 예를 들어 유가가 내리면 마진이 좋아져서 기업의 주가가 오른다거나, 환율이 오르면 수출이 유리해져서 기업의 주가가 오른다는 교과서적인 이야기들이다. 하지만 실제로 주가가 그렇게 움직인 적은 많지 않다. 유가가 오르면 재료비가 상승하지만 그만큼 경기가 좋기 때문에 증시가 오른 적이 많았다. 코스피지수는 환율이 낮아질 때 오히려 오른 적이 더 많았다.

투자자들이 많이 하는 실수가 PER이 낮은 기업은 안전하다고 오해하는 것이다. PER은 주가 대비 주당순이익을 나눈 값으로 몇 년 안에 본전을 뽑느냐를 말한다. 예를 들어 테슬라 같은 기업은 PER이 100배고 은행 주식들은 4배다. 테슬라의 현재 순이익으로 100년을 벌어야 본전을 가져다주니 기대수익률은 1%고, 은행은 4년 만에 원금 회수가 되니 기대수익률이 25%다. 그럼 은행주가 더 저렴하니 매력 있지 않을까?

하지만 PER은 과거에 대한 지표일 뿐 미래를 나타내지 않는다. 만약 테슬라가 매년 이익이 2배씩 늘어난다면 어떻게 될까? 다음 해의 PER은 50배, 그다음 해에는 25배, 그다음 해에는 12.5배, 그다음 해에는 6.25배로 내려간다.

반면 은행의 이익이 매년 절반씩 하락하게 되면 다음 해의 PER은 8배, 그다음 해는 16배, 그다음 해는 32배가 된다. 우리는 과거의 데이터로 현재를 평가하려 하지만 주가는 미래에 대한 기대감을 반영한다. 과거의 지표로 미래의 기댓값을 평가하려고 하니 PER의 괴리가 생기는 것이다. 그래서 투자자는 미래의 이익을 추산해보고, 미래의 PER을 구해야 한다. 하지만 미래의 이익을 계산하는 일은 쉽지 않다. 그래서 이 변숫값이 적은 기업이 투자하기 좋은 기업이라고 할 수 있다.

지표는 과거를 말하고 돈은 미래를 향해 움직인다

주식투자를 하다 보면 이해되지 않는 경우가 있다. 경기가 가장 나쁜 상황이거나 앞으로 세계경제가 무너질 듯한 상황에서 증시가 오히려 오를 때다. 뉴스도 대중도 공포에 질려 있는데 증시는 왜 오르는 것일까?

증시에서 가장 위험한 때는 모두가 장밋빛 전망을 제시할 때다. 기업의 이익도 늘고 있고 무역수지도 좋고 소비도 활발하고 고용도 잘되는데 이때부터 증시가 서서히 하락하는 경우가 있다. 가장 무서운 때다. 모두가 좋다고 하는데 실제로 증시는 힘을 잃고 하락을 시작하기 때문이다.

곧 이어서 나쁜 소식들에 사람들이 귀를 기울이기 시작한다. 이미 이전부터 우려가 제기되었음에도 듣지 않다가 주가가 오르지 않고 하락하자 그제야 이유를 알고 싶어 하는 것이다. 하지만 아직 경기가 좋다는 지표들을 믿고 투자를 계속한다. 그러다 큰 위기가 발생하고 증시가 크게 하락하며 뒤이어 지표들도 악화된다.

즉 지표는 미래가 아닌 과거를 나타내는 신호다. 그나마 미래를 나타낸다고 하는 제조업 구매관리자지수조차도 기업의 구매 담당자들에게 앞으로 전망이 어떠냐는 기대를 물어본 설문조사에 불과하다. 그들은 지금의 분위기를 보고 미래를 예측하는 것일 뿐, 당장 다음 달의 전망조차 확실히 알지 못한다. 즉 미래를 정확히 알려주는 지표는 없다고 보면 된다.

지표는 과거를 말하고 돈은 미래를 향해 움직인다. 그럼 지금 지표가 좋으니 투자를 해도 된다는 발상은 과거에 지표가 좋았으니 미래에도 좋을 것이라는 기대일 뿐이다. 오히려 경기는 좋았다가 나빠지기를 반복한다는 사실을 인정하고, 지표가 좋을 때는 하락에 대비하고 지표가 나쁠 때는 상승에 대비한 투자를 시작해야 한다.

경험

경험은 어떻게 실력이 되는가?

—

10년마다 오는 기회를 잡아라

전쟁에서 경험은 대단히 중요하다. 전술은 실전 경험이 없어도 배울 수 있다. 그러나 '전장의 안개'와 압박 속에서 혼돈을 경험하고, 적절한 대응 방식을 찾아내는 능력은 경험 없이 체득할 수 없다. 주식시장은 길게 보면 약 10년에 한 번씩 큰 호황과 불황이 오가는 '주글라 사이클' 속에서 성장하고 있다. 이 말은 직장 생활 30년을 하면 세 번 정도의 큰 기회를 맞이하게 된다는 이야기다. 투자의 경험이 빠를수록, 실전 경험 속에서 터득한 투자 통찰을 펼칠 기회가 많아지는 것이다.

인간이 만물의 영장이 되고, 이토록 빠르게 진보할 수 있었던 결정적인 이유는 타인의 경험을 내 자산으로 만드는 말과 글이라는 수단을 지녔기 때문이다. 경제도 그렇다. 우리는 교환이란 수단을 통해 타인이 축적한 부와 기술, 상품을 이용하고, 확대시킨다. 전쟁도 마찬가지다. 나의 경험과 타인의 경험을 최대한 빨리 습득하고 이용하는 자가 전쟁에서 승리한다.

패튼과 맥아더의 명성에 가린 2인자

아차산 근처에 자리 잡은 워커힐 호텔은 한국전쟁 당시 미8군 사령관으로 재직하다가 교통사고로 순직한 월턴 워커Walton Harris Walker, 1889~1950 중장을 기리기 위해 '워커힐Walkerhill'이란 명칭이 붙었다. 워커는 2차 대전과 한국전쟁에서 빛나는 전공을 세웠다. 그의 인상을 보면 누구나 불독을 연상할 법한데 별명도 그랬다. 뚝심과 투지, 강인한 정신력을 지닌 지휘관이었지만 인상과 달리 섬세한 데다 판단력과 전술적 지능도 뛰어난 군인이었다.

하필 직속상관이 패튼과 맥아더여서 언론의 합당한 주목을 받지 못했다. 의외로 군에도, 기자들 사이에도 그의 진면목과 능력은 잘 알려지지 않았던 것 같다. 무엇보다 워커 자신이 자기 홍보에 열중하는 스타일이 아니었다. 열중했다고 해도 빛나는 직속상관 탓에 드러나기가 힘들었을 것이다.

그럼에도 사고로 사망하지만 않았더라면 늦게나마 참모총장이나 고위직까지 승진해서 공적과 자질을 인정받고 과거의 업적을 재조명받았을 것이다.

워커의 첫 번째 패배

워커는 1940년 미국이 북아프리카에 상륙할 때부터 패튼의 휘하에서 활약했다. 패튼의 주목을 받은 그는 1940년에서 1942년 사이에 대대장에서 군단장으로 초고속 승진을 했다.

패튼이 노르망디 상륙작전 후에 제3군을 거느리고 독일을 향해 진격할 때 언론의 엄청난 주목을 받았다. 제3군의 진격 속도는 스포츠 스타의 기록 경신처럼 대서특필되곤 했다. 그들은 마침내 연합군 중에 가장 먼저 라인강에 도달했다. 이때 제3군의 선봉에서 쾌속 진격을 이끈 부대가 워커의 20군단이었다. 그는 패튼이 가장 신뢰하는 군단장이자 수제자로서 별명이 리틀 패튼Little Patton이었다.

기세가 등등하던 워커에게 뜻하지 않은 패전이 찾아왔다. 그것도 2차 대전사에서 연합군에게 손꼽히는 치욕적인 사건이었다.

1944년 9월 중순, 워커는 프랑스 알자스로렌 지방의 국경도시이자 역사적인 요충지인 메스를 친 다음 독일 프랑크푸르트로 진입할 계획이었다. 독일에서 프랑스로, 혹은 그 반대로 이동할 때 반드시 거치게 되어 있는 이 도시는 바로 이런 전략적 중요성 때문에 수 세기에 걸쳐 난공불락의 요새 도시로 탈바꿈했다. 루이 14세의 요새 설계사였던 보방Seigneur de Vauban, 1633~1707이 건설한 수많은 요새 중 최고 걸작은 베르됭과 메스에 있는 요새였다. 보불전쟁1870~1871의 승리로 알자스로렌 지방을 손에 넣은 프로이센은 다시 독일의 공학 기술로 보방의 요새를 더 강화했다.

원래 20군단의 진격 계획은 메스를 우회하는 것이었다. 그런데 갑자기 워커가 대대 병력을 차출해 메스를 점령하라는 명령을 내렸다. 미군은 멀리서 보면 17세기 양식의 고풍스러운 성벽으로밖에 보이지 않는 요새의 위력을 간과했다. 첫날 공격은 대실패로 끝났다. 고풍스러운 성벽이 얼마나 단단한지, 한 번 터지면 직경 50미터의 구덩이를 만들고, 직격이면 어떤 탱크든 박살 낼 수 있는 155밀리 포를 성벽에 대고 직사로 갈겨도 부서지지 않았다.

성벽만이 아니었다. 내부는 튼튼하고 복잡한 터널과 토치카콘크리트, 흙주머니 따위로 단단하게 쌓은 사격 진지로 단단히 무장되어 있었다. 사단장은 우회할 것을 주장했고 패튼도 동의했지만 '불독' 워커가 거부했다. 그는 현장 지휘관들이 강력하게 밀어붙이면 메스를 점령할 수 있다고 주장했다.

패튼 부대의 장점은 빠르고 냉철한 현장 파악이었다. '패튼 따라쟁이'란 별명이 있는 워커도 최전선에서 상황을 살폈다. 한국전쟁 최대의 위기였던 낙동강전투 때 워커는 단발 경비행기를 타고 대대, 중대 지휘관들보다도 더 전선의 앞쪽으로 나가 상황을 살피고 명령을 내렸다.

하지만 메스에선 무언가에 씐 것 같았다. 워커는 기갑부대의 유연한 전술과 마음가짐을 완전히 잊어버린 듯이 메스에 매달렸다. 기갑부대를 멈춰 세워서 야포로 보병을 지원하게 하고, 보병을 전진시켜 요새를 넓게 포위했다. 이런 식의 싸움은 패튼의 기갑 지휘관들이 늘 "전형적인 보병", "훌륭한 보병" 전술이라고 조롱하던 것이었다.

두 번의 공격에 실패하자 패튼까지 분노에 휩싸였다. 워커는 20군단 전체를 동원해 메스 공략에 나섰다. 이후에 전사가들은 인해전술식의 윽박지르는 듯한 공격 전술을 두고 워커가 과거에 배운 모든 교훈을 잊어버린 것 같다고 평가했다. 메스는 11월 중순까지 버티다가 함락되었지만 패튼의 진격은 세 달이나 늦추어졌다. 미군 병사의 희생은 말로 할 수 없을 정도였다. 더욱 복장이 터질 일은 나중에 밝혀졌다. 군단 병력을 동원해서 공격했던 이 도시의 수비대는 노인과 소년까지 포함된 3급 부대였던 것이다.

패튼은 메스전투를 자신의 첫 번째 패배라고 말했다. 그건 워커도 마찬가지였다. 아니, 이 전투를 시작하고 지휘한 워커의 책임이 더 컸다.

한국전쟁 낙동강 방어전

미8군 사령관으로 워커가 한국전쟁에 참전했을 때, 낙동강 전선은 완전한 위기에 봉착해 있었다. 세계 최강의 군대라는 미군이, 바로 5년 전에 2차 대전을 겪으며 실전 경험도 풍부히 쌓은 그들 대다수가 듣도 보도 못한 아시아 작은 나라의 군대에 쩔쩔매고 있었다.

그러나 최강의 군대는 허울이자 과거일 뿐, 한국전쟁 초기 낙동강 전선에 투입된 미군은 형편없었다. 전쟁 전에 일본에 주둔했던 그들은 훈련보다는 바지 주름을 빳빳하게 세우고 일본 도시의 밤거리를 돌아다니는 데 많은 시간을 보냈다. 당시 전 세계에 주둔했던 미군 병사들이 일본에서 근무하는 것을 선망했다고 한다.

병사 개개인의 수준은 총기 분해와 손질도 제대로 못 할 정도로 형편없었다. 대대 단위 이상의 기동훈련 적을 공격하거나 방어하기 위하여 작전계획에 따라 병력, 장비, 물자 따위를 실제로 이동, 배치해보는 훈련은 한 적도 없었다. 더 심각한 건 장교들이었다. 당분간 동아시아에서 전쟁은 없으리라고 생각한 미군은 야전 지휘관을 거의 해보지 못한 장교들을 경력관리 차원에서 미8군에 파견했다.

반면에 북한군은 훈련이 잘되어 있었다. 북한군의 파죽지세에 낙동강까지 밀린 미군은 병력과 무기도 부족했지만 무엇보다 전투 능력이 상상 이하였다. 워커는 한국군을 포함한 가용자원을 모조리 강변에 투입해 간신히 낙동강 방어선을 구축했다. 전사에서는 이때 상황을 "워커는 종잇장처럼 얇은 방어선을 가지고 있었다"라고 표현한다. 단 한 곳만 돌파당해도 전쟁은 끝이었다.

가용 예비대가 거의 없었기 때문에 워커는 매일 다음 날의 전투를 예상하고, 기껏해야 하나밖에 운용할 수 없는 예비대를 제일 위험하다고 판단되는 지역으로 보내야 했다.

워커를 더 힘들게 한 것은 사방에 널려 있는 무능한 지휘관들이었다. 워커는 경비행기를 타고 하늘에서 전장을 내려다보다가 미군 부대가 사전 정찰도 제대로 하지 않고 적이 기다리는 지역으로 멍청하게 걸어 들어가는 것을 목격하기도 하고, 지형을 잘못 파악해 적의 공격 방향을 벗어난 엉뚱한 곳에 방어선을 구축하는 것을 목격하기도 했다.

비행기를 착륙시키고 사단장, 연대장을 만나보면 그들은 지휘관으로서 무엇을 해야 할지를 모르고 있었다. 자기 휘하 부대가 어디에 배치되어 있는지, 부대를 어디로 보내야 할지를 모르는 경우도 허다했다.

이런 한심한 상황에 분노하며 지휘관을 윽박질러도 전혀 이상하지 않은데도 워커는 침착했다. 초를 다투는 상황에서도 흥분하지 않고 제한된 시간 안에 최대한 차분하고 빠르게 전술 원리를 설명하고, 지휘관들이 해야 할 일을 지시했다.

저녁이 되어 사령부로 돌아가면 워커는 다시 전체 전황을 분석하고, 예비대 배치를 포함한 운명의 결정을 내려야 했다. 당시 그를 가까이서 지켜본 사람들은 그의 판단력과 수준 높은 전술 이해도에 큰 감명을 받았다고 한다.

워커는 정말 아슬아슬하게 낙동강 방어선을 지켜냈다. 워커는 화려한 명성을 얻지는 못했지만, 낙동강 방어 전투에서 그의 정확한 판단력과 침착함은 미군 전술 교과서에도 소개될 정도로 높은 평가를 받았다.

전장에서 워커가 책을 읽은 이유

긴박한 상황에서도 워커는 매일 잠자리에 들기 전에 패튼이 남긴 수기를 꼭 읽었다고 한다. 패튼의 수기란 2차 대전의 경험과 전투를 기록한 《내가 아는 전쟁》으로 추정된다. 패튼은 종전 후에 불운한 교통사고로 사망하는 바람에 자신의 회고담이나 체계적인 전술 교리를 남기지 못했다. 《내가 아는 전쟁》은 훗날 회고록 집필을 대비해 패튼이 일기 형식으로 짧게 정리해놓은 글이다. 그런 이유로 이 책에는 별로 깊은 내용은 들어 있지 않다. 워커 정도의 지휘관에게 가르칠 말은 더욱 없어 보인다. 그런데도 왜 워커는 매일 이 책을 붙들고 읽었을까?

워커는 패튼과 함께했기에 그 짧은 문구에서도 많은 것을 볼 수 있었을 것이다. 그러나 워커가 진정으로 보고 싶었던 것은 전술의 기억이 아니라 전장의 긴장감, 압박감 속에서 겪었던 감정 조절의 실패, 성급함으로 인한 판단 오류에 대한 기억이 아니었을까? 그때의 걱정, 엉뚱한 실수와 착오를 회상하면서 매일의 위기를 극복할 올바른 선택을 추구했다고 나는 생각한다.

전쟁에서 경험은 대단히 중요하다. 그러나 사람들은 전쟁의 경험을 전술적 교훈으로만 상정하는 경향이 있다. 전술은 실전 경험 없이도 배울 수 있다. 그러나 전장의 안개와 압박 속에서 혼돈을 경험하고, 적절한 대응 방식을 찾아내는 능력은 경험 없이 체득할 수 없다.

이때 특히 중요한 것이 실패와 패전의 기억이다. 사람들은 패전의 기억을 회피한다. 긴장 상태에서 패전과 실패의 기억은 몸과 머리를 마비시키고, 더 잘못된 선택을 하게 하는 경향이 있다. 이것도 패전의 기억을 회상하고 극복하는 경험이 부족한 결과다. 진정한 지휘관은 잘못된 판단, 실패한 순간의 감정까지도 기억하고 극복해야 한다. 적어도 워커는 메스에서 했던 실패를 다시는 반복하지 않았다.

주식은 빨리 시작할수록 좋다

10년마다 기회가 온다

주식 초보자들이 가장 많이 묻는 질문 중 하나는 "주식을 언제 시작하면 좋을까요?"다. 여기에 나는 항상 "가급적 빨리요"라고 대답한다. 주식을 빨리 시작하는 것이 주식으로 돈을 버는 것보다 더 중요한 경험을 얻을 수 있는 방법이기 때문이다. 어차피 사회 초년생일 때는 투자금이 적어서 비교적 큰 수익을 낸다고 하더라도 큰 부를 누리지는 못한다. 이때는 투자의 성공보다는 경험을 얻는 것이 더 중요하다.

주식시장은 길게 보면 지속적인 성장을 하고 있다. 한국, 미국, 중국, 가릴 것 없이 30년, 50년의 긴 관점에서 보면 주식시장은 꾸준히 성장하는 모습을 보여준다. 대부분 국가의 GDP를 보면 코로나 같은 위기를 빼고는 계속 성장하고 있고, 물가 역시 서서히 오르면서 자산, 상품 가격이 상승하고 기업의 주가도 오른다. 하지만 자세히 보면 '주글라 사이클Juglar cycle'에 따라 대략 10년에 한 번씩 큰 호황과 불황이 오고, '키친 사이클kitchin cycle'에 따라 40개월 주기로 작은 호황과 불황이 온다. 그러면 20대에 한 번, 30대에 한 번, 40대에 한 번 정도, 즉 직장 생활을 30년 하면 세 번 정도의 큰 기회를 맞이하게 되고, 10년에 세 번씩은 적당한 기회를 만나게 된다.

투자를 일찍 시작하면 이런 큰 호황장을 한 번이라도 더 만나볼 수 있고, 다음번 호황장에서 어떻게 투자해야 수익을 낼 수 있는지 전략을 수정할 수 있게 된다. 그리고 대다수는 주식투자에 그리 큰돈을 쓰지 못하기 때문에 큰 기회를 한 번만 잡으면 부자가 되지 못한다. 남들이 기회를 한 번 잡을 때 나는 두 번을 잡아야 '부의 추월'이 일어나고, 그러려면 빨리 투자를 시작해야 더 많은 기회를 만날 수 있다.

다만 처음부터 많은 돈을 투자하지 말고 서서히 금액을 늘려나가는 것이 좋다. 20대라면 300만 원부터 시작해서 500만 원, 1천만 원으로 서서히 금액을 올려가야 변동성에서도 정신을 차리고 휘둘리지 않을 수 있다.

젊을 때 돈을 잃어도 괜찮은 이유

전쟁에서는 이기는 것도 중요하지만 지는 것도 그만큼 중요하다. 전투에서 졌다면 왜 졌는지 원인을 분석하고 다음에는 지지 않기 위해 전략을 보완해야 한다. 이런 준비를 하지 않은 사람들은 나중에 큰 전투에서 전멸하는 경우가 많다. 투자의 세계에서도 100번 이겨도 마지막 한 번을 크게 잃으면 파산이다. 이를테면 20대에 1천만 원을 잃는다고 해도 재기가 불가능하지는 않다. 그리고 잘못된 투자법을 고칠 수 있으니 나중에 더 좋은 확률로 투자에 성공할 수도 있다. 하지만 50대에 5억의 돈을 잃고 나면 다시 그 돈을 마련하기가 무척 어려울 것이다. 굳어진 투자 습관도 잘 고쳐지지 않는다. 젊은 나이에 돈을 잃어보고 전략을 수정해나가는 것이 돈을 버는 것보다 더 행운일 수도 있다고 보는 이유다.

실패는 성공의 밑거름이 될 수 있다

워런 버핏의 경우 항상 투자에 성공한 것처럼 보이지만 사실 실패한 적도 많다. 코로나 이전에 버핏은 향후 셰일가스 생산과 항공 수요가 늘어날 것이라고 예상해서 정유주와 항공주를 대거 사들였다. 코로나 위기로 주가는 크게 떨어졌고 버핏은 이 주식들을 매도했다. 그리고 얼마 안 있어 주가는 다시 반등했다. 특히 항공주는 이전 주가 수준으로 회복했다. 만약 버핏이 주식을 팔지 않고 가만히 기다렸다면 손실은 나지 않았을 것이다.

정유주의 경우 버핏은 고점에 사서 저점에 팔고 이후 1년이 넘었을 즈음 자신이 판 가격보다 배로 비싼 가격에 다시 사들였다. 그리고 얼마 안 있어 인플레이션이 심해지는 시기가 왔다. 유가가 120달러를 넘어가며 정유 업체들이 돈을 쓸어 담았고 버핏이 투자한 정유주 주가는 코로나 이전 고점 수준으로 상승했다. 버핏이 중간에 주식을 팔지 않고 버텼다면 높은 수익을 냈을 텐데 왜 팔았을까? 당시에는 코로나가 얼마나 세계경제를 망가뜨릴지, 그리고 언제 끝날지 알 수 없었다. 특히 유가는 마이너스로 내려갈 정도로 심각했고, 망하는 미국 셰일 업체들도 늘고 있었다. 차라리 주식을 빨리 팔아버리는 것이 낫다는 판단이었을 것이다. 하지만 1년 후에 경기는 회복되었고 친환경 바람이 불었다. 유가가 오르는 상황에서도 친환경 규제로 인해 석유 업체들은 추가 시추를 하지 못했다. 수요는 늘어나는데 공급을 늘릴 수 없게 되자 유가는 코로나 이전보다 올라갔다. 버핏은 이런 상황을 알아차리고 정유주를 다시 매입했던 것이다. 그때와 지금의 상황이 달라졌기 때문이다.

투자자 대다수는 본인에게 큰 손실을 안겨준 주식에는 손을 대지 않는다. 수많은 종목 중에서 좋은 기억을 준 종목에 손을 대지, 손실을 준 종목은 대체로 잊어버리려고 노력한다. 하지만 버핏은 실패 분석을 통해 다시 들어가는 것이 맞다는 판단을 내렸고, 실제로 유가가 상승하면서 정유주로 손실분을 회복했다.

버핏은 70년간 투자를 하면서 많은 성공과 실패를 반복했다. 오일쇼크, 스태그플레이션, 블랙먼데이, 닷컴버블, 리먼브라더스 사태 등 굵직한 위기를 극복하면서 생각이 더 유연해졌다. 덕분에 자신의 실패를 다듬어 약점을 보완할 수 있었다.

투자자는 성공과 실패를 반복하면서 더 강해지는 것이 중요하다. 개미투자자 대다수의 최종 성공은 풍족한 노후이지, 높은 수익률이나 단기간의 성공이 아니기 때문이다. 이렇듯 길게 본다면 실패는 성공의 밑거름이 될 수 있다.

리스크

나폴레옹이 몰락한 결정적 이유

—

승자의 저주를 벗어나는 법

전쟁에서 승리하고 살아남으려면 물러날 때를 아는 것이 중요하다. 물러날 때를 알지 못하면 한번에 크게 패하는 것보다 더 깊은 수렁에 빠져들 수 있다. 기업 인수에서도 '승자의 저주'라는 것이 있다. 자신의 몸집보다 큰 기업을 인수했다가 자금 위기를 맞아 다시 그 기업을 팔 때, 원래 기업까지 자금난을 겪는 경우를 말한다. 투자에서 실패하지 않으려면 기업 인수를 유심히 살필 필요가 있다.

젊고 용감한 장수가 적진에 너무 깊이 들어갔다가 퇴로가 막혀 허무하게 전사하는 사례는 전투에서 수없이 발생한다. 전쟁에서 승리하고 살아남으려면 멈출 때와 물러날 때를 아는 것이 그래서 중요하다. 전쟁 중에도 출구 없는 전쟁이 있다. 최근 푸틴의 우크라이나 침공이 그렇다.

멈추고 빠져나올 때를 알지 못하면 한 번에 크게 패하는 것보다 더 깊은 수렁과 장기적인 손실에 빠져들 수 있다. 전투에서 장수가 물러날 때를 알려면 눈앞의 상황에만 매몰되지 않는 것이 중요하다. 좌우로 늘 시야를 넓히고 주의해야 한다. 전쟁의 늪은 전략적 목표가 잘못되거나 상황 판단이 어그러졌을 때 발생하는 경우가 많다. 이 둘의 공통점은 집착이다. 이성적으로 판단해도 집착이 감성의 끈을 붙잡아둔다.

나폴레옹에게 장기적인 피해를 안긴 반도전쟁

나폴레옹을 몰락시킨 사건을 들라고 하면 사람들 대다수가 1812년 나폴레옹이 러시아제국을 침공했던 러시아원정의 실패를 든다. 이 실패가 나폴레옹에게 치명타가 되었던 것은 맞지만, 나폴레옹의 몰락에 지속적이고 장기적인 영향을 미친 또 하나의 전쟁이 있다. 바로 반도전쟁이다.

러시아원정과 반도전쟁은 이렇게 비유할 수 있다. 어느 전함이 전투를 벌이다가 적의 주포에 정통으로 맞고 전투 불능이 되어 전선에서 이탈했다. 전함은 수리를 받았지만 다시는 예전의 전투력을 회복하지 못했다. 이런 일격을 러시아원정이라고 할 수 있다. 그런데 전함을 분해해보니 뒤쪽 스크루 부분에서 연료가 계속 샜다는 사실이 드러났다. 이것 때문에 배의 출력이 떨어지고, 만성적으로 성능이 악화되었던 것이다. 반도전쟁이 바로 이런 경우다.

나폴레옹의 극적인 패전이라고 하면 트라팔가르해전1805, 러시아원정, 워털루전투1815를 언급하지만, 그에게 장기적인 피해를 안겼던 전쟁은 반도전쟁이다.

반도전쟁의 배경

1808년, 나폴레옹의 기병대 장군 조아킴 뮈라Joachim Murat, 1767~1815가 11만 8천 명의 병력을 이끌고 스페인의 수도 마드리드에 입성했다. 스페인 국민들은 행진하는 뮈라의 군대를 열렬히 환영했다. 프랑스는 스페인에 많은 것을 가져다 줄 것 같았다. 당시 스페인 국왕은 프랑스 부르봉왕조의 혈통이었다. 원래 합스부르크 가문이던 카를로스 2세가 후사 없이 죽자, 프랑스의 태양왕 루이 14세의 손자인 필리프 당주 공작이 펠리페 5세로 즉위했다.

그런데 프랑스에서는 혁명이 일어나 루이 16세가 살해되면서 부르봉왕조가 몰락했다. 혁명정부가 세워지고 정치적 혼란을 겪다가 나폴레옹이 권력을 잡았고, 다시 그가 황제로 즉위했다.

스페인의 부르봉가는 당연히 프랑스혁명에 적대적이었다. 부르봉가가 아니었다고 해도 유럽의 왕가들은 모두 프랑스혁명을 혐오했다. 비록 나폴레옹이 왕정복고를 시켰지만, 유럽의 왕가들이 보기에 이 근본 없는 코르시카인의 왕정은 전통적인 왕정이 아니었다. 나폴레옹은 혁명 이념을 지지하는 황제로 유럽 각국의 전통사회에 변화와 개혁을 강요했다. 한편 살아남은 프랑스 귀족과 왕당파들이 스페인으로 대거 망명하면서 스페인은 나폴레옹과 대립하는 영국과 동맹을 맺고 나폴레옹에게 저항했다. 그러나 나폴레옹을 당할 수가 없었다. 스페인군은 곧 패배했고, 반강제로 프랑스와 동맹을 맺었다. 여기서 민심이 두 갈래로 나뉘었다. 혁명이란 관점에서 보면 스페인 부르봉가는 프랑스혁명 이후의 정부와 원수지간이었다. 그러나 프랑스라는 큰 틀에서 보면 스페인 왕가도 프랑스 출신이었다. 나폴레옹은 혁명의 전도사지만 이젠 황제이기도 했다. 따라서 루이 16세와 왕당파를 단두대로 보내던 공화정부에 비하면 '피의 혁명'이란 이미지가 많이 희석되었다.

상대가 강하면 인간은 현실적으로 판단하고 상대의 긍정적인 측면을 보게 된다. 스페인 부르봉가는 여러 현실적인 이유에서 나폴레옹과 손을 잡았다.

가장 중요한 이유는 다음과 같았다.

적의 적은 우리 편이다. 스페인은 무적함대의 패전 이후 영국에 제해권을 빼앗겼다. 그러나 여전히 남미에 엄청난 규모의 식민지를 경영하고 있었고, 바다와 육지에서 영국과의 대결이 끝나지 않았다. 18세기 100년 동안 스페인은 영국군과 바다와 육지에서 계속 싸웠다. 대부분 스페인의 패전으로 끝났지만 덕분에 영국에 대한 악감정이 높았다.

이런 상태에서 나폴레옹이 포르투갈을 공격해 점령하고 영국 함대를 몰아냈다. 포르투갈과 스페인도 앙숙이었기에 스페인 국민들은 포르투갈 정복도 환영했다. 나폴레옹이 스페인의 육군과 함대를 빼앗고, 스페인 함대를 트라팔가르해전에서 수장시켰을 때도 스페인은 나폴레옹에게 대항하지 않았다. 더 미운 적, 스페인 함대를 수몰시킨 적은 영국이었다.

그런데 당시 스페인의 내정에서는 무능한 국왕 카를로스 4세와 얍삽한 재상 마누엘 데 고도이Manuel de Godoy, 1767~1851 간의 심각한 권력투쟁이 벌어지고 있었다. 권력투쟁이라기보다는 이권 투쟁에 가까웠다. 게다가 왕비 마리아 루이사는 고도이와 불륜 관계였다.

나폴레옹은 스페인의 동맹국으로서 이 심각한 내정 상태를 이용하기로 한다. 뮈라의 군대는 포르투갈을 친다는 명분으로 스페인에 들어갔다. 그리고는 마드리드로 진군해 카를로스 4세와 고도이를 다 권좌에서 축출하고 카를로스 4세의 아들인 페르난도 7세를 즉위시켰다.

여기까지만 했으면 나폴레옹은 스페인이란 늪에 빠지지 않았을지도 모른다. 그러나 프랑스인들은 과욕을 부렸다. 마드리드의 뮈라가 스페인 국왕이 되려고 했던 것이다.

스페인 부르봉가도 결국은 프랑스인이고, 프랑스의 부르봉왕조는 이미 사라졌으며, 프랑스와 스페인은 동맹 세력이니 별 무리가 없다고 생각했던 것 같다. 그러나 의외로 스페인 국민들이 반발했다. 민족주의가 강한 우리나라 사람들은 독일의 하노버공이 영국 왕위를 잇는 것처럼 외국 귀족을 왕으로 받아들이는 정서를 이해하기 힘들어한다. 스페인 국민들의 반발은 이렇게 민족주의 혹은 국가적 자존심 때문이었을까? 아니면 뮈라 개인에 대한 거부감이었을까? 나폴레옹은 후자라고 판단했던 것 같다. 아니면 개인적 욕심이 과도하게 발동했는지도 모른다. 나폴레옹은 페르난도 7세를 파리로 불렀다. 페르난도는 나폴레옹의 지원을 기대하고 파리로 갔지만, 나폴레옹은 그에게 자진해서 하야하라고 요구했다. 새로운 스페인 왕은 나폴레옹의 형 조제프였다.

나폴레옹은 이 정도면 스페인 국민들도 납득하리라고 생각했던 것 같다. 물론 그간의 과정에서 보이듯이 스페인에는 친프랑스파도 반프랑스파도 있었다. 둘의 힘의 균형, 분포에 대해 나폴레옹은 오판했거나 낙관했다.

나폴레옹의 예상과 다르게 스페인 국민의 반감은 컸다. 즉시 마드리드에서 폭동이 발생했다. 시민들이 프랑스군을 공격하자 늘 과격했던 뮈라는 기병대를 출동시켜 마드리드 시민들을 무차별로 진압함으로써 반란의 불씨를 더 키웠다. 친프랑스파가 조제프 즉위를 지지했지만 반란은 잦아들지 않았다.

스페인 전국의 도시에서 프랑스에 대항하는 반발과 봉기가 일었다. 이것은 곧 무장투쟁으로 바뀌었고 스페인 전역에서 군대가 편성되었다.

나폴레옹은 스페인에 있는 프랑스군을 나누어 봉기한 무장 집단을 신속히 진압하려고 했다. 그러나 신속한 진압은 가혹한 진압을 의미했고, 결과적으로 스페인 국민의 봉기를 더욱 부채질하는 결과만 초래했다. 스페인 국민의 결집력은 대단해서 전국 각지에서 군대가 편성되었다.

나폴레옹은 포기하지 않고 군대를 증원했다. 스페인에만 최대 28만의 프랑스군이 투입되었다. 그러자 영국이 재빨리 이 전쟁에 참전했다. 스페인 국민들은 다시 한번 적의 적은 우리 편이란 명제를 수용해서 영국군을 받아들였다. 이때 영국군 사령관이 나폴레옹의 숙적이 되는 1대 웰링턴 공작 아서 웰즐리Arthur Wellesley, 1769~1852다.

나폴레옹은 왜 스페인에 집착했을까?

전쟁을 시작하는 데는 두 가지 요인이 합당해야 한다. 투자자가 투자를 결정하는 것과 비슷하다.

첫째는 이 전쟁이 확고한, 혹은 절실한 이익을 가져다주어야 한다.

둘째는 내가 운용할 수 있는 전력으로 승리를 거둘 가능성이 확실해야 한다.

나폴레옹은 스페인에서 어떤 이익을 노렸던 것일까? 당시는 나폴레옹의 전성기였다. 전 유럽과 러시아마저 나폴레옹에게 굴복하거나 굴욕적인 평화협정을 맺었다. 유일한 걸림돌이 영국이었다. 트라팔가르 해전에서 패해 영국 침공에 실패한 나폴레옹은 영국에 경제적으로 타격을 주기 위해 대륙봉쇄령1806년의 베를린칙령과 1807년의 밀라노칙령을 지칭한다을 내린다. 유럽 대륙과 영국의 교역을 일절 금지한 것이다.

그런데 대륙봉쇄령으로 영국이 입은 경제적 타격보다 유럽 대륙이 입은 타격이 더 컸다. 대륙봉쇄령 때문에 아메리카대륙과의 식민지 무역이 중지되면서 유럽인들의 일상에까지 타격을 주었다.

결국 밀수가 성행하게 되는데 영국이 제해권을 쥐고 있는 상황에서 밀수한 상품을 하역하기에 제일 좋은 곳은 삼면이 바다인 이베리아반도였다. 남미 대부분이 포르투갈과 스페인의 식민지였으니 이 식민지들에서 수입한 정식 수입품과 영국의 밀수품이 이베리아반도에서 만나 대륙으로 흘러 들어갔다.

나폴레옹의 입장에서 보면 이베리아반도를 점령하면 영국의 밀수품을 차단하고, 포르투갈과 스페인 식민지의 무역품을 프랑스가 장악해서 대륙에 공급할 수 있었다. 이야말로 대륙봉쇄령의 완성이고, 프랑스의 유럽 대륙 지배를 공고히 할 방법이었다. 또한 반도전쟁에 투입할 막대한 전쟁 비용도 보상받을 수 있을 것이었다.

게다가 전쟁은 쉬워 보였다. 당시 프랑스군은 무적이란 명성을 얻고 있었다. 반면 스페인 육군은 유럽 최강이라던 16세기의 명성을 완전히 잃어버리고 거의 조롱거리로 전락해 있었다.

무리한 전쟁이 불러온 결과

처음에는 프랑스의 대군이 스페인의 주요 도시를 점령하면서 승리를 거두는 듯했다. 그러나 스페인에서 나올 수익이 없었다. 가장 중요한 수익인 식민지 수익을 확보하려면 스페인 함대를 프랑스가 장악해야 했는데, 함대가 투항을 거부했다. 프랑스군은 바다와 영국의 보호를 받는 함대를 나포할 수가 없었다.

설사 함대를 장악했다고 해도 영국 해군의 공격을 피할 수는 없었다. 이베리아반도를 정복하든 못하든 식민지는 결국 대서양 건너편의 땅이었다.

스페인은 예로부터 유럽 최고의 농업국가로서 곡물과 산물이 풍부하다. 하지만 스페인의 산물도 프랑스에는 큰 도움이 되지 못했다. 참전한 영국은 바다를 통해 효율적으로 군대와 보급품을 실어 나를 수 있었다. 프랑스는 스페인으로 오는 통로가 하나뿐이었다. 이베리아반도의 알프스라고 할 수 있는 험준한 피레네산맥을 통과해야 했다. 군사물자든 이베리아반도의 약탈물이든 수송 비용이 너무 많이 들어서 프랑스에겐 이득이 되지 않았다.

게다가 스페인 농부들은 피레네산맥에서 게릴라전을 펼치며 프랑스군에게 막대한 피해를 안겼다. '게릴라guerrilla'라는 용어가 바로 이때 탄생했다.

보급은 부족하고 스페인군의 저항은 거세지자 프랑스군은 가혹해졌다. 물자는 약탈로 조달하고, 도시에서 일어난 봉기와 게릴라들을 제압하려니 군과 민간인을 가리지 않고 공격해야 했다. 프랑스군이 스페인에서 벌인 잔혹 행위는 역사에 길이 남았다. 사실 이때의 전쟁은 모두 약자와 민간인에게 가혹했지만, 스페인에서 프랑스군의 잔혹 행위는 확실히 통제와 정도를 넘어섰다.

이 전쟁은 시작부터 악몽이었다. 전쟁 초반인 1808년 스페인 남부 안달루시아까지 깊숙이 진격했던 피에르 뒤퐁 드 레탕Pierre Dupont de l'Étang, 1765~1840의 1만 7천 병력이 심각한 보급 곤란으로 굶주리게 되었다. 게다가 그들 앞에 예상치 못한 스페인군이 계속 등장했다. 뒤퐁과 프랑스군은 그 와중에도 알뜰하게 약탈물을 챙겨서 동쪽의 바일렌으로 후퇴했다. 하지만 스페인군을 얕보고 물자에 집착하느라 꾸물댄 것이 치명적인 실수였다. 프랑스군이 바일렌 서쪽 산지의 오솔길을 통과할 때, 전면 산지에서 스페인군 사단이 출현했다. 뒤에서는 다른 사단이 추격해오고 있었다. 2개의 사단 사이에 프랑스군이 끼어버린 것이다.

나중에 밝혀진 바에 의하면 스페인군이 프랑스군을 압도할 전력은 아니었다. 하지만 프랑스군은 전혀 예상치 못했던 스페인군의 출현에 당황했다. 지리적으로 불리했고 무엇보다도 식량이 없었다. 결국 프랑스군 1만 7천 명이 고스란히 항복하고 말았다.

조제프는 스페인을 지배하기가 쉽지 않다고 판단하고 나폴레옹에게 스페인을 정복하려면 20만 명의 프랑스군과 1만 개의 단두대가 필요하다고 말했다. 그러나 이런 강압 정책은 스페인의 국민적 저항을 야기할 뿐이었다.

나폴레옹은 이상할 정도로 승리와 그에 따르는 이익에 대해 미련을 버리지 않았다. 1808년에 시작된 반도전쟁은 나폴레옹이 1812년에 벌인 러시아원정에 실패하고, 그 여파로 폐위되는 1814년까지 계속되었다. 28만의 프랑스군이 10만으로 줄고, 6만으로 줄고, 마지막에는 소수의 패잔병이 피레네산맥을 넘어 귀환했다. 6년이나 지속된 전쟁은 현지의 프랑스군에게는 악몽이었고, 프랑스에게는 구멍 뚫린 모래주머니와 같았다.

합리적인 분석의 중요성

황제로 즉위할 때까지 나폴레옹은 영민했고 상황 판단이 대단했다. 그러나 황제가 된 이후로 자꾸 전략적 착오에 빠지게 된다. 이때부터 그는 독재자들이 흔히 저지르는 실수를 했다. 냉철한 계산으로 상황을 분석하는 대신 '나는 할 수 있다, 나는 대단하다, 신념이 확고하면 반드시 이룰 수 있다'는 식의 추상적 원리에 대한 의존도가 높아진 것이다.

이런 자기 확신, 자기 위로가 필요 없다는 말은 아니다. 전쟁과 투자는 엄청난 공포와 부담을 지운다. 한 번의 실패로 재기가 영원히 불가능할 수도 있다. 그래서 이런 자기암시 같은 방법도 필요하다. 그러나 그것은 한쪽 날개일 뿐이다. 반드시 합리적 분석이라는 또 하나의 날개가 같이 작동해야 한다.

천하의 나폴레옹도 두 날개에 균열 내지는 불균형이 발생했다. 그래서 동시에 저지른 파멸적인 실수가 러시아원정과 반도전쟁이다. 러시아원정에 가려져서 그렇지, 반도전쟁도 나폴레옹을 몰락시킨 결정적 요인이었다.

승자의 저주에 걸린 기업을 조심하라

기업 인수의 명과 암

주식계에는 '승자의 저주'라는 것이 있다. 자신의 몸집보다 큰 기업을 인수했다가 자금 위기를 맞아 다시 그 기업을 팔아버리거나, 원래 기업까지 위험에 빠지는 경우를 말한다. 기업이 성장하다 보면 언젠가는 한계에 봉착한다. 그럴 때 성장하는 방법이 신사업 진출이다. 사업을 처음부터 시작하면 시간이 많이 걸린다. 그래서 그 분야의 괜찮은 기업을 인수해서 빠르게 새로운 사업을 장착한다.

그러면 회사의 매출과 이익이 계속 성장하게 된다. CEO는 더 빠르게 성장하고 싶어서 더 큰 기업을 인수하려는 욕심을 낸다. 그래서 부채를 사용하게 된다. 빚을 내거나 사모펀드와 불리한 조건으로 계약을 맺어서라도 큰 기업을 삼켜서 회사의 몸집을 키운다.

보통 사업이 잘될 때는 문제가 없다. 버는 돈으로 충분히 이자를 갚을 능력이 있기 때문이다. 하지만 호황이 지나면 불황이 온다. 불황이 오고 나면 이자를 갚을 돈도 없고 회사도 적자로 돌아서게 된다. 뭐라도 팔아서 이자를 갚아야 하는데 다른 기업들도 상황이 안 좋으니 서로 자기 회사를 팔려고만 한다. 반면 사려는 기업도 돈이 없어 살 수가 없는 상황이다. 그사이 인수한 회사도 계속 적자가 쌓이고 대출이자는 늘어간다.

최선의 선택은 그나마 팔 수 있는 가장 우량한 회사를 헐값에 팔아 이자를 막는 것이다. 불황이 길어지면 그렇게 우량한 회사를 하나씩 판다. 다시 호황이 왔을 때 그 기업은 이미 알짜 회사를 모두 팔고 껍데기만 남은 상태다. 알짜 회사를 헐값에 사들였던 기업들이 이제 돈을 쓸어 담는다.

과거 해운계에서 돌풍을 일으켰던 STX그룹은 엄청난 인수력으로 재계 10위까지 단숨에 뛰어올랐다. 노르웨이의 크루즈 전문 조선사인 아커야즈를 인수하고, 중국에 조선소를 세우며 글로벌 기업으로 뻗어갔다. 그리고 당시에 현재 시가총액 3위인 하이닉스 인수전에도 뛰어들었다. 그렇게 빠른 시간에 여러 기업을 인수할 수 있었던 수단은 대출이었다. 하지만 2008년 금융위기를 맞은 후 STX그룹은 해체되었다. 그중 알짜 기업이었던 팬오션은 법정관리를 거쳐 하림그룹으로 넘어갔다. 현재 시가총액 1조인 하림은 4조짜리 알짜 자회사를 두게 됐다.

보통 경제가 좋을 때 기업들은 욕심을 내서 몸집을 불린다. 하지만 경제사를 보면 호황과 불황은 반복된다. 호황일 때는 잔뜩 빚을 내서 기업을 인수해도 돈을 잘 버니 문제가 없으리라 생각하지만, 이내 불황이 오고 돈을 벌지 못하니 기업을 팔아야 하는데 사려는 곳도 별로 없다. 그래서 큰 손해를 보고 팔거나 다른 알짜 자산을 팔아 빚을 갚는다. 그 과정에서 기업은 이전보다 더 쪼그라든다. 금호그룹이 그랬고 유진그룹이 그랬다. 지금 이 순간에도 승자의 저주가 진행 중이다. 하지만 승자의 저주로 인해 무너진 그룹들도 많은 반면, 인수 후 기업을 잘 살려내 몸집을 키운 KG그룹, SM그룹, SK그룹도 있다. 여기엔 어떤 차이가 있었을까?

기업 인수에서 투자자가 따져봐야 할 것들

SK그룹은 기막힌 인수로 그룹의 몸집을 크게 불렸다. 한국이동통신부터 하이닉스까지 이어지는 인수의 역사로 재계 서열 2위까지 올라섰다. 당시 반도체 시장은 치열한 전쟁 중이었고, 개발과 증설을 위해 막대한 돈이 들어가는 상황이었다. 반도체는 호황과 불황을 잘못 판단해 투자했다가는 그룹 전체를 위기에 빠뜨릴 수도 있는 '돈 먹는 하마'였다.

그런 하이닉스를 인수한 SK텔레콤은 반대로 꾸준히 돈을 벌어오는 '캐시카우'였다. 통신업 자체가 위기 없이 꾸준히 현금이 들어오는 사업이다. 든든한 우군이 있으니 하이닉스는 과감한 투자를 했고 4차 산업혁명을 맞아 반도체 호황이 오면서 점점 몸집이 커졌다.

여기서 알 수 있는 것은 현금 창출 능력이 꾸준한 기업은 다른 기업을 인수해도 탈이 날 가능성이 적다는 점이다. 현금을 잘 버니 유동성 위기에 빠지지 않기 때문이다.

기업이 자신이 잘하는 사업과 연관 있는 다른 기업을 인수하는 전략도 주목할 만하다. 기업은 확장을 할 때 두 가지 선택을 할 수 있다. 시간이 걸리더라도 직접 회사를 만들고 키우거나 다른 회사를 인수해 시간을 버는 것이다. 경쟁사와 몸집을 불리는 속도 경쟁을 할 때는 인수 전략이 더 중요할 수 있다.

대표적인 예가 면세점에 진출한 호텔신라다. 호텔로 시작해서 면세점으로 확장한 호텔신라는 해외 면세점까지 진출하면서 영역을 아시아로 키워갔다. 이후에는 세계 최대 기내 면세점 기업을 인수하면서 면세점 영역을 북미까지 진출시킨다. 내가 잘 알고 있는 사업 영역의 기업을 인수하면 효율적 경영을 통해 이익이 나는 기업으로 재탄생시킬 가능성이 높고, 유사한 업종을 인수하면 서로 사업 시너지를 내기 좋다.

투자자는 승자의 저주에 유념하면서 어느 기업에 투자할지 깊이 생각해봐야 한다. 그러면 아무리 떠들썩한 인수를 이뤄낸 기업이어도 분위기에 휩쓸리지 않고 스스로 분석한 근거를 통해 투자 여부를 결정할 수 있을 것이다. 이를 위해 신문 경제면 등을 살펴보면서 기업의 상황에 항상 관심을 기울이는 습관을 기르자.

2부

위기를 기회로 만드는
승리의 기술

관점

강자와 약자는 고정되어 있지 않다

—

1등 기업이라는 환상

《삼국지》에서 유비는 강자와 약자 사이를 부지런히 넘나들었다. 조조에게 귀순했다가 원소에게 갔고, 다시 유표에게 갔다가 오나라와 동맹을 맺었다. 유비는 강자와 약자를 고정적으로 판단하지 않고 늘 현실적인 셈법을 적용했다. 마찬가지로 기업도 동맹을 맺는다. 2007년 삼성 반도체가 승승장구하자 위기를 느낀 일본, 대만 기업이 동맹을 맺어 가격 전쟁을 선포했다. 1등을 유지하려는 강자와 이를 추격하려는 약자 동맹의 한판 승부. 자 그렇다면 투자자는 어느 기업에 투자해야 할까? 확실한 것은 1등 기업이 경쟁에서 꼭 승리하지는 않는다는 사실이다.

탁월한 전략가는 개성이 강하다. 신념도 확고하고 고집도 세다. 두루뭉술 남의 눈치나 보고 트렌드에 묻어가려는 사람은 역사를 바꾸는 전략가가 될 수 없다. 그런데 가끔 개성과 신념을 옹고집으로 착각하는 사람이 있다. 유연한 사고가 결여된 고집, 호불호에 대한 과도한 집착은 전략, 전술에는 독이다.

선함과 악함, 정의와 불의, 우량과 불량은 모두 가변적이다. 그러므로 전략가는 정의를 정의로 만드는 배경과 조건을 파악하고, 그 변화무쌍함에서 시선을 떼지 않아야 한다. 그래야 유연한 사고로 합리적 결론을 도출할 수 있다. 또한 강자와 약자가 상대적임을 명심해야 한다. 오로지 현재 상황에서 강점과 약점에 집중하는 것이다.

군웅할거의 시대, 약소국의 선택지

《삼국지》에서 조조와 유비는 늘 대비된다. 능력의 조조, 인격의 유비다. 소설은 이걸 더 비틀어서 능력은 탁월하지만 가슴이 협소한 조조,

능력은 (뭐가 장기인지) 가늠이 안 되지만 포용력 하나만은 바다 같은 유비로 만들었다. 그런데 정작 《삼국지》를 통틀어 믿기 어려운 포용력을 보여준 주인공은 조조다.

완성의 장수張繡, ?~207는 연주, 예주, 청주까지 차지한 조조와 형주의 유표 세력 사이에 포진해 있었다. 조조가 장수를 치자 장수는 저항하지 않고 선뜻 항복했다. 3개 주를 장악한 조조군 앞에서 완성의 장수는 상대가 되지 않았다. 그러나 조조가 과부인 장수의 형수를 침실로 불러들이자 장수는 분노했다. 장수는 방심한 조조를 급습한다. 조조는 간신히 탈출했지만 맏아들 조앙, 조카 조안민, 최고의 용사였던 전위를 잃었다.

이후 이렇게 씻을 수 없는 피해를 입힌 장수가 귀순하겠다고 하자 조조는 허락한다. 아들을 죽인 원수를 용서한다는 건 정말 쉽지 않은 일인데 조조는 이걸 해냈다. 그 후 장수가 천수를 다할 때까지 조조는 보복하지 않았다.

조조의 놀라운 행동을 두고 진심이 아니었다, 이해관계에 따른 이기적인 행동이었다고 비판할 수도 있다. 조조의 행동이 이기적이고 이유 있는 행동이었던 것은 맞다. 그러나 정치인의 행동에서 진심을 따지는 것도 어쩌면 우스운 일이다. 나중에 장수를 암살하기라도 했다면 모를까, 진심이든 위선이든 결과는 같았다.

완성에서 수모를 당한 직후부터 조조는 미친 듯이 장수를 공격했다. 그러나 성과를 거두지 못하고 번번이 패했다. 장수가 조조를 상대로 선전할 수 있었던 데는 형주의 유표 세력의 지원이 결정적이었다.

기록의 부족으로 당시 양상을 정확히 알 수는 없다. 또 근거가 전혀 없어서 함부로 추정하기도 곤란하다. 하지만 필자의 지극히 개인적인 추정을 더한다면 장수가 항복을 철회하고 조조를 습격한 것은 형수 때문이 아니라 장수가 조조에게 항복한 후에 유표의 지원 약속이 뒤늦게야 이뤄졌기 때문일 수도 있다. 아니면 처음부터 유표와 밀약을 맺고 조조를 받아들였을 가능성도 있다.

중국의 삼국시대, 일본의 전국시대와 같은 군웅할거의 시대에 약소국의 선택지는 둘뿐이다. 흡수까지도 각오하고 강대국에 기대거나, 상대적으로 약한 나라끼리 동맹을 맺고 강대국에 저항하는 것이다.

독자들에게는 후자가 더 흥미로울 수 있겠다. 그러나 의외로 이런 사례는 많지 않다. 수많은 군소 집단 가운데서 적극적으로 동맹 상대를 찾고, 활로를 모색한 난세의 영웅은 극히 드물다. 혹은 강대국에 복속하더라도 유비가 조조 밑에서 눈칫밥을 먹다가 조조를 속이고 기회를 보아 서주를 탈환하듯이 다이내믹한 과정을 보여주는 경우는 더욱 드물다.

역사에서 대다수는 '강대국에 붙으면 안전하겠지' 하는 식으로 쉽게 생각하고 결행한다. 약자임에도 꿋꿋이 버티거나 약소한 이웃과 동맹을 맺고 지내는 사례를 보면, 천하대세를 판단하고 강대국의 움직임과 상관관계, 장단점을 읽으며 행동을 결정하는 경우보다는 우물 안 개구리처럼 근거 없는 자신감, 혹은 그 연장선상에서 주변의 자질구레한 세력과 연계해 자기도취적인 힘자랑을 하는 경우가 대부분이다. 이런 사례는《삼국지》에서 골고루 발견할 수 있다.

판세를 읽은 가후의 선택

저항도 고민도 없이 강대국에 편승한 경우는 이름도 에피소드도 남기지 않기 때문에 특정 세력을 지목해서 말하기 어렵다. 그저 수십 개의 고을이 항복했다 또는 복속했다는 기록 속에 묻혀 있다. 실제로는 이런 군현이 제일 많았다. 이들은 당장은 안전했을 수도 있지만 결국에는 숙청되거나 사라졌다.

손책에게 토벌당한 유요劉繇, 156~198와 엄백호嚴白虎, ?~?, 조조에게 패한 요서의 흉노족과 선비족 연합 세력은 지역 패권에 안주하다가 거인의 쓰나미에 붕괴된 경우다.

이렇게 존재감이 적은 사례들과 비교했을 때 장수의 사례는 꽤 다이내믹하다. 장수는 유표와 연합하여 조조의 성난 공격에 잘 버텼다. 조조는 초조해졌다. 북쪽의 원소와 천하 쟁패를 다툴 관도대전199년이 다가오고 있었기 때문이다. 서주의 유비는 주민들의 인심을 얻고 군사를 조련하며 힘을 키우고 있었다. 조조 입장에서 유비를 더 이상 방치해 둘 수 없었다. 유비가 강해지고 원소와 연합하면 조조의 여정은 끝이었다.

이때 장수의 모사 가후賈詡, 147~223가 조조에게 귀순할 것을 장수에게 제안했다. 장수는 놀랐다. 내가 조조의 아들과 조카를 죽였는데 나를 받아주겠는가? 아마도 가후는 이런 논리로 설득했을 것이다. 조조 입장에서는 아들의 죽음이 슬프겠지만, 관도대전에서 원소에게 패한다면 조조 자신을 포함해 남은 가족의 생명도 보장할 수 없으리라 판단할 것이라고. 가후는 조조가 이런 계산을 할 수 있는 인물이라고 판단했다.

가후는 조조가 강해서가 아니라 강해질 수 있는 세력이기 때문에 선택한 것이다. 단지 강대국이란 기준으로 선택한다면 조조보다는 원소가 낫다. 그러나 그는 원소의 역량이 조조를 이기기 힘들다고 보았던 것 같다. 조조도 원소를 이기기가 쉽지 않겠지만, 그래서 조조를 선택했을 때 보상도 클 것이다.

그러면 원래대로 유표와 연합을 이어가는 건 어떨까? 지금껏 유표의 도움으로 조조의 공세를 잘 막아내고 있지 않았던가? 유표는 태생적으로 기회주의자이거나 용기가 부족했다. 조조와 원소의 대결을 앞두었을 때, 신하들이 이젠 눈치 보기를 그만두고 어느 쪽에든 가담해야 한다고 설득했지만 유표는 움직이지 않았다.

가후는 이런 유표의 태도를 보고 조조가 완성을 공략할 때는 유표와의 동맹이 효과적이었지만, 조조가 원소를 꺾고 화북의 패자가 된다면 유표의 지원도 소용없다는 사실을 깨달았던 것이다.

강자와 약자는 고정되어 있지 않다

강자와 약자의 개념은 상대적이다. 강자의 강함, 약자의 약함도 상대적이고 제한적이다. 강자에게 붙으면 안전하겠지, 강자니까 다음 싸움에서 승리하겠지 하는 식으로 강자의 강함에 막연하게 의지해서는 안 된다.

전쟁에서는 약자가 강자를 꺾는 이변도 곧잘 발생한다. 이때도 강자와 약자의 속사정을 주도면밀하게 검토해야 한다. 배경을 찾아보면 약자가 강자를 이긴 것이 아니라 이미 강자가 약자가 되어 있고, 약자는 강자가 되었으나 사람들이 이 역전을 인지하지 못하고 있었기에 약자의 승리로 보이는 경우도 종종 있다. 역사에서 살아남은 세력의 비결은 전투 지형과 환경에 따라 강함의 원인과 변화의 가능성을 정확하게 분석한 것이었다.

장수는 유표와 약자 간의 동맹을 맺어 조조에게 승리하고, 그다음에는 조조에게 붙어 천수를 누렸다. 조조와 원소의 대결에서 장수가 조조에게 가담한 것은 약자 간의 동맹이라고 봐야 할지 강자에게 붙은 것이라고 봐야 할지 애매하다. 아마 당시에도 병력 등 객관적인 전력상 원소의 우위를 점치는 사람이 많았기에 조조와 장수의 동맹을 원소에 대항하는 약자 간 동맹으로 보는 시각이 많았을 것이다. 그러나 모사 가후는 승리 가능성이 높은 강자에게 붙어 승리를 거둔 사례로 분류했을 것 같다.

유비의 현실적인 셈법

삼국시대, 강자에 대항하는 약자 간 동맹의 두드러진 승리 사례가 적벽대전208이다. 조조는 강했지만 손권과 유비 세력의 연합에 패하고 말았다.

이 승리를 '위는 오나 유비 세력보다는 강하지만 둘을 합한 것보다는 약했다'는 식의 산술적인 계산으로 이해해서는 절대 안 된다. 전략, 전술적 상황에 의해 힘의 수치에 이미 변화가 발생했던 것이다.

만약 유비와 손권 연합군이 형주를 넘어 화북평야에서 싸웠더라면 적벽대전과 같은 승리를 거둘 수 있었을까? 절대 승리하지 못했을 것이다. 사실 적벽대전 이후에 유비와 손권 연합군의 승리도 일시적이었다. 적벽대전의 승리는 수전에 대한 부담이 크던 조조군이 풍토병 같은 전염병까지 만나 몸과 정신이 다 지쳐버린 덕분이었다. 물론 이것은 운이 아니라 손권과 유비가 정확히 예측하고 의도한 것이었다. 그 뒤에 벌어진 오림전투208와 연속된 승리는 적벽대전의 패전으로 조조군이 넋이 나간 상황에서 밀어붙인 승리였다. 하지만 조조군이 증원군을 받고 양양을 거점으로 정비에 성공하자 연합군의 승리도 끝났다. 이 결과를 보면 양측의 대결이 화북평야에서 벌어졌을 경우 연합군이 승리할 가능성은 거의 없었다.

따지고 보면 유비도 강자와 약자 사이를 부지런히 넘나들었다. 조조에게 귀순했다가 원소에게 갔고, 다시 유표에게 갔다가 오나라와 동맹을 맺었다. 유비의 선택에는 성공도 있고 실패도 있었지만, 그가 강자와 약자를 고정적으로 판단하지 않고 늘 현실적인 셈법을 적용했기에 실패해도 재기하고 성과를 거둘 수 있었던 것이 아닐까?

기업도 동맹을 맺는다

선두 업체와 동맹 업체가 경쟁할 때 고려할 것들

주식투자를 하다 보면 기업, 국가 모두 큰 상대를 이기기 위해 동맹을 맺는 모습을 종종 볼 수 있다. 이를테면 미국은 중국과 무역 전쟁을 하면서 한국, 일본, 대만과 반도체 동맹을 맺고 중국에 대한 수출을 규제했다. 러시아가 우크라이나를 침공했을 때는 동맹국이 러시아와 무역하는 것을 규제하고, 러시아에 금융 제재를 가했다. 그래서 미국과 한국 증시에서 러시아 관련 ETF가 모두 사라진 적이 있다.

기업의 사례도 있다. 삼성전자가 반도체로 승승장구하자 위기를 느낀 대만과 일본 업체들은 동맹을 맺어 가격 전쟁을 선포했다. 2007년 대만발 치킨 게임은 2년간 지속됐다. 대만 D램 업체들은 말도 안 되게 가격을 내렸고 한국 D램 업체들도 같이 가격을 내려야 했다. 여기에 글로벌 금융위기까지 오면서 한때 세계 2위의 D램 생산 업체였던 독일 키몬다가 2009년 파산하며 치킨 게임은 끝이 났다. 숨 쉴 틈도 없이 2010년에는 대만과 일본 D램 업체들이 합심해서 생산설비를 늘리고 대규모 투자를 선언했다. 이번에는 일본의 엘피다메모리가 파산하며 치킨 게임이 종료되고, 시장은 3개 업체로 정비됐다. 엘피다메모리는 나중에 미국의 마이크론테크놀로지에 인수됐다.

동맹을 맺은 기업들이 공격에 실패하면 그 충격은 배가 된다. 규모가 큰 쪽이 이기리라 생각해 과감히 가격경쟁을 펼쳤다가 엄청난 출혈을 입게 된다. 삼성그룹은 IMF도 무난하게 극복했고 치킨 게임 중에도 리먼브라더스 사태를 잘 극복한 편인데, 그 이유 중 하나가 현금 보유에 있다. 부채가 적고 현금이 넘치니 상대들이 먼저 나가떨어졌다. 그러면 상대가 없어진 그 자리를 차지하며 시장점유율을 늘려갔다.

요즘은 전기차 분야에서 선두로 치고 나가는 테슬라를 견제하기 위해 자동차 업체와 배터리 업체의 합작회사들이 등장하고 있다. 그럼 투자자 입장에서 테슬라에 투자하는 것이 나을까, 아니면 합작회사에 투자하는 것이 나을까? 그들의 전략에 따라 달라지리라 본다. 테슬라보다 가격경쟁력이 앞설 수 있는지, 브랜드가치가 더 상승할 수 있는지, 판매처를 더 확장할 수 있는지, 자금력으로 규모의 경제를 실현할 수 있는지 고민해봤을 때 합작회사들이 테슬라보다 유리한 점이 많아 보이지는 않는다.

한편, 강자끼리의 경쟁에서 약소 업체가 인수되는 경우도 있다. 이를테면 플랫폼이라는 공룡들이 블랙홀처럼 엔터테인먼트, 교육, 미디어, 영화, 생활 편의 산업들을 무한 흡수하고 있다. 네이버와 카카오가 경쟁에 불을 붙이면서 어떤 기업은 원래 가치보다 더 큰 가격으로 인수되는 것을 종종 보게 된다. 플랫폼 입장에서는 그 기업이 경쟁사로 넘어가는 것보다는 자신이 비싸게라도 사는 것이 낫다고 판단했기 때문이다. 이 경우 투자자는 얼마 안 가 플랫폼이 인수할 수밖에 없다고 판단되는 기업에 투자하면 의외의 수익을 얻을 수 있다. 네이버, 카카오, 넷플릭스, 쿠팡, 아마존 같은 기업은 또 어떤 영역으로 확장을 할까? 그 요충지에 해당하는 기업으로는 어떤 것이 있을까? 그 기업은 어느 시기에 인수될까? 이렇게 고민을 해보는 습관이 필요하다.

기업 규모보다 브랜드에 주목하라

투자자로서 1위 기업이 꼭 경쟁에서 승리하지는 않는다는 사실을 강조하고 싶다. 대마불사라는 말처럼 연합체의 규모가 더 크면 유리할 것 같지만 규모가 승리를 보장하지는 않는다. 브랜드가 강한지, 사업을 효율적으로 하는지, 현금흐름이 원활한지, 매출과 이익 변동성이 심한지, 기술력이 뛰어난지 등을 고려해보면서 경쟁에서 이길 가능성이 높은 회사를 찾아야 한다.

그중에서 백미는 브랜드다. 브랜드가 강한 기업에는 강력한 팬덤 고객이 형성되어 있다. 앞서 언급한 스타벅스의 예시처럼 팬덤 고객은 더 싸거나 맛있는 커피가 아니라 오직 스타벅스 커피만 원한다. 이런 상황에서 경쟁자는 힘을 쓰지 못하고, 연합 공격은 소용없는 짓이 된다. 이처럼 브랜드가치는 회사에는 엄청난 자산이다. 그러나 브랜드가치에도 양날의 검이 있다. 브랜드가치가 훼손되면 제품의 가격은 속절없이 추락하고 제품은 팔리지 않는다. 게다가 한번 훼손된 브랜드가치는 복구하기도 어렵다. 그래서 투자할 때는 브랜드를 철저하게 관리하는 기업인지를 꼭 확인해야 한다. 반면, 상대의 브랜드가 훼손된 상태라면 약자였던 경쟁사에도 기회가 오게 된다.

약자에게도 기회가 온다

대표적으로 자동차 시장은 점유율이 잘 바뀌지 않고 브랜드가치에 따라 가격이 천차만별인 곳이다. 그런 시장에서 현대기아차가 해외로 진출을 하고 십수 년 힘든 세월을 보냈다. 저렴한 가격으로 미국 시장을 두드렸지만 토요타라는 가성비 좋은 브랜드가 시장을 제패하고 있었다. 하지만 2009년 대규모의 토요타 리콜 사태가 터지면서 현대기아에 한 번의 기회가 왔다. 현대기아는 그 기회를 놓치지 않고 공격적인 홍보를 했다. 신차를 출시하고 고환율을 바탕으로 파격적인 할인도 했다. 그렇게 시장을 빠르게 장악하면서 글로벌 브랜드로 자리 잡았다. 나아가 현대기아는 토요타가 전기차 시장에 늦게 진출한 틈을 타서 토요타를 제치고 미국과 유럽에서 전기차 판매 2~3위를 기록했다.

자동차 시장의 사례에서 보듯이 투자자는 전통적 강자가 시장에서 늘 유리하리라는 편견에서 벗어날 필요가 있다. 상황에 따라 강자와 약자는 바뀌기 마련이다.

역발상

롬멜식으로 사고하라

성장주 VS 가치주

롬멜이 수행한 전략을 살펴보면 수많은 희한한 발상, 우리가 역발상이라고 부르기 딱 좋은 기막힌 작전이 많다. 그러나 전략의 이면을 살펴보면 이 역발상은 단순히 인식을 전환하는 것이 아니다. 오랜 기간의 열정과 노력, 과학적인 데이터가 응축된 결과로 탄생한 것이다. 주식시장에서 일반 투자자들은 눈에 보이는 성장주를 좋아하고, 성과가 더딘 가치주를 별로 좋아하지 않는다. 하지만 투자 세계에서 오랫동안 살아남은 투자자들, 워런 버핏, 피터 린치, 데이비드 드레먼 등은 성장주가 아니라 가치주에 투자했다. 남들이 가지 않은 길에 길을 낸 것이다.

상식과 전제를 뒤집고 상대의 허를 찌르는 착상을 역발상이라고 한다. 겉으로만 보면 역발상은 순간적으로 쉽게 얻어지는 듯하다. 어쩌면 이것이 역발상이란 개념에 사람들이 혹하는 이유일지도 모르겠다. 그러나 역발상은 단순히 인식을 전환하는 것이 아니라 오랜 기간의 열정과 노력, 과학적인 데이터가 응축된 결과로 탄생한다. 전쟁사에서도 역발상의 전략으로 승리를 일구어낸 전략가들이 있었다. 이를테면 한국전쟁에서 고지전을 맞닥뜨린 어느 프랑스군 중사의 경우는 진정한 역발상이 무엇인지 알려준다.

정말 접근로가 여기뿐일까?

1951년 3월 3일, 춘천 북방에 위치한 1037고지에서 프랑스군과 북한군 간에 혈전이 벌어졌다. 북한군이 선점한 고지를 탈환하기 위해 프랑스군은 돌격을 감행했다. 아직 고지 정상에는 눈과 얼음이 가득했다. 고지 삼면은 얼음으로 덮인 절벽이라서 길은 칼날 같은 가는 능선

뿐이었다.

2차 대전 참전용사와 외인부대 출신이 가득한 프랑스군은 유엔군 중에서도 최강의 부대로 꼽혔지만, 기관총탄이 빗발치는 외길을 몸으로 돌파할 수는 없는 일이었다. 게다가 이들을 상대하는 북한군도 간부 후보생으로 편성된 부대로 결사적인 각오로 버티고 있었다.

한차례 공세가 실패하고 3월 5일, 2차 공격이 시작되었다. 상부에서 반드시 고지를 점령하라는 명령이 떨어졌다. 대원들은 어처구니없어 했지만 명령은 명령이었다. 어이없는 희생이 요구되고 있었다. 최대한 정상에 접근해 수류탄을 던지고 바주카포까지 사용했지만 북한군의 기관총을 제거할 수는 없었다. 전선이 고착되면서 대원들은 이제 역으로 고지에서 던지는 수류탄 세례를 받고 있었다. 북한군은 수류탄을 머리 위로 투척하기만 하는 것이 아니라 뭉치를 만들어 바닥으로 굴리기도 하고, 낮게 빙글빙글 돌리며 던지기도 했다.

이때 2중대 2소대 소속이던 죠니에 중사의 머릿속에 문득 이런 생각이 떠올랐다. “정말 접근로가 여기뿐일까?” 고지 주변을 둘러보자 절벽에 튀어나온 바위 하나가 눈에 들어왔다.

힘들겠지만 그쪽으로 우회가 가능해 보였다. 북한군도 삼면의 비탈은 접근이 불가능하다고 판단해서 능선에만 집중하고 삼면에는 주의를 전혀 기울이지 않았다. 죠니에 중사는 소대장 부탱 중위를 설득했다. “저 길로 가봅시다.” 소대장은 처음에는 말도 안 되는 소리라고 생각했지만 결국 죠니에의 설득에 동의했다. 죠니에가 앞장서서 길을 개

척하고 소대 병력이 뒤따랐다. 그들이 정상에 도달했을 때, 앞을 향해서 열심히 사격 중인 북한군의 등이 보였다.

역발상. "정말 접근로가 여기뿐일까?" 이런 순간적인 번뜩임. 그날 고지에서 다른 길을 찾고 싶다고 생각한 사람이 죠니에 중사뿐이었을까? 아니다. 모든 사람의 마음에 우회로가 없냐는 생각이 용솟음쳤을 것이다. 그러나 왜 그만이 우회로를 발견할 수 있었을까? 답은 죠니에의 전력에 있다. 그는 아마추어 알피니스트 출신이었다. 그는 고지 절벽에 튀어나온 바위를 보고 로프를 이용해 충분히 올라갈 수 있다고 판단했다. 그는 발상의 전환으로 우회로를 발견한 것이 아니라 알피니스트 경력 때문에 그것을 발견할 수 있었던 것이다. 죠니에의 발견에는 오랜 시간 알피니스트로 흘린 땀과 노력의 응축이 있었다. 이처럼 전략가에게 중요한 것은 역발상의 외형이 아니라 역발상의 방법이다. 그렇다면 역발상을 해내는 구체적인 방법은 무엇인지, 또 어떤 노력이 필요한지를 2차 대전의 판도를 뒤바꿨던 한 사건을 통해 알아보자.

노르망디 상륙작전의 승패를 가른 역발상

1944년 6월 5일, 2차 대전의 운명을 바꿀 거대한 작전이 시동을 걸었다. 사상 최대의 작전이라고 불리는 노르망디 상륙작전이다. 미국과 영국을 주축으로 한 연합군은 영국해협을 통해 독일군이 점령한 프랑스 노르망디 지역으로 상륙을 감행했다. 이 작전의 성공을 기점으로 연합군은 유럽 서부 지역을 해방해나가면서 독일의 수도 베를린으로 진군할 수 있었다. 상륙 당일 거의 20만 명의 병력이 작전에 투입되었고 6월 24일까지 100만 명이 해안에 상륙했으며 차량 33만 대가 바다를 건넜을 만큼 엄청난 규모였다. 이는 만약 작전에 실패한다면 연합군이 수년간 회복이 불가능한 피해를 입을 수도 있다는 의미였다. 그야말로 전쟁의 결과, 역사의 방향을 바꿀 수도 있는 대작전이었다.

연합군에게 이 작전의 최대 걸림돌은 독일군 노르망디 방어사령관인 에르빈 롬멜 원수였다. 전쟁의 신, 역발상의 귀재라고도 할 수 있는 그는 연합군이 노르망디로 온다고 확신하고 있던 몇 안 되는 인물 중 하나였다. 히틀러를 위시해 장성 대다수는 상륙 예상 지점을 노르망디가 아닌 칼레나 주변, 혹은 노르웨이까지도 염두에 두었다. 일단 칼레의 경우 해협 간격이 제일 좁은 데다 해상보급을 원활하게 하는 항구들이 있었었다.

상륙작전은 포화를 뚫고 병사들을 해변에 올려놓는다고 해서 끝이 아니다. 상륙작전의 성패를 좌우하는 요소는 지속적인 보급이다. 상륙부대가 안전하게 교두보를 확보했다고 하더라도 식량, 탄약, 의약품, 차량과 무기, 부품을 지속적으로 충분히 공급해야 한다. 이것이 상륙작전의 성패를 가르는 열쇠다.

역으로 1940년 독일이 프랑스를 함락하고 영국 침공을 계획할 때, 영국군 측에서도 독일군이 기습적으로 10만의 병력을 상륙시키는 것은 가능하다고 보았다. 그러나 진짜 문제는 보급이었다. 영국 해군이

제해권을 장악하고 있는 상황에서 독일이 도버해협에서 해상보급을 유지할 능력은 없다고 판단했다. 영국군 사령부는 상륙작전의 성공이 절대 불가능하다고 확신했고, 독일군은 끝내 해협에 들어설 용기를 발휘하지 못했다.

그 문제를 경험으로 체득한 독일군은 항구에 주목하고 항구를 집중적으로 요새화했다. 독일군이 생각하기에 노르망디는 가능성이 없었다. 노르망디에는 항구가 없었기 때문이다. 그러나 롬멜은 항구가 없다는 이유에 동의하지 않았다. 그는 연합군이 노르망디로 온다고 확신했고, 연합군의 주력이 투입되는 해변까지 정확히 짚었다. 부임 직후 지역을 순시하던 그는 어느 해변에서 이렇게 말했다. "바로 이곳이다." 그곳이 디데이에 최대 격전장이 되었던 오마하해변이다. 영화 〈라이언 일병 구하기〉1998에 등장하는 처참한 전투가 바로 오마하해변 전투를 재현한 것이다.

독일군 수뇌부의 예측과 롬멜의 역발상은 어디에서 갈라진 것일까? 롬멜은 어떤 근거로 연합군이 노르망디로 온다고 확신했을까?

가장 가능성 있는 상륙 지점은 작전에 성공할 확률이 높은 곳이다. 독일군은 상륙작전의 필수 조건이 항구라고 보고 항구를 요새화했다. 롬멜은 바로 그 이유로 항구를 제외했다. 요새화로 성공할 가능성이 지극히 낮아졌기 때문이다. 1942년에 연합군은 독일군이 점령한 프랑스의 디에프항구에 상륙을 시도한 적이 있었다. 최정예인 코만도 부대를 투입했음에도 이 작전은 참담한 실패로 끝났다. 독일군은 자신감을 얻었고, 연합군은 요새화된 항구 공격은 불가능하다는 결론을 얻었다.

롬멜은 상륙 예상 지점에서 항구를 제외했다. 그렇다면 가능성 있는 해변은 여러 사정으로 볼 때 노르망디가 제일 적합했다. 롬멜은 언제나 이런 식으로 생각한다. 적이 침공할 가능성이 제일 높은 곳은 어디일까? A지점은 침공에 성공할 확률이 60%, B는 39%, C는 1%라고 하자. 그러면 다들 A로 뛰어든다. 그래서 A는 병사들의 무덤이 되고 작전은 실패한다. 아군도 그렇게 생각하고 대비하기 때문이다. 고로 성공 확률이 가장 높은 곳은 C이며, 실전에서는 1%의 확률이 90%의 확률로 바뀐다. 그렇다면 항구가 없는데 물자를 어떻게 수송하고 하륙할 것인지 궁금한 이들도 있을 것이다. 롬멜의 사고는 이렇다. '그건 내가 고민할 문제가 아니다. 하지만 연합군은 방법을 찾아낼 것이다.'

여기서 양자의 차이가 갈라진다. 다른 사람들은 주어진 조건에서 가능성을 찾는다. 항구가 반드시 있어야 한다는 건 절대적 조건이다. 그래서 항구 공격이 불가능해진 상황, 선택지에서 배제된 상황에서도 항구를 고집한다. 한국전쟁에서 고정된 능선을 따라 공격하는 경우도 마찬가지다. 반면 롬멜은 창조적 가능성을 찾는다. 데이터, 사례에 구속되지 않고 가능성을 찾는 것이다. 다른 사람들은 항구가 없다는 이유로 노르망디를 배제하지만 롬멜은 연합군이 항구를 대체할 방법을 찾아낼 수도 있다는 가정을 부가한다. 작전의 성공을 위해서는 항구 아닌 곳을 찾아야 하는 상황이 절박하기 때문이다. 롬멜은 이런 전제를 기초로 작전을 수립한다. 바로 이런 것이 창조적 가능성에 기반한 판단이다.

이 판단은 옳았다. 롬멜도 구체적 내용은 몰랐지만 실제로 연합군은 이를 위해 엄청난 노력을 했다. 콘크리트 구조물과 폐신을 이용해서 조립식 인공 항구와 방파제를 만들었다. 석유 수송을 위해서는 바다 밑으로 파이프를 깔았다.

롬멜의 전사를 보면 수많은 희한한 발상, 우리가 역발상이라고 부르기 딱 좋은 기막힌 작전을 구상하곤 했다. 그건 역발상이 아니라 이런 사고의 결과였다. 나는 역발상이라고 말하기보다는 차라리 '롬멜식으로 사고하라'라고 말하고 싶다.

전략, 전술을 짤 때 우리는 '상륙작전은 항구로 가야 한다'는 것처럼 항상 눈에 보이지 않는 고정관념, 전제 조건에 사로잡힌다. 그 고정관념을 찾아내는 것이 역발상의 시작이다. 결국 역발상에서 가장 중요한 것은 자신이 가진 사고의 영역, 사고의 차원을 확충하는 것이다. 또한 창조적 가능성을 파악하기 위해서는 평소에 과학적으로 분석하고 시도하며 자신과 구성원의 역량을 늘 체크하는 수밖에 없다. 구성원의 역량을 체크할 때도 주어진 일을 완수하는 것뿐만 아니라 열정, 의지, 잠재력, 도전 정신 등에 주목해야 한다.

그런데 롬멜이 연합군의 상륙 지점을 예측했는데도 왜 역사는 우리가 아는 대로 연합군의 승리로 끝났을까?

과학적 분석의 중요성

디데이를 이틀 앞둔 6월 4일 아침, 롬멜이 아내의 생일을 기념할 겸 집으로 휴가를 떠났다. 그의 집은 울름의 헤를링겐에 있었는데 노르망디에서 차로 18시간을 달려야 했다. 출발하기 전 롬멜은 기상 담당 장교가 올린 기상 보고서를 알뜰히 챙겼다. 노르망디에 접한 영국해협은 악천후로 뒤덮여 있었고 6월 6일에는 하루 종일 폭풍우가 칠 것이라는 보고였다. 6일에 연합군의 상륙이 불가능하다면 다음 상륙 가능일은 2주 후였다. 그리고 7, 8월이 지나면 해협의 기상은 점점 더 악화될 것이었다. 롬멜은 안심하고 집으로 출발했다.

한편, 바다 건너 연합군 사령부에서는 영국군과 미군의 기상 장교들이 해협의 기상을 두고 열띤 논쟁을 벌이고 있었다.

미군은 작은 실마리라도 잡아서 상황을 긍정적으로 보려는 경향이 있었다. 모험적이라고 할까? 반면 영국군은 평소 모습대로 보수적이고 신중했다. 더욱이 자신들 나라의 기상예보를 미군에게 양보할 마음은 전혀 없었다. 영국군 기상 담당 책임자였던 스태그James Stagg, 1900~1975 대령은 이 논쟁에 진절머리가 날 판이었는데 갑자기 급보가 전해졌다.

"영국과 프랑스를 덮고 있는 두터운 구름층 사이로 작은 틈이 발견되었다. 몇 시간 동안 이 틈이 영국해협으로 이동하면서 상륙 지역의 하늘이 점차 열릴 것이다. 그리고 푸른 하늘은 6월 6일 아침까지 지속

될 것이다. 정오가 지나면 하늘은 다시 두터운 구름으로 덮일 것이다."

정말로 가까스로 작전을 펼칠 수 있을 만큼 하늘에 틈이 생긴다는 것이었다. 마치 신이 연합군을 위하여 검을 휘둘러 구름층에 칼자국을 낸 것 같았다. 확신할 수 없는 위대로운 정보였지만 아이젠하워Dwight David Eisenhower, 1890~1969는 이 칼자국을 따르기로 한다.

왜 롬멜은 이런 보고를 받지 못했을까? 나중에 밝혀진 일이지만 독일군은 기상관측 장비가 형편없었다. 아니, 아예 없는 수준이었다. 기상 분석은 바람과 기온만으로 이루어지지 않는다. 기상관측 자료에 더해 현지에서 쌓인 오랜 데이터와 경험이 필요하다. 독일군은 둘 다 없었다. 롬멜은 천재적인 전술가였고 빈틈없는 사람이었다. 그는 노르망디 방어를 준비하는 동안 하루에 5시간을 잔 적이 없었다. 아내의 생일에 휴가를 얻은 것도 심신이 탈진한 탓이었다. 그는 체력을 회복하고 2주 후에 시작될 대치에 다시 나설 예정이었다. 그러나 자기편 기상팀의 수준을 미처 파악하지 못했던 것이 치명적인 실수가 되고 말았다.

당시 독일군의 입장에서는 폭풍우 치는 바다를 건넌다는 연합군의 작전을 역발상이라고 여겼을 수도 있겠다. 하지만 고지전에서 프랑스군 중사가 알피니스트의 경험을 통해 우회로를 찾아낸 것처럼, 연합군은 기상 데이터를 과학적으로 분석해서 상륙 날짜를 정한 것이다. 롬멜은 노르망디에 상륙한다는 연합군의 역발상을 간파했다. 하지만 과학적 분석, 정보의 결여로 상륙 날짜까지는 예측하지 못해서 결국 연합군에게 역발상을 허용하고 말았다.

성장주에 관심이 쏠릴 때 가치주에 주목하라

고수는 가치주에 투자한다

투자 관련 격언에서 "달리는 말에 올라타라"와 "다우의 개 전략"은 상충되는 말이다. 달리는 말에 올라타는 전략을 '추세매매'라고 부르는데 주가가 한창 오르고 있는 주식을 사서 수익률을 내는 전략이다. 대중에게 인기가 많은 주식이기 때문에 매수세가 강하고 주가가 오를 가능성이 높다는 특징이 있다. 다만 주가가 이미 꽤 오른 상태여서 실적에 비해 비싸다는 지적을 받는다. 지금은 테슬라가 대표적인 '달리는 말'이다.

'다우의 개'는 미국 다우지수 30개 종목 중 배당수익률이 높은 10개 종목을 말한다. 우량주이지만 주가가 제 가치를 반영하지 못해 배당수익률이 높은 주식들이다. 시장에서 관심이 낮은 가치주 위주로 구성된다.

주가는 미래의 가치를 반영한다. 성장 속도가 빠른 기업들은 미래가치가 우수하기 때문에 주가도 빠르게 상승한다. 이를 성장주라고 부른다. 성장주는 경기가 좋지 않을 때 많이 오르는 양상을 보인다. 경기가 안 좋기 때문에 투자할 만한 기업들이 별로 없는 상황에서 고성장을 보여주는 몇몇 성장주로 투자자들의 자금이 집중된다. 반면 가치주는 수익이나 자산에 대비해 저평가된 기업의 주식이다. 하지만 성장 속도가 빠르지는 않아서 투자자들의 관심을 받지 못한다. 이런 이유로 대중은 성장주를 좋아하고 가치주를 별로 좋아하지 않는다.

하지만 오랫동안 투자의 세계에서 살아남은 투자자는 성장주에 투자한 사람이 아니라 워런 버핏, 피터 린치, 데이비드 드레먼같이 주로 가치주에 투자한 사람이다. 성장주는 대중에게 매력적이다. 그래서 이 주식을 사려는 사람이 많다. 즉 기업의 가치보다 주가가 더 비싸다는 단점이 있다. 그럼에도 사람들은 개의치 않는다. 앞으로 빠르게 성장해서 고평가가 사라지리라는 믿음을 품는다. 하지만 영원히 고성장하는 기업은 없다. 성장 속도가 예상보다 조금이라도 둔화하면 믿음이 공포로 바뀐다. 그러면 성장주 주가는 급락하고 손실을 입은 투자자들이 속출한다.

반면 가치주에 투자하는 일은 외롭다. 모두가 성장주에 관심이 쏠려 있을 때, 당장 확률 높은 투자를 뒤로하고 언제 주가가 오를지 모르는 주식을 들고 있어야 한다. 하지만 주가가 오를 확률이 높고 대중에게 인기가 많은 주식도 언젠가는 그 인기가 식기 마련이다. 영원히 불 것 같던 북서풍이 멈추고 동남풍으로 바뀌는 순간이 온다. 이때까지 확률

낮은 투자로 치부됐던 가치주 주가가 성장주처럼 무섭게 올라간다. 이를 대비했던 투자자가 아닌 이상 이 기회를 잡기 어렵다. 몇 년 동안 오르지 않던 주가가 갑자기 몇 달 사이에 급등한다. 가격이 오르니 '예전에 저렴할 때 살 수 있었는데' 하고 후회하면서도 사지 못한다. 그리고 다시 주가가 내리면 사리라 마음먹지만 한번 바람을 탄 가치주는 무섭게 더 오른다. 만년 저평가됐던 가치주 중 2000년대 초반 롯데칠성은 11배, 2000년대 중반 조선주는 20배, 2010년대 초반 화학주는 10배, 2010년대 중반 건설주와 식품주는 10배 이상 오른 사례가 있다.

데이비드 드레먼의 역발상 투자전략

역발상 투자의 귀재로 알려진 데이비드 드레먼은 '시장은 효율적이지 않고 사람은 합리적이지 않으며 감정에 따라 과잉 반응한다'는 주장을 펼쳤다. 또한 "인간은 본능적으로 최고의 주식이나 업종은 선호하고 최악은 피하려고 하지만, 인기주나 비인기주나 장기적으로 보면 평균으로 돌아오게 되어 있다"라고 말했다. 그는 1970년부터 40년간 역발상 투자를 했는데 수익률이 시장 평균의 2배를 넘었다. 그의 투자 방식은 PER, PBR이 낮은 종목에 투자하는 것이다. 이 방식으로 1994년부터 2018년까지 25년간 미국 주식에 투자했을 경우 저PER주는 누적 수익률 3천 511%, 저PBR주는 3천 64%라는 결과를 냈다.

한국에도 적용해봤다. 2002년부터 2018년까지 위의 방식에 주당순이익 증가율 상위 50%, 유동비율 100% 이상, 부채비율 하위 50%라는 조건을 추가해 20개 종목을 뽑은 다음 매년 조건에 부합하는 주식은 그대로 보유하고 조건이 바뀐 주식은 교체하는 방식으로 투자했을 경우, 16년간 코스피200은 226% 오른 반면 이 20개 종목은 누적 수익률 617%, 연평균 수익률 21%라는 결과를 냈다.

진정한 역발상 투자란?

가치주의 가장 대표적인 상승 사례는 2000년대 초반 롯데칠성을 들 수 있다. 1999년 IT 분야 주가가 급등했다가 급락한 닷컴버블 시절에는 인터넷 관련 기업의 주가가 연일 상한가를 기록했다. 포털사이트 다음은 36배, 한글과컴퓨터는 19배 등 수십 배 오른 종목도 많았다. 대표적으로 새롬기술은 상장 6개월 만에 150배가 올라 시가총액이 3조 원까지 불어났다. 그러나 닷컴버블이 무너지자 꿈으로 지탱되던 주가는 급락했다. 새롬기술도 30만 원이 넘던 주가가 2000년 말에 5천 500원까지 하락했다. 이후 IT 기업은 신성 네이버를 빼고는 20년간 침체를 겪었다.

닷컴버블이 빠지고 나서야 사람들은 매출 없이 꿈만 있는 기업이 아닌, 진짜로 돈을 벌어오는 기업에 관심을 기울이기 시작했다. 롯데칠성은 가지고 있는 부가가치 대비 시가총액이 20분의 1 수준으로 저평가 상태였고 음료수 매출로 안정적인 실적을 내고 있었다. 흔히 가치주 투자를 잘못 알고 있는데, 단순히 저평가 가치주에 투자하는 것이 역발상 투자가 아니다. 저평가 기업이 제 가치를 받기 위해서는 성장성이라는 미래를 보여줘야 한다. 남들이 아직 발견하지 못한 가치주의 성장성을 보고 투자할 수 있어야 진정한 역발상 투자라고 할 수 있다.

당시 롯데칠성은 음료수 중심 사업 구조로 성장성이 없었다. 그런데 막 떠오르던 생수 산업에 진출을 선언하고, 맥주와 소주 사업에도 진출하겠다고 선포했다. 그리고 대중이 이 꿈을 믿게 할 수 있는 히트 상품을 출시했다. '2% 부족할 때'를 출시하면서 미과즙 음료 시장점유율 90%를 독차지했다. 매출도 1조를 넘기는 기염을 토하자 투자자는 이제 만년 저평가주였던 롯데칠성에 꿈을 품고 투자하기 시작했다. 주가는 1년 만에 7만 원에서 80만 원까지 올라갔다. 이후 5년이 지나 2007년에는 150만 원을 넘기고 8년이 지난 2015년에는 식품주 상승 바람을 타고 300만 원까지 상승했다. 만약 2000년에 남들이 닷컴 주식에 몰려 있을 때 이 가치주에 투자했더라면 15년간 4천 200%의 수익률을 낼 수 있는 기회를 잡았을 것이다.

가치주 투자를 제대로 하려면 역발상이 필요하다. 남들이 관심을 주지 않는 소외된 주식에서 가치주를 발견해야 한다. 그러면 시간이 지나 사람들의 관심을 받을 때 제 가치로 주가가 상승하게 된다. 기업의 가치는 달라지지 않지만 대중의 관심에 따라 주가가 달라지기 때문이다. 그래서 대중의 관심과 반대로 가는 투자를 해야 좋은 가치주를 저렴한 가격에 살 수 있다.

안목

보이는 것이 다가 아니다

—

경제 흐름을 읽고 선제 대응하라

최고의 지휘관은 전장의 모든 역동적인 상황 속에서 남이 보지 못하는 적의 '빈틈'을 찾아내고 선제적으로 대응할 수 있는 역량을 갖춘 사람이다. 현명한 투자자는 수많은 데이터 속에서 경제의 흐름을 읽고 미래에 기회요인이 될 수 있는 종목을 선별할 수 있는 능력을 지닌 사람이다. 이 둘은 공통점을 가지고 있다. '보이는 것'이 아니라 '보이지 않는 것'을 보기 위해 끊임없이 노력한다는 것이다.

쥐구멍 하나 없는 강철의 방벽을 향해 병사들이 돌격한다. 아무리 얼음 같은 심장을 지닌 지휘관이라도 양심의 가책을 느끼지 않는다면 거짓말이다. 그러나 어떡하겠는가? 어떤 희생을 치르더라도 목표를 탈취해야 하는 것이 전쟁이다.

이런 상황에서 보통의 지휘관은 병사들의 희생을 합리화하기 바쁘다. 하지만 명장은 어떻게든 적의 빈틈을 찾아내려고 한다. 왜냐하면 적의 총구 앞으로 부하들을 무모하게 돌격시키지 않는 것은 양심의 문제라기보다 능력의 문제이기 때문이다. 그리고 이 능력은 단순히 벽의 구멍이나 사각지대를 찾는 것이 아니라 전장의 모든 전술적이고 역동적인 상황 속에서 남이 보지 못하는 적의 '빈틈'을 찾아내는 능력을 의미한다. 이것이 바로 명장의 조건이고, 지휘관들이 전쟁사를 연구해야 하는 이유다.

궁지에 몰린 독일군의 대반격

1944년 12월 18일, 벨기에의 바스토뉴에서 미군 제101공수사단과 제10기갑사단의 일부 병력이 독일군의 포위망에 갇혀 결사적인 항전을 시작했다. 히틀러 최후의 도박이라고 불리는 벌지전투에서 바스토뉴는 도박의 성패를 가르는 중요한 거점이었다. 바스토뉴는 인구가 3천 500명인 작은 읍에 불과했지만, 중앙 광장에서 무려 7개의 도로가 사방으로 달려 나가는 교통의 요지였다. 그중에서도 도로 하나는 독일군의 최종 목표인 앤트워프항구를 향해 뻗어 있었다.

노르망디 상륙 이후 연합군은 남쪽 프랑스에서 북쪽 벨기에까지 남북으로 긴 전선을 형성하고 독일을 향한 동진을 시작했다. 모두가 독일은 이제 방어에 주력하리라 생각하던 시기, 히틀러는 대담한 반격 작전을 구상했다. 히틀러는 연합군의 전선 중에서 약한 고리를 찾아냈다. 설마 독일군이 반격하리라고 예상하지 못한 미군은 아르덴 지역을 허술하게 방치했는데, 히틀러가 남아 있는 정예 기갑부대를 집결시켜 아르덴 일대의 미군 전선을 돌파하게 했다. 이것이 바로 벌지전투다. 히틀러의 목적은 이 돌파구를 유지하면서 계속 전진해 앤트워프항구를 점령하는 것이었다. 이렇게 하면 연합군 전선이 절단되는 동시에 연합군은 최대의 보급 항구를 잃고 순식간에 보급 물자 부족 사태에 직면하게 될 것이었다. 당시 연합군은 석유, 탄약, 식량, 사소한 부품까지 모두 미국에서 영국을 거쳐 프랑스로 실어 나르고 있었는데, 가장 큰 보급 항구가 바로 앤트워프였다. 연합군에게 이곳의 상실은 그야말로 재앙이었다.

한편 독일군은 공세를 지속할 군수물자가 극도로 부족했다. 시간에 쫓긴 독일군은 속전속결을 위해 인구 밀집 지역은 최대한 우회하기로 작전을 세웠다. 그러나 바스토뉴는 예외였다. 앤트워프로 빠르게 진격하기 위해서는 바스토뉴의 도로망을 반드시 확보해야 했다. 그들은 바스토뉴를 포위하고 미군 제101공수사단에 맹공을 가했다.

독일군의 포위망에 갇힌 미군 제101공수사단의 공수부대는 기본적으로 경무장한 보병이어서 전차를 앞세운 독일의 기갑부대를 막아낼 수 없었다. 다행히 바스토뉴전투에는 약간의 기갑부대와 강력한 포병대가 합세했다. 사단장 앤서니 매콜리프Anthony McAuliffe, 1898~1975는 약간의 대전차포와 박격포를 절묘하게 운영하면서 독일군의 공격을 육탄 저지하는 공수부대를 효과적으로 지원했다.

하루도 버티지 못할 것 같은 독일군의 공세를 미군은 3일간 버텨냈다. 하지만 승리의 가능성은 점점 희박해져갔다. 탄약과 포탄이 바닥나기 시작했고 식량, 의약품 등 모든 것이 고갈되어갔다. 공중 지원을 하려고 했지만 하필 기상이 좋지 않아서 이마저 불가능했다.

상황이 절박해지던 12월 23일, 갑자기 하늘이 개었다. 미군은 즉시 241대의 수송기를 동원해 바스토뉴에 보급품을 투하했다. 덕분에 절망적인 상황은 간신히 모면했으나 독일군의 압박은 점점 거세지고 있었다. 그날 외곽 방어선 한군데가 돌파당했지만 미군이 인근 부대를 투입해 간신히 틀어막았다.

미래를 예측한 패튼의 반격

미군의 공중 보급이 시행되기 전날인 12월 22일에 매콜리프 사단장과 독일군의 공격을 지휘하던 만토이펠Hasso-Eccard Freiherr von Manteuffel, 1897~1978 장군은 벌지전투의 운명을 가를 중요한 소식을 들었다. 바스토뉴 남방 35킬로미터 지점에 있던 패튼의 제3군이 바스토뉴를 구하기 위해 북진을 시작했다는 소식이었다.

패튼의 접근을 알게 된 만토이펠은 독일군에게 더 강하고 맹렬한 공격을 주문했다. 이제 바스토뉴 포위전의 운명은 제101공수사단을 구출하기 위해 결사적으로 달려오는 제3군의 속도에 달려 있었다. 독일군의 남쪽 포위망, 즉 패튼군과 바스토뉴 사이에는 독일군 정예부대인 제5공수사단이 지뢰와 대전차포를 동원해 강력한 방어망을 구축하고 있었다.

패튼 군단이 바스토뉴로 진입하면 앤트워프로 가는 독일군의 진군이 멈추는 정도에서 끝나는 것이 아니었다. 독일군은 공세에 3개 군을 동원했는데, 바스토뉴 진격로는 그중 제일 남쪽 외곽이었다. 그러므로 패튼이 독일 제5공수사단을 돌파하면 거꾸로 독일군의 측면이 노출된다. 당시 벌지전투의 전황도는 마치 나뭇가지에 붙어 있는 잎사귀의 눈과 같은 모양이었는데, 패튼군의 진입은 그 눈의 밑동과 나뭇가지의 접촉면에 칼날을 대는 것과 같았다.

패튼의 신속한 반격은 아무도, 심지어 미군도 예측하지 못한 일이었다. 벌지전투가 시작된 날은 12월 16일이었다. 독일군의 기습에 놀란 미군은 17일에 아이젠하워의 주도로 회의를 열었다. 성공적인 대책이 될 가능성은 전무했지만 아이젠하워에게 유일한 대책은 마침 독일군 돌파구의 바로 남쪽에 있던 패튼의 제3군이 북쪽으로 90도 선회해서 독일군을 공격하는 것뿐이었다. 다만 문제는 시간이었다. 1개 사단의 공격 방향을 전환하는 데만 보통 보름은 걸리는 것이 정상이었다. 그 사이에 바스토뉴는 함락되고 독일군은 목적을 달성할 것이었다.

아이젠하워의 명령에 패튼은 "알겠습니다"라고 시원시원하게 대답했다. 그다음이 가장 중요한 질문이었다. "언제부터 준비가 가능하겠나?" "바로 지금부터입니다."

그곳에 모여 있던 연합군 장성들은 패튼의 호언장담과 허장성세는 익히 알고 있었지만, 이번에는 정말 질렸다는 표정을 지었다. 몇 명은 어이가 없어서 웃기까지 했다. 아이젠하워도 귀를 의심했다. "그게 무슨 뜻인가?" 패튼이 기다렸다는 듯이 대답했다. "오늘 아침에 사령부에 벌써 준비를 시켜놓고 왔습니다." "그럼 사단이 언제 출발할 수 있나?" "12월 22일 아침이면 됩니다."

잠깐 기대를 품었던 아이젠하워가 화를 냈다. "함부로 말하지 말게!" 아이젠하워는 패튼의 상관으로 역진급하기 전에 그의 밑에서 부지휘관을 지냈다. 아이젠하워가 상관이 되면서 껄끄러운 관계가 될 수도 있었지만 아이젠하워는 패튼을 조심스럽게 다뤘고, 두 사람의 사이는 아주 좋았다. 아이젠하워는 패튼의 능력을 알고 존중하는 몇 안 되는 인물이었다. 이 순간은 그런 그가 패튼에게 화를 낸 아주 드문 순간이었다.

아이젠하워의 분노에 패튼은 화를 내지 않았다. 그는 이런 장면을 즐겼다. 모두를 놀라게 하는 극적인 역전의 순간이야말로 자신을 가장 잘 드러내는 순간이 아닌가.

어떤 공격이든 대규모 공격에는 반드시 공격의 징후가 드러나기 마련이다. 벌지전투 전에 아르덴숲의 미군 배치가 너무 취약하다는 지적이 있었다. 독일군의 집결 동향이 탐지되기도 했다. 미군 정보당국은 아르덴숲의 방어가 취약한 만큼 그쪽 일대의 첩보 수집에 더욱 심혈을 기울여야 했지만 이 모든 일을 소홀히 하며 징후를 간과했다. 이유는 하나였다. 독일군은 완연한 수세인 데다 연료나 탄약 부족, 제공권 상실 등으로 공세에 나설 여력이 없다는 것이었다. 이미 열세에 처한 독일군의 전력이라면 방어에 전념할 수밖에 없다고 모두가 철석같이 믿었다.

패튼은 이런 판단에 동의하지 않았다. 전술과 전사에 달통했던 패튼은 강한 편은 공격하고 약한 편은 수비한다는 관념을 인정하지 않았다. 전투의 법칙은 공수를 막론하고 '이기는 것'이다. 따라서 상대의 약점이 노출된다면 수비하는 입장이더라도 그냥 두고 볼 수는 없다. 아마 패튼은 이렇게 판단했던 것 같다. 자신이 독일군이라면 아르덴숲을 공격할 것이고, 독일군에도 이렇게 생각하는 사람이 있으리라고. 패튼은 벌지전투 일주일 전에 부하들에게 독일군이 아르덴숲으로 공격해 들어올 경우를 대비한 작전계획을 미리 수립하게 했다. 나아가 6개 사단이 아닌 3개 사단을 우선적으로 신속하게 돌려 바스토뉴로 진격하는 방안까지 마련해두었다. 그 결과가 22일의 진격이었다.

에이브럼스의 기지

패튼의 행동은 모두를 놀라게 했지만 독일군의 저항도 만만치 않았다. 패튼 부대는 첫날에 11킬로미터를 진격했다. 그러나 다음 날은 겨우 3~8킬로미터를 진격했다. 12월 26일 오후 제4기갑사단의 알R전투단 소속 2개 대대가 간신히 바스토뉴 외곽에 있는 독일군의 포위망에 접근했다. 그곳에서 바스토뉴까지는 6.5킬로미터였다.

대대장 에이브럼스Creighton Williams Abrams Jr., 1914~1974 중령은 눈앞에 있는 독일군 방어선을 걱정스럽게 바라보았다. 자신들도 탈진한 상태였고, 방어선을 뚫기가 쉽지 않아 보였다. 그때 그는 기발한 생각을 했다. '독일군의 포위망을 무너트리는 것이 아니라 약한 부분에 구멍을 내자.' 에이브럼스는 휘하 전차 부대에 최고 속도로 돌파하라는 명령을 내렸다. 선두에서 독일군 포위망을 뚫고 들어간 것은 겨우 셔먼 전차 4대였다. 그중 2대는 독일군 전차의 공격을, 그것도 뒤에서 받아 파괴되었다. 하지만 앞의 2대는 미친 듯이 달렸고 마침내 어둠이 깔리기 직전, 제101공수사단의 참호에 도달했다.

냉정하게 보면 이건 포위망 돌파라고 할 수가 없었다. 그날 패튼에게 보고된 내용은 제101공수사단과 접촉하는 데 성공했지만, 확보한 돌파구는 겨우 폭 300미터에 불과하다는 것이었다. 그러나 일단 포위망에 구멍이 뚫리자 독일군의 사기와 전투의지가 급속하게 저하되었다. 바스토뉴의 포위가 뚫렸다는 소식만으로도 충분했다. 댐에 작은 구멍이 뚫리면 실제로 댐이 붕괴되는 데는 상당한 시간이 걸리더라도 사람들은 지레 댐을 포기하게 된다. 이것이 전투의 심리고 생리다.

패튼이나 에이브럼스처럼 눈에 보이는 결과에 구애받지 않고 전장의 생리를 체득하고, 선제적으로 대응하는 지휘관은 패튼의 표현대로라면 "사자의 싸움을 할 줄 아는 지휘관"이다.

에이브럼스는 훗날 4성 장군까지 승진했다. 현재 미군의 최강 전차인 에이브럼스 전차는 그의 이름을 딴 것이다.

주식시장의 흐름을 읽는다는 것

유가가 급등하는 이유

주식시장에서는 돈의 흐름을 읽고 미리 투자해야 돈을 벌 수 있다. 이미 오른 주식을 뒤따라 사는 행위는 위험하다. 왜냐하면 남보다 비싸게 사야 하기 때문이다. 남보다 먼저 저렴할 때 사서 비싸게 팔아야 주식으로 성공할 수 있다.

그러기 위해서는 흐름을 파악하는 것이 중요하다. 유가와 반도체, 두 가지 사례를 들어보자. 2008년과 2011년에는 유가가 100달러를 넘었으나 2014년 이후에는 100달러를 넘지 못했다. 경제가 좋았던 2017~2018년에도 유가는 80달러를 넘지 못했다. 셰일혁명으로 미국이 세계 최대 원유 생산국이 되었기 때문이다. 공급이 크게 늘어나니 유가는 하락하게 된다. 2020년에는 코로나 위기로 유가가 마이너스를 찍었다가 이후 서서히 상승하기 시작했다. 2021년 경제가 활발해지면서 주식시장에서는 유가가 과거 80달러 수준까지 올라가리라고 전망했지만 예상은 빗나갔다. 단순히 과거의 데이터로만 평가한 탓이었다.

'친환경'이라는 변수가 생겨서 유가는 80달러가 아니라 100달러를 넘어갔다. 지구온난화를 막기 위해 세계가 탄소 배출을 줄일 것을 약속했다. 그런데 석유를 시추하는 과정에서 엄청난 탄소 배출이 일어난다. 따라서 각국 정부는 환경보호를 위해 셰일 업체들이 국유지에서 시추하는 것을 허락하지 않았고, 시추를 하는 기업에게는 ESG 점수기업의 사회, 환경적 활동까지 고려해서 기업의 성과를 측정하는 성과지표 점수를 낮게 줘서 대출이나 자금조달에 불리하게 만들었다. 또한 탄소를 많이 배출할수록 탄소배출권을 사들여야 하기 때문에 시추를 해도 이익이 줄어들어 사업적 매력이 사라졌다.

따라서 수요가 늘어도 공급이 따라가지 못하면서 유가가 더 올라갈 가능성이 생겼다. 게다가 2022년 러시아가 우크라이나를 침공하면서 러시아가 원유 수출에 제재를 받아 유가는 WTI서부텍사스산 원유 기준으로 130달러를 넘기기까지 했다. 이후로도 유가는 2022년 상반기 내내 100달러를 넘기다가 하반기에 경기침체 우려가 발생하며 90달러 수준으로 내려왔다. 경기침체 우려 때문에 90달러 수준이 되었지만, 과거 경기호황 때는 80달러 수준이었음을 감안하면 지금 상황이 어떤지 알 수 있다. 여기서 경제가 다시 좋아지면 유가가 100달러를 넘을 가능성이 높다.

이런 유가의 흐름을 이해한다면 고유가 시기가 지속될 가능성이 높다고 판단하고 고유가 수혜 업종에 투자할 수 있다. 과거의 고유가 수혜 업종이라면 정유, 건설 정도가 있겠지만 이제는 석유를 대체할 수 있는 신재생에너지가 고유가 수혜 업종으로 떠오르고 있다. 보통 처음 떠오르는 신성은 가능성을 가늠할 수 없기 때문에 오름폭이 예측 불가다. 반면 정유주 같은 경우에는 과거 고유가 시절과 비교해서 주가가 얼마나 올랐는지, PER은 어느 정도인지 등 데이터가 있기 때문에 오름폭을 예측할 수 있다.

최근에는 태양광, 수소, 풍력 등 다양한 신재생에너지가 각광받기 시작했다. 그중에 가장 가성비가 좋은 것은 태양광이다. 다른 에너지와 달리 전기로 전환하는 과정에서 터빈이 필요하지 않기 때문에 소음 피해가 없어 가정용으로도 사용이 가능하다. 사막이나 대규모 평야 지역에 설치하면 저렴한 비용으로 전기 생산이 가능해진다.

그 외에도 기존 에너지인 LNG나 원자력도 탄소 배출이 적거나 없기 때문에 새로운 대안으로 떠오르고 있다. 유가는 계속 상승하고, 전기차 판매량이 오르면서 전력 수요는 계속 증가하게 되니 새로운 에너지원이 각광받을 가능성이 높다.

반도체 기업의 투자 계획을 살펴본다

다음으로 반도체시장을 살펴보자. 반도체시장은 투자자에게 미래 경제의 흐름을 이해할 수 있는 훌륭한 실마리를 제공한다. 반도체 사업의 특성 덕분이다.

반도체 기업들은 미래의 산업 흐름을 예측하고 선제 대응하는 데 총력을 기울인다. 반도체는 약간씩 차이가 나지만 3년 6개월 주기로 호황이 온다. 그리고 반도체 사업 특성상 경기가 좋을 때는 판매량이 급증하고 경기가 나쁠 때는 급감한다. 따라서 신제품을 생산할 때 경기가 좋을지 나쁠지를 예측하고 규모를 조절한다. 생산 시설을 갖추고 본격적으로 제품을 양산하는 데는 2년 정도가 걸리기 때문에 2년 뒤에 경기가 좋으면 많은 돈을 벌 수 있고 경기가 나쁘면 투자한 돈을 날리게 된다. 그래서 반도체 기업들은 앞으로 경제가 어떻게 될지 예측하고 분석하는 데 많은 돈을 투자한다. 나중에 잘못된 판단을 하는 것보다 그것이 더 이익이기 때문이다.

우리나라 반도체 기업들은 경제가 안 좋을 때도 향후 경제 상황에 대한 예측이 긍정적이면 과감하게 대규모 투자를 하고, 이후에 경제가 좋아지면서 큰 수익을 내는 전략을 펼쳤다. 만약 판단이 틀렸다면 기업의 존망이 위태로울 정도로 휘청거렸겠지만, 지금까지 잘 예측해서 살아남았다. 그래서 반도체 기업들의 투자 계획을 보면 그들이 향후의 경제 상황을 좋게 보는지 나쁘게 보는지를 알 수 있다. 기업의 존망을 걸고 판단한 데이터이기 때문에 신뢰할 만하다. 주식시장의 미래 흐름을 읽으려면 반도체 기업의 투자 계획을 살펴보기를 추천한다.

전문가

영원한 아군도 적군도 없다

—

투자 판단의 기준

마키아벨리는 "인간은 자신의 이익을 위해 관계도 깰 수 있는 존재"라고 말했다. 전장을 비유하자면 영원한 아군도 적군도 없다는 것이다. 주식시장에서 영원한 아군일 것 같은 존재가 있다. 바로 주식 전문가다. 가치투자의 창시자이자 전설적 투자자인 벤저민 그레이엄은 "미스터 마켓을 경계하라"라고 이야기한다. '미스터 마켓'은 좋은 주식을 추천해주는 전문가 또는 컨설팅 회사를 말한다. 이들의 추천으로 한두 번의 이익이 생길 수는 있지만, 맹신하면 망한다는 이야기다. 가장 좋은 투자법은 스스로 연구해서 판단하는 것이다.

우리는 유동적인 것을 싫어하고 변치 않는 것을 좋아한다. 역사에서 자주 나오는 충신과 간신이라는 구분도 '변치 않는 것'에 대한 집착이 원인일 수 있다. 그러나 인간은 본질적으로 자신의 이익을 위해 움직이는 존재다. 인간을 선한 사람, 악한 사람, 믿을 만한 사람, 믿지 못할 사람으로 나누지 말고 현재의 상황 속에서 판단해야 한다. 이를테면 두 축구선수가 경기장 밖에서는 절친한 친구 사이일지라도 축구장에서 상대 팀으로 만나면 적인 것이다. 이렇듯 상황에 따라 사람에 대한 판단은 달라질 수밖에 없다.

전쟁사를 살펴보면 영원한 아군도 적군도 없다는 사실을 확인할 수 있다. 군주가 자신의 편이라고 여겼던 전략가가 이익에 따라 그 믿음을 저버리는 경우도 흔하게 펼쳐진다. 춘추전국시대처럼 불안한 판세에서는 더더욱 각국의 정치적 입장에 따라 전략가에게 의존하는 경우가 많았고, 우리는 다양한 관계 속에서 복잡한 인간의 심리를 엿볼 수 있다.

춘추전국시대의 종횡가

춘추전국시대는 다양한 사상가 그룹을 낳았다. 유가, 도가, 법가는 지금까지도 동양 사상계를 지탱하는 기둥이다. 이들만큼 유명하진 않지만 이 외에도 묵가, 병가, 명가, 종횡가, 농가, 소설가 같은 다양한 집단이 있다. 같은 유가나 법가라고 해도 시대와 개인에 따라 사상이 바뀌고 발전했다.

재미난 사실은 제자백가 중에도 우뚝 솟은 봉우리라 할 수 있는 유가, 도가, 법가의 스타들은 정작 당대에 출세를 못 했다는 것이다. 공자는 노년에 고국 노나라에서 잠시 재상을 하기는 했지만 평생 유세만 하면서 세상을 떠돌았다. 맹자도 많은 왕을 만나 자신의 사상을 설파했지만 아무도 등용해주지 않았다. 도가는 노장사상을 만든 사람들답게 아예 출세의 뜻은 없어 보인다. 반면, 현실주의자인 법가는 출세를 했다. 상앙, 이사, 한비자는 진나라에서 등용되었고, 상앙과 이사는 재상까지 올랐지만 다들 비극적인 최후를 맞았다. 그런데 정작 출세한 인물들은 덜 유명한 집단에 많다. 소진蘇秦, ?~?과 장의張儀, ?~B.C. 309를 대표로 하는 종횡가가 그렇다.

소진은 주나라 출신이다. 귀곡자鬼谷子 밑에서 유세술遊說術을 배웠다. 이후 천하를 돌아다니며 수년간 유세했으나 오히려 고생만 잔뜩 하고 집으로 돌아왔다. 형제, 형수, 누이, 아내, 첩 등이 모두 속으로 그를 비웃으며 이

같이 말했다. (…) 그대(소진)는 본업을 팽개친 채 입과 혀끝을 놀리고 있으니 곤궁하게 사는 게 당연합니다.

– '소진' 편, 《사기열전》

종횡가라는 어감도 그렇지만 이 일화로 봐도 소진과 장의는 기껏해야 말 잘하는 외교관, 세 치 혀로 왕과 정치가들을 설득하러 다니는 모사들 같다. 하지만 사실 이들은 모사, 음모가, 외교관이 아니었다. 소진과 장의가 활약한 시기는 전국시대 후반, 법가의 개혁 성과에 힘입은 진나라가 최대 강국이 되어 천하 통일을 주도하고 있을 때였다. 소진은 조, 위, 제, 한, 초, 연의 6국을 설득해 반反진나라 동맹을 맺게 했다. 이것을 합종설合從說이라고 한다. 장의는 반대로 진나라의 힘을 과시해서 다른 나라들이 복속하게 하려고 했는데, 이를 연횡설連橫說이라고 한다. 여기서 종횡가라는 명칭이 탄생했다. 이렇듯 합종설과 연횡설은 사상이라기보다는 외교정책에 가깝다.

그러나 소진과 장의의 지위는 외교관 이상이었다. 소진의 경우 6국 연합을 성공시킨 공로로 6국의 재상을 겸임하게 되었다. 공로에 대한 포상을 받은 것이 아니라 실질적인 권력자의 자리에 오른 것이다. 6국의 연합, 외교, 군사정책을 총괄해야 했기 때문이다.

소진과 장의는 특별한 사상가라기보다는 당시의 정치가였다. 우리가 제갈량이나 순욱, 가후 같은 삼국시대의 재상에게 특별히 '사상가'라고 이름 붙이지 않듯이 말이다. 그럼에도 당시에는 종횡가라고 불리는 사람들이 나라마다 있었다. 진나라의 위협이 커지면서 6국의 입장에서는 국제 공조가, 진나라의 입장에서는 국제 공조의 파괴가 중요해졌기 때문일 것이다.

이때부터 군사적 침공만이 아니라 막후 외교, 음모, 국가관계가 전쟁만큼 중요해졌다. 물론 이전에도 국제 관계에서 온갖 음모가 판을 쳤지만, 이제는 일국 간의 분쟁이나 일국 재상의 인사가 그 나라만이 아니라 타국의 운명과 판세에 직접적인 영향을 미쳤기 때문에 오늘날의 유엔, G7, G20같이 국제회의의 위상이 중요해졌다. 재상의 역할도 바뀌었다. 자국의 경제, 군사, 무역 관계만이 아니라 타국의 사정에도 정통하고 그 나라의 군사, 외교, 무역정책에까지 간여해야 했다. 자국의 산업을 바꿔서서라도 무역 관계를 재편해야 하기도 했다. 이렇게 국제 관계가 중요해지고 국제 공조가 외교 이상의 역할과 내정 간여를 의미하게 되자 정치가들에게도 여러 국가의 내정을 조합하는 다양한 능력이 요구되었다. 이런 특수한 상황이 벌어지자 국제 관계 전문가들이 스스로에게 종횡가라는 명칭을 붙였던 것 같다.

소진과 장의도 정치가였다. 이들의 차이라면 재능과 역량이 총리급이냐 국장급이냐의 차이였다. 그리고 이들의 권력이 여러 나라에 걸치다 보니 이전에 없던 권력을 누리는 동시에 누구도 겪어보지 못한 다양한 음모의 표적이 되었다.

소진의 처세술

소진이 만든 합종 체제는 15년간 지속했다. 진나라는 이 체제를 깨트리기 위해 갖은 노력을 다했다. 이 과정에서 진나라는 군사적 침공이 6국의 결속을 단단히 할 뿐이라는 사실을 깨달았다. 그렇다면 군사적 침공을 자제해서 6국의 긴장과 경계심을 늦추고, 진나라 사람이 아닌 6국의 내부 인사를 충동해서 소진의 지위를 훼손해야 했다.

15년간의 음모와 중상모략의 내막은 잘 알려져 있지 않지만, 소진이 그 정도를 버텼으면 선방한 것이었다. 합종설에는 치명적인 약점이 있었다. 합종의 목적은 자국의 생존이다. 생존하려면 강해져야 하고 강해지려면 이웃 나라와 병합해야 한다. 그런데 합종 정책은 6국에 현 상태의 지속과 성장의 중단을 요구했다. 모든 나라는 진나라를 대신해 자신이 천하 통일의 주역이 되려는 욕구가 있었다. 그것이 궁극적인 생존의 길이고 안전보장책이었기 때문이다. 그런데 합종은 일시적 생존을 위해 궁극적 생존의 길을 포기하도록 하는 것이었다. 이것이 모순이었다.

진나라는 이 모순을 파고들었다. 구체적인 내용은 밝혀지지 않았지만 이 과정에서 소진에 대한 중상모략, 그의 자리를 노리는 6국의 야심가들에 대한 매수, 회유 공작도 엄청났을 것이다.

마침내 진나라는 6국이 서로 다투게 하는 데 성공했다. 소진은 자신의 시대가 끝났음을 깨닫고 연나라로 망명했다.

연나라에서 소진은 연과 국경을 마주한 제나라와의 분쟁을 중재하면서 다시 권력을 얻었다. 그러나 이때도 그를 향한 공격이 만만치 않았던 것 같다. 소진은 연나라와 제나라의 국경분쟁을 중재하는 데 성공했다. 그는 내친김에 제나라와 연나라를 오가며 활약했다. 제나라에서도 권력을 얻어 연과 제, 두 나라의 재상을 노렸던 것 같은데 제나라의 누군가가 소진을 모함했다. "소진은 연과 제, 두 나라의 이익이 아니라 연나라의 이익을 위해 일하는 자입니다." 이게 끝이었다. 소진은 두 나라 재상, 국제 전문가의 길을 포기하고 한 나라에만 충성하기로 한다.

이제 소진을 믿고 받아줄 만한 나라는 연나라뿐이었다. 그는 연으로 돌아가 국왕 역왕易王, ?~B.C. 321에게 다시 신뢰를 얻었다. 연나라에서 행복한 생활을 보내던 소진은 갑자기 제나라로 또다시 망명해 세상을 놀라게 한다. 여기에는 어이없는 사연이 있다.

《사기열전》에 의하면 교만해진 소진은 과부가 된 역왕의 모친과 사통을 했다. 이 비밀이 역왕에게 누설되었다. 역왕의 보복이 두려웠던 그는 역왕에게 이런 제안을 했다고 한다. "연나라에서 도망치듯 보이게 제나라로 가겠다, 제나라를 돕는 척하면서 제나라를 약하게 하겠다, 그러면 연나라는 강해지고 언젠가는 제나라를 누를 수 있을 것이다." 역왕은 이를 허락했다. 소진을 죽여봐야 나라에 도움될 일도 없고 추문만 퍼질 테니 밑져야 본전이라는 마음이 아니었나 싶다.

제나라로 망명한 소진은 제나라 왕의 총애도 얻고 여차하면 연나라로 다시 도주해서 자신이 제나라에 있는 동안 겉으로는 제나라를 돕는 척하면서 연나라를 위해 제나라의 국력을 소진시키는 정책을 폈다고 변명할 수도 있는 여우 같은 술수를 부렸다. 이를테면 제나라 왕을 설득해서 궁궐을 크게 확장하고 선왕의 장례를 성대하게 치르게 했다. 한마디로 국왕의 권위를 강화하는 정책을 적극 지지한 것이었다. 그러면서 연나라에는 제나라 왕을 충동해서 사치하고 국고를 낭비하게 함으로써 제나라를 약화시켰다고 둘러댔다. 하지만 전국시대에 나라마다 겪었던 과정이, 유럽의 중세시대를 빗대 표현하면 봉건영주들의 권력을 약화시키고 국왕의 권력을 증대시키는 것이었다. 특히 법가 계열의 정치가들이 중앙집권화 정책을 지지했다.

소진이 제나라 왕이 원하는 것을 해주면서 연나라에는 교묘하게 둘러대는 식으로 양다리를 걸친 것은 제나라 귀족들의 반발을 우려했기 때문이다. 그는 굴러온 돌이고 언제든지 중상모략에 당할 수 있었다. 처음에는 국제적 명성을 얻어 강고한 권력을 차지하려고 했지만, 국제적 명성이 오히려 그를 국제 미아로 만들었다. 소진은 결국 제나라의 불만분자에게 테러를 당해 사망하고 만다.

연나라 왕과 제나라 왕의 입장에서 소진은 협력자였을까 배신자였을까? 소진의 대답은 이랬을 것이다. "나는 충신도 배신자도 아니다. 잘 쓰면 보약이고 적대하면 독약이 되는 훌륭한 사람이었을 뿐이다."

현실의 변화에 따라 유연한 태도를 취하라

우리 사회에서 특히 부족한 것이 국제정치를 대하는 유연함이다. 조선시대부터 변치 않는 관습인데 일단 주변국을 선악으로 단정하고 고정시킨 다음 이 신념을 절대 양보하지 않는 것이다. 국제정치에서는 적과도 손을 잡는 경우가 허다하다. 적이 회개하고 개과천선하거나 완전한 내 편이 되었기 때문이 아니라 서로 잠시라도 이용할 만한 계기를 발견하면 타협하고 협력하는 것이다. 국제정치에 꼭 필요한 신의는 정해진 기간 동안 서로 계약 조건을 엄수한다면, 협약은 지킨다는 신의뿐이다.

이 마지막 신의조차 이해관계가 분명하다면 얼마든지 파기하는 곳이 국제사회다. 협약을 파기당한 국가가 항의하면 상대국은 협약을 맺을 때의 이해관계가 사라졌는데 그것을 몰랐냐며 오히려 역정을 내기도 한다. 그렇다고 해서 신의를 손바닥 뒤집듯이 하다가는 또한 신의를 잃고 말 것이다.

그래서 국제사회는 적도 아군도 없는 정글이고 무자비한 곳이면서도 뛰어난 통찰과 판단력을 지닌 현자들의 놀이터가 된다. 영원한 아군도 적도 없다는 말은 국제 정세의 냉혹함을 비웃는 시니컬한 투정이 아니다. 현실의 변화를 감지하고 변화하는 상황 속에서 가장 훌륭한 선택을 하는 탁월한 현자가 되라는 의미다.

전문가를 맹목적으로 믿으면 안 되는 이유

주식 예측의 어려움

주식 전문가의 말을 듣고 주식투자를 해서 돈을 벌었다는 이야기를 들어본 적이 없다. 그만큼 주식은 전문가라도 예측하기가 매우 어렵다. 어느 실험에서 원숭이와 펀드매니저가 종목을 선별해 주식투자를 하고 수익률을 비교했는데 원숭이가 이겼다는 결과가 나왔을 정도다. 만약 대다수가 주식시장을 예측할 수 있다면 그것이 맞다고 한들 이미 주가에 기대치가 반영되어 주가가 비싸진다.

만약 상승과 하락을 확실하게 예상할 수만 있다면 단기간에 엄청난 부자가 될 수 있을 것이다. 하지만 그런 예측이 가능한 주식 전문가는 없다. 이를테면 주가 예측에 성공할 확률이 무려 70%인 전문가가 있다고 하자. 그렇다면 그가 다섯 번 연속해서 예측에 성공할 확률은 약 17%로 현저히 줄어든다. 이렇듯 주가를 계속 맞힐 수 있는 주식 전문가는 거의 없다고 봐야 한다. 주식 전문가에게 도움을 받아도 주식으로 돈을 벌기는 정말 힘들다. 그런데 실은 전문가뿐 아니라 조언을 받는 투자자들에게도 이에 대한 책임이 있다.

주식투자자 다수는 투자금이 적다. 하지만 모두 부자가 되기를 꿈꾼다. 이처럼 소액으로 부자가 되려면 높은 수익률이 나와야 한다. 그래서 안전한 주식을 추천하는 전문가보다는 고위험, 고수익 주식을 알려주는 전문가를 선호한다. 고수익을 안겨주는 주식은 투자 성공 확률이 더 낮아서 투자자가 손실을 볼 가능성이 높다. 농구 골대 밑에서 2점 슛을 쏴서 차곡차곡 점수를 모으라는 워런 버핏의 전략은 무시하고 3점 슛을 남발하는 투자를 하는 셈이다.

전문가의 말을 그대로 따르면 안 되는 예시를 또 하나 들어보겠다. 2007년 상승장에 많은 기업가가 기업 컨설팅을 받고 잘못된 판단을 했다가 2008년 글로벌 금융위기 때 많이 망했다. 상승장에서 기업 컨설팅 전문가들은 매출과 이익을 늘리려면 인수를 해야 한다며 높은 프리미엄을 주고 기업을 인수해 몸집을 불리라고 조언했다. 그래서 빚을 내 인수에 나섰던 기업들은 금융위기가 오고 장사가 되지 않자 이익은 줄고 이자는 늘어 적자를 보다가 결국 망하고 말았다. 혹은 멀쩡한 알짜 기업을 헐값에 팔아 빚을 갚아야 했다. 컨설팅 전문가들이 하락장을 예측하지 못한 탓도 있지만 상승장에서 진심 어린 컨설팅을 하지 않고 기업가가 원하는 말만 함으로써 수수료를 버는 데만 급급했던 것이 주요 원인이었다.

투자자 스스로 판단해야 한다

자, 그럼 무엇을 가지고 판단해야 할까? 판단이 맞든 틀리든 투자자는 스스로 판단해야 한다. 내가 투자하는 기업에 영향을 주는 요소들을 직접 찾아야 한다. 국가의 정책을 비롯해 재료의 가격, 판매처, CEO, 기술 혁신, 경쟁자의 변화 등 다양한 요소들이 있을 것이다. 이런 자료들을 찾아보고 그 기업에 투자할지 말지를 스스로 정해야 한다.

투자에는 'A가 발생하면 무조건 B'라는 공식이 없다. 상대성을 띠는 것이다. 어느 때는 유가가 오르면 증시가 오르지만 또 어느 때는 하락한다. 유가가 올라도 기업의 물건이 잘 팔리고 소비자가 물건을 잘 사리라고 판단하면 주가가 오른다. 그러나 유가 상승으로 물건이 안 팔리고 소비자도 지갑을 닫으리라고 판단하면 주가가 내린다. 같은 현상이어도 변수들에 따라 정반대의 결과가 나오는 곳이 주식시장이다. 그래서 다양한 변수를 유연하게 고려해야 한다. 또한 나와 반대로 생각하는 사람들은 어떤 변수를 중심으로 보는지 살펴보고, 자신이 빠뜨린 것은 없는지 돌아보면서 판단의 근거로 활용해야 한다. 그렇게 현재의 상황을 파악하며 투자해야 위험을 줄일 수 있다.

공포

지휘관이 가장 경계해야 하는 적

—

패닉장에 대응하는 법

아무리 뛰어난 전사라도 공포에 잠식당하지 않는 사람은 없다. 두려움이 없는 자란 공포를 느끼지 않는 사람이 아니라 공포와의 싸움에서 굴복하지 않는 사람이다. 주식시장에서 호황 뒤에 찾아오는 불황은 불가피한 일이다. 이때마다 공포는 어김없이 투자자에게 찾아온다. 그동안 차곡차곡 쌓아놓은 이익은 어느새 바닥을 지나서 지하로 내려간다. 끝이 보이지 않는 추락과 커져만 가는 공포. 현명한 투자자는 전사처럼 공포와 싸워 굴복하지 않아야 한다. 그러기 위해서 패닉장에 대응하는 연습이 필요하다.

벌지전투에서 미군 2만 3천여 명이 포로가 되었다. 아무리 기습을 당했다지만 단일 전투에서 미군 포로가 가장 많이 발생한, 미군 역사상 최대의 불명예였다. 벌지전투를 다룬 영화에는 벌벌 떨다가 항복하는 미군 병사들의 모습이 애처롭게 등장한다.

일부는 신병들이었지만 전투 경험이 꽤 있는 병사들과 부대들이 무력화된 경우도 의외로 많았다. 미국은 충격을 받고 원인을 분석했다. 우선은 너무나 준비 없이 당한 기습이었다. 또한 처음에 전투력이 제일 약한 부대가 공격당하면서 공황이 전군에 전파되었다. 아르덴숲의 지형이 동서남북을 구분하기 힘들고 계절이 겨울인 데다 공중 지원도 안 되는 바람에 병사들이 더 빨리 무너졌다.

공포가 이처럼 무섭다. 한번 전파되면 베테랑 병사, 잘 훈련된 군대도 파도에 쓸리듯이 무너지는 경우가 허다하다. 지휘관이 무슨 짓을 해도 한번 공황에 사로잡힌 병사들을 되돌릴 수 없다.

군인들의 가장 큰 적

전쟁에서 공포는 집단적인 사기 저하를 야기한다. 고대의 백병전칼이나 창, 총검 따위와 같은 무기를 가지고 적과 직접 몸으로 맞붙어 싸우는 전투은 양측이 서로 죽을 때까지 싸우지 않는다. 훈련이 아주 잘된 군대라면 죽을 때까지 싸우는 것도 가능하지만 보통 징집된 군대라면 전열이 무너지거나 아군이 패할 것 같은 조그만 징조만 보여도 무너지곤 했다.

공포에 지배당하는 군대는 적에게는 축복이다. 충분히 저항할 여력이 된다면 패하더라도 적군에게 심각한 피해를 줘서 다음 전투에서 승리할 가능성을 높일 수도 있고, 적이 전략적, 전술적 목표를 수정하게 할 수도 있다. 그런데 군대가 공포에 사로잡히면 전투를 포기하고 전열이 무너져서 적에게 승리를 헌납하게 된다. 그뿐이 아니다. 전투에서 대규모 살상은 양측이 격렬하게 충돌하는 전투 중이 아니라 한쪽이 전투를 포기하고 달아날 때 발생한다. 이것을 추격섬멸전이라고 하는데 희생자의 80%가 이때 발생한다.

제대로 훈련받고 전쟁을 잘 아는 부대는 아군이 패하고 후퇴할 때도 무질서하게 흩어지지 않는다. 그러면 살육이 초래된다는 사실을 알기 때문이다. 전쟁사를 보면 질서정연하게 후퇴하는 군대에는 추격하는 적군이 덤벼들지 못하는 경우를 종종 발견할 수 있다. 적군 입장에서는 그들을 공격할 수 없어서가 아니라 공포에 질려 마구잡이로 도망치는 다른 병사들을 공격하기가 더 쉽기 때문이다. 병력의 희생을 최소화하면서 적을 죽이고 전리품을 얻을 수 있다면 대다수의 군대가 굳이 어려운 길을 가지는 않는다.

현대전에서도 공포는 병사들의 가장 큰 적이다. 전투 경험이 적은 병사들은 포격에 노출되거나 적의 습격을 받았을 때 몸이 굳고 공포에 질려서 떼로 모여 있다가 참살을 당한다. 노르망디 상륙작전 당시 한 부사관은 해변에서 어쩔 줄 모르고 있는 신병 50여 명을 모아 독일군의 토치카 공격을 준비하는 중대장에게 인계했다. 1시간도 지나지 않아 그들 대다수가 겁에 질려 제대로 된 공격에 나서보지도 못하고 전사해버렸다. 그 부사관은 충격에 빠졌다.

대체로 전사자의 절반 이상이 첫 전투에서 전사한다. 첫 전투만 무사히 넘기면 생존 확률이 몇 배로 높아진다. 서너 번의 전투를 겪으면 그는 벌써 베테랑이 된다. 전장에서는 아무리 뛰어난 전사라도 죽음을 피할 수 없는 불가피한 상황과 사고가 있다. 하지만 적어도 자신의 실수나 적의 기관총 사계 앞으로 뛰어드는 판단 착오, 굼뜬 동작 등으로 전사할 가능성은 현저하게 줄어든다.

수천 년 동안 세상의 모든 군대는 적과의 전투 못지않게 공포와의 전투를 벌여왔다. 아무리 철두철미하게 훈련시켜도 전장의 공포를 극복하지 못하면 병사가 될 수 없다. 그런 병사가 팀원에 있으면 그 제대는 제 역할을 할 수 없다. 그러면 공포를 극복하는 데는 어떤 방법이 사용되고 있을까?

신병을 2선에 배치하는 이유

전쟁영화를 보면 멀리서 포성이 은은히 들려오는 가운데, 아직 전선에 나가보지 못한 신병들, 전투 대기 중인 병사들이 축구를 하거나 막사 근처에서 담배를 피우며 희희낙락하거나 빈둥거리는 장면이 나올 때가 있다. 실은 상투적이다 싶을 만큼 자주 등장한다. 이때 갑자기 처참한 몰골의 부상병이 지나가거나 후방으로 후송되는 전사자의 시신이 죽 등장한다. 그 순간 앳된 병사들의 표정이 한순간에 굳는다.

뻔한 설정 같지만 이는 전장의 트라우마를 극복하거나, 전투에 처음 투입된 신병이 전장에서 얼어붙지 않고 생존할 가능성을 높여주는 방법이다. 이 방법이 처음 개발된 것은 1차 대전 때였다. 당시 훈련소를 나온 병사들을 바로 전선 참호에 투입하기보다는 포성이 들리는 2선 지구에서 대기하게 하면서 전장에 스스로 적응할 시간을 주면, 병사들이 전쟁 공포증이나 전투의 충격에 사로잡힐 위험이 현저하게 줄어든다는 사실이 밝혀졌다.

오늘날 스포츠에서 사용하는 이미지트레이닝과 유사하다. 아무리 수십 가지 동작을 배운 사람이라도 처음 상대와 맞서면 아무런 생각이 나지 않고 손발이 제대로 움직이지 않는다. 시합에서는 패해도 소중한 경험을 얻게 되지만 전쟁에서는 두 번의 기회가 없다. 이론학습과 훈련, 실전 상황이라는 두 가지 환경이 있다고 가정하면 중간에 연옥이 필요하다. 간접 체험이든 가벼운 스파링이든 신중하고 충분하게 실전

같은 상황을 미리 경험해야 한다.

나는 성이나 전적지 답사를 자주 나간다. 그곳에 설 때마다 마치 입대를 앞둔 소년병처럼 전투 상황을 그려보면서 그 순간에 필요한 판단과 용기, 극복해야 할 공포를 떠올리려고 노력한다. 운 좋게도 나는 평화로운 시대에 살아서 전쟁에 투입될 일이 없었다. 그리고 이제는 나이가 너무 들어 전쟁이 나도 총을 들고 군장을 하고 뛸 기력이 없을 것 같다. 그래도 이런 사색을 멈추지 않는다. 그건 내가 전쟁사를 쓰고 연구하고 있기 때문이기도 하지만, 인생에서 공포와 사념의 벽을 넘어 올바른 결정을 내려야 하는 순간이 쉴 새 없이 찾아오기 때문이기도 하다.

공포를 극복하는 방법

군대가 공포를 극복하기 위해 사용하는 중요한 방법은 올바른 팀을 구성하는 것이다. 먼저 공포를 견디지 못하는 구성원을 솎아낸다. 공포는 전염되기 때문이다. 다른 구성원이 공포에 굴복하지 않더라도 판단과 행동에 심각한 장애를 초래한다.

아무리 뛰어난 전사라도 공포에 잠식당하지 않는 사람은 없다. 두려움이 없는 자란 공포를 느끼지 않는 사람이 아니라 공포와의 싸움에서 굴복하지 않는 사람이다. 그렇기 때문에 공포에 굴복하는 동료가 있다면 내면에서 벌이는 공포와의 싸움에서 균형이 허물어진다. 그러므로 동료는 공포를 권하는 사람이 아니라 공포를 함께 극복하기 위해 서로 돕는 사람이어야 한다.

공포를 극복하는 방법에도 등급이 있다. 1881년에 창립되었고 한국전쟁에서도 활약했던 영국군 글로스터 연대는 군모에 부대 휘장을 앞뒤로 단다. 여기에는 사연이 있다. 일렬횡대로 서서 사격하며 전쟁하던 시절, 글로스터 연대가 3열로 서서 사격하고 있는데 갑자기 뒤에서 적군이 출현했다. 배후를 찔린다는 것은 무서운 일이다. 대부분의 군대는 이런 순간에 동요하고 무너진다. 하지만 그 순간 글로스터 연대의 부대장은 동요하지 않고 우렁차게 외쳤다. "3열 차렷. 뒤로 돌아. 발사!"

앞뒤로 달린 휘장은 이 사건을 기념하기 위한 것이다. 유치해 보일 수도 있지만 전쟁에서 역사 깊은 부대, 빛나는 전과를 세우고 훈장을 주렁주렁 달고 있는 부대는 실전 상황에 처하면 확실히 남다른 모습을 보인다. 부대의 휘장과 전설을 만들고 전공을 자랑하는 것은 사실 명예와 책임감으로 공포를 극복하는 데 도움을 주기 위해서다.

2차 대전에 참전한 미군 제101공수사단의 활약상을 그린 드라마 〈밴드 오브 브라더스〉2001는 높은 사실성과 고증으로 찬사를 받았다. 하지만 제대로 고증되지 않은 것이 하나 있다. 실제 노르망디 상륙 전날, 드라마에서 주인공으로 나오는 이지 중대 대원들 대다수가 머리카락을 밀고 가운데만 남겨두는 모히칸머리로 이발을 했다. 드라마에는 한 병사가 머리를 미는 장면이 나오기는 하지만 영상에서 이질감을 주지 않기 위해서인지 주인공 대다수는 머리를 밀지 않았다.

모히칸머리도 미군에서는 하나의 전통이 되었다. 영화 〈블랙 호크 다운〉2001 으로 알려진 모가디슈전투1993에서 미군 레인저 부대원들도 모히칸머리로 무장했다. 그런데 레인지 부대와 함께 투입됐던 델타 포스 요원들은 민간인 수준으로 머리를 길렀다. 이건 영화에서 잘 표현되어 있다.

레인저 부대는 10~20 대 1의 경쟁을 뚫고 선발되는 미국 육군의 정예 부대다. 이들의 높은 자부심은 모히칸머리로 표출된다. 그러나 가장 비밀스러운 특수작전을 수행하는 미군 최정예 부대 델타포스 요원들은 레인저 부대원들의 새파란 머리를 보며 갓 고교를 졸업한 어린애들 취급을 한다.

한 등급이 더 높은 진정한 베테랑 부대는 이런 휘장이나 표식이 필요 없다. 그들은 스스로 상황을 판단하고, 전투의 양상을 예상하고, 무기와 장비를 준비해 전투에 대비한다. 그리고 자신의 선택을 믿고 책임을 진다. 그들이라고 공포가 없지 않다. 하지만 이들은 자신에 대한 온전한 믿음으로 공포에 맞선다.

이런 베테랑 전사와 함께하면 주변의 병사들이 설사 신병이라고 해도 전투에 적응하고 온전한 병사로 성장하는 속도가 가장 빠르고 확실하다. 전투는 팀플레이다. 그러나 집단적 규제로 이뤄지는 팀플레이는 중간 수준에 불과하다. 각자의 개성과 판단, 근성이 모여 이뤄지는 팀플레이가 최고 수준의 팀플레이며, 최고의 베테랑 부대를 만든다. 이

건 고대로부터 지금까지 최정예 부대의 사례에서 공통적으로 발견되는, 변치 않는 진리다.

패닉장에서 팔지 않고 버티기

주식시장에서 가장 크게 손해 보는 구간

주식투자에서 가장 가치 있는 경험은 큰 하락장을 겪어보는 것이다. 책으로 공부하는 간접 경험보다 직접 내 돈이 녹아내리는 경험을 해야 제대로 그 공포를 느낄 수 있다. 이런 경험은 앞으로 올바른 주식투자를 하기 위한 훌륭한 수업이 된다. 투자금이 적은 초창기에 겪는다면 적은 피해 금액으로 수업료를 낸 셈이다. 반면 이런 경험 없이 상승장만 만나다가 투자금이 커진 시점에 큰 하락장을 만나면 앞으로 영원히 회복이 어려울 수도 있다.

내 경우 2006년에 주식투자를 시작해서 2년 만인 2008년에 서브프라임발 글로벌 금융위기라는 초대형 악재를 만났다. 코스피지수는 2천 선이 무너지고 순식간에 900까지 내려왔다. 하락장에서 주식을 담아야 한다는 대가들의 가르침에도 감히 매수할 생각을 내지 못할 정도로 패닉장이었다. 그때 보유하고 있던 주식들은 저평가 우량주에 배당수익률이 높았음에도 주가가 60%까지 하락했다. 당시에 추가로 주식을 사지는 못했지만 대신 팔지 않고 버티기로 다짐하면서 싸이월드에 일기를 썼다. 일기에는 공포와 두려움, 손실을 확정 짓고 주식을 팔고 나가고 싶은 마음, 이를 억누르며 버티는 괴로움 등이 담겼다.

그렇게 6개월 정도 시간이 지나고 보니 시장의 충격은 줄어들었고 계좌는 다시 원금으로 회복되었다. 만약 그때 주식을 팔고 시장의 충격이 수그러든 뒤 다시 들어왔다면 60% 손해 본 가격에 주식을 팔고 다시 그 가격의 2배 값에 사야 했을 테니 손실이 컸을 것이다. 주식시장에서 가장 크게 손해를 보는 구간은 이렇게 장이 무너져서 패닉셀panic sell이 벌어질 때다. 평상시라면 이성을 가진 사람들이 이 구간은 저렴하니 사야겠다는 판단으로 매수세가 들어오기 때문에 주가가 더 이상 하락하지 않고 버텨준다. 그러나 패닉 장세에서는 모두가 이성을 잃고 팔기만 할 뿐, 사는 사람은 없으니 비이성적으로 주가가 내려간다.

물론 주식에 따라 버텨도 되는 주식이 있고 버티면 안 되는 주식이 있다. 내가 우량주를 보유했고 기업에는 문제가 없으며 증시의 분위기만 어두워진 경우라면 버티는 것이 더 나은 판단일 가능성이 높다. 반대로 우량주가 아니거나 기업에 문제가 있는 데다 증시의 분위기도 어둡다면 이 주가는 다시 돌아오지 않을 가능성이 높다.

패닉 장세에 대비하려면

이런 패닉 장세에 대비하기 위해서 주식 비중을 미리 잘 짜두는 것이 중요하다. 주력 종목은 가장 튼튼한 기업을 사야 한다. 매출과 이익이 꾸준히 오르고 PER이 낮으면서 배당수익률이 괜찮은 우량주라면 다른 주식보다 주가가 상대적으로 덜 하락하게 된다. 일명 방어력이 좋은 주식이다. 반대로 이런 주식들은 상승기에 비우량주들보다는 주가가 덜 오른다. 그렇더라도 내 소중한 자산을 지키려면 주력 종목은 방어력이 좋은 종목들로 구성해야 한다. 주력 종목은 비중을 50% 이상 가져간다. 방어력이 좋은 주식 비중이 높을수록 하락장에서 공포를 견뎌내는 힘이 커진다.

그다음은 수익률이 높을 것으로 예상되는 종목들로 날개 종목을 구성한다. 2~3개 종목을 30~40%의 비중으로 구성하면 이상적이다. 매출과 이익이 꾸준히 상승하지 않는 경기민감주이거나 PER이 다소 높거나 배당수익률이 높지 않은 기업들이 여기에 해당한다. 하지만 주가가 오를 가능성이 높은 기업이어서 기다려볼 만한 가치가 높은 주식들이다. 하락장에서는 평균 또는 그 이상의 손실이 발생할 수도 있지만, 견뎌낼 수만 있다면 다시 상승장이 되었을 때 주력 종목보다 초과수익률을 내주는 수익률 제조기 역할을 한다.

위기에 대응하는 두 번째 방법은 현금 비중을 늘리는 것이다. 현금 비중이 어느 정도 된다면 증시가 하락해도 오히려 용기를 낼 수 있다.

"이렇게 저렴한 가격에 살 수 있으리라고는 생각지도 못했는데 바겐세일 구간을 주다니 고맙습니다"라고 외치며 남은 현금으로 주식을 저가에 사 모을 수 있다. 그럼 평균 매수 단가가 낮아져서 향후 주가가 회복되었을 때 이전보다 더 높은 수익률을 낼 수 있다.

하지만 이는 우량주에 한정된 말이고 위험이 있는 주식은 그 가격을 회복하지 못할 수도 있어서 우량주만 추가매수에 활용한다. 그리고 주가의 바닥이 어디인지 알 수 없으므로 충분히 하락이 멈춘 이후 분할매수에 들어가야 한다.

현금 비중은 아무리 주식투자에 자신이 있어도 최소 10%는 보유하고, 장이 과열되었다고 판단했을 때는 50%까지 보유하는 것이 좋다. 앞으로 장세가 불안할 듯한 징후가 포착되면 미리 현금 비중을 더 늘려두는 전략도 좋다.

현금 비중이 낮더라도 하락장에서 주식을 충분히 살 수 있을 만큼 현금흐름이 좋은 사람이라면 하락장이 기회가 된다. 예를 들어 주식투자 금액이 1천만 원인 사람이 하락장을 맞이했는데 매달 200만 원어치의 주식을 살 여력이 있다면 오히려 기회라고 생각하고 적극 매수할 수가 있다. 반면에 노후를 위해 마련한 주식투자 금액이 5억이지만 매달 주식을 살 수 있는 현금이 없는 사람이라면 이 기회를 살릴 수 없을 뿐더러 하락이 심해질수록 공포에 질려 보유한 주식을 내다 팔 가능성이 높아진다.

위기에 대응하는 전설적인 투자자의 자세

과거 세계 최대의 펀드였던 마젤란펀드는 1977년부터 1990년까지 피터 린치가 운용했다. 이 기간에 펀드는 연평균 29%의 수익률을 기록했고 하루 만에 지수가 22%나 하락한 블랙먼데이가 있던 1987년에조차 플러스 수익률을 기록했다. 그런데 이 펀드에 투자해서 손실을 본 사람은 절반이 넘는다. 투자자 대다수가 공포를 이겨내지 못하고 저점에서 매도하는 우를 범했기 때문이다. 그래서 애초에 우량주가 아니라면 사지 말고, 샀다면 가급적 팔지 않고 장기간 보유하는 것이 주식투자에서 승리하는 방법이다.

피터 린치는 증시에서 유의미한 위기가 2년마다 왔다고 말했다. 실제로 2018년 미중 무역 갈등으로 경기침체에 대한 우려가 생기면서 증시가 크게 하락했고, 2020년은 코로나 위기로 증시가 더 크게 하락했다. 2022년 1월에는 금리인상, 양적긴축에 대한 우려로 세계 증시가 10~20%가량 하락했다. 그럼 2년마다 위기를 예측하고 정확한 타이밍에 주식을 사고팔 수 있을까? 피터 린치는 그럴 시간에 좋은 기업을 찾으라고 했고, 워런 버핏도 위기에 흔들리지 않는 좋은 기업의 주식을 사서 평생 보유하라고 말했다.

그러니 패닉장이 오더라도 '이 또한 지나가리라'는 마음으로 마지막 그날까지 사과나무를 심어야 한다. 돈이 생길 때마다 주식을 하나씩 사서 모은다는 생각으로 투자에 접근하는 것이 패닉장을 이겨내고 오랫동안 투자를 지속할 수 있는 힘이다. 우리가 패닉장에서 주식을 내던지는 것은, 주식으로 단기간에 대박을 내려는 욕심 때문에 공포를 더 크게 느끼기 때문이다. 욕심을 줄이고 투자에 너무 과한 기대를 하지 말자.

비관

전사의 감정이 중요한 이유

시장이 우상향한다는 믿음

전쟁은 사람이 하는 것인 만큼 병사들의 심리, 사기는 매우 중요하다. 따라서 비관적 상황에서 초조하고 당황해하는 병사들에게 조금이라도 용기를 불러일으킬 수 있다면 지휘관은 무엇이든 시도해야 한다. 주식시장은 상승과 하락을 반복한다. 가치투자자는 결국 주가가 우상향하기 때문에 우량주에 투자하면 수익을 얻으리라 생각한다. 그러나 경제불황이 끝없이 이어진다면 믿음에 균열이 생길 수밖에 없다. 투자자에게 이를 심리적으로 감당해낼 수 있는 대책이 필요하다.

전장에서 인간은 한없이 비겁하기도 하고 한없이 용감하기도 하다. 때로는 승산이 보일 때만 싸우려 들지만, 반드시 그렇지만도 않다. 승산이 도무지 보이지 않는 상황에서도 어떤 연유 때문에 승산을 억지로 만들어내고, 비록 환각이라도 승산이 보인다고 믿으려 싸우기도 한다. 이것이 전장에서 군인들의 사기가 중요한 이유다. 아무리 비관적 상황이더라도 사기를 불러일으킬 수 있다면 전세를 뒤집거나, 그렇지 못하더라도 적에게 치명상을 입힐 수 있기 때문이다. 전쟁사에서도 군인들의 사기를 진작하기 위한 많은 시도가 있었다. 2차 대전 때 둘리틀 특공대, 특수부대의 시초가 된 코만도도 그렇게 탄생했다.

둘리틀 특공대

1942년 4월 18일, 도쿄 상공에 미군 B-25 폭격기가 출현했다. 도쿄뿐 아니라 요코하마, 오사카, 나고야, 고베, 와카야마 등 일본 각지의 주요 도시 상공에도 출현했다. 일본군은 이들이 미군의 폭격기라고는 생각도 못 했다. 잘해야 "정체불명의 항공기 출현"이란 보고가 올라갔다.

공습이란 걸 당해본 적이 없고, 공습당하리라는 생각은 추호도 해본 적이 없던 도시 주민들은 처음 보는 신기하고 우람한 모습의 병기를 향해 손을 흔들기도 했다.

지상의 대공포도 비행장의 공군기도 반응이 없었다. 그도 그럴 것이 진주만공격으로 미국과 교전 상태에 들어서기는 했지만, 미 공군기가 태평양을 건너 일본 본토까지 도달할 리가 없었다. 그렇게 먼 거리를 날아올 항공기는 지구상에 존재하지 않았다. 항공모함에서 발진하면 가능하지만, 그러려면 항공모함이 일본에 근접해야 했다. 거대한 항모 전단이 일본 해군에 탐지되지 않고 그렇게 가까이 접근한다는 건 불가능했다.

5개월 전인 1941년 12월 7일, 일본 연합함대는 하와이에 있는 미 태평양 함대의 기지인 진주만을 공습했다. 이 사건은 미국에 큰 충격을 주었고, 태평양전쟁이 발발하는 계기가 되었다. 화가 난 미군은 진주만의 치욕을 설욕하고 국민의 사기를 진작시키기 위한 특별 행동, 가시적이고 상징적인 조치가 필요하다고 생각했다. 방법은 간단했다. 싸움의 법칙은 '눈에는 눈, 이에는 이'다. 우리가 당한 대로 갚아주는 것, 바로 일본 본토를 공습하는 것이었다.

미군은 이 임무를 미 육군 항공대 소속 장교(나중에 공군이 창설된 뒤에는 공군으로 바뀐다)로 뛰어난 조종사였던 제임스 둘리틀James Harold Doolittle, 1896~1993 중령에게 맡겼다. 시행 방법을 고민하던 둘리틀은 항속거리가 긴 폭격기를 항모에서 이륙시키는 방법을 고안한다. 그러나 덩치가 크고 활주거리가 긴 폭격기를 항모에서 이륙시키는 것은 전례 없는 일이었다. 그리고 아무리 폭격기가 항속거리가 길어도 안전지대에서 이륙해서 항모로 돌아오기에는 부족했다.

둘리틀은 B-25 폭격기를 기체는 최대한 가볍게 하고 연료는 최대한 많이 싣도록 개조했다. 또 피나는 훈련과 연구로 항모에서 폭격기를 이륙시키는 방법을 찾아냈다. 미군은 둘리틀 특공대를 항모 호넷에 실어 일본 근해로 접근했다.

호넷에서 출격한 폭격기는 모두 16기였다. 이들의 공습 목적은 특정 지점에 치명적인 타격을 주기보다는 일본 전체에 충격을 주는 것이어서 최대한 주요 도시로 분산했다. 덕분에 피해는 경미했다. 가옥 262호가 파괴되고 50명이 사망했다. 부상자까지 포함하면 363명의 사상자가 발생했다.

300여 명의 인명이 적다고 할 수는 없지만 전체 전쟁으로 보면 경미한 피해였고 전략적으로 중요한 타격은 전무했다. 임무를 완수한 폭격기들은 귀환할 연료가 부족했으므로 그대로 직진해서 중국 동부에 착륙한다는 계획이었다.

이것도 계획대로 되지는 않아서 중국 영토에 불시착하는 데 성공한 기체는 12기였다. 3기는 중국 영해에 추락했고 나머지 1기는 소련의 블라디보스토크에 착륙했다. 대원 1명이 전사하고 2명이 행방불명, 8명이 포로가 되었다. 이 중 소련에 불시착한 대원은 전쟁 내내 억

류되었다가 얄타회담1945 이후에 석방되었다. 포로가 된 8명 중 3명은 일본군에 의해 공개 처형되었다.

미국으로 귀환한 둘리틀은 영웅이 되었고, 의회명예훈장을 수여받았다. 앞서 언급했듯 일본이 받은 물리적 피해는 크지 않았고 가시적 성과도 적어 보였지만, 양국에 끼친 심리적 영향은 매우 컸다. 훗날에 둘리틀공습은 미국민의 사기를 크게 진작시켰고, 나아가 연합군의 사기 향상에도 기여했다고 평가받았다. 반면 일본에서는 추가 공격에 대한 두려움이 확산되면서 일본군 지도자들이 급하게 미국을 공격할 계획을 세우는 데 영향을 주었다.

특수부대의 탄생

1940년 6월 4일, 영국 육군참모총장의 부관으로 근무하던 더들리 클라크Dudley Clarke, 1899~1974 중령은 자신의 아파트에서 문득 떠오른 구상을 노트에 적어 내려갔다. 그의 고민은 됭케르크의 치욕을 빠른 시일 내에 설욕하는 방법을 찾아내는 것이었다. 영국 국민은 무기와 장비를 모두 버리고 물에 젖은 생쥐 꼴이 되어 간신히 생환한 병사들을 따뜻하게 맞아주었지만, 그들이 처참한 패잔병이라는 사실은 부정할 수 없었다.

1940년 압도적인 독일의 공세에 프랑스는 겨우 6주 만에 무릎을 꿇었다. 기적적인 됭케르크 철수작전으로 프랑스에 갇혔던 영국군 약

19만 2천 명과 프랑스군 14만 명을 빼내오는 데 성공했지만, 무기와 장비는 해안에 모두 유기하고 몸만 간신히 도망쳐 나온 병사들은 거의 무장해제 상태였다. 전쟁이 시작된 이상, 일방적으로 당하고 있어서는 안 된다. 병사들의 사기 진작을 위해서라도 계속 펀치를 뻗어야 하는 것이 싸움의 정석이다. 됭케르크 철수작전이 시작된 날이 5월 26일, 종료된 날이 6월 4일이었다. 클라크 중령의 메모가 탄생한 날이 6월 4일이었으니, 세상의 이목이 됭케르크 철수작전의 성공 여부에 쏠려 있을 때 클라크 중령은 벌써 반격의 방안을 구상하고 있었던 셈이다.

그의 패기는 훌륭했지만 방법은 전무했다. 독일군은 가공할 전투력을 뽐내고 있었다. 언론에서 '전격전'이라고 이름 붙인 독일군의 전술은 세상에서 처음 보는 기막힌 것이었다. 전격전은 한 점에 화력을 집중해서 적의 전선을 돌파한 뒤 기갑부대를 앞세워 적의 후방에서 보급로를 끊고 적을 포위하는 전술이다. 2차 대전 때 독일의 구데리안 Heinz Wilhelm Guderian, 1888~1954, 롬멜 그리고 미국의 패튼이 쓰면서 유명해졌다.

독일군이 철저하게 단련되고 장비를 갖춘 투견이라면 영국 육군은 꼬리를 말고 도망쳐 온 보통의 양치기 개였다. 영국은 전통적으로 해양 국가라 육군 전력에는 그리 자신이 없었다. 다행히 해상에서는 아직 강력한 전투력을 유지하고 있었지만, 육지에 상륙시킬 병력은 처참하게 짓이겨져 있었다. 게다가 됭케르크 패전으로 무기와 탄약도 부족했다. 처칠의 회고에 의하면 독일군의 영국 침공에 대비해 해안에 포대를 배치했지만 포당 포탄이 3~4발뿐인 곳도 있었다고 한다.

마침, 클라크 중령에게 과거 팔레스타인에서 근무했던 경험이 떠올랐다. 1930년대 팔레스타인에서는 영국의 통치에 반대하는 아랍인들과 유대인들의 항거가 있었다. 변변찮은 무장에 조직력도 빈약한 그들의 반란을 영국 군인들 절반은 흥미롭게, 절반은 동정심까지 느끼며 바라봤다.

그러나 반란의 불길은 쉽게 꺼지지 않았다. 합리적으로 따져봤을 때 가능성이 전무한데도 실패는 포기가 아닌 투지를 불어넣고, 이를 사람들에게 번지게 하는 힘이 있었다. 돌아보면 그것이 새삼스러운 일도 아니었다. 1차 대전 당시 오스만튀르크가 연합군의 반대 진영에 가담하자 영국은 이집트의 안전을 확보하고, 중동의 유전을 장악하기 위해 아라비아반도와 팔레스타인 원주민의 봉기를 부추겼다. 자동차의 시대에 낙타를 타고, 2천 년 이상 변치 않는 낡은 관습에 젖어 있던 아랍의 부족이 순식간에 단결해 그들의 나라를 세웠다.

클라크 중령은 이런 사례를 하나 더 목격했다. 클라크는 남아프리카 출신이다. 젊은 날의 처칠도 참전한 적이 있는 보어전쟁1899~1902에서 보어인들은 투지와 게릴라전으로 영국군을 집요하게 괴롭혔다. 클라크의 아이디어는 이런 배경에서 탄생했다.

클라크 중령의 구상은 패전에 굴하지 않고 공포에 잠식당하지 않으며 투지 넘치는 정예 병사로 구성된 기습 부대였다. 소규모의 정예 특공대를 편성해서 기관단총 같은 가벼운 소화기만으로 무장시킨 뒤에 독일군 막사나 주요 시설에 기습 공격을 가하고 철수한다는 계획이었다. 여담이지만 당시 영국군에는 기관단총이라고 할 만한 소총이 없었다. 클라크 중령이 구상한 소화기는 미국의 톰프슨 기관단총이었다. 이 총은 1920~30년대 미국의 갱들이 많이 사용해서 할리우드 갱스터영화Gangster Movie의 단골 소재였다. 어쩌면 클라크 중령은 당시 할리우드 갱스터영화의 팬이 아니었을까? 하여간 중령의 개인적 경험에서 특수전이란 개념이 탄생했다. 이것은 전통적인 게릴라전과 유사하지만 그것과는 조금 상이한, 아라비아에서 목격한 사막의 반란에 게릴라전을 결합한 새로운 개념의 전술이었다.

클라크의 제안은 즉시 채택되었다. 이렇게 해서 창설된 특수부대가 코만도다.

코만도가 불러온 효과

코만도는 오늘날 영화에서 가장 인기 있는 소재가 된 정예 특수부대의 효시다. 현존하는 영국의 특수부대인 SAS도 코만도 부대원이 창설했다. 코만도가 벌인 작전이 특수전의 시초로 받아들여지는 만큼 오늘날의 관점에서 보면 코만도의 창설은 대성공이었다고 할 수 있다. 하지만 1940년대 당시에는 과연 그만한 성과를 거두었는지 의문스럽다.

창설 당시 코만도에는 지원자들이 몰려들었다. 말 그대로 영국군 곳곳에 존재감 없이 스며들어 있던 진정한 전사들이 땅을 뚫고 나왔다.

무엇이든 초창기였고 특수부대용 장비도 전무한 시대였다. 사실 당시에는 특수부대용 장비라는 개념조차 없었다. 가진 것이라곤 강한 육체와 정신뿐이었던 그들은 현대의 특수부대원들도 고개를 절레절레 흔들 정도로 투박하고 강한 훈련을 받았다.

이제부터 코만도의 활약상이 화려하게 펼쳐진다. 노르웨이의 로포텐제도 습격작전[1941], 프랑스의 생나제르항구 습격[1942], 크레타전투[1941], 디에프항구 공격[1942] 등 코만도의 전사는 화려하게 펼쳐진다. 이 외에도 작은 규모의 습격, 암살, 파괴, 요인 납치 등 수많은 특공작전을 시도했다.

이들의 전사에는 흥미진진하고 감동적인 이야기도 많다. 신문지상에 등장하고, 국민들이 환호하게 하는 데는 분명 효과가 있었다. 이것을 사기 진작이라고 할 수도 있지만, 그 사기 역시 언론이 좋아할 법한 정치적 쇼맨십에 불과했을 수도 있다.

솔직히 코만도가 행한 군사작전 중에서 성공한 사례는 얼마 되지 않는다. 성공한 작전이라고 해도 과연 그것이 특급 전사를 동원하고 그토록 혹독한 훈련과 희생을 치를 만큼 가치 있는 일이었는지, 전략적으로 그만한 성과를 거두었는지는 의문의 여지가 있다. 냉정하게 평가한다면 아까운 전사들이 비효율적인 훈련과 불필요하거나 무모한 작전으로 소모되었다고도 할 수 있다.

두 작전의 예상치 못한 결과

둘리틀 특공대나 코만도는 각각 진주만과 됭케르크라는 치욕적이고 암울한 패전 중에 군과 국민의 사기 진작이란 명분으로 탄생했다. 냉정하고 현실적인 시각으로 보면 두 아이디어 모두 들인 노력과 희생에 비해 성과는 적고, 저널적 효과만 풍성했다고 평가해야 마땅해 보인다.

그런데 두 작전은 예상치 못한 결과를 가져온다. 둘리틀 공습은 일본에 큰 충격을 주었고 군부는 즉시 보복을 구상했다. 이 조급한 마음이 미드웨이해전1942을 추진하게 하고, 미군에게 결정적인 패배를 당함으로써 태평양전쟁의 승패를 바꾸는 치명적인 결과를 초래하게 된다. 둘리틀공습이 없었고, 그 결과 일본군의 미드웨이 작전도 없었더라면 일본은 처음 생각대로 태평양을 더욱 탄탄하게 방어했을 것이다.

양국의 산업력을 감안할 때 결국에는 일본이 패전했을지라도 태평양전쟁의 정국이 우리가 아는 것보다는 일본에게 유리하게 전개되어, 무조건 항복이라는 일방적인 패전이 아닌 일본에게 더 나은 조건으로 종전이 되었을 수도 있다. 아니면 미군의 희생과 전쟁 기간이 더 늘어남으로써 일본이 더 잔혹한 패전을 맞이하고, 매파의 구상대로 일본의 산업력은 완전히 해체되어 농업국가로 탈바꿈되었을지도 모른다.

코만도 작전 또한 예상치 못한 결과를 가져왔다. 전술했다시피 코만도는 특수부대란 새로운 개념을 창출했고, 북아프리카 전선에서 SAS

를 출산했다. 코만도와 달리 SAS는 세련된 특수전을 시행해서 롬멜이 1개 사단보다 더 큰 피해를 입었다고 한탄하게 만들었다.

무엇보다 코만도 작전은 영국군에게 전사의 모델을 보여주고 그들이 투지를 불사르는 데 크게 기여했다. 베테랑 전사가 있는 소대와 없는 소대의 전투력이 확실히 다르듯이 이런 엘리트 부대가 있는 군대와 없는 군대의 차이도 현저하게 크다.

전사의 감정을 불러일으킨다

전쟁이란 지극히 합리적인 영역과 지극히 비합리적인 영역이 공존하는 공간이다. 전략과 전술을 구상할 때는 이 사실을 명심해야 한다. 그러나 지휘관들은 감정의 영역을 비합리적이라고 여기며 도외시하는 경우가 있다. 하지만 결국 전쟁은 사람이 하는 것인 만큼 병사들의 심리, 사기가 매우 중요하다. 따라서 때로 비합리적으로 보일지라도 병사들의 투지를 격발시키는 조치가 필요하다. 비관적 상황일수록 초조하고 당황하는 감정이 아니라 전사의 감정을 병사들에게 불러일으켜야 한다. 조금이라도 병사들의 용기를 불러일으킬 수 있다면 지휘관은 무엇이든 고민하고 시도해봐야 한다.

투자 심리를 유지하는 법

롱쇼트전략 실행하기

주식투자는 심리에 크게 좌우된다. 대중이 욕심을 내면 주가가 오르고, 공포를 느끼면 주가가 하락한다. 대중이 공포를 느낄 때 주식을 사야 한다고 투자 고수들은 말하지만, 막상 그 분위기에 매수를 할 수 있는 사람은 많지 않다. 그 수준을 넘어 하락장에서 손실이 눈덩이처럼 커지는데도 주식을 팔지 않고 버티는 것도 어려운 일이다.

이럴 때는 수익률을 다소 포기하더라도 심리가 무너지지 않게 관리하는 것이 더 중요하다. 증시가 하락할 때 수익이 나는 상품을 쇼트short라고 한다. 주식을 보유하면서 쇼트를 같이 보유하면 주가가 하락해도 쇼트에서 이익이 나서 손실을 줄일 수 있다. 이런 행위를 투자 용어로는 헤지hedge라고 부른다. 보통 투자자는 상승에 대한 헤지를 건다. 대부분의 자산을 주식으로 보유하고 있다면 상승해야 수익이 나고 하락하면 손실이 난다. 이 중 일부 자산을 하락에 돈을 버는 금융상품, 예를 들어 인버스 ETF 매수, 선물 매도, 풋옵션 매수 등에 투자하면 증시가 하락했을 때 주식에서는 손실이 나지만 헤지 자산에서는 수익이 나면서 손실을 줄일 수 있다. 반대로 수익이 나는 구조에서는 헤지 자산에서 손실이 나므로 수익률이 떨어진다. 일종의 보험이라고 생각하면 된다. 아무 일이 없을 때는 보험료가 나가므로 수익을 일부 까먹지만, 반대로 큰 하락장이 벌어졌을 때는 손실을 어느 정도 상쇄해서 피해를 줄여준다.

그래서 증시에서 불안한 징조가 예측되거나 현금 비중이 별로 없을 때는 하락에서 수익이 나는 상품을 일부 담아둔다. 증시가 상승할 때 수익이 나는 주식이나 상품에 베팅하는 것을 롱long전략이라고 부르고, 하락할 때 수익이 나는 주식, 상품에 베팅하는 것을 쇼트전략이라고 한다. 그래서 이 둘을 동시에 하는 것을 롱쇼트전략이라고 말한다.

쇼트에 대한 자산 비중은 많이 가져가지 않는 것이 좋다. 많을수록 수익률을 해치기 때문이다. 하지만 비중이 너무 적어도 하락에 방어가 되지 않는다. 쇼트 상품에 따라 비중이 달라지는데 예를 들어 풋옵션 매수를 할 경우 자산 비중의 1~3% 정도를 쇼트로 잡는다. 이 정도는 있어도 되고 없어도 되는 비중이어서 특공대 비중이라고 부른다. 그리고 쇼트로 잡은 상품은 가급적 고수익 상품이 좋다. 예를 들어 지수가 10% 정도 내려서 90% 정도 보유한 주식 자산들도 10%씩 손실이 나면 전체 자산에서 9% 손실이 발생한 셈이다. 반면 1%의 인버스 ETF를 들어 10%의 수익이 났다고 하더라도 전체 자산에서는 0.1%의 수익이 난 셈이기 때문에 '−9% + 0.1% = -8.9%'로 손실을 별로 줄여주지 못한다.

2020년 2월 사람들이 코로나 위기의 심각성을 잘 느끼지 못하던 시기에 나는 롱쇼트전략을 실행하면서 쇼트 중에서도 가장 강력한 풋옵션을 소액 담았다. 한 달 뒤 옵션 만기가 되자 이 쇼트 자산은 4천 700%의 수익을 가져다주었다. 덕분에 롱 자산의 손실 이상을 상쇄할 수 있었다. 만약 쇼트 자산이 없었더라면 3월에 큰 손실을 입을 뻔했다.

특공대 자산을 공격적으로 활용하는 법

자산의 1~3% 수준인 특공대 자산을 방어용이 아니라 공격용으로 활용할 수도 있다. 시장에 하락이 오고 충분히 충격이 수그러들고 나면 자산은 다시 원래 가격으로 돌아오려는 성질을 가진다. 하지만 그 시기는 빠를 수도 느릴 수도 있다. 주력 자산들의 주가가 빨리 회복되지 않거나 예상만큼 오르지 않으면 사람은 초조해질 수밖에 없다. 그러다가 참지 못해 팔고 다른 주식을 사면 그제야 주가가 오르는 경우가 종종 발생한다. 그래서 주력 자산들을 팔지 않고 뚝심 있게 버티려면 특공대가 활약하면서 심리적 보상을 해줘야 한다.

트렌드의 변화 속도가 빨라 기업을 심도 있게 분석할 시간이 부족하거나 투자는 매력적이지만 변수가 많아 리스크가 존재할 때 특공대를 먼저 투입하는 전략을 쓸 수도 있다. 1%의 비중일 경우 30%의 수익이 나도 전체 자산에서는 0.3%의 수익이 나고, 손실이 나도 0.3%의 손실밖에 나지 않는다. 즉 영향은 미미하다. 하지만 심리적으로 보상 효과를 주기 때문에 전체적인 면에서는 나쁘지 않다.

시장에서는 당장에 인기 있는 주식들이 각광받기 때문에 이를 보유하지 않은 주식투자자는 상대적으로 소외감을 느끼기도 한다. 이럴 때 특공대 주식으로 시장에 참여하면서 소외감을 지울 수가 있다. 특공대 투자로 번 돈의 일부는 식사비나 여행비로 쓰면서 돈의 가치를 느껴보자. 그럼 전체 자산에서는 비중이 작아도 소소한 행복을 줄 수 있다.

반대로 판단이 틀려 하락을 겪을 수도 있다. 그렇다고 해도 전체 자산에 타격을 받지 않는다. 오히려 자신의 섣부른 투자법이 틀렸다는 것을 깨닫고 차후에 큰 피해를 줄이는 효과를 볼 수도 있다. 하락했어도 그 기업에는 문제가 없고, 일시적인 하락으로 오히려 추가매수를 할 좋은 기회를 얻을 수도 있다. 보통 내가 보유하지 않은 종목은 잊고 사는 경우가 많아 주가가 하락한 천재일우의 기회를 모른 채 넘어갈 수도 있기 때문이다.

여윳돈으로 주식투자를 하라

투자 심리를 유지하는 가장 현실적인 방법은 전업 투자가 아닌 직장이나 사업으로 돈을 벌면서 여윳돈으로 주식투자를 하는 것이다. 투자가 생각처럼 잘 풀리지 않고 어려운 시기도 반드시 온다. 그러면 투자를 포기하는 것이 아니라 잠시 잊는 것이 중요하다. 잊고 있다 보면 다시 기회가 오는 곳이 주식시장이다. 하지만 전업 투자자는 이 시기에 할 수 있는 것이 없다. 수익을 내지 못해도 계속 생활비가 필요하다. 반면 직장인은 잊고 열심히 월급을 벌어 돈을 모으면 된다. 시간이 지나고 나면 그 돈은 꽤 큰 목돈이 되고 다시 주식에 투자할 수 있다.

전쟁에서도 예상과 달리 장기전으로 흘러가면 결국 보급이 원활한 쪽이 이긴다. 끊임없이 병력과 물자를 공급받는 쪽과 달리 보급 없이 현재의 자원으로만 싸워야 하는 쪽은 이미 심리에서 질 수밖에 없다.

시장은 상승과 하락을 반복하며 장기간 우상향한다. 결국 투자에서 돈을 벌려면 단기 상승과 하락을 예측하려 하지 말고 장기투자를 하는 것이 유리하다. 그러려면 단기 변동에 좌우되지 말고 스스로 심리를 조절할 수 있는 능력이 중요하다. 흉년이 올 때마다 땅을 사서 모은다는 생각으로 투자를 바라보면 부자라는 종착역에 도달해 있을 것이다.

손절

지혜로운 퇴각의 기술

—

유연한 태도의 힘

전장에서 "한 치의 땅도 적에게 양보할 수 없다"와 주식시장에서 "주식을 평생 보유하라"는 제언에는 공통점이 있다. 한 치의 땅이라도 양보하거나, 단 한 주의 주식이라도 팔면 '모든 것이 실패'라는 의미가 담겨 있는 것이다. 그러나 이런 원칙은 승리를 향한 의지의 표현이지 이를 고수하다가는 엄청난 패배를 떠안게 된다. 투자자는 자신이 처한 상황에 따라 유연한 태도를 지녀야 한다. 평균적인 수익률을 추구하기 위해서는 우량주에 장기투자를 할 수 있어야 하고, 높은 수익률을 얻기 위해서는 버핏처럼 위험을 감수할 수 있어야 한다.

전쟁사에서 참혹한 비극을 초래하는 말이 있다. "한 치의 땅도 적에게 빼앗길 수 없다." 평화 시에 국민들은 이런 말을 좋아하고, 이런 말을 하는 지도자를 용기 있다고 여긴다. 그러나 막상 전쟁이 벌어지면 이 제언은 병사들의 생명을 무의미하게 소모하겠다는 말에 불과하다. 물론 땅을 포기하고 전쟁을 끝내자는 말이 아니다. 전쟁도 효율의 싸움이다. 장기적인 대결일수록 모든 자원과 명분을 유연하고 효율적으로 사용하는 국가가 승리한다. 따라서 전쟁에서도 유연한 사고가 필요하다.

독일군의 유연한 후퇴

1940년 5월 15일 오전 11시경, 뫼즈 강변 스톤 마을, 언덕 고지에 포진하고 있던 독일군 병사들은 심장이 멎는 듯한 소음을 들었다. "전차다!" 분대장의 인솔 아래 대전차반이 고지를 내려가 재빨리 마을 가옥들 사이로 들어갔다. 준비성이 철저한 독일군답게 전차를 요격할 지점을 정해두고 있었다. 그러나 서둘러 위치로 달려가면서도 손과 심장이

덜덜 떨렸다. 대선 초기 독일 전차들은 속도에 비중을 둔 탓에 장갑이 얇았다. 반면 프랑스 전차들은 육중하고 무거운 만큼 장갑이 두꺼워서 독일군의 대전차 화기로는 뚫어낼 수 없었다.

이 마을에서는 어떤 일이 벌어지고 있었던 것일까?

프랑스와 벨기에 국경지대에 있는 뫼즈 강변은 수많은 전쟁을 겪은 땅이다. 보불전쟁1870~1871에서 프랑스군이 항복한 스당이 바로 뫼즈강의 중심에 있다. 이 강을 따라 고대 로마부터 중세 십자군전쟁 시기와 현대까지 전쟁 영웅과 전투를 기억하는 많은 지점들이 있다. 뫼즈강은 대부분 강폭이 50미터 내외인 좁은 강이지만 낮은 평야지대를 달리며 엄청난 만곡부를 지닌다. 사행천뱀이 기어가는 모양처럼 구불구불 흘러가는 하천이란 말도 어울리지 않고 엉킨 전깃줄을 던져놓은 것 같다고나 할까? 전쟁사에서 만곡부는 양방향에서 내려다보며 방어할 수 있고, 도하하는 적의 측면이 노출되기 때문에 항상 중요한 전투 거점이 되었다.

1940년 독일군은 전격전이란 새로운 전술을 선보이며 프랑스를 침공했다. 전격전의 성패는 첫날의 전과로 결정된다. 서전에서 승리하는 자가 전쟁을 지배한다는 말도 있지만, 이때 독일군의 계획은 승리하는 정도가 아니라 계획했던 거점들을 반드시 장악하는 것이었다. 기갑부대들이 단숨에 제한된 시간 내에 스당 지역을 돌파하기 위해서 스당뿐만 아니라 그 주변의 프랑스군 거점을 빠르게 제압해야 했다. 스당 정남쪽 16킬로미터 지점에 바로 그런 요충이 있었다. 스톤 마을이라는 곳이다. 마을 뒤쪽으로 담장처럼 낮은 언덕이 있고 그 아래 집이라곤

12채밖에 없었지만, 남진을 위해 꼭 필요한 도로가 그 언덕 담장 아래로 지나갔다. 주변에 고지가 없어 시야가 탁 트인 데다 좁은 언덕이라 올라가는 길도 굽이지고 가파른 길 하나밖에 없었다. 독일군에게나 프랑스군에게나 절대적으로 차지해야만 하는 곳이었다.

당연히 프랑스군이 지키고 있었고 독일군은 1개 대대를 투입해 백병전까지 감행하며 스톤 마을을 점령했다. 하지만 그냥 물러설 프랑스군이 아니었다. 프랑스군은 전차를 앞세워 탈환을 시도했다. 독일군 보병부대는 프랑스군 전차를 격파할 화력이 없었다. 반드시 지켜야 하는 거점과 적 전차의 공격. 이런 조건을 주면 대다수는 결사 항전이나 육탄 방어를 떠올린다. 더욱이 독일 병정이라고 하면 우리는 로봇같이 절대복종하는 병사를 연상한다. 하지만 정작 독일 병정들은 그렇지 않았다. 마을에 있던 독일군 보병들은 유연하게 강이 내려다보이는 언덕 뒤쪽 경사면으로 대피했다. 어처구니없게도 프랑스군 전차들은 보병과 협력이 되지 않았다. 당시 프랑스군은 전차와 보병 간의 협력전술을 소홀히 했다. 전차는 손쉽게 진입해서 마을을 휘저었지만 독일군은 보이지 않았다. 전차는 요란하게 마을을 한 바퀴 돈 후에 다시 내려갔다. 그러면 독일군 병사들이 재빨리 돌아와서 마을을 다시 점령했다. 독일군은 뒤늦게 프랑스 보병이 공격하면 격퇴하고, 프랑스군 전차가 진군하면 물러섰다가 다시 점령했다.

오전 11시, 프랑스군이 각오를 다지고 전차를 보강해 공격에 나섰다. 그러나 이번에도 보병이 늦게 집결하는 바람에 전차가 단독으로 치고 올라갔다. 이때는 독일군도 대전차포 12문을 마련하고 전차에 덤벼들었다. 첫 번째 공격에서 독일군 대전차포의 포탄은 프랑스 전차의 장갑을 뚫지 못하고 튕겨 나왔다. 프랑스 전차들은 기관총과 포로 대전차포를 제압하며 전진했고 독일군 보병들은 다시 유연하게 후퇴하기 시작했다. 그때 독일군 힌델랑 소위가 지휘하는 대전차 소대가 프랑스군 전차의 측면에 냉각기가 노출되어 있는 것을 발견했다. 2차대전 초기의 전차들은 이런 식으로 잘못 설계되어 아킬레스건을 노출한 경우가 많았다. 의외로 전차의 역사에서 이런 경우가 꽤 많이 발견된다. 그곳을 조준해서 쏘자 전차가 화염에 휩싸였다. 이 소대는 전차 3대를 단숨에 격파했다. 뒤에 따르던 전차들은 전방의 전차가 폭파되자 자신감을 잃고 바로 철수했다. 이런 전투가 한 번 더 반복된 뒤에 결국 독일군이 스톤 마을 전투에서 승리했다.

유연한 후퇴와 전투 포기의 차이

스톤 마을 전투는 유연한 철수가 전투에서 얼마나 중요한지 알려준다. 이 말이 의아할 분도 있을 것 같다. 독일군 병사들이 마을에서 물러설 때, 힌델랑 소위는 철수하지 않고 용감하게 전차에 맞섰다. 철수만 반복했다면 독일군은 패하고 말았을 것이다. 그렇다면 다른 병사들이 철수할 때 용기를 가지고 맞선 소대가 승리를 거두었다고 해야 하지 않을까? 전투의 교훈이 반대가 아닌가?

겁에 질린 포기와 유연한 철수, 전술적 후퇴를 구분하지 못하기에 이런 이분법이 생긴다. 유연한 후퇴란 전투 포기가 아니다. 겁에 질려 후퇴하는 군대는 전투의 방법을 찾아내지 못한다. 독일군은 처음에는 이 전투를 승리로 이끌 방법을 알지 못했다. 다행히 프랑스군의 실수 덕분에 패전의 시간이 연기되고 있었다. 독일군은 유연한 철수와 진진을 반복했던 탓에 현장에서 전장을 관측하고, 프랑스군보다 먼저 적의 약점을 찾아낼 수 있었다. 힌델랑의 전차 격파는 후퇴를 거부하는 결사의 각오가 아니라 유연한 전술과 강력한 전투의지의 결합이 이뤄낸 결과였다.

'한 치의 땅' 전술의 폐해

전쟁사에서 정말 끔찍하게 오용되는 구호가 있다. "한 치의 땅도 적에게 양보할 수 없다." 이 한 문장은 전쟁이 생긴 이래 침략을 당한 쪽에서 자국민을 격분하게 하고, 전쟁의 명분을 제공하고, 모든 전쟁을 국가의 성전聖戰으로 만드는 마법의 구호였다.

한 치의 땅도 양보하지 않으려면 전쟁에서 승리하면 된다. 그러나 종종 이 구절은 적이 우리 영토 안으로 한 발자국도 디디게 해서는 안 된다는 의미로 사용되곤 한다. 접경지대의 주민들을 위해서 이런 구호가 필요하긴 하다. 가능하다면 적을 국경에서, 혹은 국경 밖에서 패퇴시키는 것이 좋은 방법이다. 그러나 전쟁 전에는 이렇게 외치더라도 전쟁이 발발하면 현실적이 되어야 한다. 실전에서 맹목적으로 이 원칙을 고수하다가는 엄청난 피해를 양산하고 심하면 전쟁에서 패배하기까지 할 것이다.

이 한 구절이 낳은 우매하고 끔찍한 사례는 소름 끼칠 정도로 많다. 1차 대전 당시 벌어진 참호전의 학살극은 모름지기 '한 치의 땅'에 집착한 결과였다. 특히 프랑스 장군들의 집착이 비극을 낳았다. 독일군은 침공군이었고 영국군은 남의 땅에서 싸웠으니 집착이 조금 덜했지만, 프랑스군은 원래부터 방어보다는 공격이 전부라는 생각으로 무장하고 있었던 데다가 침공을 당했으니 유연함이란 애초부터 기대하기 어려웠다. 좀 더 유리한 위치로 적을 끌어들여서 싸우는 방식을 끝까지 거부하고, 야포와 기관총으로 방어되는 적진을 향해 돌격하다가 십자포화에 병력을 소모하기만 했다. 이런 탓에 프랑스는 서부전선에 참전한 나라 중 가장 큰 병력 손실을 입었다. 수년간 지속되는 학살극 때문에 1917년이 지나면서부터는 프랑스군 병사들이 공격 명령을 거부하는 대규모 항명 사태까지 발생했다.

프랑스군보다 조금 나았을 뿐 '한 치의 땅' 전술은 영국군이나 독일군도 마찬가지였다. 1차 대전 때 독일군의 필승 전략이었던 슐리펜계획Schlieffen-Plan이 실패하는 데는 독일군 좌익의 한 치의 땅 지키기 전략이 일조했다.

슐리펜계획의 처음 구상은 독일군 우익은 벨기에로 우회해 파리로 향하고, 좌익은 프랑스군의 공격을 받으면 물러서는 것이었다. 프랑스군은 보불전쟁의 패배로 독일에 양도한 알자스로렌 지방에 대한 집착이 컸다. 그 땅을 수복하기 위해 무조건 공격적으로 나올 것이었다. 이를 아는 독일은 일부러 후퇴해 프랑스군을 끌어들이면서 프랑스군 주력을 파리와 독일군 우익으로부터 최대한 멀리 떼어놓으려고 했다.

그러나 독일군 좌익의 지휘부는 잠시라도 한 치의 땅을 내어준다는 사실에 격분했고, 역으로 프랑스군에게 공세를 가해 프랑스 영토 안으로 프랑스군을 밀어 넣었다. 결과적으로 프랑스군은 파리를 중심으로 단단한 동심원을 그리며 전열을 정비했고, 이는 독일군 우익의 공세를 성공 일보 직전에 막아 세웠다.

대전 후반부에 가서야 유연한 전술, 즉 종심방어 전술이 사용되기 시작했다. 종심방어 전술은 적이 공세로 나오면 일선에서 받아치지 않고 뒤로 물러나 적을 끌어들인 다음 좌우에서 협공해 적의 뒤를 끊고 침입한 적을 섬멸하는 전술이다.

종심방어 전술 덕에 비로소 장군들이 "한 치의 땅" 강박증에서 벗어난 듯싶었지만 사실은 그렇지 않았다. 2차 대전 때도 서부전선은 물론 동부전선의 소련군과 독일군 모두 얼어붙은 한 치의 땅을 위해 수백만의 생명을 희생시켰다. 태평양 전선에서 일본군의 일선방어 전술과 옥쇄 전술도 그러했다. 아랍 연합군과 숱하게 치른 전쟁에서 엄청난 융통성을 보여준 이스라엘군도 제4차 중동전쟁에서 종심방어 전술을 거부하고 한 치의 땅을 지키려다가 초전에 이집트군에게 대패하는 수모를 겪었다.

손절매가 필요한 시점

버핏의 손절매

주식시장은 경기의 영향을 크게 받는다. 경기가 좋아지면 주가는 크게 오르고 경기가 나빠지면 주가는 하락한다. 아무리 좋은 기업의 주식을 들고 있어도 증시 자체가 패색이 짙어지면 우량주도 하락하기 마련이다. 2008년 리먼브라더스 사태 때 저평가 우량주들도 주가가 60%가량 하락했다. 이럴 때는 어떤 주식을 들고 있든 간에 큰 손실이 난다.

가치투자의 아버지인 워런 버핏은 주식을 평생 보유하라고 조언한다. 그런데 이 조언을 그대로 따른 투자자들 다수가 손해를 입는다. 평생 보유할 주식이 아니면 10분도 들고 있지 말라고 말한 버핏은 자신의 말과 달리 2020년 코로나 위기가 발생하자 정유주를 팔아버렸고, 2022년 초에 다시 사들였다.

우리는 버핏이 한 말의 뜻을 제대로 이해해야 한다. 증시가 하락하는 정도는 때에 따라 다르지만 평균 10년에 한 번씩 큰 하락이 나타나고 2년마다 자잘한 하락들이 있다. 주식 초보자는 하락장이 왔을 때 그것이 큰 하락인지 작은 하락인지 알 수가 없다. 이때 하나만 기억하면 된다. 하락하고 난 뒤에 우량주는 다시 제 가격을 찾아간다는 것. 초보자 입장에서는 우량주가 하락하든 상승하든 신경 쓰지 않고 꾸준히 모아가는 것이 평균적인 수익률을 추구하는 방법이다.

하지만 버핏은 평균 이상의 수익률을 추구하는 투자자다. 그리고 70년 넘게 미국 증시에서 산전수전을 다 겪고 살아남은 베테랑이다. 그동안 수많은 천재 투자자가 금융위기에 사라졌지만 버핏만큼은 살아남았다. 그 이유는 그가 큰 위기가 오기 전에 주식을 팔고 현금을 보유하는 투자를 하기 때문이다.

버핏이 위기를 예측하는 방법

버핏이 어떻게 큰 위기를 예측하는지 자세히 알려지지는 않았다. 다만 알려진 바에 따르면 증시가 과열되어 있고 모든 주식이 비싸게 거래되며 '버핏지수'가 100%를 넘는 상태, 즉 기업들의 시가총액이 그 국가의 GDP보다 크면 시장이 과열되어 있다고 판단했다. 여기서 버핏지수는 GDP 대비 시가총액 비율을 일컫는데 보통 이 지수가 70~80%이면 저평가된 증시이고 100% 이상이면 거품이 낀 증시로 여겨진다.

2000년에 IT 관련 주가들이 엄청난 버블을 형성할 당시 다른 투자자들은 IT 주식에 투자해서 돈을 많이 벌었던 반면 버핏은 IT 주식을 가지고 있지 않아서 놀림을 당했다. 하지만 버핏은 시장이 과열되어 있고 IT 주식들이 실체도 없이 비싸기 때문에 사지 않는다고 말했다. 그리고 얼마 지나지 않아 IT 주식들의 주가는 크게 하락했고 여기에 투자한 사람들은 큰 손해를 봤다. 버핏은 상대적으로 피해를 덜 받아 시장에서 살아남을 수 있었다.

버핏도 전쟁에서 질 때는 확실하게 퇴각하는 장군이다. 이후 시장이 다시 회복되기 직전에 버핏은 그동안 모아둔 현금을 방출해 알짜 우량주를 대거 사들인다. 거셌던 적의 공격이 약해졌을 때 다시 총공세를 퍼부어 요충지들을 대거 점령하는 방식이다. 버핏은 이런 과정을 수십 년간 반복해서 세계적인 부자가 되었다.

최근 버핏은 정유주 투자에서 이런 행보를 보였다. 2019년 버핏은 정유주에 투자한다. 그러나 2020년 예상하지 못한 코로나 위기가 찾아오고 유가가 크게 떨어지면서 정유주 주가가 크게 하락했다. 버핏은 이때 정유주를 전량 매도하며 손실 처리를 한다. 확실하게 퇴각한 것이다. 그러나 2022년이 되자 WTI 기준 유가는 과거보다 더 많이 상승해 100달러를 넘기고 정유사들이 많은 돈을 벌기 시작했다. 버핏은 자신이 팔았던 가격보다 훨씬 비싼 가격이지만 개의치 않고 정유주를 대량으로 사들였다. 특히 석유 업체 옥시덴탈페트롤리엄의 지분 20%를 빠르게 사들이며 지배력을 장악해갔다.

2020년에는 일본의 5대 상사 지분을 사들였다. 전 세계에 광물, 자원, 농지를 대규모로 보유하고 있는 기업들이었다. 그리고 2년 뒤 인플레이션이 심해지자 이 기업들이 보유한 자산의 가치가 크게 상승하며 주가도 올랐다.

자, 버핏이 살아남은 방법을 정리해보자. 그는 남들이 다른 곳에 관심을 가질 때 좀 더 먼 미래를 보고 확실한 기업에 미리 투자한다. 그의 투자를 돌아보면 유동성 과잉으로 인한 인플레이션과 고유가를 예상해 본인이 손절매한 정유주를 다시 사들였다.

우리는 주가가 내리면 보통 손절매를 한다. 기업의 가치가 아니라 가격을 보고 하는 경우가 많다. 하지만 버핏은 주가가 아니라 기업의 가치를 보고 손절매를 한다. 기업의 가치는 우량하고 변함이 없는데 주가만 하락했다고 손절매한다면 후회할 가능성이 높다. 버핏처럼 기업을 보는 눈이 필요하다.

성장주

챔피언 잡는 다크호스

—

신성장 산업에 주목하라

다크호스는 혜성같이 등장해 모두의 예상을 깨고 우승하는 경주마를 말한다. 로마제국을 몰락으로 이끈 게르만족과 노키아를 추월한 애플, 그리고 토요타를 뛰어넘은 테슬라까지. 치열한 경쟁 속에서 챔피언을 잡으려는 다크호스는 어디에나 있다. 스포트라이트를 받는 챔피언은 자신의 모든 것이 노출된 상태에서 도전자를 맞이해야 하는 숙명을 진다. 반면 도전자는 베일 속에서 추격 의지를 불태운다. 챔피언의 위험 변수와 새로운 다크호스의 등장. 투자자의 시선은 이 두 가지 가능성에 놓여 있다.

'다크호스dark horse'라는 말이 있다. 경마에서 유래한 것으로, 우승 후보가 아니었는데 갑자기 등장해 예상을 깨고 우승하는 말을 의미한다. '다크'라는 수식어가 붙은 이유는 말에 대한 정보, 말의 능력치가 공개되지 않아서 도박사들이 선전을 예측하지 못하기 때문이다. 능력이 충분히 공개되었다면 그 말의 승리가 그토록 놀라움을 선사하지 않을 것이다. 이렇듯 다크호스가 챔피언을 잡는 일은 전쟁사에서도 종종 벌어진다.

가장 대표적인 사례로 로마제국을 쇠락의 길로 이끈 전투를 들 수 있다. 역사가들은 로마제국이 지도자들의 타락과 수많은 내전으로 서서히 멸망의 수순을 밟았다고 말한다. 여기에 더해 주목할 것이 하나 있다. 바로 로마제국의 킬러이자 다크호스였던 게르만족의 활약상이다. 게르만족의 일부인 고트족과 로마제국이 벌인 아드리아노플전투는 세계사를 뒤흔든 전투라고 할 수 있다.

로마사의 충격적인 사건

시금으로부터 1천 600여 년 전, 고대 유럽으로 시간을 거슬러 올라가 보자. 로마제국의 국경 밖에는 로마인들이 '야만인'이라고 부르는 집단이 살고 있었다. 그중 북쪽에 거주하는 이들을 게르만족이라고 불렀는데, 고트족, 반달족, 바이킹족 등이 그들이다. 다뉴브강 근처에 살고 있었던 고트족은 동쪽에서 무섭게 치고 오는 훈족에게 패해서 강력한 부족들이 와해되었다. 결국 자신들의 고향을 포기하고 다뉴브강을 건너 로마제국에 보호를 요청했으나 로마의 발렌스 황제Valens, 328?~378와 총독들은 호의적이지 않았다. 그제야 고트족은 땅과 힘을 잃은 자에게는 자비도 허용되지 않는다는 사실을 깨달았다. 고트족이 반란을 일으키자 발렌스 황제가 직접 군단을 이끌 준비를 했다.

발렌스는 뛰어난 지휘관은 아니었지만 로마군은 전투 경험이 풍부했고 전투로 다져진 사령관들을 거느리고 있었다. 발렌스가 보기에 고트족은 반半난민 집단이고 식량 부족으로 고통받고 있었다. 고트족 기병들이 식량을 구하기 위해 본진을 비웠다는 첩보를 획득한 발렌스 황제는 이 기회에 고트족 본진을 쓸어버리기로 했다. 사실은 황제보다 장군들이 더 열정적이었고 자신에 차 있었다.

마침내 서기 378년 8월 9일, 터키 북쪽에 위치한 도시인 아드리아노플현재 지명은 '에디르네'에서 세계사에 길이 남을 전쟁이 벌어진다. 발렌스 황제가 지휘하는 로마군이 고트족을 향해 진군을 시작한 것이다.

고트족 보병은 2대로 나뉘었다. 수레로 둥글게 원진圓陣을 만들어서 물자와 노약자를 모아놓고 보병이 방어선을 쳤다. 원진의 전방에는 경보병을 배치했다. 로마는 로마의 자랑인 보병 군단을 중앙에 두고 좌우로 기병을 배치했다. 우익 기병은 보병의 공격에 가세했고 좌익 기병은 본진을 떠나 있는 고트족 기병을 찾아 저지하는 임무를 맡았다. 양측의 병력은 정확히 알려지지는 않았지만 객관적인 전력이나 제대로 무장한 병력 수에서는 로마군이 우위였다고 보고 있다. 고트족은 기병이 돌아올 때까지 어떻게든 시간을 끌려고 노력했다.

고트족의 대형은 어수선하고 동요하고 있었지만, 로마군도 공격대형이 산만해져 있었다. 즉시 빠르게 습격했더라면 고트족을 붕괴시킬 수도 있었지만 로마군도 기민하게 움직이지 못했고, 보병과 기병의 협력도 느슨했다.

그래도 전투가 시작되자 로마군이 고트족을 밀어붙였다. 고트족의 1선이 무너지고 최후 방어선인 원진 안으로 후퇴했다. 로마군은 이 기회를 효과적으로 살리지 못했다. 수레로 방벽을 쌓은 방어진은 기병이 공격하기에는 무리였음에도 우익 기병이 서둘러 공격하다가 패배해서 물러났다. 이때 고트족 기병을 찾지 못한 로마군 좌익 기병 일부가 고트족 본진 공격에 가담했다. 그들이 기병의 본분을 벗어난 이유는 약탈물에 욕심을 냈기 때문이다. 질서 정연하고 조직적인 전투는 로마 군단이 갈리아전쟁 이후 400여 년간 거두어온 승리의 원천이었다. 지형적으로 불리하지 않고, 전투 경험이 없는 부대도 아니었음에도 이날 전투에서 로마군은 자신의 장점을 완전히 상실하고 있었다.

고트족의 결사적인 방어에 막혀 공격하던 로마군의 진형이 더 어지러워졌다. 이때 갑자기 식량을 구하러 떠났던 고트족 기병이 나타났다. 그들은 자신들의 가족을 죽이고 노예로 붙잡는 로마군을 발견했다. 로마군은 먹이를 발견한 파리떼처럼 고트족 진영에 새까맣게 달라붙어 있었다. 좌익과 우익 기병이 모두 패한 상태에서 진형까지 상실한 로마 보병은 고트족 기병에겐 손쉬운 상대였다. 그렇다고 하더라도 보병이 빨리 대형을 회복하고 방어 태세로 전환했더라면 희생은 적었을지도 모른다. 하지만 로마군은 방어선을 펴기보다는 후방의 요새로 도주하는 것을 택했다. 끔찍한 학살이 벌어졌다. 로마 군단의 3분의 2가 전멸하고, 발렌스 황제와 장군들, 코호트(Cohort, 로마 군단의 군대 편성 단위로 지금의 대대에 해당한다) 지휘관들이 거의 살해되었다. 발렌스는 시신조차 발견되지 않았다.

애초에 로마군 기병이 수레로 둥글게 바리케이드를 치고 저항하는 고트족을 무모하게 공격하는 대신 로마군 보병이 그들을 요리하도록 기다렸더라면 고트족 기병의 습격을 막을 수 있었을 것이다. 고트족 기병이 패하여 도주하면 고트족 본진의 병사들도 사기가 급속도로 떨어지고 공포에 사로잡혔을 수도 있다. 그러면 로마군은 최소한 이토록 무참하게 패배하지는 않았을 것이다. 이 패배는 로마사에서 충격적인 사건이었다. 로마 군단이 갈리아나 게르마니아에서 패배, 몰살당한 사건이 처음은 아니었다. 하지만 민병대 수준으로 여겼던 고트족 난민들에게 로마 황제가 야전에서 살해되고 정예 군단이 몰살당했다. 이것이 의미하는 바는 무엇일까?

아드리아노플전투는 로마제국의 쇠락을 상징하는 사건으로 알려져 있다. 쇠약해진 로마제국은 395년 서로마제국과 동로마제국으로 나뉘게 되었다. 그리고 100년 후에 서로마제국과 수도 로마는 게르만족에게 함락되고 만다.

다크호스를 간과하는 이유

사람들은 패전의 원인으로 부에 찌든 로마의 타락, 발렌스의 무능, 군인황제시대 이후로 발생한 로마의 끊임없는 내전과 분열을 든다. 그러나 무엇보다 중요한 요인은 게르만족에 대한 로마인의 변함없는 인식이었다. 게르만족을 얕잡아보고 그들의 잠재력을 무시했다는 이야기가 아니다. 로마인들은 카이사르의 갈리아원정 때부터 게르만인의 저력에 대해 누구보다 잘 알았고 결코 방심하지 않았다.

서기 1세기 아우구스투스 황제 이래로 4세기 동안 로마군은 게르만족과 무수한 전쟁을 치렀다. 로마는 갈리아처럼 게르마니아 전체를 직접 지배하려고 하지는 않았다. 로마제국과 게르만 지역을 나누는 경계는 대체로 다뉴브강이었다. 독일 남부에서 루마니아로 흐르는 이 강은 로마 황제들이 정한 일종의 팽창 한계선이었다.

그렇기 때문에 로마인들은 강 건너 게르만족의 동향을 더욱 예의 주시했다. 호전적인 황제와 장군들은 게르만족이 로마를 위협할 만한 움직임을 보이면 기꺼이 다뉴브강을 건너 게르만족의 야망을 분쇄하고 이 지역을 혼란과 분열, 갈등의 장으로 되돌려놓곤 했다. 로마인들은 게르만족이 분열되어 서로 다투고 보복을 반복하는 모습을 보거나 그런 상태를 인위적으로 조성해야만 편히 잠들 수 있었다.

이처럼 로마인들은 게르만족에 대해 방심하지 않았지만, 방심하지 않고 있다는 사실에 안주한 것이 문제였다. 로마인들은 게르만인들이 성장하면서 제국을 정복하려는 야심을 품고, 스스로 제국을 통치할 수 있다는 자신감을 키우고 있음을 간과했다. 4세기가 되면 게르만 지역에서 이런 징조들이 분명히 나타난다. 프랑크족이 로마 경내로 들어와 심상찮은 능력과 움직임을 보였다. 다뉴브강 동쪽에는 동고트왕국과 서고트왕국이 세워졌다.

3세기 무렵부터 게르만인들은 아예 1만 명 단위로 로마군에 복무할 자원을 보냈다. 그들은 로마에게서 많은 것을 배우고 도입하고 있었다. 여기서 군대 기술을 배우는 것이나 로마의 횡포에 대한 민족적 분노와 반감보다 더 무서운 것이 '우리도 로마처럼 되고 싶다'는 욕구다. 하지만 이런 움직임은 로마인들의 눈에 불안정하고 서툴러 보였다.

후발 국가, 후발 기업을 돌아보는 사람들은 늘 이렇게 말한다. "흠 아직 멀었어", "너무 걱정하실 것 없습니다. 언론이나 사람들의 말은 과장입니다. 저희도 늘 주시하고 있습니다. 이들의 내부는 저희가 누구보다 잘 아는데, 사람들이 자꾸 겉모양만 보고 다 따라잡았다고 말합니다. 내부를 보면 아직 이런저런 부분에서 한참 뒤떨어져 있습니다".

이들은 언제나 자신과 저들의 격차만 본다. 저들의 30년 전 위치와 지금의 위치, 그들의 성장 가속도와 내부의 열정을 체크하지 않는다. 정작 주목해야 할 부분은 이것인데 말이다. 그런 부분을 주목한다고 해도 흔히 저지르는 오류가 있다. "저들은 우리보다 30년은 뒤떨어져 있습니다. 따라잡으려면 30년은 걸린다는 거죠." 이런 계산은 항상 틀린다. 왜냐하면 가속이 붙기 이전의 상태를 기준으로 측정하기 때문이다. 4월 초, 해발 1천 500미터 산 정상의 온도가 1도 상승하는 데 걸리는 시간은? 정답이 1시간이라고 하자. 그 산이 화산이고 갈라진 바위 틈으로 가스와 마그마가 새어 나오기 시작했다면? 1도 상승에 1초도 걸리지 않을 것이다.

로마인들이 게르만족의 변화와 새로운 위험을 제대로 인식했다면 상습적인 내분, 만연한 쿠데타, 상투적 리더십, 사라지는 시민정신과 안보 의식에 변화가 생겼어야 했다. 그러나 그러지 않았다. 로마는 내전으로 약해졌다. 하지만 그 이전에 성장하는 위험을 감지하지 못했기에 내전을 자제하지도 억제하지도 못했던 것이다.

챔피언의 숙명

로마가 게르만족에게 패배한 또 하나의 중요한 이유는 챔피언이 노출되어 있기 때문이다. 챔피언은 자신의 모든 것이 노출된 상태에서 도전자를 맞이해야 하는 숙명을 지고 있다. 화려한 전적을 지닌 챔피언이 무명의 도전자에게 패하면 우리는 챔피언이 "방심했다"고 말하곤 한다. 하지만 사실 대부분의 경우는 방심이 아니라 전력 노출이 제일 큰 원인이다. 챔피언은 스포트라이트 아래에 있고 도전자는 베일 속에 있다.

전투든 경쟁이든 나의 전략과 위치, 행동 방식, 장단점이 노출되는 것만큼 위험한 것은 없다. 어둠 속에 잠복한 저격수가 야시장비를 갖추고는 총성도 발사 섬광도 노출되지 않는 원거리에서 저격한다면 1 대 100의 전투라고 해도 승산이 있다.

다크호스 기업에 주목하라

노키아의 몰락과 애플의 부상

비즈니스에서도 다크호스에게 잡힌 1등 기업의 사례가 많다. 1998년부터 13년간 휴대폰 시장점유율 세계 1위였던 노키아는 애플이라는 다크호스 때문에 몰락했다. 당시에 휴대폰은 흑백에서 컬러로, 단음에서 256화음으로 음질과 화질이 점차 좋아지고 있었다. 여기에 더해 다양한 디자인으로 승부를 보는 시장이었다. 모토로라, LG 등 지금 봐도 예쁜 디자인이 많았다.

문제는 애플이 완전히 다른 전략으로 시장에 들어왔다는 것이다. 애플은 휴대폰을 넘어 손안의 컴퓨터, 스마트폰이라는 무기를 가지고 시장에 진출했다. 2007년 아이폰이 등장했을 때 다른 휴대폰 회사들은 스마트폰을 간과했다. 그러나 스마트폰은 시장에서 엄청난 호응을 받고 빠르게 퍼져나갔다. 아이폰을 접하거나 경험한 사람은 다른 휴대폰으로 돌아오지 않았다. 찰나의 순간에 노키아라는 제국이 무너졌다. 이런 변화를 눈치채고 스마트폰 시장으로 빠르게 진입한 삼성전자는 살아남았다. 갤럭시는 점차 점유율을 늘리더니 아이폰과 양강 구도를 구축할 수 있었다. 하지만 영업이익률 면에서 애플을 따라갈 수 있는 기업은 없다. 아이폰이 등장하던 2007년 5달러 정도였던 애플의 주가는 현재 30배 이상 올랐다.

자동차 시장의 새로운 챔피언

이제는 자동차 시장에서 그런 바람이 불고 있다. 판매량 기준으로 그동안의 최강자는 토요타였다. 하지만 앞으로도 토요타가 1위일지는 모르겠다. 토요타는 잃어버린 20년을 겪은 일본의 경제 상황을 잘 반영한다. 필요한 기능만 탑재해서 비용을 최대한 낮추고, 재고관리를 철저하게 해서 불필요한 낭비를 줄인다. 즉 공격형이 아닌 수비형 강자다. 그리고 토요타는 세계 하이브리드자동차 시장의 87%를 장악한 독보적인 기업이다. 다른 기업한테 알려줘도 구현하지 못할 정도로 하이브리드 기술은 가히 세계 최고다. 그래서 전기차 시장 진출이 꽤나 늦었다.

그런데 토요타가 전기차 시장에 들어가려고 보니 이미 테슬라가 선두 자리를 차지하고 있었다. 대다수는 전기차 하면 테슬라를 바로 떠올린다. 테슬라는 젊고 새로운 느낌을 주는 반면 기존의 완성차 업체는 과거 노키아 같은 이미지를 떠올리게 한다.

완성차 업체들이 전기차 시장 진출을 선언하지만 전기차의 생산 방식은 기존 내연기관의 생산 방식과 다르다. 따라서 수많은 하청 업체를 버리거나 전환시켜야 한다. 그런데 모든 하청 업체를 전기차 벤더로 전환시킬 수는 없을 것이다. 반면 전기차로 시작한 테슬라는 전기차 인력만 필요하다. 인력 전환이 필요 없는 데다 상당 부분 자동화 생산을 하고 있어 생산효율이 좋다. 그리고 빠르게 차량 생산 대수가 늘고 있어 시간이 지나면 내연기관 자동차와 전기차의 생산 대수가 역전될 것이다. 그러면 토요타는 과거의 챔피언으로 물러나고 테슬라가 새로운 챔피언으로 등장할 것이다.

주식시장에서는 경쟁자 없이 홀로 성장하는 기업이나 새롭게 등장해 무섭게 치고 올라가는 기업을 좋아한다. 그리고 2등이 1등으로 올라선다면 주가는 프리미엄을 얻게 된다. 뛰어난 투자자라면 다크호스 주식을 찾는 눈을 길러야 한다.

인플레이션

전쟁과 인플레이션

—

위기에서도 성장하는 기업

전쟁이 끝나면 어김없이 인플레이션이 찾아온다. 왜냐하면 군대의 식량, 장비, 물류 등과 관련해서 엄청난 거래가 발생하고, 산업과 경제를 재건하기 위해 국가가 시장에 엄청난 양의 돈을 풀기 때문이다. 이러한 인플레이션은 물가 인상과 더불어 국민 경제를 늪으로 빠지게 할 수 있다. 하지만 경제가 어려워져도 사람들은 기호품이나 필수소비재에 돈을 줄이지 않는다. 결국 인플레이션 상황에서도 불황 없이 돈을 잘 버는 기업들이 나온다는 것이다. 이것이 인플레이션 시대에도 투자자가 일부 기업에 주목해야 하는 이유다.

전쟁 후에는 경제 전쟁이 온다. 1차 대전 이후 독일을 덮친 초超인플레이션은 세계사의 전설이 되었다. 인플레이션이 최고조에 달했던 1923년 초 독일의 화폐단위인 마르크의 환율은 1달러에 1만 8천 마르크였다. 이것도 이미 심각한 상태인데, 8월 말에는 460만 마르크, 11월에는 40억 마르크가 되었다.

이것은 정말 특수한 사례이고, 인류는 이후 이런 인플레이션을 경험하지 못했다. 하지만 이런 인플레이션이 다시 발생하지 않는다는 보장은 없다. 오히려 인플레이션을 발생시키는 요인은 우리 세대에도 상존한다. 너무나 빠르게 변하고 너무나 깊숙이 연결되는 세계정세 탓에 우리의 짧은 생에서 무슨 일이 발생해도 이상하지 않은 시대에 살고 있는 것이다.

역사적으로 보면 전쟁은 종전 후에 인플레이션을 유발한다. 그 이유와 양상은 시대와 지역에 따라 다양하다.

로마 시대의 인플레이션

로마도 지중해와 갈리아를 정복하고 팍스로마나의 번성 시대를 열자 급격한 인플레이션이 발생했다. 제국이 넓어지면서 로마로 부가 쏟아져 들어왔다. 새로운 산물, 새로운 상권과 이익, 노예 등 부가 증가하자 황제와 부자들의 욕망도 폭발했다. 또한 제국이 확장되자 군대의 유지 비용도 늘었다. 과거에는 정복 전쟁이 주는 이득, 이를테면 약탈물, 노예 등으로 군인의 낮은 보수를 상쇄할 수 있었다. 그러나 평화가 지속되자 그런 수익을 기대할 수 없게 된 군인들이 봉급 인상을 요구했다.

황제의 사치욕과 군사 재정을 감당하기 위해선 재정 확대가 필요했다. 황제들은 아주 쉬운 방법을 찾았다. 바로 은화의 은 함량을 줄이는 것이었다. 이를테면 100원의 은화를 주조할 땐 100원 분량의 은을 사용해야 하는데 은의 양을 줄임으로써 실질가치와 명목가치에 괴리가 발생했다. 사용자들이 이걸 눈치채면서 화폐가치가 떨어지고 물건 가격이 상승했다. 이것 외에도 좀 더 복잡하고 어려운 이유가 있지만, 전쟁과 인플레이션의 사례를 이해하기에는 이 정도로 충분하다고 생각한다.

조선 시대의 경우

중국이나 조선의 경우 전쟁이 터지면 곡물 징발이 늘어난다. 병사들도 먹여야 하지만, 이때는 조세를 곡물로 받고, 곡물이 화폐 대용으로 많이 사용되는 시대이므로 군수물자 등 온갖 비용을 조달하기 위해서 곡물 징발이 늘어난다.

반면 전쟁으로 장정들이 징발되어 농사일을 할 노동력은 부족해진다. 침략을 당한 경우에는 전쟁으로 경작을 포기하게 되어 식량 생산이 줄어든다. 식량이 부족해지고 그에 따라 곡물 가격이 오른다. 곡물 가격이 오르면 다른 물가도 덩달아 오른다. 조선 시대에는 상품화폐경제가 덜 발달하다 보니 이런 현상을 인플레이션이라기보다는 조세 증가로 받아들이게 된다. 나라에서 세금을 늘리니 모든 물가가 오르고 삶은 궁핍해지는 것이다. 조선 정부는 전시에 재정 확대라는 문제에 어떻게 대응할까? 시장경제, 화폐경제가 발달하지 않았기 때문에 근대국가들처럼 화폐 발행이란 수단으로 메울 수가 없다. 이상적인 방법은 이런 비상사태를 대비해서 정부가 준비해둔 비축미를 풀거나, 증세 없이 그 비축분을 군량과 전쟁 비용으로 충당하는 것이다.

청동기시대, 초기 철기시대의 국가 경영서인《예기禮記》'왕제王制' 편에 이런 말이 있다. "나라에는 9년의 저축이 있어야 한다." 3년 조세를 걷으면 1년 정도는 비상시국에 경영할 수 있는 재정을 저축해야 한다는 말이다. 그러니까 적정 조세액은 1년 치 재정의 133% 정도가 되겠다. 수입의 75%는 사용하고 25% 정도는 저축한다. 이렇게 9년을 저축하면 3년 치 재정이 축적된다는 계산이다. 그래서 중국과 조선의 관료들은 재정이나 조세 문제를 거론할 때마다 "나라에 3년의 저축이 없으면 나라가 아니다"라는 말을 자주 했다.

아주 훌륭한 말 같지만 이상론일 뿐이다. 가능했으리라 믿는 분도 많지만, 한국과 중국의 왕조에서 3년 치 국가재정에 해당하는 식량을 비축한 경우는 없었다(《구약성서》를 보면 이집트에서 요셉이 7년 치 식량을 비축했다는 이야기가 있기는 하다).

결국 해결 방법은 증세다. 정부는 군량을 조달하기 위해서 곡물을 더 징발한다. 경작 포기 지역, 재해 지역을 감안하고 난민, 빈민을 구제하려면 곡물이 더 필요하다. 또한 전장에서 전사하거나 늘어난 세금에 도망친 백성들 때문에 세금 낼 사람이 크게 줄어드니 남아 있는 백성에게 세금을 더 물린다. 백성 대다수는 가계에 식량 비중, 그러니까 엥겔지수생계비 가운데 음식비가 차지하는 비율가 대단히 높고, 시장에서 구입하는 물품보다는 자급자족으로 조달하는 물품의 비중이 크게 높다. 따라서 백성들에겐 낯선 인플레이션이란 개념보다는 가혹해진 조세가 각인된다. 이는 정치에 대한 불만을 낳는다. 백성은 이런 상황을 경제 부서의 무능력 때문이라기보다는 지배층, 권력자의 탐욕과 권력남용 때문이라고 이해한다. 이 상태가 심해지면 민란이나 반란이 발생한다. 전쟁, 특히 타국의 침략으로 인한 전쟁은 국민의 애국심을 고취시키고 국민을 일시적으로 단합시키지만, 전후의 인플레이션은 반란을 초래한다.

이런 인플레이션은 현대 세계와는 너무 동떨어진 사례처럼 느껴지지만 절대 그렇지 않다. 러시아-우크라이나 전쟁은 세계 식량 시장을 뒤흔들어놓았다. 세계 3~4위의 곡물 수출국인 러시아와 우크라이나의 곡물이 전쟁과 경제제재로 풀리지 않게 되었으니 말이다.

국제사회의 우려 속에서 다행히 우크라이나, 러시아, 유엔, 튀르키예의 4자 간 합의로 우크라이나의 흑해 항로가 열리면서 곡물 수출이 재개되었다. 개전 후 역대 최고치까지 솟아오른 세계식량가격지수는 하락했다. 만약 이런 조치가 취해지지 않았다면 곡물가 폭등이 이어지고, 이로 인한 인플레이션, 급격한 사회, 정치적 격변이 지구촌을 휩쓸 수도 있었다. 물론 향후에 어떤 일이 벌어질지는 아무도 모를 일이다.

1차 대전과 금본위제

마지막으로 20세기의 세계대전과 인플레이션에 대해 살펴보자. 1차 대전이 끝나자 나라마다 인플레이션이 발생했다. 각국에서 10대부터 50대 국민까지 가용한 인력을 다 끌어다 전쟁터에 투입했으니 군대의 식량, 장비, 탄약, 물류 등과 관련해서 엄청난 비용이 발생했다. 게다가 전후에는 산업과 경제를 재건해야 했고, 참전 용사에 대한 보상금과 부상병, 전사자, 유가족에 대한 복지비용까지 국가재정으로 감당해야 했다.

전시에는 당장 급하니까 정부가 화폐를 찍어서 배포한다. 당연히 통화량이 과도해진다. 1차 대전 이전까지만 해도 각국은 금본위제금의 일정량의 가치를 기준으로 단위 화폐의 가치를 재는 화폐 제도를 사용했다. 중앙은행에 금을 보존하고 그 금의 가격만큼 화폐를 발행하는 것이다. 그러나 교전국마다 화폐를 찍어 위기를 극복하다 보니 화폐가 너무 많이 발행되어서 더 이상 금본위제를 유지할 수 없게 되었다. 결국 1차 대전 후에 세계는 금본위제를 포기한다. 금본위제의 폐지는 현대전과 전후의 인플레이션이라는 악순환의 구조를 보여주는 대표적인 사례다.

2022년에는 3년 이상 지속된 전 세계적인 팬데믹에 러시아-우크라이나 전쟁까지 겹치면서 세계경제가 말 그대로 퍼펙트스톰심각한 세계경제의 위기를 일컫는 용어을 만났다. 벌써 1920년대에 세계를 휩쓸었던 대공황을 걱정하는 사람들도 있다. 만에 하나, 이 상황에서 중국과 대만의 전쟁까지 발발한다면 세계는 핵폭탄 이전에 경제 파탄으로 나락을 경험하게 될지도 모른다.

러시아-우크라이나 전쟁은 로마식, 조선과 중국식, 20세기식 인플레이션을 동시다발적으로 지구촌에 풀어놓을 가능성이 있다. 상상하지 못했던 사태이고 어떤 석학도 쉬운 대답을 내놓기 힘들다. 나라마다 해결책을 내놓더라도 전 지구가 합병증 증세라 국가별로, 지역별로 또 다른 문제와 갈등이 야기될 소지가 크다.

다 같은 인플레이션이 아니다

'나쁜' 인플레이션이 끼치는 영향

대체로 인플레이션은 주식시장에서 호재로 받아들여진다. 물가가 서서히 오르면 소비자는 나중보다 지금 사는 것이 싸기에 앞당겨서 소비를 하기 때문이다. 그러면 기업은 이익이 늘고 투자를 늘린다. 뒤이어 일자리가 늘고 임금이 오르면서 소비력도 더 늘어난다. 이것이 인플레이션이 세계경제에 끼치는 긍정적인 역할이고 실제로 과거 수십 년간 지속된 인플레이션이 이런 영향을 끼쳤다.

하지만 지금은 물가가 급격하게 오르는 '나쁜' 인플레이션이다. 물가가 빨리 오르면 소비자가 앞당겨서 물건을 사는 게 아니라 아예 구입을 포기한다. 이를테면 올해 시멘트, 철근 등 건설자재 가격이 치솟자 건설사들은 지방에 아파트 짓기를 포기했다. 가격이 급등하는 상황이 오래 지속되지 않고 일시적이라고 보는 것이다. 그래서 내년에 건설자재 가격이 제자리를 되찾으면 그때 짓자고 판단한다. 그러니 평년이었다면 써야 했던 소비조차도 움츠러들면서 경기침체가 찾아온다.

인플레이션이 장기화할 때의 문제점

현재 상황을 정리해보자. 2008년 글로벌 금융위기에서 탈출하기 위해 미국은 엄청난 돈을 풀었고, 이를 2015년 말부터 걷어 들이기 시작했다. 2018년 미국과 중국의 무역 분쟁이 발생하면서 경제가 침체되자 다시 금리를 내렸다. 이 상황에서 2020년 코로나 사태가 터졌고 기존의 유동성을 회수하지도 못한 상태에서 돈을 더 풀어야만 했다. 유동성이 만든 경기는 진통제를 맞은 선수처럼 정상으로 돌아온 듯한 모습을 보여줬으나 진통제의 효과가 빠지기 시작하자 문제를 드러냈다. 이미 2021년부터 물가가 치솟기 시작했고, 연방준비제도는 금리를 인상하고 유동성을 회수하기로 결정했다.

2022년이 되자 러시아는 우크라이나를 침공하고 세계의 곡창지대에서 각지로 곡물 공급이 중단됐다. 친환경 정책으로 정유 업계에서 생산을 빠르게 늘리지 못하자 유가도 치솟았다. 코로나 이후 유동성으로 인해 버블이 생기자 건설 경기가 살아나면서 철광석, 목재 같은 원자재를 중국이 블랙홀처럼 빨아들였다. 그로 인해 원자재 가격도 치솟았다.

코로나가 끝나지 않아서 항구 노동자, 물류 운송 노동자 부족이 발생했고 공급난으로 제품 가격이 크게 올랐다. 여기에 코로나 이후 2년간 라니냐가 발생해 남태평양 우측 바다 온도가 낮아지고 이상기후가 나타나면서 남미, 북미, 호주 등의 곡물 작황도 크게 나빠졌다. 홍수가 나서 철광석 생산이 중단된 곳들도 발생했다.

안 좋은 일들이 한 번에 쏟아지면서 2021년 가장 좋았던 증시 분위기는 이내 찬물을 맞은 것처럼 다음 해부터 크게 하락하기 시작했다. 인플레이션 상황을 하나씩 살펴보면 장기적인 문제들은 아니다. 전쟁도 언젠가는 끝나고, 라니냐도 끝나고, 유가 생산도 정책에 따라 늘릴 수 있다. 그러면 물가는 잡히고 금리도 지금처럼 과하게 인상하지 않아도 된다.

하지만 이 문제들이 장기화하면 물가는 이전 수준을 회복할 수 없을 것이다. 한 단계 가격 상승을 하면 그 밑으로 내려가기는 어렵다. 그럼 임금도 오르고 자산 가격도 오르는 레벨업 현상이 벌어진다. 당장은 자산 가격이 하락하는 것처럼 보이겠지만 결국 자산가만 유리하고 서민들은 더 가난해진다. 인플레이션이든 하이퍼인플레이션이든 결국 자산을 보유하는 것이 낫다. 대출이자는 살인적으로 치솟을 수 있기 때문에 빚내서 투자는 하지 않는 것이 좋다.

어떤 기업에 투자해야 할까?

인플레이션에서 가장 유리한 투자는 가격 전가를 당하지 않는 업종에 투자하는 것이다. 기업의 경우 판매 가격에서 재료 가격을 빼면 마진이 발생하는데, 재료의 가격이 크게 오르면 판매 가격을 같이 올려야 한다. 하지만 상황에 따라 그렇게 할 수 없는 기업들도 있다. 재료 가격은 오르는데 판매 가격을 올리지 못하면 기업의 이익은 급격히 나빠지고 주가는 하락한다. 반면 재료비 상승 부담이 없는 1차 산업을 하고 있거나 재료비가 오른 만큼 고객에게 가격 부담을 넘길 수 있는 사업을 한다면 인플레이션에서 살아남을 수 있다. 대표적 예로 곡물업을 들 수 있다. 곡물은 땅에 비료와 물만 주면 자란다. 가격 인상으로 곡물업에 영향을 주는 것은 비료와 농기계 가격 정도다. 이처럼 재료비 증가가 크지 않기 때문에 곡물 가격이 오른다면 마진도 상승하는 것이다.

철광석, 리튬, 니켈, 목재, 시멘트 같은 원자재를 파는 업계도 인플레이션의 수혜를 받는다. 원자재는 가격 인상의 영향을 받기보다는 주로 가격이 인상되는 편이기 때문이다. 워런 버핏은 이런 일을 예상이라도 했다는 듯이 2020년 여름에 일본 주요 상사들의 주식을 사들였다. 이후 이 상사들은 전 세계의 자원 개발에 투자해서 이번 인플레이션으로 큰 수익을 얻었다.

반면 중간재를 만드는 업체는 원자재의 가격 인상을 받아들이고, 완성재 업체에게 중간재의 가격 인상을 요구한다. 하지만 완성재 업체의 파워가 더 세므로 완성재 업체가 가격 인상을 거부할 수도 있다. 그러면 중간재 업체는 수익이 쪼그라든다.

완성재 업체는 고객에게 가격을 전가할 수 있으면 인플레이션 비용 이상으로 가격을 올려 더 큰 수익을 얻을 수 있지만, 브랜드가 약해 그럴 수 없으면 큰 손실을 보게 된다.

예를 들어 2022년 상반기에 테슬라는 인플레이션으로 인해 가격을 네 번이나 올렸지만 고객 이탈은 크지 않았다. 사람들은 전기차를 사고 싶어 하기보다는 '테슬라'를 사고 싶어 하기 때문이다. 마찬가지로 스타벅스가 커피 가격을 300원 정도 올린다고 해도 고객 이탈이 크게 증가하지는 않는다. 반면 브랜드가 약한 커피 업체가 가격을 300원 올리면 고객 이탈이 거세진다. 즉 완성재 업체의 경우 인플레이션을 이기는 힘은 브랜드파워에서 나온다.

인플레이션으로 경제가 어려워져도 사람들은 기호품이나 필수소비재에 대한 소비를 줄이지 않는다. 그럼 인플레이션 상황에서도 불황 없이 돈을 잘 버는 기업이 나올 수 있다. 오히려 인플레이션의 수혜를 받아 더 큰 주가 상승이 일어날 수도 있는 것이다.

미래

다가올 미래를 준비하는 힘

—

실패에서 변화의 흐름을 읽어라

미래는 한순간에 오지 않는다. 미래 사회의 변화는 칼로 자르듯이 시간과 공간을 가르고 나타나지도 않는다. 변화는 물이 천에 스며들듯이 서서히 온다. 그러므로 미래를 준비한다는 것은 한순간에 과거를 버리고 신무기를 장착하는 그런 것이 아니다. 변화의 요소는 내 주변에서 이미 발견되거나 적용되고 있다. 그리고 현재의 실패에서 미래의 변화를 포착하고 적극적으로 대비해야 한다. 우리가 실패에서 배울 수만 있다면 실패는 실패가 아니라 미래의 성공을 위한 자양분이 될 것이다.

"실패는 성공의 어머니"라는 말이 있다. 실패는 우리가 어떻게 받아들이느냐에 따라서 성공의 어머니가 될 수도 있고 또 다른 실패를 낳을 수도 있다.

명장은 실수나 판단 착오가 없거나 패전이 없는 장수를 의미하지 않는다. 실패에서 배우고, 적보다 더 빨리 변화하는 리더가 바로 명장이다. 나아가 세기의 명장은 실패를 통해 개선책을 찾아내는 정도를 넘어서서 세상의 변화를 기민하게 감지한다.

그러나 전쟁사를 보면 실패에서 배우기보다는 실패에도 불구하고 똑같은 전술을 반복해서 사용하거나, 더 나쁜 선택을 하는 지휘관이 훨씬 많았다. 그래서 역사에는 명장보다 졸장이 가득하다.

스파르타군 VS 아테네군

기원전 390년, 그리스 도시국가 코린토스의 북동쪽 해안에 위치한 항구도시 레카이온에서 출발한 600명의 스파르타군 중장보병대가 코린토스를 지나 행군하고 있었다. 코린토스에는 칼리아스 3세Callias III, ?~B.C. 371가 지휘하는 아테네군 중장보병대와 이피크라테스Iphicrates, B.C. 418?~B.C. 353?가 지휘하는 펠타스트Peltast, 반달 모양의 방패로 무장한 경보병. 이하 본문에서는 '경보병'으로 서술했다 부대가 주둔하고 있었다. 스파르타군은 코린토스에 아테네군이 주둔하고 있다는 사실을 알았지만, 자신들의 전투력에 대한 높은 자존심과 자신감으로 당당하게 코린토스 옆으로 행군했다.

이피크라테스는 아테네의 중장보병대가 스파르타군의 상대가 되지 않는다는 사실을 알고 있었다. 그러나 경보병대면 어떨까? 경보병은 작은 방패와 투창으로 무장하고 그 외는 별도의 방어 장비를 착용하지 않았다. 백병전이라면 중장보병대의 상대가 되지 않는다. 하지만 적당히 거리를 두고 투창 공격을 하면 중장보병대에게 충분한 피해를 입힐 수 있을 것이다.

만약 중장보병대가 추격해오면 경보병대는 바로 후퇴하면 된다. 20킬로그램에 가까운 중무장을 한 중장보병들은 경보병대의 가벼운 발을 절대 따라잡을 수 없다. 이피크라테스는 그래도 만약의 사태에 대비해서 칼리아스의 아테네 중장보병대를 도시 성벽 가까운 곳에 대기하게 하고 경보병대를 인솔해서 스파르타군의 밀집대형부대 구성원들이 좁은 간격과 거리로 가로와 세로 줄을 맞추어 이루는 대형을 향해 돌진해 들어갔다.

스파르타군은 투구와 방패로 자신들을 방어했지만 아테네군 경보병대는 빠른 발로 방어가 두터운 정면이 아니라 측면과 후면을 노리고 창을 던졌다. 중장보병은 갑옷의 무게 때문에 정면에만 방호구를 착용할 수 있어서 측면과 뒤는 무방비 상태였다. 이피크라테스의 공격은 대단히 효과적이어서 스파르타군에 부상자가 속출했다. 전열이 와해될 정도로 큰 손실은 아니었지만 이 상태를 유지하다가는 속절없이 희생만 늘 것이 뻔했다.

이름이 알려지지 않은 스파르타의 장군은 중장보병대를 따라온 보조병들무장을 하지 않고 보통 때는 중장보병대의 장비 운송을 담당한다에게 부상자를 레카이온으로 후송하라고 명령했다. 보조병이 아테네 경보병에게 잡히지 않으려면 부상병을 들고 빠르게 뛰어야 했다. 아마도 부상병 한 명당 서너 명 이상의 보조병이 붙어서 후송했을 것이다. 부상병들이 무사히 레카이온에 도달하기 위해서는 중장보병대가 경보병대를 붙잡아두어야 했다. 스파르타 장군은 중장보병대에게 공격 명령을 내렸다. 스파르타군의 밀집대형은 연령에 따라 세 팀으로 나뉘었는데, 그중 두 번째 팀인 성년 이후 10년이 지난 30대 팀을 출동시켰다스파르타 소년들은 7세에 집단 기숙학교인 아고게에 입학해서 20세가 되면 군에 입대했다. 병역의무는 50세까지였는데, 50세 제한은 다른 폴리스들도 비슷했다.

중장보병대가 달려 나가자 백병전으로 그들을 상대할 수 없는 경보병대는 자신들의 중장보병대를 향하여 빠르게 후퇴했다. 중장보병대는 도저히 경보병을 따라잡을 수 없었다. 이 공격은 경보병대를 밀어내는 정도로 그쳐야 했다. 하지만 스파르타 병사들은 자존심에 이미 상처를 받은 데다 열세한 전황과 부상당한 동료들에 대한 복수심 때문이었는지 각자 최고 속도로 달렸다.

이 분노의 달리기로 인해 중장보병대의 대형이 완전히 흐트러졌다.

그럼에도 경보병은 한 명도 잡을 수 없었다. 게다가 그들은 아테네군 중장보병대 앞에 도달하자 대형을 이루지 않고서는 그들과 충돌할 수 없으므로 달리기를 멈출 수밖에 없었다. 할 수 없이 스타르타 병사들은 본진으로 발걸음을 돌렸다.

이피크라테스는 스파르타군이 추격을 포기하고 돌아가는 광경을 지켜보았다. 그들은 대형을 형성해서 후퇴하지 않고 뿔뿔이 흩어진 채 본대로 귀환하고 있었다. 이피크라테스의 손이 다시 앞으로 향했다. 경보병들은 창을 움켜쥐고 즉시 뛰쳐나갔다. 이피크라테스는 이런 순간을 예상하고 경보병대를 전술적으로 잘 조련해두었다. 경보병은 반드시 중장보병의 측면을 노려야 한다. 경보병이 다가오면 중장보병은 방패를 경보병을 향해 세우고 자신을 방어할 것이다. 이때 경보병이 옆으로 돌아 뛰면 중장보병은 경보병의 움직임을 따라 제자리에서 회전한다. 이렇게 싸우면 바깥쪽에서 크게 원을 그리며 달려야 하는 경보병은 상당한 체력을 소모하게 된다. 잘 훈련된 이피크라테스의 경보병대는 중장보병대를 추격하면서 바로 두 부대로 나뉘었다. 첫 번째 부대는 정면을 향해 돌진하며 창을 던지고 두 번째 부대는 측면으로 돌아가 동시에 창을 던졌다. 첫 공격에 약 10여 명의 스파르타군이 쓰러졌다.

이 광경을 목격한 스파르타 장군은 즉시 35세 이상, 즉 군 경력 15년이 넘은 베테랑 병사를 출동시켰다. 백병전에서라면 훨씬 노련한 병사들이지만 달리기에서는 앞의 병사들보다 불리하면 불리했지 나을 것이 없었다.

그들이 돌진해오자 경보병대는 유연하게 후퇴했고, 똑같은 방식으로 다시 반격했다. 이번에는 경보병대가 훨씬 능숙해졌다. 첫 교전의 승리로 자신감과 용기까지 상승해서 더 강력하고 대담한 공격을 퍼부었다.

스파르타군의 이유 있는 패배

스파르타군이 고전하고 있다는 소식이 전해지자 뒤늦게 기병대가 출동했다. 그러나 기병대도 경보병대를 압도하지 못했다.

이때의 기병은 말안장에 붙이는 발걸이인 등자가 없어서 오로지 무릎과 허벅지의 힘으로 말 등에서 버텨야 했다. 덕분에 백병전이 벌어지면 말 위에서 몸을 지탱하기가 힘들었다. 창으로 보병의 방패를 찌르면 반작용으로 기병이 말 등에서 뒤로 나가떨어졌다. 그래서 이 시기 기병들은 백병전용 창보단 투창을 선호했다. 하지만 두 다리를 땅에 붙이고 있는 경보병들과 투창 싸움을 벌이면 기병이 불리했다. 등자가 없기 때문에 이리저리 뛰어다니는 경보병을 따라 급격하게 회전하거나 기동하다 보면 말 위에서 중심을 잡기가 힘들어서 투창 공격이 쉽지 않았던 것이다.

아테네 경보병대는 기병대의 추격에도 중장보병대의 추격과 똑같은 전술로 대응했다. 그나마 기병대가 일진일퇴의 공방전을 벌인 덕분에 중장보병대가 바닷가에 가까운 작은 야산으로 올라가 방어진을 펼

수 있었다.

야산에 진을 치자 경보병대도 그들을 습격할 수 없었다. 그러나 고립된 상태로 얼마나 버틸 수 있을까? 스파르타인들은 이들을 구하기 위해 작은 보트를 보냈다. 보트가 해안에 도착하자 야산의 병사들은 결사적으로 도주하기 시작했다. 이 전투에 참전한 아테네 보병들은 전투에서 죽을지언정 절대 등을 보이지 않는다는 전설적인 스파르타 중장보병들이 무참하게 도주하는 광경을 볼 수 있었다. 이날 전투에서 스파르타군은 250명이 전사했다.

이날 전투에는 몇 가지 의문이 있다. 먼저 중장보병대가 투창 공격을 하는 펠타스트 경보병대에게 패배한 전투가 이번이 처음은 아니었다. 펠로폰네소스전쟁 초기였던 기원전 452년에 스팍테리아섬에서 스파르타군은 아테네 경보병대와 궁수 부대에게 똑같은 방법으로 당했다. 이후 펠로폰네소스전쟁은 역전에 역전을 거듭하면서 전장이 계속 확장되었고 전술에도 변화가 일었다.

레카이온전투 때 스파르타의 왕은 아게실라오스 2세Agesilaos, B.C. 444~B.C. 360였다. 페르시아 정복까지 꿈꾸던 야심가였던 그는 대단히 보수적이던 그리스 군대를 개혁해서 기병 전술을 적극적으로 수용했다. 그럼에도 경보병대를 개혁하는 데는 별로 관심을 갖지 않았다. 그래도 경보병의 위험에는 대비해야 했는데, 스파르타 지휘관은 기병을 뒤에 두고 그들의 엄호 없이 중장보병대만으로 코린토스 옆을 행군하는 만용을 보였다.

레카이온전투는 작은 규모의 우발적인 전투였지만, 스파르타인들이 막강한 전투력과 남다른 전사의 기질을 지니고도 왜 펠로폰네소스전쟁의 승자가 되지 못했는지를 정확히 보여준다.

한마디로 미래 예측의 실패가 원인이었다. 그리스-페르시아전쟁B.C. 492~B.C. 448은 그리스와 페르시아가 맞붙은 국제 전쟁이고 그 후에 벌어진 펠로폰네소스전쟁은 아테네와 스파르타가 그리스의 패권을 노리고 벌인 전쟁이라고들 한다. 그런데 바로 이 말이 공간적인 개념의 오해를 초래한다. 펠로폰네소스전쟁은 그리스인만의 내전이 아니다. 이미 그리스와 소아시아는 경제적으로 얽혀 있었고, 페르시아는 이 내전에도 깊이 관여하고 있었다. 사실상 그리스-페르시아전쟁의 2탄이었던 셈이다. 이것은 이미 그리스인들이 과거의 폴리스 체제로 살아갈 수 없는 시대가 되었음을 의미한다. 역사는 그리스의 통일 왕국을 요구하고 있었고 이 통일 왕국조차도 에게해와 소아시아 지역, 페르시아 제국과 영토 전쟁을 벌일 수밖에 없는 운명이었다. 그런데 그리스의 전통적인 중장보병대는 그리스 땅에서 폴리스라는 정치 단위가 서로 싸우는 것을 전제로 시민들만이 참여하는 군대였다.

폴리스 간의 전쟁은 전투 규모도 작은 데다 한쪽을 완전히 정복하거나 도시를 말살하려는 전쟁도 아니었다. 어찌 보면 작은 이권을 둘러싼 승부 결정전의 성격이 짙었다. 또한 전사들이 거의 시민으로 채워져서 폴리스 시민 간의 룰 같은 것이 있었다. 따라서 전투병과도 중장보병이 중심이 되고 다른 계층이 참여하는 투창병이나 보조병 등은 별로 활용하지 않았다. 전투 방식, 대결 장소, 지형, 전술, 무장 등이 시민층과 도시의 승부라는 기준에 맞춰져 있었으므로 다양한 전술, 지형, 병종을 활용한 복잡한 전투로 발전하지 않았다. 즉 이때는 그리스 폴리스만의 특수한 상황에서 싸우기에 중장보병대가 무적이고 최강이었던 것이다. 그런데 펠로폰네소스전쟁에서는 전쟁의 목적, 규모, 상대, 전장이 바뀌었다.

다양한 지형에서 대규모 군대를 운용하려면 기병, 경보병, 궁병 등 다양한 병종이 필요하다. 전투에서 그들의 역량과 중요성도 상황에 따라 달라진다. 레카이온전투처럼 경보병이 중장보병을 압도할 수도 있다.

국제적으로 변화한 상황에서는 다양한 병종과 전술을 장착해야 하고, 이전과는 비교할 수 없는 많은 병력이 필요하다. 그러니 협소한 시민층에서 조달하는 중장보병대 중심의 전술 체제도 바꿔야 했다. 무엇보다도 폴리스 내부에서 중장보병대가 지닌 특권과 자존심, 거기에 더해 경보병에 대한 멸시도 버려야 한다.

그런데 스파르타는 그러지 못했다. 아게실라오스가 겨우 기병을 도입한 것은 페르시아 평원에서 싸우기 위해서는 기병이 필요하다는 전술적 자각 때문이기도 하지만, 상당한 비용이 드는 기병은 사회 신분적으로도 중장보병과 대등한 계층에서 배출됐기 때문이었다. 하지만 그 이하의 계층에 대해서 자신들의 사회적 지위를 양도하고, 자신들의 특권의 문을 개방할 마음은 없었다. 전투에서 여러 병종의 역할이 증가하면 그들도 참전과 전투의 대가로 시민층과 동등한 권리, 즉 참정권을 비롯한 여러 특권을 요구할 것이기 때문이었다.

미래는 서서히 온다

스파르타군은 펠로폰네소스전쟁 초기에 아테네군의 경보병대와 궁수부대에게 패배했다면 이 패배에서 근미래의 전쟁 전술의 변화를 포착하고 대비했어야 했다. 그러나 스파르타군은 앞날을 대비할 태세를 갖추지 못했고, 그리스 간의 전쟁을 넘어선 국제적 전쟁 또한 적극적으로 상상하지 못했다.

아테네의 이피크라테스는 전술적으로 경보병대를 중장보병대와 동격의 수준으로 끌어올리고 적극적으로 활용했다는 점에서 선구적이었다. 확실히 그는 스파르타인보다는 다가올 미래를 정확히 보았다. 그러나 아테네인들도 그 이상은 허용하지 않았다. 용병이나 하급신분에서 충당하는 경보병에게 고귀한 시민 보병대(중장보병대)를 직접 공격하고 때려잡을 수 있는 역할을 허용한 정도가 최대치였다. 알고 보면 이것도 미래를 제대로 예측한 것이었다기보다는 중장보병으로는 도무지 스파르타를 이길 수 없어 궁여지책으로 양보한 수준에 불과했다.

결국 이 모든 변화를 정확히 인지해서 다양한 병종을 수용하고, 병종 간의 신분적 틀을 없애고, 그들 간의 유기적인 협력 전술을 창안한 나라는 그리스 밖에 있던 필리포스 2세Philippos II, B.C. 382~B.C. 336의 마케도니아였다. 그의 아들인 알렉산드로스대왕의 페르시아 정복은 이런 변화의 결과였던 것이다.

미래는 한순간에 오지 않는다. 미래 사회의 변화는 칼로 자르듯이 시간과 공간을 가르고 나타나지도 않는다. 변화는 물이 천에 스며들듯이 서서히 온다. 그러므로 전술적 의미에서 미래 예측이란 한순간에 과거를 버리고 신무기를 장착하는 그런 것이 아니다. 변화의 요소는 내 주변에서 이미 발견되거나 적용되고 있다. 그리고 현재의 실패에서 미래의 변화를 포착하고 적극적으로 대비해야 한다. 우리가 실패에서 배울 수만 있다면 실패는 실패에 머물지 않고 미래의 성공을 위한 자양분이 될 것이다.

실패에서 배운다

투자자가 피해야 할 실수들

나는 20세에 주식과 부동산 투자를 시작했고 35세에 경제적 자유를 이뤘다. 투자를 일찍 하다 보니 남보다 실패를 많이 맛봤다. 투자 실패는 기본이고 주식을 잘못 사서 7년 동안 마음고생 하며 가지고 있기도 했다. CEO를 너무 믿었다가 뒤통수를 맞기도 했으며, 기업의 미래를 장밋빛으로 봤다가 그 기업이 무너지는 것을 경험하기도 했다. 물론 이런 실패의 경험을 밑바당으로 지금의 경제적 자유를 이뤘지만, 이 책을 읽는 투자자분들은 하지 않으셨으면 하는 실수에 대해 이야기해 보려고 한다.

고집을 버려라

투자자들이 실수를 하는 가장 큰 이유는 고집이라고 생각한다. 주가는 여러 요소들로 인해 오른다. 하지만 결국에는 그 주식을 사고 싶어 하는 사람이 늘어나는 것이 가장 좋다.

기업에 매력적인 요소가 있어도 사람들이 이를 모르거나 관심을 주지 않으면 주가는 오르지 않는다. 그런데 일부 투자자들은 자신이 A라는 기업을 좋아하니 그 기업의 주가가 더 올라야 한다고 생각한다. 나아가 돈과 시간을 들여 A에 대해 열심히 연구한다. 여기서 문제가 발생한다. 공을 들인 만큼 A를 더 좋아하게 되어 A에 대한 다른 투자자들의 반응을 간과하는 것이다.

A의 미래가 불투명해진다면 얼마든지 팔고 떠날 수 있어야 한다. 또한 A보다 더 좋은 기업이 있다면 그곳에 투자해야 한다. 그런데 자신이 그동안 쏟은 노력이 아깝고 A에 몰입해 있어서 팔지 못한다면 나중

에 더 큰 손해를 볼 수도 있다. 투자자로서 냉정하게 판단해야 할 때는 고집을 버릴 수 있어야 한다.

선제 투자하라

두 번째로, 많은 투자자가 변화에 빠르게 대응하지 못하고 확실한 투자가 될 때까지 기다리는 우를 범한다. 일명 '돈 냄새'를 잘 맡는 투자자는 변화를 재빨리 읽고 남보다 먼저 투자한다. 그렇기에 가격이 별로 오르지 않은 시점에 주식을 살 수 있다. 반면 변화를 늦게 읽는 사람은 남들이 다 투자하고 수익을 내는 것을 눈으로 확인한 다음에야 안전하다며 투자한다. 흐름을 정확히 확인하고 투자를 하는 것도 중요하지만, 투자 성공이 확실한 일이 될수록 기대수익은 급감한다. 남보다 먼저 확신을 갖고 투자하는 용기가 중요하지, 남들이 내게 주는 확신을 믿고 투자하는 우를 범해서는 안 된다.

투자의 흐름은 경제 뉴스가 아닌 다른 곳에서도 확인할 수 있다. 과학 뉴스를 보며 기후 관련 주식에 투자할 수도 있고, 신문 국제면을 살펴보면서 그와 관련된 기업에 투자할 수도 있다. 세상의 다양한 소식을 접하고 빠르게 변화를 파악해서 이를 투자로 연결하는 유연한 사고를 갖춰야 성공적인 투자를 할 수 있다.

투자에는 공식이 없다. 어떤 때는 A라는 방법으로 돈을 벌 수 있지만 어떤 때는 이 방법이 먹히지 않는다. A, B, C라는 변수가 같아도 D

라는 변수가 과거와 다르면 정반대의 결과가 나오기도 하는 것이 투자다. 그래서 이렇게 하면 돈을 번다, 저렇게 하면 돈을 번다는 말에 현혹되지 말고 스스로 생각하는 힘을 기르는 것이 가장 좋다.

고민하고, 선택하고, 용기 내어 실천하는 과정을 우리는 경험이라고 한다. 그 경험이 쌓이다 보면 올바른 투자의 길을 갈 수 있게 된다. 이 책을 읽는 투자자들이 욕심과 공포를 다루는 것의 중요성을 느끼고 앞으로 투자의 길에서 발생할 실수들을 하나라도 줄여 성공 투자의 길을 걷길 바란다.

주식 생존의 법칙

세계 전쟁사에서 배우는 20가지 생존 투자전략

초판 1쇄 인쇄 2022년 10월 7일
초판 1쇄 발행 2022년 10월 17일

지은이 | 임용한, 전인구

발행인 | 박재호

주간 | 김선경
편집팀 | 강혜진, 이복규
마케팅팀 | 김용범, 권유정
총무팀 | 김명숙

디자인 | 이석운
종이 | 세종페이퍼
인쇄·제본 | 한영문화사

발행처 | 생각정원
출판신고 | 제25100-2016-000043호
주소 | 서울시 마포구 양화로 156(동교동) LG 팰리스 814호
전화 | 02-334-7932 팩스 | 02-334-7933
전자우편 | 3347932@gmail.com

ISBN 979-11-91360-47-9 (03320)

청소년을 위한

토닥 토닥 명언 노트

청소년을 위한

토닥토닥 명언 노트

허시봉 지음

현직 교사가 뽑은 동양고전 따라 쓰며 마음 다스리기

슬로래빗

서 문

저는 고등학교 한문 선생님입니다. 주요 교과목 위주로 돌아가는 학교에서, 한문 수업은 점점 줄어들 수밖에 없어요. 그러다 보니 혼자서 한 학년을 다 맡아 가르치게 되었어요. 그래서 제 수업 시간은 아주 많아지게 되었답니다. 월요일은 그 중에서도 가장 힘들었어요. 월요일이라는 자체로도 힘든데 1교시부터 6교시까지 6시간을 연달아 하고 나면 지칠 대로 지쳤지요.

어느 날, 그렇게 지친 저에게 한 아이가 손가락으로 하트를 만들며 말했어요.

"선생님, 얻는 게 있으면 잃는 것도 있다고 하잖아요. 선생님은 힘들지 모르지만 저는 선생님 수업이 제일 재미있어요. 파이팅!"

그 아이의 유쾌한 말 한마디가 처음에는 조금 당황스럽기도 했지만, 힘들었던 마음이 이내 사라졌습니다. 아이들이 한문 교실에서 모두 나가고 잠시 생각에 빠졌어요.

'얻는 것이 있으면 잃는 것도 있다. 맞아, 모든 일에는 양면성이 있어. 그런데 나는 왜 수업이 많아 힘들다고만 생각했을까? 혼자서 한 학년을 다 가르친다는 것은, 내가 하고 싶은 대로 다양하게 가르칠 수 있다는 의미도 되잖아.'

교실을 나서자마자 붓펜을 이용해 동양의 명언을 쓰는 수업을 준비했습니다. 첫 시간은 서예의 기본기를 가르쳤고, 다음 시간은 화선지에 글씨를 쓰게 했어요. 가장 처음에 제시한 명언은 맹자가 말한 '불위야 비불능야(不爲也 非不能也), 하지 않는 것이지 할 수 없는 것이 아니다.' 였어요. 수업 시간에 잔잔한 영화음악이나 클래식을 틀었고, 중간중간 아이들의 신청곡도 들려줬지요. 맹자의 명언을 쓰면서 '그래, 맞아. 내가 하지 않은 거지 할 수 없는 건 아니잖아.'라고 혼잣말을 하는 친구부터, 처음 써 본 붓글씨가 신기한지 화선지를 흐뭇하게 바라보는 친구까지 너무나 다양한 반응을 보였어요. 수업 전에는 '과연 아이들이 조용히 앉아 글씨를 쓸까.' 하는 생각으로 걱정이 많았지만, 아이들은 자신의 손으로 직접 명언을 쓰는 시간을 즐거워했습니다.

사람의 몸이 건강해지려면 필요한 영양분을 제때 섭취해야 하고, 몸이 아프면 약도 먹어야 해요. 사람의 마음도 마찬가지랍니다. 어렸을 때는 분명 부모님이 이런저런 책도 읽어 주며 아이가 마음 건강히 자라기를 바랐을 텐데, 청소년이 되면 학업에 치여 마음을 잘 돌보지 않게 되지요. 학생마다 각기 다른 고민이 있고, 사춘기라는 성장통을 앓고 있는데도 그저 입시라는 틀에 맞추어 생채기를 감추고 있는 모습이 마음 아팠습니다.

저는, 이런 아이들에게 현인들이 남긴 명언이 마음에 영양분도 되고, 지친 마음을 일으켜 세워 주는 약도 될 수 있다고 생각했어요. 지금 자신이 처한 상황에 맞는 적절한 처방전을 동양 고전 속에서 찾아 주고 싶었어요. 동양 고전 속에는 옛사람들의 삶과 고뇌 어린 충고가 들어 있고, 그 말들은 시대를 불문하고 맞는 말들이니까요. 그러한 옛글들을 지금의 청소년들이 쉽게 받아들일 수 있도록 살을 덧붙여 만든 이 책이 세상에 나왔습니다.

이 책에는 명언과 고사성어를 손으로 직접 쓸 수 있는 공간도 준비되어 있어요. 아무리 좋은 글귀라도 조금만 시간이 흐르면 잊어버린답니다. 자신만의 개성 있는 글씨체로 또박또박 따라 쓰다 보면 마음도 차분해지고 그 의미도 깊이 다가올 거예요. 붓펜이 아니어도 되고, 못난 글씨라도 상관없어요. 먼저 듣고 싶은 음악을 틀어 보세요. 그다음엔 차례를 훑어보고 가장 눈에 들어오는 제목을 찾아 책을 펼치세요. 이제 동양 고전 속 명언들이 여러분의 마음을 두드릴 것입니다.

이 책이 공부에 지친 여러분에게 잔소리가 아닌 용기와 지혜를 주기를.

매일매일을 학교에서 아이들과 즐겁게 살아가는 교사 허시봉.

차 례

Ⅱ 언어편

Ⅲ 인내편

IV 공부편

V 지혜편

VI 자각편

눈으로 읽고
입으로 읊고
손으로 따라 쓰세요.

온몸으로 읽는 책은
오래도록 남습니다.

I

행동편

글귀 하나

불	위	야	비	불	능	야
不	爲	也	非	不	能	也
아닐 불	할 위	어조사 야	아닐 비	아닐 불	능할 능	어조사 야

하지 않는 것이지, 할 수 없는 것이 아니다.

_《맹자(孟子)》의 〈양혜왕(梁惠王)〉 중에서

맹자가 제나라 선왕에게 '백성을 위한 정치를 충분히 할 수 있는데도 하지 않는 것이지, 할 수 없어서 못 하는 것이 아니다.'라는 뜻으로 한 말입니다. 드라마 〈정도전〉에서 정도전이 어떤 처녀에게 글을 가르쳐 주면서 이 말을 했는데, 드라마 명대사로 손꼽혔지요. 여러분, 이제 자신을 돌아봐요. 우리는 살면서 너무나 쉽게 어떤 일을 포기해요. 하지만 곰곰이 생각해 보면 포기해 버린 그 일이 도저히 실현 불가능한 일이었나요? 아니면 충분히 가능했는데 노력하지 않은 일이었나요? 만약 지금이라도 나의 노력으로 할 수 있는 일이라면 다시 시작해도 돼요. 이제 '불위(不爲)'와 '불능(不能)'을 구별할 줄 알게 되었으니, 이전처럼 쉽게 포기하지 않을 거예요.

중고등 기초한자 어휘 쏙쏙

能
능할 능

▷ **능수(能手)** : 어떤 일에 능숙한 솜씨. 또는 그런 솜씨를 가진 사람.

▷ **능소능대(能小能大)** : ① 큰일이나 작은 일이나 임기응변으로 잘 처리해 냄. ② 남들과 사귀는 수완이 능함.

고사성어 하나

능서불택필
能書不擇筆

능할 능 글 서 아닐 불 가릴 택 붓 필

글씨를 잘 쓰는 사람은 붓을 가리지 않고, 일에 능한 사람은 도구를 탓하지 않는다.

_《당서(唐書)》의 〈구양순전(歐陽詢傳)〉 중에서

중국 당나라 때 서예의 달인으로 우세남, 저수량, 유공권, 구양순이 있었다. 어느 날, 평소 붓이나 먹이 좋지 않으면 글씨를 쓰지 않았던 저수량이 우세남에게 물었다. "나와 구양순의 글씨 중 어느 쪽이 낫소?" 우세남이 대답했다. "구양순은 종이나 붓을 가리지 않으면서도 마음대로 글씨를 쓴다고 합니다. 그대가 어찌 그보다 뛰어나겠소?" 저수량도 그의 말에 고개를 끄덕였다고 한다.

어떤 일이 잘못되었을 때, 현명한 사람은 방법을 찾지만 어리석은 사람은 핑곗거리를 찾는다고 합니다. 저도 이 말을 듣고 많이 부끄러웠어요. 온종일 투덜대고 남 탓만 하고 있는 저를 보았거든요. 그런데도 다음 날이 되면 저는 또 사람들에게 징징거리고 있어요. 현명해지는 것은 참 힘든 일인가 봅니다. 이제 일이 잘 풀리지 않을 때, 가장 먼저 자신에게 문제가 없었는지를 객관적으로 살핀 다음 일의 진행과정과 주변 상황을 꼼꼼하게 되짚어 보세요. 그리고 마지막으로 구성원들의 활동을 확인해 보세요. '반성'이란 이런 고민의 과정을 거치고 입 밖으로 나온 말이에요. 하지만 핑계는 몇 마디 말로 자신의 잘못을 없애 버리고, 있는 잘못조차 남에게 떠넘기는 무책임한 행동이랍니다.

함께 알아 둡시다!

진금부도(眞金不鍍) : 진짜 금은 도금을 하지 않는다. 황금은 도금을 하지 않아도 빛나는 것처럼 진짜 실력자는 꾸밀 필요가 없다는 말.

대하무성(大河無聲) : 큰 강은 소리 없이 흐른다.

불 위 야 비 불 능 야
不爲也 非不能也

하지 않는 것이지, 할 수 없는 것이 아니다.

능 서 불 택 필 能書不擇筆

글씨를 잘 쓰는 사람은 붓을 가리지 않고,
일에 능한 사람은 도구를 탓하지 않는다.

글귀 하나

*於 : ~에게 …을 당하다

군 자 역 물 소 인 역 어 물
君 子 役 物 小 人 役 於 物

임금 군 아들 자 부릴 역 사물 물 작을 소 사람 인 부릴 역 어조사 어* 사물 물

군자는 사물을 부리지만, 소인은 사물에게 부림을 당한다.

_《순자(荀子)》의 〈수신(修身)〉 중에서

《순자》에 나오는 말로, '뜻이 닦여지면 부귀한 사람 앞에서도 교만할 수 있고, 도의(道義)가 두터워지면 임금과 재상도 가볍게 여긴다. 내면을 살피면 바깥 사물이 가벼워지기 때문이다. 군자는 사물을 부리지만 소인은 사물에게 부림을 당한다는 말은 이를 뜻한다.'의 일부입니다. 군자는 어떤 물건이나 물질에 종속되어 자신을 내던지지 않는다고 해요. 얼핏 쉬워 보이지만 참 어려운 일이지요. 온종일 스마트폰을 손에서 놓지 못하고, 돈 때문에 약해지는 자신의 모습만 보더라도 금방 알 수 있어요. 순자가 얘기한 물(物)에는 요즘 우리가 주인처럼 모시는 스마트폰에서부터 돈까지 다 들어 있다는 것을 잊지 마세요.

중고등 기초한자 어휘 쏙쏙

物
물건 물

▷ **물질(物質)** : ① 물건의 본바탕. ② 재물. ③ 자연계의 구성 요소의 하나. ④ 감각의 원천이 되는 것.

▷ **물아일체(物我一體)** : 외물(外物)과 자아, 객관과 주관, 또는 물질계와 정신계가 어울려 하나가 됨.

고사성어 하나

금의야행 錦衣夜行

비단 금 옷 의 밤 야 갈 행

비단옷을 입고 밤길을 다니는 것처럼, 아무 보람 없는 일을 한다.

_《사기(史記)》의 〈항우본기(項羽本紀)〉 중에서

유방에 이어 진나라의 도읍 함양에 입성한 항우는 들어오자마자 갖은 횡포와 잔인한 행동을 일삼았다. 항우가 전리품을 가지고 고향으로 돌아가려 하자 책사인 범증이 극구 말렸지만, 말을 듣지 않았다. 한생이라는 신하가 함양에 도읍을 정하고 세력을 떨칠 것을 간언했지만, 이 또한 듣지 않고 혼잣말했다. "부귀해지고도 고향에 돌아가지 않는 것은 비단옷을 입고 밤길을 걷는 것과 같다. 이것을 누가 알아주겠는가?" 이 말에 한생은 그를 비웃으며 모욕했고 항우는 그를 죽였다. 훗날 항우를 피해 도망갔던 유방이 함양으로 돌아와 천하를 차지한다.

● ● ●

항우는 전리품을 자랑하고 싶은 마음 때문에 유방과의 싸움에서 이기고도 천하를 차지하지 못해요. 결국에는 사랑하는 여인 우미인도 잃고, 자신도 목숨을 잃어요. 만약 항우가 제왕다운 인품을 갖추고 선정을 베풀었다면 어땠을까 생각해 봅니다. 모두들 항우처럼 자기가 가진 것을 자랑하고 싶어 합니다. 때론 누군가 기분이 상할 것을 알면서도 일부러 하는 경우도 있어요. 그런데 자랑은 왜 하는 걸까요? 자랑하는 순간 상대보다 우월하다는 마음이 들어서일까요? 자랑은 결코 자신을 돋보이게 하지 않아요. 자만심은 커지고 시기하는 사람만 늘어날 뿐이지요. 전자제품이나 옷에 얽매이고 자랑하고 싶은 마음이 들 때면, 한갓 전리품 때문에 천하를 잃은 항우를 꼭 기억하세요.

야행피수(夜行被繡) : 수놓은 옷을 입고 밤길을 걷는다.

도로무공(徒勞無功) : 헛되이 수고만 하고 공을 들인 보람이 없다.

군 자 역 물 소 인 역 어 물

君子役物 小人役於物

군자는 사물을 부리지만, 소인은 사물에게 부림을 당한다.

금 의 야 행 錦衣夜行

비단옷을 입고 밤길을 다니는 것처럼,
아무 보람 없는 일을 한다.

글귀 하나

출 호 이 자 반 호 이 자 야
出乎爾者 反乎爾者也

나갈 출 어조사 호 너 이 사람 자 되돌릴 반 어조사 호 너 이 사람 자 어조사 야

너에게서 나온 것이 너에게로 돌아간다.

_《맹자(孟子)》의 〈양혜왕(梁惠王)〉 중에서

'경계하고 경계하라. 너에게서 나온 것이 너에게로 돌아간다.'라는 구절의 일부로, 《맹자》에 실려 있습니다. 추나라와 노나라가 전쟁을 하게 되었는데, 추나라 벼슬아치들이 많이 죽어 나가는데도 백성들은 그들을 구하지 않았어요. 전쟁에 패배한 추나라 군주가 몹시 분개하며 백성들을 어찌해야 할지 맹자에게 물었지요. 그러자 맹자는 흉년에 백성들이 굶어 죽는데도 군주의 곳간은 곡식과 재화로 가득했으니, 지금 이렇게 앙갚음한 백성을 나무라지 말라고 했어요. 우리도 이처럼 '내가 한 행동이 내게 다시 돌아온다는 것'을 잊지 말았으면 해요.

중고등 기초한자 어휘 쏙쏙

反
되돌릴 반
반대할 반

▷ **반작용(反作用)** : ① 어떤 움직임에 대하여 그것을 거스르는 반대의 움직임이 생겨남. 또는 그 움직임. ②『물리』 물체 A가 물체 B에 힘을 작용시킬 때, B가 똑같은 크기의 반대 방향의 힘을 A에 미치는 작용. 한쪽에 미치는 힘을 작용이라 할 때, 그 다른 쪽에 미치는 힘을 이른다.

▷ **전전반측(輾轉反側)** : 누워서 몸을 이리저리 뒤척이며 잠을 이루지 못함.

고사성어 하나

종 두 득 두
種 豆 得 豆

씨 **종** 콩 **두** 얻을 **득** 콩 **두**

콩을 심으면 콩이 나오는 것처럼 원인에 따라 결과가 생긴다.

_《명심보감(明心寶鑑)》의 〈천명(天命)〉 중에서

명심보감에 이르기를, 종과득과(種瓜得瓜)요 종두득두(種豆得豆)니 천망(天網)이 회회(恢恢)하여 소이불루(疎而不漏)니라. 오이를 심으면 오이를 얻고 콩을 심으면 콩을 얻으니, 하늘의 그물이 넓고 넓어서 성글되 새지 않느니라.

● ● ●

결과가 있으면 원인이 있기 마련이고, 행동을 했으면 그로 인한 결과가 찾아옵니다. 처음에는 생각과 다른 결과가 나와 화가 나고 분하기도 했을 거예요. 하지만 시간이 흘러 되돌아보면 원인이 되었던 행동들과 내가 감당해야 했던 결과들이 마치 한 몸처럼 연결되어 있었음을 알 수 있어요. 우리가 당시에 물질이나 성공과 같이 탐나는 것들에 시선이 고정되어, 다른 소중한 가치들이 오고 가는 것을 보지 못했기 때문이지요. 모든 일은 반드시 바른길로 돌아간다는 사필귀정(事必歸正)도 함께 기억해 두세요.

종과득과(種瓜得瓜) : 오이를 심으면 오이가 난다.

종맥득맥(種麥得麥) : 보리를 심으면 보리를 얻는다.

인과응보(因果應報) : 원인과 결과는 서로 물고 물린다.

출이반이(出爾反爾) : 너에게서 나온 것이 너에게로 돌아간다.

출 호 이 자 반 호 이 자 야

出乎爾者 反乎爾者也

너에게서 나온 것이 너에게로 돌아간다.

종 두 득 두 種豆得豆

콩을 심으면 콩이 나오는 것처럼
원인에 따라 결과가 생긴다.

글귀 하나

상 불 원 천 하 불 우 인
上不怨天 下不尤人

위 상 아닐 불 원망할 원 하늘 천 아래 하 아닐 불 탓할 우 사람 인

위로 하늘을 원망하지 않고, 아래로 사람을 탓하지 않는다.

_《중용(中庸)》 중에서

'윗자리에 있어서는 아랫사람을 능멸하지 않으며, 아랫자리에 있어서는 윗사람을 잡아당기지 않는다. 나를 먼저 바르게 하고 남을 탓하지 않으면, 누구에게도 원망을 사지 않는다. 위로는 하늘을 원망하지 않으며, 아래로는 사람을 탓하지 않는다.'라는 구절의 일부입니다. 자신의 잘못을 인정하는 것은 참 힘든 일이랍니다. 그래서 대부분의 사람들은 헤어짐이나 다툼이 있을 때, 자신의 허물은 감추고 남의 잘못을 들추려고 해요. 하지만 시간이 지나 보면 알게 되요. 나도 상대방 못지않게 잘못했다는 것을요. 어느 날 분노에 차서 상대의 허물을 찾고 있는 자신을 보게 된다면, 이 구절을 떠올려 보도록 해요.

중고등 기초한자 어휘 쑥쑥

上 윗상 / 하늘 상 / 임금 상

▷ **부상(浮上)** : ① 물 위로 떠오름. ② 어떤 현상이 관심의 대상이 되거나 어떤 사람이 훨씬 좋은 위치로 올라섬.

▷ **천상천하유아독존(天上天下唯我獨尊)** : 석가모니가 태어났을 때 처음으로 한 말로, 우주 가운데 자기보다 더 존귀한 이는 없다는 뜻임.

고사성어 하나

타 산 지 석
他 山 之 石

남 **타**　뫼 **산**　어조사 **지**　돌 **석**

다른 사람의 하찮은 언행도 자신의 지식과 인격을 닦는 데 도움이 된다.

_《시경(詩經)》의 〈소아(小雅)〉 중에서

타산지석(他山之石) 가이공옥(可以攻玉), 다른 산의 돌도 옥을 다듬는 데 쓸 수 있다. 돌을 소인에, 옥을 군자에 비유하여 소인의 하찮은 언행도 군자의 수양과 학덕을 쌓는 데 도움이 될 수 있음을 이르는 말이다.

옛말에 '삼인행 필유아사(三人行 必有我師)', 세 사람이 길을 걸어도 반드시 그 안에 내 스승이 있다는 말이 있습니다. 비록 세 사람은 적은 수이지만 좋은 행동을 보면 본받고, 나쁜 행동을 보면 '나는 저러지 말아야지!'라고 자신을 살필 수 있다는 뜻이지요. 지금껏 우리는 다른 사람의 잘하는 점만 배우려 노력했어요. 하지만 제 생각은 조금 달라요. 다른 사람의 잘못한 점, 인생의 오답 노트를 자신에게 비춰 보는 것도 도움이 되지 않을까요? '타산지석, 삼인행 필유아사'라는 말을 새겨 놓고, 다른 사람의 나쁜 말이나 행동을 보면 겸손하게 자신을 돌아보았으면 합니다.

함께 알아 둡시다!

반면교사(反面敎師) : 다른 사람이나 사물의 부정적인 측면에서 가르침을 얻는다.

전거복철(前車覆轍) : 앞 수레가 엎어진 바퀴 자국으로, 앞사람의 실패를 거울삼아 주의하라는 뜻이다.

복거지계(覆車之戒) : 앞의 수레가 뒤집히는 것을 보고 뒤의 수레는 미리 경계를 한다. 전거복철과 같은 뜻.

상 불 원 천 하 불 우 인

上不怨天 下不尤人

위로 하늘을 원망하지 않고, 아래로 사람을 탓하지 않는다.

타 산 지 석 他山之石

다른 사람의 하찮은 언행도

자신의 지식과 인격을 닦는 데 도움이 된다.

글귀 하나

무욕속 무견소리
無欲速 無見小利

없을 무 하고자할 욕 빠를 속 없을 무 볼 견 작을 소 이로울 리

빨리하려 하지 말고, 조그만 이익에 집착하지 마라.

_《논어(論語)》의 〈자로(子路)〉 중에서

공자가 제자인 자하에게 해 준 말로, '빨리하려 하지 말고, 조그만 이익에 집착하지 말아야 한다. 빨리하려고 하면 도달하지 못하고, 조그만 이익을 보면 큰일을 이루지 못한다.'의 일부입니다. 일을 빨리하면서도 한 치의 오차가 없기란 여간 힘든 일이 아니에요. 서두르다 보면 분명 한두 가지 빠뜨리거나 실수하기 마련인데, 그 작은 실수가 전체 일을 망치기도 한답니다. 또 큰 이익을 얻기 위해서는 약간의 손해를 감수할 줄 알아야 해요. 그러기 위해서는 과감한 결단력과 앞일을 어느 정도 예측할 수 있는 선견지명(先見之明)이 무엇보다 필요하답니다.

중고등 기초한자 어휘 쏙쏙

速 빠를 속

▷ **속공(速攻)** : 농구 · 배구 · 축구 따위의 구기 경기에서, 지체함이 없이 재빠른 동작으로 공격함. 또는 그런 공격.

▷ **속전속결(速戰速決)** : ① 싸움을 오래 끌지 아니하고 빨리 몰아쳐 이기고 짐을 결정함. ② 어떤 일을 빨리 진행하여 빨리 끝냄을 비유적으로 이르는 말.

고사성어 하나

사족 蛇足

뱀 사 발 족

하지 않아도 될 쓸데없는 일을 하다가 도리어 일을 그르친다.

_《전국책(戰國策)》의 〈제책(齊策)〉 중에서

초나라의 장군 소양이 위나라를 치고 다시 제나라를 치려 하자 제나라 대신인 진진이 소양을 찾아와 말했다. "어떤 사람이 제사를 지내고 술 한 잔을 내렸습니다. 하인들 중 뱀을 가장 먼저 땅에 그리는 사람이 먹기로 하고 모두가 뱀을 그리기 시작했습니다. 한 하인이 뱀을 다 그린 후 술잔을 잡고, '나는 뱀의 발까지 그릴 수 있다네!' 하며 뱀의 발을 그렸습니다. 그러자 다른 하인이 재빨리 뱀을 완성하고 술잔을 빼앗으며, '뱀은 본래 발이 없는데 자네는 어찌 발을 그리는가?'라고 하며 그 술을 마셨다고 합니다. 지금 장군님께서 위나라를 치고 다시 제나라를 치려 하는 것은 뱀의 발을 그리는 것과 같습니다. 자칫 제나라와의 전쟁에서 잘못되기라도 하는 날에는 장군님이 지금까지 얻었던 최고 벼슬과 명성을 모두 잃을 수도 있습니다." 이 말을 들은 소양은 그의 말이 옳다고 여겨 군대를 철수시켰다.

사람들은 일을 잘 해내고 싶은 마음에, 하지 않아도 될 일을 덧붙여 그르치는 경우가 종종 있어요. 그리고 꼭 후회한답니다. 이런 경험은 누구에게나 있어요. 왜 이런 일이 자주 일어날까요? 다른 사람의 눈을 의식한 욕심 때문 아닐까요? 그렇다면 마지막에 고치는 것은 나쁜 걸까요? 아니에요. 퇴고(推敲, 114쪽 참고)라는 고사성어처럼 마지막에 고쳐서 성공한 경우도 있답니다. 가슴에 뜨거운 열정을 품고, 냉철한 판단력을 가진다면 사족의 잘못을 저지르지 않고, 퇴고의 성공을 본받을 수 있는 사람이 될 거예요.

상상안상(牀上安牀) : 마루 위에 마루를 놓는다는 뜻으로, 하지 않아도 될 일을 하거나 필요 이상으로 쓸데없는 일을 하는 것을 말한다.

췌언(贅言) : 쓸데없는 군더더기 말.

무 욕 속 무 견 소 리

無欲速 無見小利

빨리하려 하지 말고, 조그만 이익에 집착하지 마라.

사 족 蛇足

하지 않아도 될 쓸데없는 일을 하다가
도리어 일을 그르친다.

글귀 하나

사	기	호	소	홀	화	생	호	무	망
事	起	乎	所	忽	禍	生	乎	無	妄
일 사	일어날 기	어조사 호	바 소	소홀할 홀	재앙 화	생길 생	어조사 호	없을 무	허망할 망

큰일은 소홀히 하는 데에서 일어나고,
재앙은 생각지도 않는 데에서 생겨난다.

_《고문진보(古文眞寶)》의 〈대보잠(大寶箴)〉 중에서

당나라 문신 장온고가 당 태종에게 바친 글로, '백성을 두려워하는 마음이 날로 해이해지고, 사악하고 편벽한 감정이 생겨 점차 방자해집니다. 큰일은 소홀히 하는 데에서 일어나고 재앙은 뜻하지 않는 데에서 생겨나는 것임을 어찌 알겠습니까?'의 일부예요. 사람들은 '사소하다.'라는 말을 '일이 작다.'라고 풀이해 '事(일 사)' 자를 쓴다고 생각하지만 실상 그렇지 않아요. '些(작을 사)' 자를 쓴답니다. 아주 작고 하찮은 일이라는 뜻이지요. 그런데 그거 아세요? 우리가 겪는 숱한 실패와 재난들은 대부분 이런 '사소(些少)'한 게으름이 쌓이고 쌓여 생겼다는 것을요. 이제 각자 가지고 있는 작은 게으름을 하나씩 버렸으면 해요. 그럼 우리에게 다가올 안 좋은 일들이 조금씩 멀어질 테니까요.

중고등 기초한자 어휘 쑥쑥

禍
재앙 화

▷ **화근(禍根)** : 재앙의 근원.

▷ **전화위복(轉禍爲福)** : 재앙과 화난이 바뀌어 오히려 복이 됨.

고사성어
하나

불 치 하 문
不 恥 下 問

아니 **불** 부끄러울 **치** 아래 **하** 물을 **문**

아랫사람에게 묻는 것을 부끄러워하지 않는다.

_《논어(論語)》의 〈공야장(公冶長)〉 중에서

중국 춘추시대 위나라에 공어(孔圉)라는 사람이 있었는데, 무(文)이라는 시호를 얻어서 사람들이 그를 공문자(孔文子)라고 불렀다. 어느 날, 공자의 제자인 자공이 공자에게 물었다. "공문자는 왜 시호를 문(文)이라 하였습니까?" 이에 공자는 "그는 머리가 명민하면서도 배우기를 좋아하고, 아랫사람에게 묻는 것조차 부끄러워하지 않았다. 이 때문에 문(文)이라고 한 것이다."라고 답했다.

● ● ●

무언가를 잘하려면 배워야 해요. 그런데 배운다고 모두 잘할까요? 아닙니다. 자신에게 부족한 점을 물어볼 줄 알아야겠지요. 묻지 않을 거면 모르지만 일단 물었다면 모든 의혹이 풀릴 때까지 물어보란 말이 있답니다. 여러분보다 나이는 어리지만 능력이 있는 이에게 묻는 것을 귀찮아 하거나 부끄럽게 생각하지 마세요. 이런 자세를 가져야만 자신이 하고자 하는 일에서 높은 경지에 오를 수 있거든요. 어떤 일을 처음부터 잘하는 사람은 흔치 않아요. 한 분야에 재능이 있는 사람은 다른 사람에 비해 상대적으로 빠른 것이지, 그 일을 노력 없이 이룬 것은 아니랍니다. 여러분! 재능이 없다고 슬퍼하지 마세요. 스스로를 잘 살펴보면 남보다 잘하는 일이 있을 테니까요.

함께 알아 둡시다!

공자천주(孔子穿珠) : 공자가 구슬을 꿴다는 뜻으로, 어진 사람도 남에게 배울 점이 있다는 말.

경당문노(耕當問奴) : 농사일은 머슴에게 물어야 한다는 뜻으로, 일을 행할 때는 그 분야의 전문가와 상의하여야 한다는 말.

사 기 호 소 홀 화 생 호 무 망

事起乎所忽 禍生乎無妄

큰일은 소홀히 하는 데에서 일어나고,

재앙은 생각지도 않는 데에서 생겨난다.

불 치 하 문 不恥下問

아랫사람에게 묻는 것을 부끄러워하지 않는다.

글귀 하나

적	천	리	자	삼	월	취	량
適	千	里	者	三	月	聚	糧
갈 적	일천 천	마을 리	사람 자	석 삼	달 월	모을 취	양식 량

천 리 길을 가는 사람은 석 달 동안 식량을 모아야 한다.

_《장자(莊子)》의 〈소요유(逍遙遊)〉 중에서

● ● ●

'가까운 곳으로 가는 자는 세 끼니만 있어도 배가 부르다. 하지만 '백 리 길을 가는 자는 하룻밤 걸려 곡식을 찧어야 하고, 천 리 길을 가는 자는 석 달 동안 식량을 모아야 한다.'라는 구절의 일부예요. 잠깐 근처로 소풍을 가는 사람은 몇 끼의 먹을거리만 준비하면 되지만 오랜 여정을 계획한 사람은 많은 양식을 준비해야 해요. 여러분 앞에는 어떤 여정이 기다리고 있나요? 혹시 계획을 거창하게 잡고서 하루 먹을 식량만 준비해 놓고 놀고 있지는 않나요? 준비만 하다 출발하지 못하는 것도 우습지만, 충분한 준비 없이 무작정 떠나 낭패를 보는 것도 조심해야 한답니다.

중고등 기초한자 어휘 쏙쏙

適
맞을 적
갈 적

▷ **적응(適應)** : 일정한 조건이나 환경 따위에 맞추어 응하거나 알맞게 됨. 생물이 주위 환경에 적합하도록 형태적 · 생리학적으로 변화함. 또는 그런 과정.

▷ **유유자적(悠悠自適)** : 속세를 떠나 아무 속박 없이 조용하고 편안하게 삶.

고사성어 하나

파 죽 지 세
破 竹 之 勢

깨트릴 **파** 대 **죽** 어조사 **지** 기세 **세**

대나무를 쪼개는 듯한 기세로, 세력이 강해 아무런 저항 없이 진군하는 기세.

_《진서(晉書)》의 〈두예전(杜預傳)〉 중에서

진나라의 두예가 무제의 명을 받아 오나라를 칠 때의 일이다. 어떤 장수가 강물의 범람과 전염병을 두려워하며 철군하자고 제안하자 두예가 말했다. "지금 우리 군사들의 사기는 마치 대나무를 쪼개는 맹렬한 기세와 같네. 대나무란 처음 두세 마디만 쪼개면 다음에는 칼날만 대도 저절로 쪼개지는 법, 어찌 이런 좋은 기회를 놓칠 수 있단 말인가?" 두예는 곧바로 전군을 휘몰아 오나라의 도읍인 건업으로 진격하여 오나라 왕의 항복을 받아 내고 마침내 삼국을 통일하였다.

대나무는 매우 빨리 자라는 식물 중 하나랍니다. 4~5년 만에 이십 미터 이상 자라는 종도 있으니까요. 대나무는 줄기의 속이 비어 있고 마디로 나뉘어 있어요. 마디는 단단하고 자르기 힘들지만, 마디만 자르면 나머지 줄기는 쉽게 갈라진답니다. 세상일도 이와 비슷할 때가 있어요. 힘들다고 그만두면 지금까지의 수고로움은 물거품이 되고, 나중에 다시 시작하려면 엄청난 공력이 들어요. 그러니 새로운 일을 시작하거나 상황이 힘들 때, 조금만 참고 더 힘을 주어 밀어 보세요. 대나무 쪼개지듯이 모든 것이 수월하게 풀릴 테니까요.

요원지화(燎原之火) : 무서운 기세로 타오르는 벌판의 불길로, 미처 막을 사이 없이 퍼지는 세력을 이르는 말.

구천직하(九天直下) : 하늘에서 땅을 향하여 일직선으로 떨어진다는 뜻으로 굳센 형세를 일컫는 말.

적 천 리 자 삼 월 취 량

適千里者 三月聚糧

천 리 길을 가는 사람은 석 달 동안 식량을 모아야 한다.

파 죽 지 세 破竹之勢

대나무를 쪼개는 듯한 기세로,

세력이 강해 아무런 저항 없이 진군하는 기세.

08. 자신의 공을 자랑하고 싶을 때

글귀 하나

비 감 후 야 마 부 진 야
非敢後也 馬不進也

非	敢	後	也	馬	不	進	也
아닐 비	감히 감	뒤 후	어조사 야	말 마	아닐 부	나아갈 진	어조사 야

내가 용감해서 뒤에 있는 것이 아니라 말이 나아가지 못해서이다.

_《논어(論語)》의 〈옹야(雍也)〉 중에서

● ● ●

맹지반이라는 사람은 자신의 공을 자랑하지 않았어요. 패주할 때 적군의 추격이 가장 매서운 군대 후미에 있다가, 성문 안으로 들어갈 때 이렇게 말했다고 해요. "내가 용감해서 뒤에 있는 것이 아니라, 말이 전진하지 못하여 뒤처졌을 뿐이오." 요즘은 무한 경쟁 시대예요. 그래서인지 자신이 하지 않은 공도 자기 것으로 만드는 사람이 있어요. 하지만 우리는 기억해야 해요. 맹지반처럼 목숨이 경각에 달려 있는 상황에서도 겸손한 사람이 있다는 것을요. 사람은 어디에 가치를 두고 사느냐에 따라 그 행동이 천차만별로 달리 나타난답니다.

중고등 기초한자 어휘 쏙쏙

後
뒤 후
뒤떨어질 후

▷ **낙후(落後)** : 기술이나 문화, 생활 따위의 수준이 일정한 기준에 미치지 못하고 뒤떨어짐.

▷ **사후약방문(死後藥方文)** : 죽은 뒤에 약방문(藥方文)을 쓴다는 뜻으로, 이미 때가 지난 후에 대책을 세우거나 후회해도 소용없다는 말. 약방문은 약을 짓기 위해 약의 이름과 분량을 쓴 종이를 말함.

고사성어 하나

가 인 박 명
佳 人 薄 命

아름다울 **가** 사람 **인** 엷을 **박** 목숨 **명**

아름다운 사람은 운명이 기구하거나 수명이 짧은 경우가 많다.

_ 소동파(蘇東坡)의 〈박명가인(薄命佳人)〉 중에서

중국 북송의 최고 시인으로 꼽히는 소동파가 어느 절에서 너무나 아름다운 비구니를 보고, 그 여인의 과거 모습을 상상하며 시를 지었다. 그 시에 '가인다박명(佳人多命薄), 아름다운 여인은 운명이 기구하다.'라는 문구가 나온다.

쌍협응수발말칠(雙頰凝酥髮抹漆), 두 뺨은 우윳빛, 머리는 밤하늘 빛,
안광입렴주적력(眼光入簾珠的皪), 눈빛은 그윽하게 보석처럼 빛나네.
고장백련작선의(故將白練作仙衣), 비단으로 선녀 옷 짓고,
불허홍고한천질(不許紅膏汙天質), 입술연지 바르지 않네.
오음교연대아치(吳音嬌軟帶兒癡), 애교 띤 목소리 한없이 앳되어,
무한간수총미지(無限間愁總未知), 다가올 많은 근심 아는지 모르는지.
자고가인다박명(自古佳人多命薄), 예부터 아름다운 여인 운명이 기구하니,
폐문춘진양화락(閉門春盡楊花落), 문을 닫고 봄도 가면 버들 꽃도 지겠지.

● ● ●

가인(佳人)은 뛰어난 능력과 예쁜 용모로 모두의 관심을 받아요. 하지만 그들은 그 능력과 용모만 믿다가 세상을 사는 데 중요한 부분을 자주 놓쳐요. 그리고는 일이 잘못되었을 때 자신의 아름다움을 시샘한 세상 때문이라고 한탄하죠. 자신의 고운 자태에 빠져 견고함에는 신경을 잘 쓰지 않거든요. 이제 으스대고 싶을 때 생각해요. 내 아름다움과 재능이 나를 다치게 할 수도 있음을 말이에요.

함께 알아 둡시다!

미인박명(美人薄命) : 미인은 흔히 불행하거나 병약하여 요절하는 일이 많다.
홍안박명(紅顔薄命) : 얼굴에 복숭앗빛을 띤 예쁜 여자는 팔자가 사납다.

비 감 후 야 마 부 진 야

非敢後也 馬不進也

내가 용감해서 뒤에 있는 것이 아니라 말이 나아가지 못해서이다.

가 인 박 명 佳人薄命

아름다운 사람은 운명이 기구하거나
수명이 짧은 경우가 많다.

글귀 하나

조 운 백 벽 어 재 외
朝 運 百 甓 於 齋 外

아침 조 옮길 운 일백 백 벽돌 벽 어조사 어 집 재 바깥 외

아침에 벽돌 백 개를 집 밖으로 옮긴다.

_《소학(小學)》의 〈善行(선행)〉 중에서

〈귀거래사(歸去來辭)〉로 유명한 도연명의 증조할아버지 도간과 관련된 일화가 있어요. 그는 아침에 별다른 일이 없으면 벽돌 백 개를 집 밖으로 옮겼다가, 저녁이 되면 다시 집 안으로 옮겼어요. 사람들이 그 이유를 묻자 도간이 말했어요. "내가 장차 중원을 평정하려는데 지나치게 편안하면 나중에 그 일을 감당하지 못할까 봐 그러네." 여러분은 어떠세요? 여유라는 이름으로 포장된 자신의 게으름에 안주하고 있지 않나요? 이제 우리 자신을 담금질할 때입니다.

중고등 기초한자 어휘 쑥쑥

朝
아침 조
왕조 조

▷ **조찬(朝餐)** : 손님을 초대하여 함께 먹는 아침 식사.

▷ **조문석사(朝聞夕死)** : 아침에 진리를 들어 깨우치면 저녁에 죽어도 한이 없다는 뜻으로, 사람이 참된 이치를 듣고 각성하면 당장 죽어도 한이 될 것 없으니 짧은 인생이라도 값있게 살아야 한다는 말.

고사성어 하나

용두사미
龍頭蛇尾

용 용　머리 두　뱀 사　꼬리 미

용 머리로 시작해 뱀 꼬리로 끝나는 것처럼 일이 흐지부지 끝난다.

_ 도언(道彦)의 《전등록(傳燈錄)》 중에서

진존자라는 고승이 어떤 중을 만나 대화를 하던 중에 갑자기 상대방이 "에잇!" 하고 일갈(一喝, 한 번 큰 소리로 꾸짖음)을 했다. 그리고 조금 있다 또 일갈해 마치 도승처럼 보이려 했다. 하지만 진존자는 그가 처음은 그럴듯하지만 끝이 보잘것없다는 걸 알고 이렇게 말했다. "당신은 지금 위세 좋게 '에잇! 에잇!'이라고 외치지만 그다음은 어떻게 마무리 지을 건가?" 이 말에 상대방은 할 말을 잃었다고 한다.

• • •

우리는 살면서 많은 계획을 세웁니다. 하지만 그 계획을 끝까지 밀고 나가기란 참 힘든 일이지요. 오죽하면 '마음먹은 일이 삼 일밖에 못 간다.'는 작심삼일(作心三日)이라는 말이 있겠습니까? 이처럼 처음은 그럴듯하게 시작했지만 끝이 흐지부지되는 경우를 용두사미라고 하지요. 용두사미를 글자 그대로 풀어 보면 용 머리에 뱀 꼬리예요. 만약 이런 동물을 실제로 만나면 웃음이 나올 것 같군요. 여러분은 최근에 어떤 계획을 세웠나요? 계획대로 잘 시작했겠지요? 그렇다면 이제 그 일이 용두사미가 되지 않도록 노력해 봐요.

함께 알아 둡시다!

유두무미(有頭無尾) : 머리는 있어도 꼬리가 없다는 뜻으로, 일이 흐지부지 끝나 버림을 비유하는 말.

태산명동서일필(泰山鳴動鼠一匹) : 태산이 떠나갈 듯이 요동하게 하더니 뛰어나온 것은 쥐 한 마리뿐이었다는 뜻으로, 예고만 떠들썩하고 실제는 보잘것없음을 비유해 이르는 말.

조 운 백 벽 어 재 외
朝運百甓於齋外

아침에 벽돌 백 개를 집 밖으로 옮긴다.

용 두 사 미 龍頭蛇尾

용 머리로 시작해 뱀 꼬리로 끝나는 것처럼
일이 흐지부지 끝난다.

10. 잘못된 습관을 발견했을 때

글귀 하나

주	유	질	이	영	불	리	신
走	愈	疾	而	影	不	離	身
달릴 주	더욱 유	빠를 질	접속사 이	그림자 영	아닐 불	떠날 리	몸 신

빨리 달린다고 그림자가 몸에서 떠나지 않는다.

_《장자(莊子)》의 〈어부(漁父)〉 중에서

● ● ●

'그림자가 두렵고 발자국이 싫어 그것에서 멀어지려고 뛰는 자가 있었다. 발을 빨리 들어 올릴수록 발자국은 더 많아지고, 더 빨리 달렸는데도 그림자는 몸에서 떠나지 않았다. 그는 스스로 아직 느리다 생각하여, 쉬지 않고 달리다 힘이 빠져 죽었다.'라는 구절의 일부예요. 이 글에서 발자국과 그림자는 자신의 허물을 뜻해요. 우리 자신을 돌아봐요. 누구나 자신에게 느끼는 허물이 하나쯤은 있답니다. 자신에게 허물이 있으면 고치려고 노력해야 해요. 본인이 그것을 싫어하면서도 고치지 않으면 허물은 절대로 없어지지 않아요. 혹시 여러분은 그 허물을 모른 척하거나 감추기 위해 더 큰 잘못을 저지르고 있지는 않나요?

중고등 기초한자 어휘 쑥쑥

疾
병 질
빠를 질

▷ **질풍(疾風)** : 몹시 빠르고 거세게 부는 바람.

▷ **연하고질(煙霞痼疾)** : 자연의 아름다운 경치를 사랑하는 마음이 강해 고치지 못할 병이 든 것 같음을 비유해 이르는 말.

고사성어 하나

환 골 탈 태
換 骨 奪 胎

전혀 다른 사람으로 좋게 변화하다.

바꿀 환 뼈 골 빼앗을 탈 태아 태

_ 석혜홍(釋惠洪)의 《냉재야화(冷齋夜話)》 중에서

소동파와 함께 북송을 대표하는 시인 황정견이 시를 짓는 것에 대해 이런 글을 남겼다. '시의 뜻은 무궁한데 사람의 재주는 한계가 있다. 한계가 있는 재주로 무궁한 뜻을 추구하려 한다면 도연명이나 두보라 해도 그 교묘함에 잘 이르지 못할 것이다. 그러나 그 뜻을 바꾸지 않고 새롭게 말을 만드는 것을 환골법이라 하고, 그 뜻을 엿보고 형용을 하는 것을 탈태법이라 한다.' 또한 도가(道家)에서는 영단(靈丹, 신령스러운 효험이 있는 영약)을 먹고 보통 사람의 뼈를 선골(仙骨, 신선의 골격)로 만드는 것을 환골이라고 한다.

● ● ●

옛사람들도 모든 작품을 순수하게 창작하는 것에 엄청난 고통을 느꼈어요. 그래서 그 고통을 덜기 위해 환골과 탈태라는 말을 만들어 소심한(?) 표절을 정당화했지요. 이 말을 살펴보면 선인들의 작품의 뼈대는 그대로 두고 새로운 말로 리메이크하는 것을 환골법이라고 하고, 내가 작품을 쓰는 데 좋은 내용이나 표현이 있으면 적절하게 가져다 쓰는 것을 탈태법이라고 했어요. 요즘은 몰라볼 정도로 달라졌거나, 시문이 누군가의 손을 거쳐 새롭고 아름답게 되었을 때 쓴답니다. 이제 우리도 남들이 가진 좋은 습관을 나에게 맞게 바꿔서 환골탈태해 봐요.

함께 알아 둡시다!

상전벽해(桑田碧海) : 뽕나무밭이 푸른 바다가 되었다는 뜻으로, 세상이 몰라볼 정도로 바뀐 것을 이르는 말.

능곡지변(陵谷之變) : 높은 언덕이 변하여 깊은 골짜기가 되고 깊은 골짜기가 높은 언덕으로 변한다는 뜻으로, 세상일이 극심하게 뒤바뀜을 이르는 말.

주유질이 영불리신
走愈疾而 影不離身

빨리 달린다고 그림자가 몸에서 떠나지 않는다.

환골탈태 換骨奪胎

전혀 다른 사람으로 좋게 변화하다.

글귀 하나

치인불치 반기지
治人不治 反其智

다스릴 치 사람 인 아닐 불 다스릴 치 되돌릴 반 그 기 지혜 지

사람을 다스려도 다스려지지 않거든 자신의 지혜를 돌아보라.

_《맹자(孟子)》의 〈이루(離婁)〉 중에서

• • •

'사람을 사랑해도 친해지지 않거든 그 인(仁)을 돌이켜 보고, 사람을 다스려도 다스려지지 않거든 그 지(智)를 돌이켜 보고, 사람에게 예(禮)를 다해도 답례하지 않거든 그 경(敬)을 돌이켜 보아야 한다.'의 일부예요. 지도자가 되어 흔히 하는 실수가 있어요. 아랫사람이 자신을 따르지 않는다고 우는소리를 하는 것입니다. 만약 여러분이 이와 같은 상황이라면 먼저 생각할 것이 있어요. 나는 이 일에 충분한 고민을 했는지, 나는 최선을 다해 아무런 후회가 없는지 말이죠. 이렇게 자신을 돌아봤는데도 잘못이 없거든, 그때 아랫사람들을 탓하세요.

중고등 기초한자 어휘 쏙쏙

智
슬기 지
지혜 지

▷ **중지(衆智)** : 여러 사람의 지혜.

▷ **지자일실(智者一失)** : 슬기로운 사람도 많은 생각 중에는 간혹 실수가 있음.

▷ **대지여우(大智如愚)** : 큰 지혜를 가지고 있는 사람은 공명정대하여 잔재주를 부리지 않으므로 언뜻 보기에는 어리석게 보인다는 말로, 소동파의 시구에서 유래한 말이다.

고사성어 하나

연 목 구 어
緣木求魚

오를 연 나무 목 구할 구 물고기 어

도저히 불가능한 일을 억지로 하려고 하다.

_ 《맹자(孟子)》의 〈양혜왕(梁惠王)〉 중에서

전국시대, 부국강병과 영토 확장에 힘을 기울이고 있던 제선왕이 무력에 의한 정치를 묻자 맹자가 말했다. "무력으로 천하를 얻으려 하는 것은 나무에 올라 물고기를 구하는 것과 같습니다." 제선왕이 "나의 바람이 그렇게 심한 일이오?"라고 다시 물으니 맹자가 답했다. "네, 나무에 올라 물고기를 구하는 것은 물고기만 구하지 못할 뿐이지 뒤에 재앙은 없습니다. 하지만 왕께서 이루고자 하는 것은 반드시 재앙이 따를 것이니, 백성을 전쟁터로 내몰고 나라를 망하게 할 수도 있습니다. 고기를 잡으려면 바다로 가야 하듯이 천하를 통일하려면 대도를 가십시오."

맹자는 전쟁을 통해서는 결코 강한 나라가 되지 못한다는 의미로 연목구어를 말했어요. 또 진정한 부국강병은 백성들의 마음이 진정으로 움직였을 때 실현된다고 주장했어요. 집단도 마찬가지예요. 지도자를 진심으로 존경하고 따르는 집단이 있다면 다른 집단에서는 그들의 힘을 결코 무시할 수 없어요. 하지만 지도자가 힘으로 누르고 돈으로 꾀어 사람을 부렸다고 생각해 봐요. 아마 돈과 힘이 사라짐과 동시에 따르는 사람도 눈 녹듯 사라질 거예요. 그래서 진심은 언젠가 통하기 마련이고 강한 힘을 발휘한다고 말하는지 몰라요.

함께 알아 둡시다!

사어지천(射魚指天) : 고기를 잡으려고 하늘을 향해 쏜다는 뜻으로, 불가능한 일을 하려 함을 이르는 말.

여호모피(與虎謀皮) : 호랑이에게 가죽을 내놓으라고 꾄다는 뜻으로, 근본적으로 이룰 수 없는 일을 이르는 말.

치 인 불 치 반 기 지

治人不治 反其智

사람을 다스려도 다스려지지 않거든 자신의 지혜를 돌아보라.

연 목 구 어 緣木求魚

도저히 불가능한 일을 억지로 하려고 하다.

글귀 하나

원 탁 자 유 불 청
原濁者 流不淸

근원 원 흐릴 탁 사람 자 흐를 유 아닐 불 맑을 청

근원이 탁한 것은 그 흐름이 맑지 않다.

_《묵자(墨子)》의 〈수신(修身)〉 중에서

'근원이 탁한 것은 그 흐름이 맑지 않고, 행동에 믿음이 없는 자는 이름이 반드시 낮아진다.'의 일부입니다. 아랫물이 흐리면 윗물이 맑지 않음을 알 수 있고, 그릇된 행동을 보면 그 마음이 나쁘다는 것을 알 수 있어요. 만약 어떤 일이 잘 풀리지 않는다면, 여러분이 기본을 잘 지키고 있는지를 먼저 생각해 보세요. 어쩌면 아주 쉽게 해답을 찾을지도 모른답니다. 또 누군가의 마음을 알고 싶다면, 그 사람의 말과 행동에 끊임없이 '왜?'라는 질문을 던져 보세요. 직접 볼 수도 없고 작정하고 감추는 마음을 어찌 알겠어요. 그저 말과 행동을 보고 그 근원을 판단할 뿐이지요.

중고등 기초한자 어휘 쏙쏙

濁
흐릴 탁
혼란할 탁

▷ **혼탁(混濁)** : ① 불순물이 섞이어 깨끗하지 못하고 흐림. ② 정치, 도덕 따위 사회적 현상이 어지럽고 깨끗하지 못함.

▷ **일어탁수(一魚濁水)** : 한 마리의 물고기가 물을 흐린다는 뜻으로, 한 사람의 잘못으로 여러 사람이 피해를 보게 됨을 이르는 말.

고사성어 하나

조 장
助 長 바람직하지 않은 일을 억지로 부추기다.

도울 **조** 길 **장** _《맹자(孟子)》의 〈공손추(公孫丑)〉 중에서

맹자가 제자인 공손추와 정치에 관해 이야기하다가 호연지기(*浩然之氣*, 거침없이 넓고 큰 기개)란 말이 나왔는데, 호연지기를 기르는 방법을 공손추에게 알려 주며 말한 농부의 우화가 있다. 송나라의 한 어리석은 농부가 벼가 잘 자라지 않는 것을 안타까워하며 볏대를 뽑아 늘리고서는 아무 생각 없이 집으로 돌아와 가족들에게 말했다. "오늘 몹시 피곤하다. 벼가 잘 자라도록 내가 도왔다." 그 말을 들은 아들이 깜짝 놀라 달려가 보니 벼가 이미 다 말라 죽어 있었다.

누군가의 서두름과 욕심으로, 여러분이 힘들게 심은 벼가 모두 말라 죽었다면 어떤 생각이 들까요? 아마 맥이 풀리고 화가 나서 일이 손에 잡히지 않을 겁니다. 욕속부달(欲速不達)이라는 말이 있어요. '일을 빨리하려고 하면 도리어 이루지 못한다.'는 뜻이지요. 조장은 본래 욕속부달처럼 '빠른 성과를 내려고 무리하게 힘을 보태다 도리어 그것을 해치다.'라는 뜻이었습니다. 그런데 요즘은 바람직하지 않은 일을 부추길 때 많이 쓴답니다. 예를 들면 '과소비를 조장하다.'나 '불신감을 조장하다.'와 같이 말입니다. 여러분! 그렇다면 좋은 일에 힘쓰도록 북돋워 줄 때는 무슨 말을 쓸까요? 대부분 알고 있는 말이에요. 바로 장려(奬勵)랍니다.

함께 알아 둡시다!

발묘조장(拔苗助長) : 급하게 서두르다 오히려 일을 망친다.

욕속부달(欲速不達) : 일을 빨리하려고 하면 도리어 이루지 못한다.

원탁자 유불청
原濁者 流不淸

근원이 탁한 것은 그 흐름이 맑지 않다.

조장 助長

바람직하지 않은 일을 억지로 부추기다.

우화 속 행동 나침반

지나친 호기심이 나를 망칠 수도 있다

숲 속에 꾀 많은 여우와 토끼가 살고 있었어요. 토끼는 항상 여우에게 잡아먹힐까 봐 무서웠어요. 항상 고민 고민 하다가 결국 여우와 친구가 되기로 마음먹고 여우를 찾아갔어요.

"여우님, 모두들 당신이 교활하다고 하지만 저는 당신이 무척 똑똑하다고 생각해요. 어떻게 하면 그렇게 똑똑하게 되죠?"

"궁금하니?"

"네."

"그러면, 우리 집에 와서 함께 저녁 식사를 하지 않겠니? 밥을 먹으면서 내가 얘기해 주마."

"좋아요."

토끼는 여우가 무섭기도 했지만 여우의 집이 어떻게 생겼는지 너무 궁금했어요. 호기심에 여우를 따라갔는데, 여우 집에는 아무런 식사 준비도 되어 있지 않았어요.

"저녁밥은 무엇인가요?"

"오늘 저녁은 바로 너란다."

그제야 토끼는 자신의 어리석은 행동을 후회했어요.

Ⅱ

언어편

글귀 하나

자 로 무 숙 낙
子 路 無 宿 諾

아들 자 　 길 로 　 없을 무 　 묵을 숙 　 승낙할 낙

자로는 승낙한 일을 묵혀 두지 않는다.

_《논어(論語)》의 〈안연(顔淵)〉 중에서

● ● ●

'짤막한 한두 마디의 말만 듣고서도 판결을 내릴 수 있는 사람이 있다면, 틀림없이 자로일 것이다. 자로는 하기로 한 일을 묵혀 두지 않는다.'라는 논어 구절의 일부예요. 공자의 제자 자로는 자신이 승낙한 일은 미루지 않고 최대한 빨리 지키려고 했답니다. 그래서 모두가 자로를 신임했지요. 우리는 참 많은 약속을 하고 계획을 세워요. 하지만 약속한 시간에 일을 제대로 하기란 쉬운 일이 아니지요. 이제 우리 본인이 '그렇게 하겠습니다.'라고 약속한 일만큼은 미루거나 변명하지 말고 꼭 하도록 해요. 이것을 지킨다면 내가 나를 믿을 수 있고, 남도 나를 믿을 수 있을 거예요. 마치 자로처럼 말이죠.

중고등 기초한자 어휘 쏙쏙

宿
잘 숙

▷ **숙제(宿題)** : 학생들에게 복습이나 예습을 위하여 집에서 하도록 내 주는 과제. 두고 생각해 보거나 해결해야 할 문제.

▷ **풍찬노숙(風餐露宿)** : 바람을 먹고 이슬에 잠잔다는 뜻으로, 객지에서 많은 고생을 겪음을 이르는 말.

고사성어 하나

미 생 지 신
尾 生 之 信

꼬리 **미** 날 **생** 어조사 **지** 믿을 **신**

신의가 두텁다. 또는 융통성 없고 고지식하다.

_《사기(史記)》의 〈소진전(蘇秦傳)〉 중에서

옛날 춘추시대 노나라에 사는 미생이라는 사람은 남과 약속을 하면 어떤 일이 있어도 지키는 성격의 소유자였다. 어느 날, 사랑하는 여자와 다리 밑에서 만나기로 약속을 했는데 여자가 약속 시간이 지나도 오지 않았다. 갑자기 내린 비로 개울물이 불어났지만, 미생은 그 자리에서 계속 그녀를 기다렸다. 결국에는 그녀와의 약속을 지키기 위해 다리 기둥을 끌어안고 버티다가 급류에 휘말려 죽고 말았다.

• • •

사랑하는 사람이 약속장소에 오지 않으면 어떤 생각이 들까요? 옛날 지상 최대의 순정파 미생은 약속장소를 떠나지 않고 기다리다가 숨을 거두었어요. 여인이 왜 오지 않았는지, 미생은 왜 그렇게 그녀를 기다렸는지 알 수는 없어요. 하지만 미생이 죽어서까지 약속을 지키려 한 것은 분명하죠. 과연 그는 어리석은 행동을 한 걸까요? 숭고한 사랑을 한 걸까요? 저는 조금 헷갈린답니다. 그래서인지 이 성어는 '융통성 없고 고지식하다.'라는 말로도 쓰이고, '신의가 두텁다.'라는 뜻으로도 쓰인답니다.

각주구검(刻舟求劍) : 칼을 강물에 떨어뜨리자 뱃전에 그 자리를 표시했다가 나중에 그 칼을 찾으려 한다는 뜻으로, 판단력이 둔하여 융통성이 없고 세상일에 어둡고 어리석다는 말.

수주대토(守株待兎) : 그루터기를 지켜 토끼를 기다린다는 뜻으로, 고지식하고 융통성이 없어 구습과 전례만 고집한다는 말.

자 로 무 숙 낙

子路無宿諾

자로는 승낙한 일을 묵혀 두지 않는다.

미 생 지 신 尾生之信

신의가 두텁다. 또는 융통성 없고 고지식하다.

02. 말로 모든 것을 설명하고 싶을 때

글귀 하나

서 부 진 언 언 부 진 의
書 不 盡 言 言 不 盡 意

글 서 아닐 부 다할 진 말씀 언 말씀 언 아닐 부 다할 진 뜻 의

글은 말을 다 표현하지 못하고, 말은 뜻을 다 드러낼 수 없다.

_《주역(周易)》의 〈계사전(繫辭傳)〉 중에서

《장자》에도 제나라 군주 환공과 수레바퀴를 깎는 목수 윤편의 우화에서 유래된 비슷한 구절이 있답니다. 다음과 같아요. '글은 말에 지나지 않는다. 말이 귀하게 여기는 것은 뜻이다. 뜻이 가리키는 것은 말로는 전할 수가 없다.' 흔히 말을 잘한다고 하면, 표현을 잘하여 상대방을 어느 정도 설득할 수준이 된다는 뜻이지, 말로 자신의 마음을 완전히 똑같이 전달한다는 뜻은 아니에요. 비슷한 말로 불립문자(不立文字)도 있답니다. 진정한 깨달음은 마음에서 마음으로 전하는 것이므로 말이나 글로는 표현할 수 없다는 뜻이에요. 마음을 말이나 글로만 표현하려 하지 마세요. 진짜 연기를 잘하는 배우는 대사뿐만이 아닌 그 이외의 것으로도 연기할 줄 아는 배우랍니다.

중고등 기초한자 어휘 쏙쏙

盡
다할 진

▷ **무진장(無盡藏)** : 다함이 없이 굉장히 많음.

▷ **고진감래(苦盡甘來)** : 쓴 것이 다하면 단 것이 온다는 뜻으로, 고생 끝에 즐거움이 오는 것을 이르는 말.

고사성어 하나

이 심 전 심
以 心 傳 心

써 이　　마음 심　　전할 전　　마음 심

말하지 않아도 마음과 마음이 통하다.

_ 보제(普濟)의 《오등회원(五燈會元)》 중에서

송나라 부제가 지은 《오등회원》에 다음 이야기가 전해진다. 석가모니가 제자들을 영취산에 모이게 한 후, 아무 말 없이 연꽃 한 송이를 집어 들어 모두에게 보였다. 제자들은 아무도 그 뜻을 몰랐지만 가섭만이 그 뜻을 깨닫고 미소 지었다. 이에 석가모니는 들고 있던 연꽃을 건네주며 가섭에게 말했다. "나에게는 인간이 원래 갖추고 있는 매우 뛰어난 덕과, 번뇌를 벗어나 진리에 도달한 마음과, 불변의 진리와, 진리를 아는 마음과, 불립문자 즉 언어나 경전에 의하지 않고 '이심전심'으로 전하는 오묘한 뜻이 있느니라. 이것을 너에게 전해 주마." 이후 석가모니는 가섭에게 불교의 진수를 전했다.

●●●

살다 보면 누군가와는 일일이 설명하지 않아도 마음이 통하는 경우가 있어요. 그것은 그 사람의 감정과 생각을 함께 느끼기 때문일 거예요. 함께 아파하고 기뻐하며 내 일처럼 느끼는 마음 때문이지요. 그러나 이러한 이심전심의 마음이 항상 일정한 것은 아니에요. 관심과 몰입의 정도가 때때로 바뀌거든요. 이 때문에 서로 오해하고 싸우는 경우가 생기기도 해요. 나이가 들면 얼굴이 변하듯, 시간이 흘러가면 마음도 움직인다는 것을 인정할 때 관계가 지속될 수 있답니다.

함께 알아 둡시다!

염화미소(拈華微笑) : 꽃을 집어 들고 웃음을 띤다는 뜻으로 마음에서 마음으로 전하는 것.

교외별전(敎外別傳) : 경전 바깥의 특별한 전승이라는 뜻으로 마음과 마음으로 뜻을 전하는 것.

서 부 진 언　언 부 진 의

書不盡言　言不盡意

글은 말을 다 표현하지 못하고, 말은 뜻을 다 드러낼 수 없다.

이 심 전 심

以心傳心

말하지 않아도 마음과 마음이 통하다.

글귀 하나

시	위	시	비	위	비	왈	직
是	謂	是	非	謂	非	曰	直
옳을 시	이를 위	옳을 시	그를 비	이를 위	그를 비	말할 왈	곧을 직

옳으면 옳다 말하고, 그르면 그르다 말하는 것을 곧다고 한다.

_《순자(荀子)》의 〈수신(修身)〉 중에서

● ● ●

'옳은 것을 옳다 하고 그른 것을 그르다 하는 것을 지혜롭다고 하고, 옳은 것을 그르다 하고 그른 것을 옳다 하는 것을 어리석다고 한다. 옳으면 옳다 말하고, 그르면 그르다 말하는 것을 곧다고 한다. 재물을 훔치는 것을 도둑이라고 하고, 행동을 숨기는 것을 거짓이라 하며, 말을 바꾸는 것을 속인다고 한다.'의 일부예요. 언뜻 생각해 보면 참 쉬워요. 옳은 것을 옳다 하고, 잘못된 것을 잘못되었다고 말하는 것 말이에요. 하지만 이 말을 매번 실천하기란 여간 힘든 일이 아니에요. 가끔은 큰 용기가 필요할 때도 있답니다. 이제 자신의 양심에 비추어 용납하기 어려운 일이라면 용기 내서 말하도록 해요. 이것은 옳고, 저것은 잘못되었다고 말이에요.

중고등 기초한자 어휘 쏙쏙

是
이 시
옳을 시

▷ **시인(是認)** : 어떤 내용이나 사실이 옳거나 그러하다고 인정함.

▷ **실사구시(實事求是)** : 사실에 토대를 두어 진리를 탐구하는 일. 공리공론을 떠나서 정확한 고증을 바탕으로 하는 과학적 · 객관적 학문 태도를 이른 것으로, 중국 청나라 고증학의 학문 태도에서 볼 수 있다. 조선 시대 실학파의 학문에 큰 영향을 주었다.

고사성어 하나

살 신 성 인
殺 身 成 仁

죽일 **살** 몸 **신** 이룰 **성** 어질 **인**

자기의 몸을 희생하여 인을 이룬다.

_《논어(論語)》의 〈위령공(衛靈公)〉 중에서

공자가 말하기를, 지사인인(志士仁人)은 무구생이해인(無求生以害仁)이요, 유살신이성인(有殺身以成仁)이라. 뜻있는 선비와 어진 사람은 살기 위하여 인(仁)을 해치는 일이 없고, 자신의 목숨을 바쳐 인(仁)을 이룬다.

가끔 남을 살리고 목숨을 초개(草芥, 풀과 티끌이라는 뜻으로, 하찮은 사물을 이르는 말)처럼 버린 의로운 사람들 이야기를 듣습니다. 과연 그들의 절대적인 이타심은 어디에서 온 걸까, 의문이 들었어요. 도대체 어떻게 생사를 넘나드는 짧은 순간에 그런 행동을 실천에 옮길 수 있을까요? 공자는 이렇게 말합니다. 뜻이 매우 확고하거나 사람다운 마음을 가졌기 때문이라고요. 맹자는 또 이런 말을 했어요. 측은지심 인지단야(惻隱之心 仁之端也)라고 말입니다. 이 말은 '어려움에 빠진 사람을 불쌍히 여기는 마음이 인(仁)의 실마리다.'라는 뜻이에요. 결국 두 사람이 전하고자 하는 것은 일맥상통하지요. 여러분! 이제 우리도 남을 돕는 일을 하나 정해서 실천해 봐요. 작은 일일지라도 변치 않는 마음으로 오래도록 지속한다면 그보다 큰 덕행도 없을 거예요.

사생취의(捨生取義) : 비록 목숨을 버릴지언정 옳은 일을 함. 맹자에 나온 말로, '생(生)도 원하는 것이고 의(義)도 원하는데 둘 다 취할 수 없다면 목숨을 버리고 의를 취할 것이다.'의 일부이다.

살신입절(殺身立節) : 자기의 몸을 희생하여 절개를 세움.

시 위 시 비 위 비 왈 직
是謂是 非謂非 曰直

옳으면 옳다 말하고, 그르면 그르다 말하는 것을 곧다고 한다.

살 신 성 인 殺身成仁

자기의 몸을 희생하여 인을 이룬다.

글귀 하나

욕 론 인 자 필 선 자 론
欲論人者 必先自論

하고자 할 욕 논할 론 사람 인 사람 자 반드시 필 먼저 선 스스로 자 논할 론

남을 논하고자 하는 사람은 반드시 먼저 자신을 논하라.

_《여씨춘추(呂氏春秋)》의 〈선기(先己)〉 중에서

● ● ●

'남을 이기고자 하는 사람은 반드시 먼저 자신을 이겨야 하고, 남을 논하고자 하는 사람은 반드시 먼저 자신을 논해야 하고, 남을 알고자 하는 사람은 반드시 먼저 자신을 알아야 한다.'의 일부예요. 노자 역시 '남을 아는 사람은 지혜로운 사람이지만, 자신을 아는 사람은 더욱 현명한 사람이다. 남을 이기는 사람은 힘이 있는 사람이지만, 자신을 이기는 사람은 더욱 강한 사람이다.'라고 했습니다. 다른 사람을 평가하기는 쉬운 일이에요. 하지만 자신을 공정하게 평가하기란 매우 어려운 일이랍니다. 나는 왜 그렇게밖에 할 수 없었는지를 끊임없이 변호하기 때문이지요. 여러분, 다른 사람의 눈으로 자신을 바라볼 줄 알아야 해요. 그래야 다른 사람도 제대로 평가할 수 있으니까요.

중고등 기초한자 어휘 쏙쏙

論
진술할 론
토론할 론

▷ **물론(勿論) :** 말할 것도 없음('…은 물론이다.'로 쓰임). 말할 것도 없이.

▷ **탁상공론(卓上空論) :** 현실성이 없는 허황한 이론이나 논의.

▷ **논공행상(論功行賞) :** 공이 있고 없음이나 크고 작음을 따져 알맞은 상을 줌.

고사성어 하나

완 벽
完 璧

결함이 없이 완전한 상태.

완전할 **완** 구슬 **벽**

_《사기(史記)》의 〈염파인상여전(廉頗藺相如傳)〉 중에서

조나라 혜문왕이 천하제일의 보물인 화씨지벽(和氏之璧, 화씨가 발견한 구슬로 천하의 명옥)을 손에 넣자, 진나라 소양왕이 성(城) 열다섯 개와 바꾸자고 제안했다. 혜문왕은 진나라의 강한 청을 거절할 수 없어 인상여를 사신으로 보냈다. 진나라로 가기 전, 대책을 묻는 왕에게 인상여는 이렇게 말했다. "성이 조나라로 들어오면 구슬은 진나라에 두고, 성이 들어오지 않으면 구슬을 온전하게 조나라로 가지고 돌아오겠습니다." 진나라로 간 인상여는 소양왕이 성을 내줄 마음이 없는 것을 확인하자, 화씨지벽을 몰래 빼내어 온전한 구슬(完璧)로 조나라에 돌려보냈다.

화씨지벽이 왜 천하의 보물일까요? 그것은 세상에 둘도 없는 귀한 옥으로 만든 데다, 흠이 하나도 없는 상태였기 때문이에요. 사실 물건 중에는 완벽한 것이 있을 수 있지요. 하지만 사람은 결코 그렇지 못해요. 사람에게는 물건에 없는 정신세계가 있고, 이 정신세계는 절대 완벽하지 않거든요. 그리고 우리는 각자 완벽하지 않은 정신세계를 가지고, 모여 살고 있어요. 그러니 인간 세상이 '요지경'일 수밖에요. 여러분, 이제 사람 사는 세상에서 완벽을 요구하지 마세요. 완벽에 가까운 최선만 있을 뿐이니까요.

함께 알아 둡시다!

완벽귀조(完璧歸趙) : 구슬을 온전히 조나라로 돌려보낸다는 뜻으로, 결점이 없이 완전함과 빌렸던 물건을 온전히 반환함을 말함.

완전무결(完全無缺) : 충분히 갖추어져 있어 아무런 결점이 없음.

욕 론 인 자 필 선 자 론

欲論人者 必先自論

남을 논하고자 하는 사람은 반드시 먼저 자신을 논하라.

완 벽 完璧

결함이 없이 완전한 상태.

글귀 하나

무 태 엄 요 사 기 감 수
毋太嚴 要思其堪受

말 무 / 클 태 / 엄할 엄 / 중요할 요 / 생각 사 / 그 기 / 견딜 감 / 받을 수

지나치게 꾸짖지 마라.
그가 꾸지람을 받고 견딜 수 있을지를 먼저 생각하라.

_《채근담(菜根譚)》 중에서

● ● ●

'사람의 잘못을 꾸짖되 너무 지나치게 꾸짖지 마라. 그가 받고서 견딜 만한가를 생각해야 한다. 선(善)으로써 가르치되 너무 높은 경지로 가르치지 마라. 마땅히 그가 따를 수 있게 해야 한다.'의 일부예요. 사람들은 타인의 잘못을 고치려는 생각에 간혹가다 너무 심한 말을 해요. 특히 잘못한 사람이 가족, 또는 자기보다 어리거나 직급이 낮을수록 더 심하지요. 남을 가르칠 때도 마찬가지예요. 자신이 똑똑하다고 생각하면 할수록, 높은 수준으로 설명하고서 상대가 알아듣지 못한다고 무시하곤 해요. 이제 다시 생각해 봐요. 진정 상대가 잘 되기를 바라서였는지, 아니면 본인의 기분 나쁜 어떤 감정을 소모하기 위해서였는지 말이에요. 약도 지나치면 독이 된다는 것 잊지 마세요.

중고등 기초한자 어휘 쏙쏙

嚴
엄할 엄, 심할 엄
아버지 엄

▷ **엄밀(嚴密)** : ① 굳게 지켜야 할 비밀. ② 매우 세밀함.
▷ **엄동설한(嚴冬雪寒)** : 눈 내리는 깊은 겨울의 심한 추위.
▷ **엄처시하(嚴妻侍下)** : 아내에게 쥐여 사는 남편을 조롱하는 말.

고사성어 하나

후 생 가 외
後 生 可 畏 후배들은 두려워할 만하다.

뒤 후 날 생 옳을 가 두려워할 외 _《논어(論語)》의 〈자한(子罕)〉 중에서

공자가 말하기를, 후생가외(後生可畏)니 언지래자지불여금야(焉知來者之不如今也)리요. 사십오십이무문언(四十五十而無聞焉)이면 사역부족외야이(斯亦不足畏也已)니라. 뒤에 난 사람은 두려워할 만하다. 어찌 나중에 올 사람이 지금의 사람만 못하다 할 수 있겠는가? 하지만 나이 마흔이나 쉰에도 명성이 들리지 않는다면 두려워할 것이 없다.

공자는 참으로 겸손했어요. 평생토록 공부해 학식이 누구보다 깊었지만, 후배들이 자신을 뛰어넘을 무한한 가능성이 있다고 얘기하고 있어요. 이러한 마음이 있었기 때문에 그는 더 노력했고, 후배들과 제자들을 존중했어요. 여러분! 정말 뛰어난 사람은 겸손하답니다. 왜냐하면 자신이 최고라고 우쭐대는 사람은 자신도 모르게 노력을 줄이지만, 겸손한 사람은 한 발을 더 내딛거든요. 자만심에 빠지려고 할 때나 아랫사람을 혼내고 싶을 때, '후생가외'라는 말을 꼭 기억하세요.

함께 알아 둡시다!

청출어람(靑出於藍) : 쪽에서 뽑아낸 푸른 물감이 쪽보다 더 푸르다는 뜻으로, 제자나 후배가 스승이나 선배보다 나음을 비유적으로 이르는 말.

출람지예(出藍之譽) : 제자가 스승보다 낫다는 평판이나 명성.

후생각고(後生角高) : 뒤에 난 뿔이 우뚝하다는 뜻으로, 제자나 후배가 스승이나 선배보다 뛰어날 때 이르는 말.

무태엄 요사기감수
毋太嚴 要思其堪受

지나치게 꾸짖지 마라.

그가 꾸지람을 받고 견딜 수 있을지를 먼저 생각하라.

후생가외 後生可畏

후배들은 두려워할 만하다.

글귀 하나

사이밀성 어이설패
事以密成 語以泄敗

일 사 / 써 이 / 비밀 밀 / 이룰 성 / 말씀 어 / 써 이 / 샐 설 / 질 패

일은 비밀을 지킴으로써 이루어지고, 말은 새어 나감으로써 실패한다.

_《한비자(韓非子)》의 〈세난(說難)〉 중에서

'일은 비밀을 지킴으로써 이루어지고, 말은 누설됨으로써 실패한다. 그 자신이 반드시 누설하려고 한 것이 아닐지라도, 숨겨야 할 일을 우연히 말할 수 있다. 이와 같은 사람은 몸이 위태롭다.'의 일부예요. 일을 성사시키는 데 비밀을 지키는 것이 무엇보다 중요할 때가 있어요. 그런데 사람들은 '이건 다른 사람에게 절대 말하지 마. 꼭 너만 알고 있어!'라며 참 많은 비밀을 무심결에 말해 버려요. 그렇게 내뱉은 말은 더 이상 비밀이 되지 못하고 끝내는 자신의 발등을 찍지요. 이제 함부로 비밀을 누설했을 때, 자리가 위태로워지고 일을 그르칠 수도 있다는 것을 기억하세요.

중고등 기초한자 어휘 쏙쏙

敗
패할 패
깨뜨릴 패
썩을 패

▷ **부패(腐敗)** : ① 정치, 사상, 의식 따위가 타락함. ② 단백질이나 지방 따위의 유기물이 미생물의 작용에 의하여 분해되는 과정. 또는 그런 현상. 독특한 냄새가 나거나 유독성 물질이 발생한다.

▷ **경적필패(輕敵必敗)** : 적을 얕보면 반드시 패함.

고사성어 하나

구화지문
口禍之門

입구 재앙화 갈지 문문

입은 재앙을 불러들이는 문이 된다.

_《전당서(全唐書)》의 〈설시(舌詩)〉 중에서

당나라 말기에 태어나 후당 시절에 재상을 지낸 풍도가 남긴 시로 《전당서》에 실려 있다. 구시화지문(口是禍之門)이요, 설시참신도(舌是斬身刀)라. 폐구심장설(閉口深藏舌)하면 안신처처뢰(安身處處牢)하네. 입은 재앙의 문이요, 혀는 몸을 자르는 칼이라. 입을 닫고 혀를 깊이 감추면 가는 곳마다 몸을 편히 할 수 있네.

● ● ●

풍도는 혼란한 시기에 재상의 자리에 오르고 73세까지 장수를 누렸답니다. 그가 남긴 시처럼 항상 말과 행동을 신중히 하며 살았던 인물임을 짐작할 수 있지요. 그런데 우리는 종종 해야 할 말을 하지 않아 소중한 사람을 잃기도 하고, 하지 말아야 할 말을 해서 중요한 일을 망치기도 해요. 그렇다고 말을 안 하고 살 수도 없으니, 말은 평생 우리를 따라다니는 그림자 같은 존재예요. 그런데 그림자와 말은 다른 점이 있어요. 그림자는 흔적을 남기지 않지만, 말은 어떻게든 흔적을 남겨요. 그 흔적은 살면서 부메랑이 되어 언젠가 다시 우리에게 돌아온답니다.

구시화문(口是禍門) : 구화지문과 같은 말.

수구여병(守口如甁) : 입 다물기를 병마개 막듯이 하라는 뜻으로, 비밀을 남에게 말하지 말라는 말.

사불급설(駟不及舌) : 네 마리 말이 끄는 빠른 수레도 사람의 혀에는 미치지 못한다는 뜻으로, 소문은 빨리 퍼지므로 말조심하라는 말.

사이밀성 어이설패
事以密成 語以泄敗

일은 비밀을 지킴으로써 이루어지고,
말은 새어 나감으로써 실패한다.

구화지문 口禍之門

입은 재앙을 불러들이는 문이 된다.

07. 말을 함부로 할 때

글귀 하나

민 어 사 이 신 어 언
敏 於 事 而 愼 於 言

민첩할 민 어조사 어 일 사 말 이을 이 삼갈 신 어조사 어 말씀 언

일을 민첩하게 처리하고 말을 신중하게 한다.

_《논어(論語)》의 〈학이(學而)〉 중에서

●●●

‘군자는 먹음에 배부름을 구하지 않고, 거처할 때에 편안함을 구하지 않으며, 일을 민첩하게 하고 말을 신중하게 한다. 도를 아는 사람을 가까이 하여 그에게서 스스로를 바로잡는다면, 이 사람을 학문을 좋아하는 사람이라고 말할 수 있을 것이다.’라는 구절의 일부예요. 사람들은 민첩하게 말을 내뱉지만 행동할 때는 너무나 굼떠요. 말하는 건 쉽고 행동하기는 어렵기 때문이지요. 여러분, 이제 습관을 바꿔 보는 건 어떨까요? 해야 할 일은 지금 바로 시작하고, 하고 싶은 말이 생겼을 때는 한 번 더 생각하고 얘기하는 걸로요. 아셨죠?

중고등 기초한자 어휘 쏙쏙

愼
삼갈 신

▷ **근신(謹愼)** : ① 말이나 행동을 삼가고 조심함. ② 벌로 일정 기간 동안 출근이나 등교, 집무 따위의 활동을 하지 아니하고 말이나 행동을 삼감.

▷ **신종추원(愼終追遠)** : 부모의 장례를 엄숙히 하고, 조상의 제사를 정성스럽게 올림.

▷ **신종여시(愼終如始)** : 마지막에도 처음과 같이 신중을 기함.

고사성어 하나

금 상 첨 화
錦 上 添 花

비단 금 윗 상 더할 첨 꽃 화

비단 위에 꽃을 더하는 것으로, 좋은 것에 또 좋은 것이 더해진다.

_ 왕안석(王安石)의 〈즉사(卽事)〉 중에서

금상첨화라는 말은 북송의 당송팔대가(唐宋八大家, 당나라와 송나라의 뛰어난 문장가 8인)이자 정치가인 왕안석이 지은 〈즉사〉에서 유래한다. 즉사란 즉석에서 지은 제목 없는 문장을 뜻한다. 다음 원문에서는 '첨금상화(添錦上花)'이던 것이 지금은 금상첨화로 바뀌어 쓰인다. 가초욕복배중록(嘉招欲覆盃中淥)이니 여창잉첨금상화(麗唱仍添錦上花)라. 좋은 모임에 술잔 기울여 술을 거듭 비우는데, 아름다운 노래는 비단 위에 꽃을 더한 듯하네.

왕안석이 남경에 사는 지인의 초대를 받았어요. 그곳은 강물이 비스듬히 흐르고, 바람은 맑고 이슬은 한없이 반짝거렸어요. 또 문 앞 버드나무는 여인의 머릿결처럼 늘어져 있어 마치 유명한 시인들의 집 같았죠. 그가 풍경에 취해 술잔을 기울이는데, 들려오는 노랫소리가 어찌나 아름답던지 고운 비단 위에 꽃송이가 하늘하늘 떨어지는 것 같았어요. 이렇듯 좋은 것에 좋은 것이 더해지면 사람들은 자신도 모르게 미소를 지어요. 사람을 볼 때도 마찬가지예요. 어떤 사람이 말도 신중하게 하는데 일까지 잘한다고 생각해봐요. 그를 보는 사람들은 누구나 미소를 지을 거예요.

함께 알아 둡시다!

설상가상(雪上加霜) : 눈 위에 또 서리가 내린다는 뜻으로, 어려운 일이 겹치는 것을 말함.

전호후랑(前虎後狼) : 앞문에서 호랑이를 막고 있으니까 뒷문으로 이리가 들어온다는 뜻으로, 재앙이 끊임없이 닥침을 비유하는 말.

민 어 사 이 신 어 언

敏於事而 愼於言

일을 민첩하게 처리하고 말을 신중하게 한다.

금 상 첨 화 錦上添花

비단 위에 꽃을 더하는 것으로,
좋은 것에 또 좋은 것이 더해진다.

08. 말이 많아질 때

글귀 하나

다언삭궁 불여수중
多言數窮 不如守中

많을 다 / 말씀 언 / 자주 삭 / 궁할 궁 / 아닐 불 / 같을 여 / 지킬 수 / 가운데 중

말이 많으면 자주 궁해지니, 담아 두는 것만 못하다.

_ 노자(老子)의 《도덕경(道德經)》 중에서

● ● ●

‘천지는 어질지 못하여 문물을 추구(芻狗, 짚으로 만든 개)로 여기고, 성인도 역시 어질지 못하여 백성을 추구로 여긴다. 천지간이 마치 풀무와 같아 비어 있어도 다함이 없고, 움직일수록 더욱 나온다. 사람도 이처럼 말이 많으면 자주 궁해지니, 담아 두는 것만 못하다.’의 일부예요. 약속을 함부로 하는 사람을 조심하라는 말이 있어요. 지켜야 할 약속이 많다는 것은 지키지 못할 약속이 그 속에 포함되었을 확률이 높다는 뜻이기 때문이죠. 사람의 말도 마찬가지예요. 말을 많이 하다 보면 분명 해서는 안 될 말이 끼어들기 마련이고, 그 때문에 자주 곤란함에 처하게 되지요. 가끔은 하고 싶은 말이 있어도 입을 꼭 다물고 침묵하는 것이 나을 때도 있답니다. (‘多言數窮’에서 ‘數’는 ‘셈하다.’는 뜻으로 쓰일 때는 ‘수’라고 읽지만, ‘자주’라는 뜻일 때는 ‘삭’으로 읽음.)

중고등 기초한자 어휘 쏙쏙

窮
다할 궁, 궁할 궁

▷ **궁지(窮地)** : 매우 곤란하고 어려운 일을 당한 처지.

▷ **궁여지책(窮餘之策)** : 궁한 나머지 생각다 못하여 짜낸 계책.

고사성어 하나

모 순
矛 盾

말이나 행동의 앞뒤가 맞지 않다.

창 모 방패 순

_《한비자(韓非子)》의 〈논란(論難)〉 중에서

초나라에 창과 방패를 파는 상인이 있었다. 어느 날 시장에 창과 방패를 팔러 나갔다. 먼저 방패를 들고 큰소리로 외쳤다.

"이 방패는 아주 견고하여 어떤 창이라도 막아 낼 수 있습니다."

그는 계속해서 창을 들어 올리며 말했다.

"이 창은 너무도 예리해 세상에 뚫지 못할 방패가 없습니다."

이 말을 듣고 있던 어떤 사람이 물었다.

"그렇다면 자네의 창으로 자네의 방패를 찌르면 어떻게 되는가?"

상인은 아무런 대답도 하지 못했다.

● ● ●

고대부터 창은 상대방을 공격하는 무기였고, 방패는 자신을 보호하는 무기였어요. 창과 방패는 항상 서로를 향하지요. 그러니 무기의 성능이 그 주인의 생명과 밀접한 건 당연한 일입니다. 그래서인지 무기를 파는 상인은 예나 지금이나 그 성능을 부풀리곤 하죠. 만약 누군가 '우리 팀에는 어떤 경우에도 골을 넣을 수 있는 공격수와 모든 슛을 다 막는 골키퍼가 있어.'라고 자랑한다면 그에게 이렇게 물어보세요. "그 공격수가 차는 공을 그 골키퍼가 막으면 어떻게 되니?"라고요. 아마 초나라의 상인처럼 아무 말도 못할 거예요. 여러분도 말이 많아지면 이렇게 모순이 생겨난다는 점을 꼭 명심하세요.

이율배반(二律背反) : 두 가지 규율이 서로 반대된다는 뜻.

자가당착(自家撞着) : 자기의 언행이 전후 모순되어 일치하지 않음.

다 언 삭 궁 불 여 수 중
多言數窮 不如守中

말이 많으면 자주 궁해지니, 담아 두는 것만 못하다.

모 순 矛盾

말이나 행동의 앞뒤가 맞지 않다.

우화 속 언어 나침반

말 한마디가 모든 상황을 바꿀 수도 있다

새의 왕인 독수리가 어느 날 사냥꾼의 화살에 맞아 목숨을 잃었어요. 독수리는 새들을 잡아먹고 난폭했던 터라, 새들은 성품이 부드러운 새를 왕으로 뽑자고 의견을 모았어요. 새들은 자기 자신이 왕이 되는 상상을 하며 즐거워했답니다. 왕을 뽑는 선거일이 다가오자 숲 속에 사는 모든 새가 공터에 모였어요. 평소에 자신의 아름다움을 뽐내던 공작새가 말했어요.

"새의 왕은 무엇보다 아름다워야 한다고 생각해. 독수리는 힘만 세고 전혀 아름답지 않았어."

공작새가 화려한 깃털을 펼치자 새들은 공작새의 말에 고개를 끄떡였어요.

"그럼 선거를 할 것도 없이 내가 바로 왕이 되는 것이 좋을 듯한데, 너희 생각은 어떠니?"

모두 쉽게 결정하지 못하고 서로의 얼굴만 보고 있을 때 까마귀가 소리쳤어요.

"공작새야, 다른 동물들이 우리 새들을 못살게 굴 때 너는 우리를 지키기 위해 무엇을 할 수 있니?"

까마귀의 한마디에 공작새는 아무런 대답도 하지 못했고, 새들은 다시 한 번 자신들의 왕에 대해 고민하게 되었답니다.

III

인내편

글귀 하나

탄 주 지 어 불 유 지 류
呑舟之魚 不游枝流

呑	舟	之	魚	不	游	枝	流
삼킬 탄	배 주	어조사 지	물고기 어	아닐 불	헤엄칠 유	가지 지	흐를 류

배를 삼킬 만한 큰 물고기는 얕은 물에서 놀지 않는다.

_《열자(列子)》의 〈양주(楊朱)〉 중에서

'배를 삼킬 만한 큰 물고기는 얕은 물에서 놀지 않고, 큰 기러기와 고니는 높이 날며 더러운 못에는 내리지 않는다. 왜 그러겠는가? 그들의 목표가 원대하기 때문이다.'라는 구절의 일부예요. 큰일을 하려면 세세한 일에 너무 집착하지 않아야 해요. 그림도 처음에는 성기게 그려야지 너무 세밀하게 시작하면 큰 그림이 나오지 않잖아요. 여러분! 가끔은 자신을 향한 비난에 의기소침하지 말고 호탕하게 웃을 줄도 알아야 해요. 바다를 꿈꾸는 내 뜻을 너희가 어찌 알겠느냐고 말이에요.

중고등 기초한자 어휘 쏙쏙

魚
물고기 어
고기잡이할 어

▷ **어린진(魚鱗陣)** : 물고기 비늘이 벌어진 듯이 치는 진. 중앙부가 적에 가까이 나아가는 진형이다.

▷ **침어낙안(沈魚落雁)** : 미인을 보고 물 위에서 놀던 물고기가 부끄러워서 물속 깊이 숨고 하늘 높이 날던 기러기가 부끄러워서 땅으로 떨어졌다는 뜻으로, 아름다운 여인의 용모를 이르는 말.

고사성어 하나

대 기 만 성
大 器 晩 成

큰 대　그릇 기　늦을 만　이룰 성

큰 인물은 오랜 시간 꾸준한 노력으로 이루어진다.

_ 노자(老子)의 《도덕경(道德經)》 중에서

중국 삼국시대 위나라에 최염이라는 이름난 장군이 있었다. 그에게는 사촌 동생 최림이 있었는데, 최림은 별 볼일 없는 사람으로 주위 사람들은 물론 친척들에게도 놀림을 받았다. 그러나 최림의 인물됨을 꿰뚫어 본 최염이 그에게 말했다. "큰 종(鐘)이나 솥은 쉽게 만들어지지 않아. 마찬가지로 큰 인물이 나오려면 오랜 시간이 걸리는 법이지. 너도 그처럼 대기만성(大器晩成)하는 인물임이 분명해. 좌절하지 말고 노력하다 보면 큰 인물이 될 거야." 최염의 말처럼 최림은 훗날 삼공이 되어 천자를 보필하는 자리에 오르게 되었다.

꿈이 있어 시작한 일인데 너무 힘들 때가 있지요? 이 길은 내 길이 아니라는 생각이 들어 자신감이 사라질 때도 있고요. 이렇게 힘든 이유는 어쩌면 내가 너무 큰 그릇이라 시간이 조금 늦어지고 있는 건지도 몰라요. 포기하지 말고 조금만 더 노력한다면 대기만성이라는 말처럼 큰 인물이 될 거예요.

마부작침(磨斧作針) : 도끼를 갈아 바늘을 만든다는 뜻으로, 아무리 어려운 일이라도 끈기 있게 노력하면 이룰 수 있음을 비유하는 말.

산류천석(山溜穿石) : 산에서 흐르는 물이 바위를 뚫는다는 뜻으로, 물방울이 끊임없이 떨어지면 결국엔 돌에 구멍을 뚫듯이 작은 노력이라도 끈기 있게 계속하면 큰일을 이룰 수 있음.

적소성대(積小成大) : 작은 것도 쌓이면 크게 됨. 적은 것도 쌓이면 많아짐.

탄 주 지 어 불 유 지 류

吞舟之魚 不游枝流

배를 삼킬 만한 큰 물고기는 얕은 물에서 놀지 않는다.

대 기 만 성 大器晩成

큰 인물은 오랜 시간 꾸준한 노력으로 이루어진다.

글귀 하나

유 쟁 기 자 물 여 변 야
有 爭 氣 者 勿 與 辯 也

있을 유 다툴 쟁 기운 기 사람 자 말 물 더불어 여 말할 변 어조사 야

다투려는 사람과는 일의 옳고 그름을 말하지 않는 것이 좋다.

_《순자(荀子)》의 〈권학(勸學)〉 중에서

'예의 없이 묻는 자에게는 대답하지 않고, 퉁명스럽게 대답하는 자에게는 질문하지 않으며, 말이 사나운 자에게는 듣지 않고, 다투려는 기색이 있는 자와는 더불어 논쟁하지 않아야 한다.'의 일부예요. 모르는 것을 물어볼 때는 공손하게 해야 하고, 대답할 때는 친절하게 해야 하지요. 나와 생각이 다르다는 이유만으로 다른 사람의 의견을 무시하거나 공격해서는 안 돼요. 이것은 누구나 알고 있는 상식이지요. 순자는 말하고 있어요. 이러한 기본적인 상식이 지켜진 후라야 진정한 배움과 가르침이 생기고, 학문적 성취도 이루어질 수 있다고 말이죠.

중고등 기초한자 어휘 쑥쑥

爭
다툴 쟁
논쟁할 쟁

▷ **쟁점(爭點)** : ① 서로 다투는 중심이 되는 점. ② 『법률』 소송 당사자 사이에 쟁송(爭訟)의 중심이 되는 내용.

▷ **백가쟁명(百家爭鳴)** : ① 여러 사람이 서로 자기 주장을 내세우는 일. ② 많은 학자들의 활발한 논쟁.

고사성어 하나

어 부 지 리
漁 父 之 利

고기 잡을 **어** 아비 **부** 어조사 **지** 이로울 **리**

둘이 싸우는 동안 제삼자가 힘들이지 않고 이득을 취한다.

_《전국책(戰國策)》의 〈연책(燕策)〉 중에서

전국시대, 조나라가 연나라를 치려 하자 소대라는 신하가 연나라를 위해 조나라 혜왕을 만나 말했다. "제가 역수(易水)를 지나는데 조개가 햇볕을 쬐고 있었습니다. 그러자 도요새가 조개의 살을 쪼았고, 조개는 껍데기를 닫아 도요새의 부리를 물었습니다. 도요새가 말했습니다. '오늘도 비가 오지 않고, 내일도 비가 오지 않으면 너는 말라 죽을 것이다.' 이 말을 들은 조개가 말했습니다. '오늘도 부리를 빼내지 못하고, 내일도 빼내지 못하면 너는 굶어 죽을 것이다.' 이렇게 서로 놓아 주지 않자 지나가던 어부가 그 둘을 잡아갔습니다. 지금 조나라와 연나라가 서로 물어뜯고 싸운다면 진나라가 어부가 되지 않을까 걱정입니다. 왕께서는 깊이 헤아려 주십시오." 이 말을 들은 혜왕은 연나라를 치려던 계획을 그만두었다.

내가 별다른 잘못이 없는 데도 트집을 잡고 싸우려는 사람이 있다고 해 봐요. 상대하지 않으면 별문제 없이 넘어갈 수도 있었어요. 그런데 기분이 너무 나빠 진흙탕 싸움을 벌였어요. 과연 당신은 그 싸움을 꼭 해야만 했나요? 혹시 조개와 도요새처럼 둘 다 다치는 싸움을 한 건 아닌가요? 그러니 이제 기분 나쁘다고 바로 덤비지 말고, 한 번 더 생각해 봐요. 이 싸움이 과연 내가 온 몸을 던져 싸울 만한 가치가 있는 일인지 아닌지. 만약 가치가 없다면 싸우지 마세요.

함께 알아 둡시다!

방휼지쟁(蚌鷸之爭) : 도요새와 조개가 다투다가 다 같이 어부에게 잡히고 말았다는 뜻으로, 제3자만 이롭게 하는 다툼을 이르는 말.

견토지쟁(犬兔之爭) : 개와 토끼의 싸움이라는 뜻으로, 양자의 싸움에서 제3자가 이익을 봄.

유 쟁 기 자 물 여 변 야
有爭氣者 勿與辯也

다투려는 사람과는 일의 옳고 그름을 말하지 않는 것이 좋다.

어 부 지 리 漁父之利

둘이 싸우는 동안
제삼자가 힘들이지 않고 이득을 취한다.

글귀 하나

무 구 비 어 일 인
無 求 備 於 一 人

없을 무 　구할 구 　갖출 비 　어조사 어 　하나 일 　사람 인

한 사람에게 완전하기를 구하지 마라.

_《논어(論語)》의 〈미자(微子)〉 중에서

●●●

주공이 아들 백금에게 한 말인데, '친척에게 소홀하지 말고, 대신들이 써 주지 않는다고 원망하지 마라. 친구나 선임자가 큰 잘못이 없다면 버리지 말 것이며, 한 사람에게 완전히 갖출 것을 구하지 마라.'라는 구절 중 일부입니다. 우리는 어떤 사람을 사랑할수록 그가 완벽하기를 원해요. 그런데 한번 주변을 둘러보세요. 완전무결한 사람이 몇 명이나 있나요? 우리가 사랑하는 사람도 마찬가지예요. 그냥 완벽하지 않은 대부분의 사람 중 한 사람일 뿐이에요. 사람이 완벽하지 않은 것은 어쩌면 당연한 일이라 생각하고 다시 한 번 그 사람을 보세요.

중고등 기초한자 어휘 쑥쑥

備
갖출 비

▷ **예비(豫備)** : 필요할 때 쓰기 위하여 미리 마련하거나 갖추어 놓음.

▷ **비망기(備忘記)** : 어떤 사실들을 잊어버리지 않으려고 적은 글. 임금이 명령을 적어 승지에게 전하던 문서.

▷ **문무겸비(文武兼備)** : 문식과 무략을 모두 갖추고 있음.

고사성어 하나

오 월 동 주
吳越同舟

오나라 오 월나라 월 같을 동 배 주

원수끼리라도 필요에 따라 서로 도울 수 있다.

_《손자병법(孫子兵法)》의 〈구지(九地)〉 중에서

손무가 쓴 손자병법에 다음과 같은 말이 있다. '오나라와 월나라는 원수처럼 미워하는 사이이다. 하지만 오나라 사람과 월나라 사람이 같은 배를 타고 강을 건너다 큰 바람을 만나 배가 뒤집히려 한다면 그동안의 적개심을 버리고 서로 도와 어려움을 벗어나려 할 것이다. 오히려 양쪽 어깨에 붙은 오른손과 왼손의 관계처럼 서로 도울 것이다.' 적의를 품은 사람이라도 같은 처지에 놓이면 필요에 따라 서로 도울 수 있다는 뜻이다.

원수지간인 오나라와 월나라 사람도 죽을 상황이 되면 힘을 합쳐 위기를 벗어난다고 해요. 급변하는 정세 속에서 살아남기 위해서는 어쩔 수 없는 선택인지 몰라요. 사실 내가 살아남아야 원수라는 관계도 존재하는 거잖아요. 죽으면 원수라는 관계 자체를 맺을 수 없잖아요. 그러니 일단은 살아남아야 해요. 원수끼리도 세상살이가 이러한데, 친한 친구와 함께 일을 한다는 것이 얼마나 감사한 일인가요. 그러니 한두 가지 흠이 있다고 그를 내치지 마세요. 흠 없이 완벽한 사람이 어디 있겠어요.

동주상구(同舟相救) : 같은 배에 탄 사람이 배가 전복될 때 서로 힘을 모아 구조한다는 뜻으로, 이해관계가 같은 사람은 서로 돕게 됨을 이르는 말.

동병상련(同病相憐) : 같은 병자끼리 가엾게 여긴다는 뜻으로, 어려운 처지에 있는 사람끼리 서로 불쌍히 여겨 동정하고 서로 도움을 이르는 말.

양과분비(兩寡分悲) : 두 과부가 슬픔을 서로 나눈다는 뜻으로, 같은 처지에 있는 사람끼리 서로 동정한다는 말.

무구비어일인
無求備於一人

한 사람에게 완전하기를 구하지 마라.

오월동주 吳越同舟

원수끼리라도 필요에 따라 서로 도울 수 있다.

04. 상대를 인정하기 싫을 때

글귀 하나

방 가 방 불 가 방 불 가 방 가
方可方不可 方不可方可

모방 옳을가 모방 아닐불 옳을가 모방 아닐불 옳을가 모방 옳을가

되는 것이 있으면 안 되는 것이 있고,
안 되는 것이 있으면 되는 것이 있다.

_《장자(莊子)》의 〈제물론(齊物論)〉 중에서

• • •

'태어난 것은 죽게 되는 것이고, 죽은 것은 또한 태어나게 된다. 되는 것이 있으면 안 되는 것이 있고, 안 되는 것이 있으면 되는 것이 있다. 옳은 것이 원인이 되어 그른 것이 있고, 그른 것이 원인이 되어 옳은 것이 있다.'라는 구절 일부예요. 신념이 강한 사람일수록 '절대로, 반드시' 등의 표현을 자주 쓴다고 해요. 하지만 세상은 우리가 이 말을 계속 쓸 수 있도록 내버려 두지 않아요. 만약 혼자 생각하고 혼자 결정하고 혼자 살아가는 세상이라면 모르겠지만, 만남과 관계의 쳇바퀴 속에 사는 우리가 상대적일 수밖에 없는 것은 어쩌면 당연한 일이랍니다. 여러분, 인정하기 싫은 상대를 만났을 때 이 글귀를 떠올리며 지혜롭게 극복해 보세요.

중고등 기초한자 어휘 쏙쏙

方
네모날 방
방향 방

▷ **방침(方針)** : ① 앞으로 일을 치러 나갈 방향과 계획. ② 방위를 가리키는 자석의 바늘.

▷ **천방지축(天方地軸)** : 하늘 방향이 어디이고 땅의 축이 어디인지 모른다는 뜻으로, 못난 사람이 종작없이 덤벙이는 일이나 너무 급하여 허둥지둥 함부로 날뛸 때 쓰는 말.

고사성어 하나

괄목상대 刮目相對

비빌 괄 눈 목 서로 상 대할 대

눈을 비비고 다시 볼 정도로 학식이나 재주가 진전되다.

_《삼국지(三國志)》의 〈오지(吳志)〉 중에서

중국 삼국시대 오나라 태조 손권의 부하 중에 여몽이라는 장수가 있었다. 여몽은 전쟁에서 공을 세워 장군까지 되었으나 무식했다. 손권이 그런 여몽에게 학문을 소홀히 한다고 나무라자, 여몽은 그때부터 전장에서도 손에서 책을 놓지 않고 학문에 매진했다. 후에 오나라 석학인 노숙이 여몽을 만나 전과 달라진 그의 높은 식견에 깜짝 놀랐다. 여몽이 노숙에게 이렇게 말했다. "선비는 모름지기 사흘만 헤어져 있더라도 눈을 비비고 다시 대할 정도로 달라져 있어야 하는 법이라네."

• • •

《삼국지연의(三國志演義)》에서 여몽은 관우를 사로잡아 죽였다는 이유로 관우의 혼이 들어 비참하게 죽습니다. 또한 다른 역사서에서는 악인으로 등장하기도 하지요. 하지만 정사 《삼국지》를 쓴 진수는 여몽을 용맹하고 지략에 능한 뛰어난 인물로 평하고 있답니다. 여러분은 방학이 지난 후 실력이 몰라볼 정도로 향상된 친구를 본 적이 있을 거예요. 눈을 비비고 볼 정도로 놀라 자신의 게으름을 반성하게 되지요. 실력의 변화는 주로 주말과 방학이 좌우한다는 말이 있습니다. 평일에 수업을 받으면서 하는 공부의 양에는 한계가 있어요. 하지만 혼자서 공부할 시간이 많은 주말과 방학은 자신의 부족한 점을 극복할 수 있는 좋은 기회인 셈이지요.

함께 알아 둡시다!

일진월보(日進月步) : 날로달로 끊임없이 진보, 발전함.

일취월장(日就月將) : 날마다 달마다 성장하고 발전한다는 뜻으로, 학업이 진보함을 이름.

방 가 방 불 가 방 불 가 방 가
方可方不可 方不可方可

되는 것이 있으면 안 되는 것이 있고, 안 되는 것이 있으면 되는 것이 있다.

괄 목 상 대 刮目相對

눈을 비비고 다시 볼 정도로 학식이나 재주가 진전되다.

05. 작다고 놀림당할 때

글귀 하나

소 이 불 과 대 이 부 다
小 而 不 寡 大 而 不 多

작을 소 접속사 이 아닐 불 적을 과 클 대 접속사 이 아닐 부 많을 다

작다고 깔보지 않고, 크다고 뛰어나다 하지 않는다.

_《장자(莊子)》의 〈추수(秋水)〉 중에서

● ● ●

'크게 깨달은 자는 먼 것과 가까운 것을 똑같이 본다. 작다고 깔보지 않고 크다고 뛰어나다 하지 않는다. 사물의 수량이 끝이 없음을 알고 있기 때문이다.'의 일부예요. 사람은 개미와 비교하면 크지만, 코끼리와 비교하면 작아요. 기준에 따라 사람은 커질 수도 작아질 수도 있지요. 이렇듯 '작다.'와 '크다.'는 지극히 주관적이고 상대적인 개념이에요. 자신이 작아 보이나요? 작아 보이는 자신이 미치도록 싫은가요? 그렇다면 이제 자신을 누군가와 비교하지 마세요. 나는 그냥 '나'이고 내 삶은 그냥 '내 삶'이에요. 타인과 비교하지 않는 순간 비교 대상이 없어진 자신이 바로 진짜 '나'라는 것을 깨닫게 될 거예요. 더 이상 작아 보이지도 않고, 커 보이고 싶어 안달하지도 않는 '나' 말입니다.

중고등 기초한자 어휘 쏙쏙

寡
적을 과, 작을 과
과부 과

▷ **과묵(寡默)** : 입이 무겁고 침착함.

▷ **중과부적(衆寡不敵)** : 적은 수효로 많은 수효를 대적하지 못함.

▷ **청상과부(靑孀寡婦)** : 나이가 젊어서 남편을 여읜 여자.

고사성어 하나

형 설 지 공
螢 雪 之 功

반딧불 **형** 눈 **설** 어조사 **지** 공 **공**

어려운 처지에서도 학문에 힘써 이룬 성공.

_《진서(晉書)》의 〈차윤전(車胤傳)〉 중에서

중국의 동진 시대에 차윤이라는 소년이 있었다. 그는 어린 시절부터 공부를 열심히 했으나 집안이 가난해 등불을 켤 기름조차 없었다. 밤에도 책을 읽고 싶었던 차윤은 생각한 끝에 엷은 명주 주머니에 반딧불이를 수십 마리 잡아넣어 거기서 나오는 빛으로 책을 비추어 읽었다. 또 같은 시대에 살았던 손강이라는 소년 역시 열심히 공부했으나 차윤만큼 집안이 가난했다. 소년은 궁리 끝에, 겨울밤 창밖으로 몸을 내밀어 추위를 견디며 눈(雪)에 반사된 달빛으로 책을 읽었다.

● ● ●

차윤과 손강은 가난한 환경에서도 열심히 공부하여 훗날 큰 벼슬자리에까지 오르게 되었답니다.《맹자》에 이런 말이 있어요. '하늘은 어떤 사람에게 큰일을 맡기기 전에 몸과 마음에 고난과 역경을 준다. 그 이유는 그 사람이 고난과 역경을 통해 강한 인내심과 의지력을 가지게 하여 나중에 못할 것이 없게 하기 위해서다.' 여러분! 진짜 무서운 것은 물질적인 가난이 아니랍니다. 물질적 가난은 언젠가는 극복할 수 있지만, 정신적인 가난은 본인과 주변 사람의 영혼을 황폐하게 해요. 가끔 힘들고 어려운 일이 있을 때 마음속으로 이렇게 얘기해요. '그래! 조금 더 나를 강하게 만들어 다오.'

차윤성형(車胤盛螢) : 차윤이 반딧불이를 모았다는 뜻으로, 가난한 살림에 어렵게 공부함을 이르는 말.

손강영설(孫康映雪) : 고생 속에서 열심히 공부함을 이르는 말.

소 이 불 과 대 이 부 다

小而不寡 大而不多

작다고 깔보지 않고, 크다고 뛰어나다 하지 않는다.

형 설 지 공 螢雪之功

어려운 처지에서도 학문에 힘써 이룬 성공.

글귀 하나

궁 즉 변 변 즉 통 통 즉 구
窮則變 變則通 通則久

궁할 궁 곧 즉 변할 변 변할 변 곧 즉 통할 통 통할 통 곧 즉 오랠 구

궁하면 변하고 변하면 통하고 통하면 오래간다.

_《주역(周易)》의 〈계사(繫辭)〉 중에서

● ● ●

'궁하면 변하고, 변하면 통하고, 통하면 오래간다. 이로써 하늘로부터 도와서 길하며 이롭지 않음이 없다.'라는 구절의 일부예요. 본래의 의미는 '극에 달하면 변하고, 변하게 되면 새롭게 통하게 되며, 통하게 되면 오래도록 이어진다.'는 뜻이에요. 사람들은 이 글귀를 '궁하면 통한다.'로 줄여 '어려운 처지에 이르게 되면 도리어 해결할 길이 생긴다.'는 뜻으로 사용해요. 하지만 기억해야 해요. 주역에서 말하고 있는 건 힘든 상황에 놓였을 때, 변화하려는 의지와 노력이 없다면 '통(通)'으로 갈 수 없다는 것이에요. 배가 고파 아무리 하늘을 쳐다봐도 하늘은 음식을 내려 주지 않는답니다. 여러분, 이제 변화하고 방법을 찾으세요.

중고등 기초한자 어휘 쑥쑥

變
변할 변, 재앙 변
죽음 변

▷ **변고(變故)** : 갑작스러운 재앙이나 사고.

▷ **조변석개(朝變夕改)** : 아침저녁으로 뜯어고친다는 뜻으로, 계획이나 결정 따위를 일관성이 없이 자주 고침을 이르는 말. ≒ 조개모변 · 조변모개 · 조석변개.

고사성어 하나

기 화 가 거
奇 貨 可 居

기이할 기　재물 화　옳을 가　있을 거

나중에 이익이 될 만한 물건이나 사람은 훗날을 위해 간직하는 것이 좋다.

_《사기(史記)》의 〈여부위열전(呂不韋列傳)〉 중에서

전국시대 여불위라는 장사꾼은 진나라 왕손인 자초가 조나라에 볼모로 잡혀 있다는 사실을 알게 되었다. 당시 진나라의 소양왕은 연로했고, 그의 아들 안국군에게는 20여 명의 아들이 있었다. 하지만 안국군의 정비(正妃)인 화양부인에게는 아들이 없었다. 여불위는 자초의 가치를 알아보고, 엄청난 자금력으로 자초가 화양부인의 양자가 되도록 힘썼다. 나중에 자초는 태자가 되어 왕위에 오르고 여불위는 재상이 되었다.

여불위는 뛰어난 재능을 가졌어요. 모두가 한쪽만 볼 때, 여러 각도에서 대상을 보고 가치를 매기는 재능이라고 해요. 더욱 놀라운 것은 남들처럼 투자하고 마냥 행운이 찾아오기만을 기다리지 않았어요. 자신이 가치 있다고 생각한 것에 긴 안목으로 과감하게 투자하고, 자신의 투자가 성공할 수밖에 없도록 주변 상황을 차근차근 만들어 나갔어요. 이 점이 바로 여불위가 다른 장사꾼과 다른 큰 장사꾼인 이유랍니다. 여러분, 힘들고 어려운 상황은 항상 찾아와요. 그럴 때일수록 자기 자신과 가치 있는 것에 시간과 능력을 투자하세요. 그 투자는 여러분을 현재 상황에서 벗어나게 해 줄 거예요.

물실호기(勿失好機) : 좋은 기회를 놓치지 않음.

시불가실(時不可失) : 한 번 지난 때는 두 번 다시 오지 않으므로 때를 놓쳐서는 안된다는 말.

궁 즉 변 변 즉 통 통 즉 구
窮則變 變則通 通則久

궁하면 변하고 변하면 통하고 통하면 오래간다.

기 화 가 거 奇貨可居

나중에 이익이 될 만한 물건이나 사람은
훗날을 위해 간직하는 것이 좋다.

07. 내 능력을 사람들이 몰라줄 때

글귀 하나

천 생 아 재　필 유 용

天生我材 必有用

天	生	我	材	必	有	用
하늘 천	날 생	나 아	재주 재	반드시 필	있을 유	쓸 용

하늘이 내게 재능을 주었으니 반드시 쓰일 곳이 있으리라.

_ 이백(李白)의 〈장진주(將進酒)〉 중에서

● ● ●

시선(詩仙)이라고 불리는 이백의 시 '하늘이 내게 재능을 주었으니 반드시 쓰일 곳이 있을 것이오. 천금의 돈도 다 쓰고 나면 다시 생겨날 것이오.'의 일부입니다. 얼핏 시간과 돈을 흥청망청 쓰며 놀자는 말처럼 들릴지 모르지만, 이 시구에는 세상을 대하는 이백의 호탕함이 들어 있어요. 자신의 능력을 믿고 조급해하지 않으며, 돈에 자신을 가두지 않는 그런 호탕함 말입니다. 우리도 무언가에 쫓기듯이 살지 말고 이백처럼 한번 거리낌 없이 웃어 봐요. 그리고 '그냥 너 가져!'라는 말을 뱉어 보세요. 마음에 편안함이 찾아올 거예요.

중고등 기초한자 어휘 쏙쏙

材
재목 재
재료 재
재능 재

▷ **취재(取材)** : 작품이나 기사에 필요한 재료나 제재(題材)를 조사하여 얻음.

▷ **동량지재(棟梁之材)** : 기둥과 들보로 쓸 만한 재목이라는 뜻으로, 한 집안이나 한 나라를 떠받치는 중대한 일을 맡을 만한 인재를 이르는 말. ≒ 동량(棟梁).

▷ **적재적소(適材適所)** : 적당한 재능을 가진 자에게 적합한 지위나 임무를 맡김.

고사성어 하나

묵 수
墨 守

자신의 의견이나 소신을 끝까지 굳게 지키다.

먹 묵　　지킬 수　　_《묵자(墨子)》의 〈공수반(公輸盤)〉 중에서

중국 춘추시대, 초나라의 공수반이 송나라를 공격하려 했다. 이에 묵적이 공수반을 찾아가 말리며, 초나라 왕을 만나게 해 달라고 했다. 묵적은 초나라 왕을 설득할 목적으로 공수반과 모의 전쟁을 치를 것을 제안했다. 공수반은 갖가지 책략으로 묵적이 지키는 성을 공격했지만 모두 실패했다. 이를 본 초나라 왕은 송나라를 공격하지 않겠다고 약속했다.

● ● ●

모의 전투에서 실패한 공수반은 마지막으로 묵적을 이길 방법을 하나 찾아낸답니다. 무엇일까요? 바로 눈앞에 있는 묵적을 죽이는 거지요. 하지만 묵적은 아무렇지도 않은 듯 말해요. "당신이 나를 죽인다 해도, 내 제자 300명이 송나라에서 당신을 기다릴 것이오." 이 말 한마디에 공수반과 초나라 왕은 KO를 당하지요. 어때요? 묵적 대단하지요? 그래서 많은 사람들은 묵적을 스승으로 높여 묵자(墨子)라고 부른답니다. 묵자가 성을 끝까지 지킨 고사에서 유래된 묵수는 자신의 의견이나 소신을 끝까지 지키는 것을 뜻하는데요. 묵자처럼 여러분도 소신껏 일을 해 나가다 보면 언젠가는 사람들이 여러분의 능력을 알아줄 때가 올 거랍니다.

함께 알아 둡시다!

묵성지수(墨城之守) : 묵자가 성을 지키는 데 조금도 굴하지 않았다는 뜻으로, 너무 완고하여 변통할 줄 모르거나 자기의 의견이나 주장을 끝까지 밀고 나가는 것.

교주고슬(膠柱鼓瑟) : 비파나 거문고의 기러기발을 아교로 붙여 놓으면 음조를 바꾸지 못해 한 가지 소리밖에 내지 못하듯이, 고지식하고 융통성이 전혀 없음을 이르는 말.

천생아재 필유용

天生我材 必有用

하늘이 내게 재능을 주었으니 반드시 쓰일 곳이 있으리라.

묵수墨守

자신의 의견이나 소신을 끝까지 굳게 지키다.

글귀 하나

언 미 급 지 이 언 위 지 조

言未及之而言 謂之躁

말씀 언 / 아닐 미 / 미칠 급 / 어조사 지 / 말 이을 이 / 말씀 언 / 말할 위 / 어조사 지 / 조급할 조

말이 다 끝나지 않았는데도 말하는 것을 조급함이라 한다.

_《논어(論語)》의 〈계씨(季氏)〉 중에서

'군자를 모시고 이야기를 나눌 때 세 가지 과오를 범하기 쉽다. 말이 다 끝나지 않았는데도 말하는 것을 조급하다고 하고, 말이 끝났는데도 말하지 않는 것을 숨긴다고 하며, 상대방의 안색을 보지도 않고 말하는 것은 눈치 없다고 한다.'의 일부예요. 상대방이 아직 의중을 드러내지 않았는데 먼저 말을 꺼내거나, 상대방이 말을 하는 도중에 말을 끊고 자신의 말을 하는 것은 조급하기 때문이에요. 그리고 상대가 속마음을 온전하게 털어놓았는데도 침묵하는 것은 내 마음속에 무엇인가를 감추고 있다는 뜻이지요. 이렇듯 말을 하는 때를 살피면 내 마음은 물론이고 상대방의 마음도 읽을 수 있답니다.

중고등 기초한자 어휘 쑥쑥

及
이를 급
미칠 급

- ▷ **파급(波及)** : 어떤 일의 여파나 영향이 차차 다른 데로 미침.
- ▷ **소급(遡及)** : 지나간 일에까지 거슬러 올라가서 미치게 하는 것.
- ▷ **불급마복(不及馬腹)** : 채찍이 길어도 말의 배에는 미치지 못한다는 뜻으로, 인력만으로는 되지 않는 일이 있음을 비유하는 말.

고사성어 하나

복수불반 覆水不返

뒤집힐 복 물 수 아닐 불 돌아올 반

엎질러진 물은 돌이켜 담을 수 없고, 일단 저지른 일은 되돌릴 수 없다.

_《습유기(拾遺記)》 중에서

태공망 여상은 어려운 가정 형편을 돌보지 않고 학문에만 열중했다. 참다못한 아내 마 씨가 그를 버리고 도망갔다. 여상은 후에 주나라 무왕을 도와 은나라 주왕을 몰아냈다. 그 공을 인정받은 여상이 제나라의 제후에 봉해지자, 집을 떠났던 마 씨가 여상을 찾아왔다. 그리고서는 여상에게 자신을 다시 받아 달라고 했다. 여상은 그릇에 물을 떠오게 한 후, 그 물을 쏟아 버리며 말했다. "물을 다시 그릇에 담아 보시오." 마 씨가 어쩔 줄 몰라 하자 여상은 "한번 엎질러진 물은 다시 그릇에 담을 수 없소. 한번 떠난 아내는 돌아올 수 없소."라고 말하며, 마 씨를 받아들이지 않았다.

부인 마 씨가 떠난 여상의 삶은 더욱 고단해졌어요. 그러자 위수 강에서 때가 오기를 기다리며 낚시를 하지요. 요즘도 낚시를 좋아하는 사람을 강태공이라고 하지요? 강태공은 여상을 부르는 또 다른 이름이랍니다. 여상은 큰 뜻을 품고 때를 기다렸어요. 꿈을 꾸고 준비하고 기다릴 줄 알았답니다. 여러분! 꿈이 있으세요? 준비가 되었나요? 한두 번의 실패로 그냥 포기하지 않았나요? 강태공이 세상에 이름을 드러낸 것은 일흔 살이 넘어서입니다. 나이는 숫자에 불과하다는 말을 몸소 실천했지요.

복수불수(覆水不收) : 엎질러진 물은 다시 담지 못한다.

증이파의(甑已破矣) : 시루가 이미 깨졌다는 뜻으로, 다시 본래대로 만들 수 없음을 뜻한다.

언 미 급 지 이 언 위 지 조

言未及之而言 謂之躁

말이 다 끝나지 않았는데도 말하는 것을 조급함이라 한다.

복 수 불 반

覆水不返

엎질러진 물은 돌이켜 담을 수 없고,
일단 저지른 일은 되돌릴 수 없다.

09. 화를 참을 수 없을 때

글귀 하나

불 천 노 　불 이 과
不遷怒 不貳過

아닐 불 　옮길 천 　화낼 노 　　아닐 불 　둘 이 　허물 과

내 화를 남에게 옮기지 않고, 잘못을 두 번 되풀이하지 않는다.

_《논어(論語)》의 〈옹야(雍也)〉 중에서

● ● ●

애공이 공자에게 제자 중에 누가 학문을 좋아하느냐고 묻자, 공자가 "안회가 학문을 좋아하여 화를 남에게 옮기지 않고 잘못을 두 번 되풀이하지 않았는데, 불행히 일찍 죽었습니다."라고 말한 내용의 일부예요. 화가 나면 누구나 감정을 다스리기 어려워요. 그래서 화가 사그라질 때까지 누군가를 다치게 해요. 대체로 나보다 힘이 약하거나 가족을 상대로 그럴 때가 많지요. 생각해 보면 참 잘못된 일이지만 어리석게 반복하곤 해요. 여러분! 이제는 화를 마음에 담아 두지 말고 화를 풀 수 있는 자신만의 방법을 찾아요. 땀을 흘리는 운동이나 자신의 감정을 쏟아 내는 음악 같은 것을 하면서 말이에요. 그래서 나와 내 주변의 소중한 사람을 지켰으면 해요.

중고등 기초한자 어휘 쏙쏙

過
허물 과
지날 과
지나칠 과

▷ **과거(過去)** : 이미 지나간 때. 지나간 일이나 생활.

▷ **과오(過誤)** : 잘못. 그릇된 짓.

▷ **교왕과직(矯枉過直)** : 구부러진 것을 바로잡으려다가 너무 곧게 한다는 뜻으로, 지나치면 오히려 일을 그르침을 이름.

고사성어 하나

요산요수 樂山樂水

좋아할 요 뫼 산 좋아할 요 물 수

어진 사람은 산을 좋아하고, 지혜로운 사람은 물을 좋아한다.

_《논어(論語)》의 〈옹야(雍也)〉 중에서

공자가 말하기를, 지자요수(知者樂水)하고 인자요산(仁者樂山)이다. 지자동(知者動)하고 인자정(仁者靜)하다. 지자락(知者樂)이고 인자수(仁者壽)이다. 지혜로운 사람은 물을 좋아하고, 어진 사람은 산을 좋아한다. 지혜로운 사람은 동(動)적이고, 어진 사람은 정(靜)적이다. 지혜로운 사람은 즐겁게 살고, 어진 사람은 장수한다.

● ● ●

물은 어느 곳이든 흘러가고 막힘이 없지요? 지혜로운 사람은 물을 닮아 세상의 이치에 통달했기 때문에 물을 좋아한다고 해요. 산은 변하지 않고 흔들림 없지요? 이처럼 어진 사람은 산과 같이 중후하고 의리를 굳게 지킬 줄 알기 때문에 산을 좋아한다고 해요. 화가 나는 것을 무조건 눌러 놓으면 언젠가는 크게 터지게 되어 있답니다. 그러니 지혜로운 사람이 되어 그 화를 물 흐르듯이 다른 곳으로 흘려보내 주세요. 사람들이 다치지 않게 말이죠. 그리고 마음속에 큰 산을 둔 어진 사람이 되어 상처받은 사람의 화를 치유해 주세요.

인자요산(仁者樂山) : 어진 사람은 산을 좋아한다.

지자요수(知者樂水) : 지혜로운 사람은 물을 좋아한다.

불천노 불이과
不遷怒 不貳過

내 화를 남에게 옮기지 않고, 잘못을 두 번 되풀이하지 않는다.

요산요수 樂山樂水

어진 사람은 산을 좋아하고,
지혜로운 사람은 물을 좋아한다.

글귀 하나

부 천 지 일 험 일 이
夫 天 地 一 險 一 易

무릇 부 　하늘 천 　땅 지 　하나 일 　험할 험 　하나 일 　쉬울 이

무릇 세상은 하나의 어려움이 있으면 하나의 쉬움도 있기 마련이다.

_《관자(管子)》의 〈주합(宙合)〉 중에서

'하늘도 하나의 때만 있는 것이 아니고, 땅도 하나의 이로움만 있는 것이 아니고, 사람도 하나의 일만 있는 것이 아니다. 살피는 것을 바르게 하고 맡은 일을 확고히 행하면 발자취를 깊게 남기게 된다. 무릇 천지는 하나의 험함이 있으면 하나의 쉬움도 있다.'의 일부예요. 하늘의 날씨도 사나울 때가 있으면 화창할 때가 있어요. 땅도 풍요로움을 줄 때가 있으면 궁핍함을 줄 때가 있어요. 그러니 사람도 힘들 때가 있으면 좋은 날도 있어요. 혹시 지금 삶이 험난하세요? 그럼 웃으며 앞으로 찾아올 좋은 날을 대비하세요. 세상일은 '일험일이'잖아요.

중고등 기초한자 어휘 쏙쏙

險
험할 험
위태로울 험
나쁠 험

▷ **보험(保險)** : 사람들이 미리 일정한 돈을 함께 적립하여 두었다가 사고가 일어날 경우의 경제적 손해를 보상하는 제도.

▷ **위험천만(危險千萬)** : 위험하기 짝이 없음.

▷ **재덕부재험(在德不在險)** : 나라의 안전은 임금의 덕에 달린 것이지, 지형의 험준함에 있지 않다는 뜻.

고사성어 하나

새옹지마 塞翁之馬

변방 새 늙은이 옹 어조사 지 말 마

인생의 길흉화복은 변화가 많아 예측하기 어렵다.

_《회남자(淮南子)》의 〈인간훈(人間訓)〉 중에서

중국 변방에 점을 잘 치는 노인이 살고 있었다. 어느 날 그의 말이 아무 이유 없이 오랑캐 땅으로 도망갔다. 사람들이 위로하자 노인이 말했다. "이것이 복이 될지 누가 알겠소?" 몇 달이 지난 후, 노인이 말했던 것처럼 그의 말이 오랑캐의 준마를 데리고 돌아왔다. 이 일로 사람들이 축하하자 노인이 말했다. "이것이 재앙이 될지 누가 알겠소?" 그러던 어느 날, 노인의 아들이 말을 타다가 떨어져 다리뼈가 부러졌다. 사람들이 위로하자 노인이 말했다. "이것이 복이 될지 누가 알겠소?" 일 년 후, 오랑캐가 쳐들어오자 마을의 젊은이들은 전쟁터에 나가 열에 아홉은 죽었지만, 노인의 아들은 불편한 다리 때문에 전쟁터에 나가지 않아 목숨을 부지할 수 있었다.

● ● ●

여러분은 할아버지 이야기를 들으면서 무슨 생각이 들었어요? 저는 세상일은 참 알다가도 모를 일이라고 생각했어요. 여러분도 힘든 일이 있다고 좌절하지 마세요. 그 일로 인해 어떤 좋은 일이 나에게 찾아올지 모르거든요. 그러니 반대로 좋은 일이 있을 때도 너무 으쓱거리지 말고 겸손해야겠지요.

함께 알아 둡시다!

새옹득실(塞翁得失) : 한때의 이가 장래에는 해가 되기로 하고, 화가 도리어 복이 되기도 함.

화전위복(禍轉爲福) : 화가 바뀌어 오히려 복이 된다는 뜻으로, 어떤 불행한 일이라도 끊임없는 노력과 강인한 의지로 힘쓰면 불행을 행복으로 바꾸어 놓을 수 있다는 말.

부 천 지 일 험 일 이

夫天地一險一易

무릇 세상은 하나의 어려움이 있으면 하나의 쉬움도 있기 마련이다.

새 옹 지 마 塞翁之馬

인생의 길흉화복은 변화가 많아 예측하기 어렵다.

우화 속 인내 나침반

자기 일은 스스로 해결하라

어느 날 마부가 짐을 싣고 가는 길에 바퀴가 웅덩이에 풍덩 빠지고 말았어요. 그런데 마부는 마차 바퀴를 웅덩이에서 빼낼 생각은 하지도 않고 그 자리에 무릎을 꿇고 앉아 힘이 센 헤라클레스 신에게 기도했어요.

"헤라클레스 신이시여. 저를 좀 도와주세요. 이 마차 바퀴를 웅덩이에서 빼내 주세요."

한참 동안 기도를 하는데 헤라클레스 신이 마부의 눈앞에 나타났어요.

"헤라클레스 신이시여. 저의 기도를 들으셨군요. 제발 제 마차 바퀴를 웅덩이에서 빼내 주세요."

그러자 헤라클레스 신이 이렇게 말했어요.

"바퀴가 웅덩이에 빠졌다면 네 손으로 직접 힘을 써 보고 말에게 채찍을 휘둘러 보아라. 먼저 네 힘으로 할 수 있는 데까지 최선을 다한 다음에 그래도 일이 잘 안 되면 나를 찾아라. 어찌하여 너는 아무 일도 하지 않고 무조건 도와 달라고만 하느냐?"

마부는 너무 창피해서 얼굴을 들 수가 없었다.

IV

공부편

글귀 하나

학 이 불 사 즉 망
學 而 不 思 則 罔

배울 학　접속사 이　아닐 불　생각할 사　곧 즉　없을 망

배우기만 하고 생각하지 않으면 얻음이 없다.

_《논어(論語)》의 〈위정(爲政)〉 중에서

●●●

'배우기는 하지만 그 뜻을 생각하지 않고 구하려 하지 않으면 얻을 것이 없다.'라는 뜻으로 공자가 한 말이에요. 또, '생각만 하고 배우지 않으면 위태롭다.'라고도 했답니다. 공부를 하려는 사람들은 대부분 비슷한 내용의 수업을 들어요. 마찬가지로 운동을 하려는 사람들도 비슷한 훈련을 한답니다. 하지만 그들의 실력은 천차만별이지요. 왜 이런 현상이 벌어질까요? 그것은 배움의 첫 단추라고 할 수 있는, 자신이 배운 내용에 대해 '왜?'라는 질문을 던졌느냐 그렇지 않았느냐의 차이랍니다.

중고등 기초한자 어휘 쏙쏙

思
생각할 사

▷ **심사숙고(深思熟考)** : 깊이 잘 생각함.

▷ **역지사지(易地思之)** : 처지를 바꾸어서 생각하여 봄.

▷ **노심초사(勞心焦思)** : ① 마음을 수고롭게 하고 생각을 너무 깊게 함. ② 애쓰면서 속을 태움.

고사성어 하나

우공이산 愚公移山

어리석을 우 공변될 공 옮길 이 뫼 산

아무리 힘든 일이라도 끊임없이 노력하면 반드시 이루어진다.

_《열자(列子)》의 〈탕문(湯問)〉 중에서

옛날 중국의 북산에 우공(愚公)이라는 노인이 있었다. 그는 집 앞에 있는 두 개의 산 때문에 통행이 불편하자 산을 옮기기로 마음먹고, 산에서 흙을 퍼다 바다에 버렸다. 사람들이 그런 그를 놀리자 우공이 말했다. "내가 죽으면 내 아들이, 내 아들이 죽으면 내 손자가 있지 않소? 산은 그대로 있지만 자자손손(子子孫孫) 흙을 나르면 언젠가는 산이 작아져 옮겨지지 않겠소?" 두 산의 산신령이 우공의 말을 전해 들었다. 자신들의 거처가 없어질 형편이라 하늘에 간곡하게 청을 하니, 하늘에서 두 명의 힘센 아이가 내려와 하나는 삭동(朔東)으로, 하나는 옹남(雍南)으로 산을 옮겨 놓았다고 한다.

우공이산을 보면 2002년 한일 월드컵 4강 경기에서 본 '꿈★은 이루어진다.'가 생각납니다. 이 말은 태극전사들의 결승진출에 대한 염원을 담고 있어요. 또 우리가 최선을 다하고 간절히 바라면 그 꿈은 반드시 이루어진다는 희망의 메시지도 전달하고 있지요. 이처럼 사람들은 꿈을 꿔요. 누구나 현재 자신의 삶보다 더 나은 삶을 꿈꾸죠. 하지만 사람마다 꿈을 대하는 모습은 달라요. 여러분은 지금 그냥 꿈만 꾸고 있나요? 아니면 꿈을 이루기 위해 무언가를 하고 있나요?

함께 알아 둡시다!

진합태산(塵合泰山) : 티끌 모아 태산.

적토성산(積土成山) : 흙이 쌓여 산이 된다는 말로, 작은 것도 모이면 커진다는 말.

십벌지목(十伐之木) : 열 번 찍어 안 넘어가는 나무 없다는 뜻으로, 어떤 어려운 일이라도 끊임없이 노력하면 기어이 이루어 내고야 만다는 말.

학 이 불 사 즉 망
學而不思則罔

배우기만 하고 생각하지 않으면 얻음이 없다.

우 공 이 산 愚公移山

아무리 힘든 일이라도 끊임없이 노력하면
반드시 이루어진다.

글귀 하나

견 비 봉 전 이 지 위 거
見 飛 蓬 轉 而 知 爲 車

볼 견 날 비 쑥 봉 구를 전 접속사 이 알 지 만들 위 수레 거

쑥이 바람에 날려 굴러가는 것을 보고 수레를 만들 줄 알아야 한다.

_《회남자(淮南子)》의 〈설산훈(說山訓)〉 중에서

'속이 빈 나무가 물에 떠 있는 것을 보고 배를 만들 줄 알아야 하고, 쑥이 바람에 날려 굴러가는 것을 보고 수레를 만들 줄 알아야 하고, 새의 발자국을 보고 글자를 만들 줄 알아야 한다.'의 일부예요. 쑥은 뿌리가 약해서 바람이 세게 불면 뿌리째 뽑혀 굴러다닌다고 해요. 그런데 새로운 것을 잘 만들어 내는 사람은 이렇게 굴러가는 쑥을 보고서 수레바퀴를 생각한답니다. 놀라운 발명을 한 사람들 대부분은, 모두가 무심코 지나쳐 버린 일에서 아이디어를 얻는 것처럼 말이에요. 생각 없이 외우고만 있나요? 새로운 답을 찾고 있나요? 그렇다면 자신의 경험을 믿고 주변을 살펴보세요. 너무 멀게만 느껴졌던 해답이 아주 가까운 곳에 있을지도 모르니까요.

중고등 기초한자 어휘 쑥쑥

飛
날 비
뛸 비
높을 비

▷ **비화(飛火)** : ① 튀어 박히는 불똥. ② 어떠한 일의 영향이 직접 관계가 없는 다른 데에까지 번짐.

▷ **풍비박산(風飛雹散)** : 사방으로 날아 흩어짐. 바람이 불어 우박이 이리 저리 흩어진다는 뜻.

고사성어 하나

퇴 고
推 敲

밀 퇴　　두드릴 고

글을 지을 때 여러 번 생각하여 고치고 다듬는다.

_《당시기사(唐詩紀事)》의 〈가도(賈島)〉중에서

어느 날 당나라 시인 가도는 길을 가다 문득 좋은 시상이 떠올랐다. '새는 연못가 나무에서 자고, 스님은 달 아래 문을 민다.' 그런데 '밀다.'로 할지 '두드리다.'로 해야 할지 고민하다 당시 최고 문장가였던 한유의 행차를 가로막는 잘못을 저질렀다. 가도는 길을 피하지 못한 까닭을 말하고 사과했다. 가도의 사연을 들은 한유는 잠시 생각하더니 '두드리다.'가 좋을 것 같다고 권했다. 둘은 나란히 말을 타고 가며 시에 관해 논했고, 둘도 없는 시우(詩友)가 되었다고 한다.

• • •

큰 실례를 범한 가도를 너그럽게 용서하고, 그것도 모자라 나란히 말을 타고 가며 시를 논한 한유를 보세요. 진정한 대인배의 모습이 어떠한지 알 수 있어요. 사람들은 지위가 높아질수록 점점 뻣뻣해지다가 결국에는 부러진다고 해요. 그러니 더욱 시로써 벗이 된 한유와 가도의 우정이 멋스럽게 느껴지네요. 또한, 시험만 잘 보기 위해 무작정 외우며 공부하는 우리와 달리, 한 글자를 얻기 위해 치열하게 고민했던 가도의 열정도 본받고 싶답니다.

함께 알아 둡시다!

고퇴(敲推) : 퇴고와 같은 말.

개고(改稿) : 원고를 고치어 씀. 또는 그 원고.

윤문(潤文) : 글을 윤색함.

견 비 봉 전 이 지 위 거
見飛蓬轉而知爲車

쑥이 바람에 날려 굴러가는 것을 보고 수레를 만들 줄 알아야 한다.

퇴 고 推敲

글을 지을 때 여러 번 생각하여 고치고 다듬는다.

글귀 하나

학이시습지 불역열호
學而時習之 不亦說乎

배울 학 접속사 이 때 시 익힐 습 어조사 지 아닐 불 또 역 기쁠 열 어조사 호

배우고 그것을 때때로 익히면 또한 기쁘지 아니한가.

_《논어(論語)》의 〈학이(學而)〉 중에서

이 글귀로《논어》가 시작됩니다. '벗이 먼 곳으로부터 찾아온다면 또한 즐겁지 아니한가? 사람들이 알아주지 않더라도 서운해하지 않는다면 또한 군자가 아니겠는가?'라는 글이 뒤를 이어요. 모두 새길수록 마음에 남는 글이에요. 우리는 무언가를 얻기 위해 공부해요. 그래서 공부는 재미없고 힘이 들기 마련이에요. 얻으려는 것이 크고 시간이 걸릴수록 그 스트레스는 더욱 심해지지요. 여러분! 이제 해야만 한다는 긴장과 불안을 잠시 내려두고, 배우며 깨우쳐 가는 재미에 집중해 보는 것은 어떨까요? 논어의 시작도 공부하는 즐거움과 뜻을 함께하는 벗을 만나는 기쁨을 말하고 있잖아요.

중고등 기초한자 어휘 쏙쏙

習
익힐 습
습관 습

▷ **습관(習慣)** : 어떤 행위를 오랫동안 되풀이하는 과정에서 저절로 익혀진 행동 방식.

▷ **폐습(弊習)** : ① 폐해가 되는 습관. 나쁜 버릇. ② 폐풍(弊風).

▷ **습여성성(習與性成)** : 습관이 오래되면 마침내 천성이 됨. 습관이 오랫동안 어떤 환경에서 배었다면 그 영향을 받아 성격으로 굳어진다는 뜻.

고사성어 하나

개 권 유 익
開 卷 有 益

열 개 책 권 있을 유 더할 익

책을 펴서 읽으면 반드시 이로움이 있다.

_《왕벽지(王闢之)》의 〈승수연담록(繩水燕談錄)〉 중에서

중국 송나라 태종은 독서를 무척 좋아했다. 역사서인 태평총류(太平聰類)를 편찬하게 하여 하루에 두세 권씩 읽었고, 바빠서 읽지 못했을 때는 틈틈이 보충했다. 모시는 신하가 태종의 건강을 걱정하여 휴식을 권하자 태종이 말했다. “책을 펼치면 이로움이 있다. 나는 피로를 느끼지 않는다.” 후세사람들은 황제가 직접 책을 봤다고 해서 책 이름을 태평어람(太平御覽)으로 바꿨다.

● ● ●

대부분의 사람들은 다른 사람과 한 약속은 소중하게 생각합니다. 하지만 자신과 했던 약속은 헌신짝처럼 버리기 일쑤지요. 그런 면에서 송나라 태종의 책 읽기에 대한 충실함은 우리를 부끄럽게 합니다. 그런데 생각하지 않고 책을 본다면, 단지 시간 보내기에 지나지 않아요. 존 로크는 ‘독서는 단순히 지식의 재료를 공급할 뿐 그것을 자신의 것으로 만드는 것은 사고의 힘이다.’라고 했고, 공자는 ‘배우기만 하고 생각이 없다면 얻을 것이 없고, 생각만 하고 배움이 없다면 위태롭다.’라고 했답니다. 두 사람의 글은 다른 것 같지만 너무나 닮았어요. 여러분! 책을 통해 시간과 운명을 뛰어넘으세요. 독서와 사색이 함께 들어 있는 생각 주머니가 있다면 가능합니다.

함께 알아 둡시다!

개권유득(開卷有得) : 책을 펴 글을 읽으면 새로운 지식을 얻음.

독서백편의자현(讀書百遍義自見) : 뜻이 어려운 글도 자꾸 되풀이하여 읽으면, 그 뜻을 스스로 깨우쳐 알게 됨.

학 이 시 습 지 불 역 열 호
學而時習之 不亦說乎

배우고 그것을 때때로 익히면 또한 기쁘지 아니한가.

개 권 유 익 開卷有益

책을 펴서 읽으면 반드시 이로움이 있다.

글귀 하나

성	상	근	야	습	상	원	야
性	相	近	也	習	相	遠	也
성품 성	서로 상	가까울 근	어조사 야	습관 습	서로 상	멀 원	어조사 야

천성은 서로 비슷하나 습관에 의해 서로 멀어진다.

_《논어(論語)》의 〈양화(陽貨)〉 중에서

●●●

처음에는 성품이나 기질이 사람마다 별 차이가 없다고 해요. 하지만 어떤 경험을 하고 어떤 습관을 가지냐에 따라 점점 그 차이는 벌어져요. 좋은 생각을 많이 하고 착한 일을 자주 하는 습관을 지녔다면 착해질 것이고, 나쁜 생각을 많이 하고 나쁜 일을 자주 하는 습관을 지녔다면 악해지겠지요. 성품뿐만 아니라 공부나 운동도 마찬가지랍니다. 만약 두 사람이 배우기를 똑같이 했다면 처음에는 실력 차이가 그다지 나지 않아요. 하지만 정신과 육체적으로 좋은 습관을 지닌 사람이 나중에 월등한 실력을 갖추게 되는 것은 자명한 사실입니다. 여러분도 이제 무엇인가 잘하고 싶다면, 좋은 습관 3가지만 노트에 적어 보고 마음에 새겨 보세요. 이 세 가지가 나중에 여러분을 엄청나게 변화시켜 줄 거예요.

중고등 기초한자 어휘 쏙쏙

性
성품 성

▷ **신빙성(信憑性)** : 자백, 증언에 대하여 신용할 수 있는 정도.

▷ **운심월성(雲心月性)** : 구름 같은 마음과 달 같은 성품이라는 뜻으로, 맑고 깨끗하여 욕심이 없음을 이르는 말.

고사성어 하나

맹 모 삼 천 지 교
孟 母 三 遷 之 敎

맏 **맹** 어미 **모** 석 **삼** 옮길 **천** 어조사 **지** 가르칠 **교**

교육에 있어서 환경이 중요하다.

_ 유향(劉向)의 《열녀전(列女傳)》 중에서

맹자의 어머니는 공동묘지 근처에 집을 얻어 살았는데, 맹자가 장사 지내고 곡하며 노는 모습을 보고 시장 옆으로 이사를 갔다. 그런데 이번에는 맹자가 흥정하고 장사하며 놀자 다시 서당 옆으로 집을 옮겼다. 그랬더니 맹자가 학동들의 모습을 보고 책을 읽는 시늉을 했다.

• • •

여러분은 이사를 많이 다녀 봤나요? 이사란 참 힘이 든답니다. 그 작은 집에서 어떻게 이렇게 많은 짐이 나오는지 혀를 내두를 때가 많지요. 이렇게 힘든 이사를 맹자 어머니는 어린 맹자의 교육을 위해 공동묘지에서 시장으로, 다시 서당 근처로 옮겨 가지요. 어릴 때의 교육은 글로 배우는 가르침보다 먼저 눈으로 보고 배우는 것이 무엇보다 중요하다는 것을 알고 있었기 때문이에요. 요즘에는 자식을 보다 나은 학군으로 보내려는 극성스러운 어머니들에 빗대어 이 말을 많이 쓰지요. 그런데요. 부모가 자식들에게 보여 준 말과 행동이 그 어떤 교육 환경보다 앞선다는 것을 잊지 말아야 해요. 맹자가 훌륭하게 자란 것은 단순히 서당 옆에 살아서가 아니라 맹자 엄마 스스로가 맹자에게 보여 준 올곧은 모습이 그를 명유(名儒, 이름난 선비)로 키운 것입니다. 여러분도 앞으로 누군가의 엄마 아빠가 될 테니, 꼭 기억하세요.

삼천지교(三遷之敎) : 맹모삼천지교와 같은 말.

맹모삼천(孟母三遷) : 맹모삼천지교와 같은 말.

동성이속(同聲異俗) : 사람의 성질은 본래 같으나, 자라난 환경과 교육에 따라 차이가 생김을 비유해 이르는 말.

성 상 근 야 습 상 원 야

性相近也 習相遠也

천성은 서로 비슷하나 습관에 의해 서로 멀어진다.

맹 모 삼 천 지 교 孟母三遷之教

교육에 있어서 환경이 중요하다.

글귀 하나

위 학 불 가 자 수 가 역 불 능 학 의
謂學不暇者 雖暇亦不能學矣

이를 위 배울 학 아닐 불 겨를 가 사람 자 비록 수 겨를 가 또 역 아닐 불 능할 능 배울 학 어조사 의

공부할 시간이 없다고 하는 사람은 시간이 생겨도 하지 않는다.

_《회남자(淮南子)》의 〈설산훈(說山訓)〉 중에서

바빠서 공부할 시간이 없다고 말하는 사람에게 충고해 주고 싶은 말이에요. 충분히 할 수 있는데도 하지 않는 사람에게 이유를 물어보면 대부분 비슷한 반응을 보여요. 먼저 자신이 얼마나 바쁜 사람인지를 설명하고, 그 일을 하지 못하는 갖가지 핑계를 대요. 하지만 속내를 들여다보면 시간이 없는 것이 아니라, 할 마음이 없는 거예요. 누구에게나 기본적인 '생존타임'이 있어요. 밥 먹고, 잠자고, 공부하거나 일을 하는 시간이죠. 앞으로의 '생존타임'을 어떻게 살지는, 생존타임을 뺀 나머지 시간을 지금 어떻게 보내느냐에 달려 있어요. 혹시 자신이 앞으로 어떤 삶을 살지, 또 어디로 가고 있는지 알고 싶은가요? 그러면 지금 이 시간들을 어떻게 사용하고 있는지 잘 살펴보세요.

중고등 기초한자 어휘 쏙쏙

暇
겨를 가
한가할 가

▷ **휴가(休暇)** : 직장 · 학교 · 군대 따위의 단체에서, 일정 기간 쉬는 일. 또는 그런 겨를.

▷ **석불가난(席不暇暖)** : 앉은 자리가 따뜻할 겨를이 없다는 뜻으로, 자리나 주소를 자주 옮기거나 매우 바쁘게 돌아다님.

고사성어 하나

기우 杞憂

기나라 기 근심 우

하지 않아도 될 쓸데없는 걱정.

_《열자(列子)》의 〈천서(天瑞)〉 중에서

기나라 사람 중에 하늘이 무너지고 땅이 꺼지면 몸 둘 곳이 없음을 걱정하여 자고 먹지 않은 사람이 있었다. 이 소리를 들은 어떤 사람이 말했다. "하늘은 기운이 가득 차서 이루어진 것이니 어찌 무너져 떨어지리오? 땅은 기운이 뭉쳐서 이루어진 것이니 어찌 그 무너지는 것을 근심하리오?" 결국 그는 근심을 풀고 크게 기뻐했다.

조심하고 걱정하는 것은 필요해요. 하지만 너무나 심할 때 본인은 물론 주변 사람들까지 힘들게 해요. 아무리 좋은 것도 지나치면 독이 되잖아요. 걱정은 관점에 따라 둘로 나눌 수 있답니다. 하나는 일어날지 모르는 일에 대한 걱정이에요. 다른 하나는 내키지 않거나 힘든 일을 피하기 위해 핑곗거리로 갖다 붙이는 걱정이에요. 만약에 여러분이 공부에 대한 다양한 걱정거리들을 계속 말하고 있다면, 그 걱정은 후자 쪽일 확률이 높아요. 여러분, 시간은 나는 것이 아니라 내는 거랍니다.

기인우천(杞人憂天) : 기나라 사람이 하늘이 무너질까 근심 걱정하였다는 뜻으로, 쓸데없는 걱정을 나타냄.

배중사영(杯中蛇影) : 술잔 속의 뱀 그림자라는 뜻으로 ① 자기 스스로 의혹된 마음이 생겨 고민하는 일. ② 아무것도 아닌 일에 의심을 하고 지나치게 근심을 함.

의심암귀(疑心暗鬼) : 의심이 생기면 귀신이 생긴다는 뜻으로, 의심하는 마음이 있으면 대수롭지 않은 일까지 두려워서 불안해함을 이르는 말.

위 학 불 가 자 수 가 역 불 능 학 의

謂學不暇者 雖暇亦不能學矣

공부할 시간이 없다고 하는 사람은 시간이 생겨도 하지 않는다.

기 우 杞憂

하지 않아도 될 쓸데없는 걱정.

06. 모르는 것을 인정하기 싫을 때

글귀 하나

지 지 위 지 지　부 지 위 부 지

知之爲知之 不知爲不知

알 지　어조사 지　할 위　알 지　어조사 지　아닐 부　알 지　할 위　아닐 부　알 지

아는 것을 안다 하고, 모르는 것을 모른다고 하라.

_《논어(論語)》의 〈위정(爲政)〉 중에서

● ● ●

'자로야, 너에게 안다는 것을 깨우쳐 주마. 아는 것을 안다고 하고, 모르는 것을 모른다고 하여라. 이것이 바로 아는 것이다.'라는 구절의 일부입니다. 모르는 것을 인정하지 않고 우기는 제자 자로를 깨우치기 위해 공자가 했던 말이에요. 자신의 무지와 부족한 실력을 인정하는 것은 결코 쉬운 일이 아니에요. 그래서 누구나 인정과 부정 사이에서 고민하지요. 흔히 인정은 겸손한 자세로 배움의 출발선에 서게 하고, 부정은 핑계를 대고 상대를 깎아내리게 한다고 해요. 이 두 삶의 태도는 처음에는 별반 차이가 없어 보이지만, 시간이 흐를수록 그 실력 차이가 극명하게 벌어져요. 고수(高手)란 단어는 자신의 부족함을 인정하고 노력하는 자에게 붙는 이름이랍니다.

중고등 기초한자 어휘 쏙쏙

知
알 지

▷ **미지수(未知數)** : ① 방정식에서 구하려고 하는 수. 또는 그것을 나타내는 글자. ② 예측할 수 없는 앞일.

▷ **격물치지(格物致知)** : 사물의 이치를 구명하여 자기의 지식을 확고하게 함.

고사성어 하나

다기망양
多岐亡羊

많을 다 갈림길 기 잃을 망 양 양

학문의 길이 여러 갈래라 참된 진리를 찾기 어렵다.

_《열자(列子)》의 〈설부(說符)〉 중에서

전국시대 사상가로 양주가 있었다. 어느 날, 그의 이웃집에서 양 한 마리가 달아났다. 이웃집 사람들은 물론이고, 양주네 집 하인들까지 양을 찾는 데 동원되었다. 나중에 하인들이 돌아오자 양주가 물었다. "양은 찾았느냐?" 하인들이 말했다. "갈림길이 너무 많아 양을 찾을 수 없었습니다." 이 말을 들은 양주는 얼굴빛이 슬프게 변하고, 오랫동안 말이 없었으며, 종일 웃지도 않았다.

● ● ●

양주는 왜 슬펐을까요? 왜 온종일 웃지도 않았을까요? 양주는 양을 잃어버리고 나서 찾지 못하는 것을 봤어요. 눈으로 직접 볼 수 있는 양인데도 말이죠. 그런데 정작 자신은 눈에 보이지도 않고 실체도 모르는 '진리'라는 것을 찾고 있어요. 자신이 과연 그 '진리'라는 것을 찾을 수나 있을까, 의구심이 들었을 거예요. 학문하는 사람이 이런 생각에 사로잡혔으니 웃음기가 사라질 수밖에요. 여러분, 참된 진리가 존재한다고 생각하나요? 아니면 원래 아무것도 없는데, 사람들의 필요 때문에 만들어 냈다고 생각하나요? 누구도 이 문제를 완벽하게 증명할 수 없어요. 그러니 알고 싶다면 자신이 아무것도 모르는 사람임을 인정하고 배우고 묻고 생각해야 해요.

망양지탄(亡羊之歎) : 다기망양과 같은 말.

기로망양(岐路亡羊) : 다기망양과 같은 말.

망양(亡羊) : 한 가지 일에 오로지 전념하지 않고 이것저것 하면 실패하기 쉽다는 말.

지 지 위 지 지 부 지 위 부 지
知之爲知之 不知爲不知

아는 것을 안다 하고, 모르는 것을 모른다고 하라.

다 기 망 양 多岐亡羊

학문의 길이 여러 갈래라 참된 진리를 찾기 어렵다.

글귀 하나

부	지	부	지	병	의
不	知	不	知	病	矣
아닐 부	알 지	아닐 부	알 지	병 병	어조사 의

모른다는 것을 모르는 것이 병이다.

_《마왕퇴백서(馬王堆帛書)》 중에서

●●●

마왕퇴(1972년 발굴된 중국 후난성의 고고학 유적지)에서 출토된 백서(帛書)에 있는 노자의 글인데, 왕필이 주석을 단 《도덕경》의 내용과는 다소 차이가 있어요. 마치 소크라테스가 말한 '너 자신을 알라.' 곧, '너의 무지(無知)를 자각하라.'라는 말과 닮았어요. 우리는 자신이 부족하다고 느끼면 노력할 마음의 준비를 해요. 하지만 부족한 것을 모르고 인정하지 않을 때는 발전할 수 없어요. 왜냐하면 그런 사람은 변화와 발전의 출발선에 자신을 세우지 않기 때문이에요. 자신의 부족한 점을 느낀다면, 공부를 왜 해야 하는지 알 수 있을 거예요.

중고등 기초한자 어휘 쏙쏙

病
병 병

▷ **고질병(痼疾病)** : ① 오랫동안 앓고 있어 고치기 어려운 병. ② 오래되어 바로잡기 어려운 나쁜 버릇.

▷ **무병자구(無病自灸)** : 병이 없는데 스스로 뜸질을 한다는 뜻으로, 불필요한 노력을 하여 정력을 낭비함을 이름. 속담 '긁어 부스럼'과 같은 뜻.

▷ **행려병사(行旅病死)** : 타향에서 떠돌아다니다가 병들어 죽음.

고사성어 하나

과 유 불 급
過 猶 不 及

지나칠 **과** 같을 **유** 아닐 **불** 미칠 **급**

지나친 것은 미치지 못하는 것과 같다.

_《논어(論語)》의 〈선진(先進)〉 중에서

공자의 제자 자공이 공자에게 물었다.
"자장과 자하 중에 누가 더 낫습니까?"
공자가 대답했다.
"자장은 지나치고 자하는 미치지 못한다."
"그럼 자장이 낫다는 말씀입니까?"
"지나친 것은 미치지 못한 것과 같다."

공자는 지나치거나 모자람이 없으며 어느 쪽에도 치우치지 않는 중용(中庸)을 강조하기 위해 과유불급이란 말을 했어요. 지나친 것과 부족한 것 둘 다 잘못됐음을 지적한 말이에요. 공부도 마찬가지예요. 너무 출세만 강조하다 보면 공부로 얻게 되는 마음공부(정신적으로 수양을 쌓는 일)는 사라지고 결과만 중요하게 생각해요. 반대로 현실을 뒤로 한 채 공부에만 매달려도 세상 물정 모르는 백면서생(白面書生)이 되기 쉽죠. 그러니 자신에게 계속 물어보세요. 나는 공부를 왜 하고 지금 하는 공부가 무엇을 위한 공부인지를 말이에요.

교각살우(矯角殺牛) : 쇠뿔을 바로잡으려다 소를 죽인다는 뜻으로, 결점이나 흠을 고치려다 수단이 지나쳐 도리어 일을 그르치는 것을 말함.

소탐대실(小貪大失) : 작은 것을 탐하다가 오히려 큰 것을 잃음.

부 지 부 지 병 의

不知不知 病矣

모른다는 것을 모르는 것이 병이다.

과 유 불 급 過猶不及

지나친 것은 미치지 못하는 것과 같다.

글귀 하나

학 연 후 지 부 족 교 연 후 지 곤
學然後知不足 教然後知困

배울 학 그러할 연 뒤 후 알 지 아닐 부 족할 족 가르칠 교 그러할 연 뒤 후 알 지 곤란할 곤

배운 후에야 부족함을 깨닫고,
가르쳐 본 후에야 곤란함을 알게 된다.

_《예기(禮記)》의 〈학기(學記)〉 중에서

• • •

'비록 좋은 안주가 있어도 먹지 않으면 그 맛을 모르고, 비록 지극한 도가 있어도 배우지 않으면 그 좋음을 알지 못한다. 그러므로 배운 연후에야 자신의 부족함을 알고, 가르쳐 본 연후에야 곤란함을 알게 된다.'의 일부예요. 물어보기 귀찮아 모르는 것을 그냥 넘어가다 보면 앞으로도 계속 모르는 상태로 있어야 해요. 만약 모를 때마다 묻고 배워 알게 됐다면 나중에 비슷한 상황이 오더라도 잘 대처할 텐데 말이에요. 또 알고 있는 것을 조리 있게 설명하려 하지만 뜻대로 안 되는 경우가 있어요. 그땐 포기하지 말고 상대가 쉽게 알아들을 수 있는 다른 방법을 찾아봐요. 그러다 보면 어느 순간 자신이 그 문제의 전문가가 되어 있음을 깨닫게 될 거예요.

중고등 기초한자 어휘 쏙쏙

教
가르칠 교
하여금 교

▷ **교사(教唆)** : 남을 꾀거나 부추겨서 나쁜 짓을 하게 함.
▷ **막여교자(莫如教子)** : 자식을 가르치는 일보다 중요한 것은 없음.
▷ **교부초래(教婦初來)** : 신부의 교육은 시집왔을 때에 바로 하라는 말.

고사성어 하나

교 학 상 장
教 學 相 長

가르칠 교 배울 학 서로 상 길 장

가르치고 배우는 일은 서로를 성장시킨다.

_《시경(詩經)》 중에서

옥은 다듬지 않으면 그릇이 될 수 없고, 사람은 배우지 않으면 도(道)를 알지 못한다. 아무리 좋은 음식이 있어도 먹지 않으면 그 맛을 모르고, 비록 훌륭한 말씀이 있더라도 배우지 않으면 그 좋은 점을 알지 못한다. 이러하니 배운 다음에야 자신의 부족한 점을 알고, 가르쳐 본 다음에야 자신이 확실히 알지 못한다는 것을 안다. 자신의 부족함을 알면 스스로 반성하게 되고, 자신이 확실히 알지 못한다는 것을 알면 스스로 힘써 노력하게 된다. 이런 까닭으로 '가르침과 배움이 서로 도움을 주어 학문을 증진한다.'고 한다.

● ● ●

이 말은 중국에서 가장 오래된 시집인《시경》에서 유래했답니다. 배우는 것은 물론 남을 가르쳐 보아야 자신의 학문을 성장시킬 수 있다는 말이지요. 가르치는 직업을 가진 저를 항상 따라다니며 괴롭히는 말이 있습니다. '알면 쉽게 가르치고, 모르면 어렵게 가르친다.'라는 말이에요. 자신이 제대로 알고 있으면 쉽게 설명할 수 있지만 모르면 알아듣게 설명하는 것이 어렵답니다. 여러분도 친구의 질문에 성실히 답변해 주었으면 해요. 처음에는 시간을 빼앗기는 것 같지만 나중에 돌아보면 자신 또한 설명하면서 정리되었다는 것을 알 수 있을 거예요.

교학반(教學半) : 가르치는 것은 배움의 반이다.

줄탁동기(啐啄同機) : 병아리가 알에서 나오기 위해서는 새끼와 어미 닭이 안팎에서 서로 쪼아야 한다.

학 연 후 지 부 족 교 연 후 지 곤
學然後知不足 敎然後知困

배운 후에야 부족함을 깨닫고, 가르쳐 본 후에야 곤란함을 알게 된다.

교 학 상 장 敎學相長

가르치고 배우는 일은 서로를 성장시킨다.

우화 속 공부 나침반

책과 현실을 함께 읽어라

옛날 어느 마을에 뛰어난 천문학자가 살고 있었어요. 그는 저녁만 되면 별들을 관찰하기 위해 집 밖으로 나가 별을 보았답니다. 별자리에 대한 많은 지식을 가지고 있었으며 언제나 별자리를 연구하기 위해서 하늘을 올려다보면서 걸었어요. 그러던 어느 날 열심히 하늘만 바라보며 다니던 천문학자는 바로 앞에 무엇이 있는지를 보지 못하고 그만 우물에 빠지고 말았어요.

"살려 주세요. 누가 좀 저를 도와주세요."

때마침 우물가를 지나가던 농부가 천문학자를 우물에서 구해 주었어요.

"살려 주셔서 정말 고맙습니다."

농부는 공부도 많이 하고 똑똑한 천문학자가 어린아이도 잘 빠지지 않는 우물에 빠진 것이 궁금해 물었어요.

"어쩌다가 우물에 빠졌나요?"

"저는 천문학자인데, 별을 연구하려고 하늘만 보다가 우물에 빠졌어요."

농부는 어이가 없었어요.

"천문학자 양반! 당신도 참 한심하구려. 하늘에 무엇이 있는지 그렇게 잘 아는 사람이 어찌하여 자기 발밑에 무엇이 있는지는 그렇게 어둡단 말이오."

V

지혜편

글귀 하나

사 재 이 이 구 지 난
事 在 易 而 求 之 難

일 사 있을 재 쉬울 이 접속사 이 구할 구 어조사 지 어려울 난

일이 쉬운 데 있는데도 어려운 데에서 찾는다.

_《맹자(孟子)》의 〈이루(離婁)〉 중에서

● ● ●

'도가 가까운 곳에 있는데도 먼 곳에서 구하며, 일이 쉬운 데 있는 데도 어려운 데에서 찾는다.'라는 구절의 일부예요. 특별한 사람에게 평범한 사람이 물어요. 당신이 특별해진 비법이 무엇이냐고. 특별한 사람은 말해요. 기본에 충실했다고. 그러면 우리는 그 말을 믿지 못하고 다시 질문해요. 당신이 특별한 이유가 그렇게 간단할 리 없다고 말이죠. 덧붙여 비법을 왜 숨기냐는 말에 그는 알 수 없는 미소를 지어요. 여러분, 이제 특별한 비법을 찾아 눈을 멀리 두지 마세요. 눈앞에 있는 기본에 충실하기로 해요. 그 기본이 차곡차곡 쌓일 때 우리는 특별한 사람이 된답니다.

중고등 기초한자 어휘 쏙쏙

難
어려울 난
근심 난

▷ **논란(論難)** : 여럿이 서로 다른 주장을 내며 다툼.

▷ **난형난제(難兄難弟)** : 누구를 형이라 하고 누구를 아우라 하기 어렵다는 뜻으로, 두 사물이 비슷하여 낫고 못함을 정하기 어려움을 이르는 말.

▷ **각골난망(刻骨難忘)** : 입은 은혜에 대한 고마운 마음이 뼈에까지 사무쳐 잊혀지지 아니함. ≒ 결초보은 · 백골난망.

고사성어 하나

온 고 지 신
溫 故 知 新

따뜻할 온 옛 고 알 지 새로울 신

옛것을 익히고 그것을 미루어 새것을 안다.

_《논어(論語)》의 〈위정(爲政)〉 중에서

공자가 말하기를, 온고이지신(溫故而知新)이면 가이위사의(可以爲師矣)니라. 옛것을 익혀서 새것을 알면 스승이 될 수 있다.

• • •

온고지신이란 말을 직역하면 '옛것을 익혀서 새것을 안다.'는 말이지요. 곧, 옛사람들이 축적해 놓은 지식과 경험을 살펴보고 연구해서 새로운 지식이나 견해를 찾아낸다는 뜻이랍니다. 비교할 대상인 과거를 설정하고 현재를 투영해 보면 지금의 모습이 더욱 잘 보이기 때문에 생긴 말이 아닐까 생각합니다. 여러분! 자신의 미래가 궁금하세요? 그렇다면 현재의 내 일과와 내 모습을 찬찬히 살펴보세요. 현재의 자신을 재발견하고 미래를 설계하기에는 이보다 더 좋은 선생님이 없답니다. 과거는 현재의 거울이고, 현재는 미래의 거울이니까요.

이고위감(以古爲鑑) : 옛것을 오늘의 거울로 삼는다는 뜻으로, 옛 성현의 말씀을 거울로 삼아 행동함.

전복후계(前覆後戒) : 앞 수레가 뒤집힌 자국은 뒤 수레의 좋은 경계가 된다는 뜻으로, 앞의 실수를 경계로 삼아야 한다는 말.

부답복철(不踏覆轍) : 복철을 밟지 말라는 뜻으로, 선인의 실패를 되풀이하지 않음.

사 재 이 이 구 지 난
事在易而求之難

일이 쉬운 데 있는 데도 어려운 데에서 찾는다.

온 고 지 신 溫故知新

옛것을 익히고 그것을 미루어 새것을 안다.

글귀 하나

애 이 지 기 악 증 이 지 기 선
愛而知其惡 憎而知其善

愛	而	知	其	惡	憎	而	知	其	善
사랑 애	접속사 이	알 지		악할 악	미워할 증	접속사 이	알 지	그 기	선할 선

사랑해도 그 악함을 알고, 미워해도 그 선함을 알아야 한다.

_《예기(禮記)》의 〈곡례(曲禮)〉 중에서

'어질고 총명한 사람은 가까워도 공경할 줄 알고, 두려워도 사랑할 줄 알고, 사랑해도 그 악함을 알고, 미워해도 그 선함을 안다.'의 일부예요. 사랑하면 좋은 점만 보이고, 싫어하면 나쁜 점만 보여요. 게다가 이 감정은 쉽게 사그라지지도 않아서 주의할 점이 있어요. 공적인 일에 이 감정을 끌어들여서는 안 된다는 거예요. 그 사람이 좋아도 그 일에 맞지 않으면 시키지 말고, 그 사람이 싫어도 그 일을 잘할 능력이 있다면 시켜야지요. 쉬워 보이지만 절대로 쉽지 않은 이 일을 할 수만 있다면, 여러분은 아마 큰일을 해낼 거예요.

중고등 기초한자 어휘 쏙쏙

愛
사랑할 애
아낄 애
탐욕 애

▷ **할애(割愛)** : 소중한 시간, 돈, 공간 따위를 아깝게 여기지 아니하고 선뜻 내어 줌.

▷ **경천애인(敬天愛人)** : 하늘을 숭배하고 인간을 사랑함.

▷ **애급옥오(愛及屋烏)** : 사랑이 지붕 위의 까마귀에게까지 미친다는 뜻으로, 사람을 사랑하면 그 집 지붕 위에 앉은 까마귀까지도 사랑스럽다는 말.

고사성어 하나

부 화 뇌 동
附 和 雷 同

붙을 부　화할 화　우레 뇌　같을 동

주관이 없이 무작정 남의 의견을 따르다.

_《논어(論語)》의 〈자로(子路)〉 중에서

공자가 말하기를, 군자화이부동(君子和而不同)하고 소인동이불화(小人同而不和)니라. 군자는 화합하되 부화뇌동하지 아니하고, 소인은 부화뇌동하되 화합하지 않는다. 우레가 한번 쳤다 하면 천지 만물은 이에 호응하듯이 연달아 덜컥거린다. 이처럼 자신의 주관이 없이 무작정 남의 의견을 따르는 것을 부화뇌동이라 한다.

● ● ●

군자는 자신의 의견을 적절하게 제시하면서도 다른 사람과 조화를 이루는데, 소인은 다른 의견을 제시하는 것에 주저하고 눈치를 보게 되지요. 혹시 남과 달랐을 때 자신에게 어떤 불이익이 있을까 고민하고, 자신에게 손해가 나지 않을까 전전긍긍하는 마음 때문이에요. 소인은 이로움을 찾아 몸을 이리저리 움직이지만, 군자는 의로운 길을 찾아간답니다. 저 또한 논어의 글들을 보면서 소인에 가까운 저를 봅니다. 부끄럽지요. 마치 거울을 보며 자신의 모습에 실망하듯이 말이에요. 이렇듯 고전은 우리들의 마음을 비춰 보는 거울이 되어 줍니다. 자신을 비춰 자신을 바로 알고, 허물을 고칠 수 있도록 말이지요.

뇌동부화(雷同附和) : 부화뇌동과 같은 뜻. ≒ 뇌동 · 부화.

아부영합(阿附迎合) : 자기의 의견 없이 남의 말에 아부하며 동조함.

추우강남(追友江南) : ① 친구 따라 강남 감. ② 자기 의견 없이 남의 말에 아부하며 동조함.

애 이 지 기 악 증 이 지 기 선

愛而知其惡 憎而知其善

사랑해도 그 악함을 알고, 미워해도 그 선함을 알아야 한다.

부 화 뇌 동 附和雷同

주관이 없이 무작정 남의 의견을 따르다.

글귀 하나

* **백락(伯樂)** : 주나라 때 말을 잘 식별하기로 유명했던 사람

천	리	마	상	유	이	백	락	불	상	유
千	里	馬	常	有	而	伯	樂	不	常	有
일천 천	마을 리	말 마	항상 상	있을 유	접속사 이	맏 백	즐거울 락	아닐 불	항상 상	있을 유

천리마는 항상 있지만 그를 알아보는 백락이 항상 있는 것은 아니다.

_ 한유(韓愈)의 〈잡설(雜說)〉 중에서

● ● ●

'세상에 백락이 있은 다음에야 천리마가 있다. 천리마는 항상 있으나 그를 알아보는 백락이 항상 있는 것은 아니다. 그러므로 비록 명마가 있더라도 노예들의 손에 곤욕을 치르면서 마구간 사이에서 보통 말들과 나란히 죽어 가 천리마로 일컬어지지 못한다.'의 일부예요. 한유는 세상에 인재는 항상 있지만 그가 인재임을 알아보는 사람이 드물다고 말하고 있어요. 그가 살던 시대뿐만 아니라 지금에도 해당하는 말이에요. 그런데 한유의 말과는 달리 우리 모두가 인재일 수도 있답니다. 재능은 있지만 아무도 몰라 줘 안타까워하는 인재 말이에요. 마치 어린 시절 보물찾기에서, 누군가 자신을 찾아 주기를 간절히 바라는 보물처럼 말이죠. 여러분에게는 어떤 재능이 숨어 있나요? 찾으셨나요?

중고등 기초한자 어휘 쑥쑥

樂
즐거울 락
음악 악
좋아할 요

▷ **낙관(樂觀)** : ① 인생이나 사물을 밝고 희망적인 것으로 봄. ② 앞으로의 일 따위가 잘되어 갈 것으로 여김.

▷ **익자삼요(益者三樂)** : 사람이 좋아하여 유익한 세 가지. 곧, 예악을 적당히 좋아하고, 남의 착함을 좋아하고, 착한 벗이 많음을 좋아하는 것.

고사성어 하나

삼고초려 三顧草廬

석 삼 돌아볼 고 풀 초 오두막집 려

인재를 얻기 위해 수고로움을 아끼지 않는다.

_《삼국지(三國志)》의 〈촉지(蜀志)〉 중에서

중국 삼국시대 촉한의 유비가 우연히 은사(隱士)인 사마휘를 만나게 되었다. 유비가 유능한 책사를 천거해 달라고 하자 사마휘가 말했다. “복룡과 봉추 가운데 한 사람만 얻어도 천하를 가질 것이요.” 복룡은 제갈량을, 봉추는 방통을 말한다. 유비는 관우, 장비와 함께 제갈량을 맞으러 양양에 있는 그의 초가집으로 가지만 만나지 못하고, 세 번째 갔을 때에야 비로소 그를 만날 수 있었다고 한다. 그 열의에 감동한 제갈량은 마침내 유비의 책사가 되어 적벽대전에서 조조의 대군을 무찌르는 등 많은 전공을 세웠다.

● ● ●

선비는 자신을 믿어 주는 사람을 위해 목숨을 바친다는 말이 있어요. 제갈공명도 자신의 초가집에 세 번이나 찾아와 천하의 정세를 묻는 유비를 보고 자신을 의탁하게 되었답니다. 당시 세상에 나갈 뜻이 별로 없었던 그였지만, 유비의 무한한 신뢰에 마음이 바뀌었던 거예요. 여러분도 나중에 뛰어난 인재를 곁에 두고 싶다면 능력에 맞는 자리와 전폭적인 신뢰를 주어야 한답니다. 만약 그럴 수 있다면 여러분은 최고의 CEO가 될 거예요.

초려삼고(草廬三顧) : 삼고초려와 똑같은 말.

군신수어(君臣水魚) : 임금과 신하는 물과 물고기란 뜻으로, 떨어질 수 없는 친밀한 관계를 나타냄.

천 리 마 상 유 이 백 락 불 상 유

千里馬常有 而伯樂不常有

천리마는 항상 있지만 그를 알아보는 백락이
항상 있는 것은 아니다.

삼 고 초 려 三顧草廬

인재를 얻기 위해 수고로움을 아끼지 않는다.

글귀 하나

세 한 연 후 지 송 백 지 후 조 야

歲寒然後 知松柏之後彫也

해 세 | 찰 한 | 그러할 연 | 뒤 후 | 알 지 | 소나무 송 | 잣나무 백 | 어조사 지 | 뒤 후 | 시들 조 | 어조사 야

날씨가 추워진 뒤에야 소나무와 잣나무가 뒤늦게 시듦을 알 수 있다.

_《논어(論語)》의 〈자한(子罕)〉 중에서

사마천은 《사기(史記)》의 〈백이열전(伯夷列傳)〉에서 이렇게 말했어요. "날씨가 추워진 뒤에야 소나무와 잣나무가 뒤늦게 시듦을 알 수 있다. 온 세상이 혼탁해졌을 때 청렴한 사람이 드러나는 것이다." 이 글귀는 추사 김정희가 그린 〈세한도(歲寒圖)〉에 나온 것으로도 유명합니다. 대부분 사람들은 가면을 쓰고 자신의 속내를 쉽게 드러내지 않아요. 착한 사람인 척, 좋은 사람인 척 말이죠. 평온한 날에는 이 가면이 대단히 큰 힘을 발휘해요. 하지만 본인이 해를 입거나 힘든 일이라도 당하면 언제 그랬냐는 듯이 가면을 벗고 민낯을 드러내지요. 여러분은 그 순간 그 사람의 본심과 사람됨을 알 수 있어요. 이제 누군가를 제대로 알고 싶을 때, 위기와 고난 속에서 그 진정성을 살펴보세요.

중고등 기초한자 어휘 쏙쏙

寒
찰 한
어려울 한
천할 한

▷ **오한(惡寒)** : 몸이 오슬오슬 춥고 떨리는 증상.

▷ **순망치한(脣亡齒寒)** : 입술이 없으면 이가 시리다는 뜻으로, 서로 이해관계가 밀접한 사이에 어느 한쪽이 망하면 다른 한쪽도 그 영향을 받아 온전하기 어려움.

▷ **세한고절(歲寒孤節)** : ① 추운 계절에도 혼자 푸르른 대나무. ② 겨울.

교 언 영 색
巧 言 令 色

교묘할 **교** 말씀 **언** 좋을 **령** 빛 **색**

교묘히 꾸며서 하는 말과 아첨하는 얼굴빛.

_《논어(論語)》의 〈학이(學而)〉 중에서

공자가 말하기를, 교언영색선의인(巧言令色鮮矣仁)이라. 말을 꾸며서 하고 얼굴빛을 곱게 하면서 어진 사람은 적다. 교언영색 하는 사람 대부분이 남의 환심을 사서 자신의 사욕(私慾)을 채우려 하기 때문에 어진 사람이 적다고 한 것이다. 공자는 또한 〈자로〉에서 강직의연하고 질박한 사람이 오히려 인에 가깝다고 말했다.

● ● ●

우리는 자신에게 싫은 소리를 하지 않고 좋은 말만 하는 사람을 좋아합니다. 또 자신이 무얼 해도 미소 짓는 사람을 좋아합니다. 그 사람의 행실이 바른가 바르지 않은가는 그다지 중요하게 여기지 않아요. 심지어 남들이 그 사람의 나쁜 행동을 문제 삼으면 변호까지 해 줍니다. 왜 이런 행동을 할까요? 그건 나에게 피해만 없다면 다른 사람에게 잘못을 저지르든, 나쁜 행동을 하든 크게 상관하지 않는 이기심 때문이에요. 하지만 곰곰이 생각해 보세요. 나에게 이익이 될 만한 것이 사라지고 도움이 간절하게 필요해질 때, 과연 그 사람이 내 곁에 있을지 말이죠.

함께 알아 둡시다!

감언이설(甘言利說) : 달콤한 말과 이로운 이야기라는 뜻으로, 남의 비위에 맞도록 꾸민 달콤한 말과 이로운 조건을 내세워 남을 꾀하는 말.

구밀복검(口蜜腹劍) : 입으로는 달콤함을 말하나 뱃속에는 칼을 감추고 있다는 뜻으로, 겉으로는 친절하나 마음속은 음흉한 것.

세 한 연 후 지 송 백 지 후 조 야

歲寒然後 知松柏之後彫也

날씨가 추워진 뒤에야 소나무와 잣나무가 뒤늦게 시듦을 알 수 있다.

교 언 영 색 巧言令色

교묘히 꾸며서 하는 말과 아첨하는 얼굴빛.

글귀 하나

성공출어중자 선지야
成功出於衆者 先知也

이룰 성 공 공 날 출 어조사 어 무리 중 사람 자 먼저 선 알 지 어조사 야

사람들보다 큰 성공을 거두는 이유는 먼저 알기 때문이다.

_《손자병법(孫子兵法)》의 〈용간(用間)〉 중에서

● ● ●

'적에 대해 알려고 하지 않는 것은 총명하지 못하다. 백성을 위한 장수라 할 수 없고 군주에 대한 보좌도 되지 않으며 승리의 주인공이 될 수도 없다. 똑똑한 군주와 현명한 장수가 전쟁에 나가면 이기고, 남들보다 큰 성공을 거두는 이유는 먼저 알기 때문이다.'의 일부예요. 먼저 안다는 것은 남들보다 빠르게 대처할 수 있다는 뜻이에요. 그러니 먼저 알고 움직이면 유리한 고지를 선점할 수 있고, 뒤늦게 알고 따라가면 불리할 수밖에 없지요. 손자병법은 말하고 있어요. 먼저 알고 움직이는 것이 승리의 관건이라는 것을요. 여러분은 지금 무슨 일을 하고 있나요? 또 남들보다 앞선 정보력을 갖기 위해 어떤 노력을 하고 있나요?

중고등 기초한자 어휘 쏙쏙

衆
무리 중, 백성 중
많을 중

▷ **중론(衆論)** : 여러 사람의 의견. ≒ 군의(群議) · 중의(衆議).

▷ **중구난방(衆口難防)** : 여러 사람의 입을 막기 어렵다는 뜻으로, 막기 어려울 정도로 여럿이 마구 지껄임을 이르는 말.

고사성어 하나

등용문
登龍門 입신출세의 관문.

오를 등 용 용 문 문

_《후한서(後漢書)》의 〈이응전(李膺傳)〉 중에서

환관들이 권세를 좌지우지하고 횡포하여 혼란스럽던 후한 말, 이런 환관들에게 저항하는 이응이라는 정의로운 관료가 있었다. 사람들은 '천하의 본보기는 이응'이라고 칭송했고, 젊은 관료들은 그의 추천을 받는 것을 최고의 영예로 여겨 등용문이라고 했다. 등용문에서 용문(登龍)은 황하 상류에 있는 협곡 이름인데, 어찌나 경사가 심하고 물살이 센지 큰 물고기도 여간해서는 거슬러 오를 수 없었다고 한다. 그래서인지 용문에 오르기만 하면 물고기가 용이 되어 하늘로 승천한다는 전설이 있다. 이런 유래로 모든 난관을 돌파하고 입신출세의 길에 오르는 것을 용문에 오른다고 했다.

그 많은 물고기들은 목숨을 걸고 용문에 올라 무엇을 얻고 싶었던 것일까요? 그들은 왜 용이 되고 싶었을까요? 용은 출세한 사람을 비유해요. 출세란 사회적으로 높은 지위에 오르거나 유명하게 된다는 뜻이에요. 그렇다면 어느 정도 올라야 높은 자리이고, 무얼 얻어야 유명해질까요? 이렇게 생각해 보면 출세나 성공이라는 말이 참 애매모호해요. 성공하고 싶은가요? 성공이란 목적한 바를 이룬다는 뜻이에요. 이 말을 달리 생각해 보면 목표가 없으면 성공도 없다는 뜻이 되지요. 그러니 이제 목표를 구체적으로 정해 보세요. 그래야 성공할 수 있어요. 큰 성공은 실패를 참아 찾아온 행운이 아니에요. 노력으로 얻은 사소한 성공들이 모여서 큰 성공이 된다는 것을 잊지 마세요.

입신양명(立身揚名) : ① 사회적으로 인정을 받고 이름을 세상에 드날림. ② 후세에 이름을 떨쳐 부모를 영광되게 해 드리는 것.

입신출세(立身出世) : 성공하여 세상에 이름이 드날림.

성 공 출 어 중 자 선 지 야

成功出於衆者 先知也

사람들보다 큰 성공을 거두는 이유는 먼저 알기 때문이다.

등 용 문 登龍門

입신출세의 관문.

글귀 하나

* 높다는 뜻일 때는 '교'로 읽는다.

감	정	근	갈	교	목	근	벌
甘	井	近	竭	招	木	近	伐
달 감	우물 정	가까울 근	다할 갈	높을 교*	나무 목	가까울 근	칠 벌

맛있는 샘물이 먼저 마르고, 높은 나무가 먼저 베어진다.

_《묵자(墨子)》의 〈친사(親士)〉 중에서

'단 샘이 먼저 마르고, 높은 나무가 먼저 베어진다. 신령스러운 거북이** 먼저 불에 지져지고, 신령스러운 뱀이 먼저 햇볕에 말려진다. (중략) 그러므로 크게 성한 것은 지키기 어렵다고 한다.'의 일부예요. 강속구를 잘 던지는 투수가 강속구를 많이 던지면 선수생명이 짧아지는 건 당연한 결과예요. 이 투수는 다른 구종을 개발해서 강속구와 섞어 던져야 선수생활을 오래 할 수 있어요. 날카로운 송곳도 쓰다 보면 무뎌지듯이 우리의 재능도 마찬가지랍니다. 남과 다른 장점을 가졌다고 자의든 타의든 무작정 써 버리면 안 돼요. 겸손한 마음으로 소중하게 다뤄야 해요.

** 옛날에는 거북의 배딱지에 구멍을 파 그곳을 지진 후 갈라진 모양을 보고 점을 쳤다.

중고등 기초한자 어휘 쏙쏙

近
가까울 근
닮을 근
요사이 근

▷ **근래(近來)** : ① 가까운 요즈음. ② 요사이.

▷ **측근(側近)** : ① 곁의 가까운 곳. ② 곁에서 가까이 모시는 사람.

▷ **근묵자흑(近墨者黑)** : 먹을 가까이하는 사람은 검어진다는 뜻으로, 나쁜 사람과 가까이 지내면 나쁜 버릇에 물들기 쉬움을 비유적으로 이르는 말.

고사성어 하나

유 비 무 환
有 備 無 患

미리 준비하면 걱정이 없다.

있을 유 갖출 비 없을 무 근심 환

_《서경(書經)》의 〈열명(說命)〉 중에서

진나라 도공 때 일이다. 도공이 전공을 세운 사마위강에게 선물을 주려 하자 그가 사양하며 말했다. "《서경》에 이르기를 '편안하게 거할 때 위태로움을 생각하고, 생각했으면 마땅히 준비하고, 준비했으면 후환이 없다.'고 했습니다. 저는 이 말을 따라 간할 뿐입니다."

● ● ●

우리는 세상 사는 법을 책이나 현인(賢人)들에게 묻곤 하죠. 하지만 그들의 대답은 가끔 너무나 평범해 당황스러울 때가 많답니다. 저는 가끔 이런 생각을 해 봅니다. '혹시 우리는 세상의 진리와 삶의 지혜를 태어날 때부터 DNA에 저장하고 태어난 것은 아닐까? 어떤 이는 그것을 먼저 깨닫고, 어떤 이는 죽을 때까지 깨닫지 못하는 것은 아닐까?'라고요. 유비무환이라는 말은 너무나 평범한 말입니다. 하지만 이처럼 간단명료하게 삶의 가르침을 주는 말도 없을 거예요. 항상 겸손하게 준비하는 자세를 가지면 다가올 근심이 나에게서 점점 멀어질 거예요. 잘하는 것만 하고 있나요? 다른 일을 하는 게 두려운가요? 그럼 미리 준비하세요. 미래는 준비하는 사람의 것이랍니다.

망양보뢰(亡羊補牢) : 양을 잃고서 그 우리를 고친다는 뜻으로 ① 실패한 후에 일을 대비함. ② 이미 어떤 일을 실패한 뒤에 뉘우쳐도 소용이 없음.

만시지탄(晩時之歎) : 때늦은 한탄이라는 뜻으로, 시기가 늦어 기회를 놓친 것이 원통해서 탄식함을 이르는 말.

감 정 근 갈 교 목 근 벌
甘井近竭 招木近伐

맛있는 샘물이 먼저 마르고, 높은 나무가 먼저 베어진다.

유 비 무 환 有備無患

미리 준비하면 걱정이 없다.

글귀 하나

인 막 불 음 식 야 선 능 지 미 야
人莫不飮食也 鮮能知味也

사람 인 없을 막 아닐 불 마실 음 먹을 식 어조사 야 드물 선 능할 능 알 지 맛 미 어조사 야

음식을 먹고 마시지 않는 사람이 없지만,
맛을 진정으로 아는 이는 드물다.

_《중용(中庸)》 중에서

● ● ●

'도가 행해지지 못하는 이유를 내가 알았으니, 지혜로운 자는 지나치고 어리석은 자는 미치지 못하기 때문이다. (중략) 음식을 먹고 마시지 않는 사람이 없건마는 맛을 아는 이는 드문 것과 같다.'의 일부예요. 음식에 대해 잘 안다고 생각하는 사람은 음식 맛을 분석하느라 정작 식사에 집중하지 못해요. 또 음식에 대해 잘 모르는 사람은 조미료가 잔뜩 들어간 음식을 맛있다고 엄지를 치켜세워요. 그런데요, 누가 적당하다고는 말할 수 없어요. 상황에 따라 넘쳐야 할 때도 있고, 부족해야 할 때도 있으니까요. 살면서 수시로 바뀌는 적절한 지점을 매번 잘 찾기란 여간 어려운 일이 아니랍니다.

중고등 기초한자 어휘 쏙쏙

味
맛 미, 맛볼 미

▷ **감미(甘味)** : 단맛. 설탕, 꿀 따위의 당분이 있는 것에서 느끼는 맛.

▷ **흥미진진(興味津津)** : 넘쳐흐를 정도로 흥미가 매우 많음.

고사성어 하나

오리무중 五里霧中

사방이 안갯속이라 아무것도 보이지 않고, 갈피를 잡을 수 없다.

다섯 오　마을 리　안개 무　가운데 중

_《후한서(後漢書)》의 〈장해전(張楷傳)〉 중에서

후한 때에 학식이 뛰어난 장해라는 학자가 있었는데, 속인(俗人)들과 어울리고 싶지 않아 시골로 들어가 숨어 살았다. 조정에서도 그를 등용하려 했지만, 병을 핑계로 끝내 벼슬길에 나아가지 않았다. 장해는 도술에도 능하여 5리(2킬로미터)에 이르는 안개를 만들 수 있었다. 당시 3리에 안개를 만들 수 있었던 배우라는 사람이 도술을 배우러 찾아갔지만, 장해는 5리에 안개를 피워 만나 주지 않았다.

눈앞의 안개는 언젠가 걷히지만, 우리 인생은 한 치 앞도 내다보기 어려워요. 내일 우리에게 무슨 일이 일어날지 온전히 아는 사람은 아무도 없으니까요. 이렇듯 인간의 미래란 '오리무중'보다 더한 안갯속이에요. 그러니 나에게 가장 적당한 것이 무엇인지, 어찌 살아야 할지 찾기란 원래부터 어려웠어요. 나에게만 어려운 일이 아니니 너무 자신을 탓하지 마세요. 그냥 현명하게 과거를 참고하고, 현재 내 상태를 살펴 가장 알맞은 것을 선택하며 살아가는 거지요. 그런데 좋은 것이 하나도 없을 때가 있어요. 그럴 때는 가장 덜 나쁜 것을 선택하면 된답니다.

암중모색(暗中摸索) : 어둠 속에서 손을 더듬어 찾는다는 뜻으로, 어림짐작으로 사물을 알아내려 함을 이르는 말.

군맹평상(群盲評象) : 장님들이 코끼리 몸을 만져 보고 제각기 말한다는 뜻으로, 어리석은 사람은 자기 주관에만 치우쳐 큰일을 그릇되게 판단함.

인 막 불 음 식 야 선 능 지 미 야

人莫不飮食也 鮮能知味也

음식을 먹고 마시지 않는 사람이 없지만,
맛을 진정으로 아는 이는 드물다.

오 리 무 중 五里霧中

사방이 안갯속이라 아무것도 보이지 않고,
갈피를 잡을 수 없다.

글귀 하나

위 귀 인 이 위 호 인 난
爲貴人易 爲好人難

되 위 귀할 귀 사람 인 쉬울 이 되 위 좋을 호 사람 인 어려울 난

귀한 사람은 되기 쉬우나, 좋은 사람이 되기는 어렵다.

_《도암집(陶菴集)》의 〈선비묘지(先妣墓誌)〉 중에서

임오년(1702년) 젊은 나이에 급제한 도암 이제에게 어머니 민 씨가 한 말이에요. '너의 영달이 기쁘지 않은 것은 아니다. 하지만 지위가 높고 귀한 사람이 되기는 쉽지만, 좋은 사람이 되기는 어려운 일이다. 이것이 내가 심히 걱정하는 바이다.' 중 일부랍니다. 남들이 부러워하는 재력과 권세만 가지려 하지, 정작 자신이 어떤 마음을 가지고 세상을 사는지는 중요하지 않은 세상이에요. 우리에게 '무엇을 가졌느냐?' 만큼 중요한 것은 '어떻게 사느냐?'라는 것 잊지 마세요.

중고등 기초한자 어휘 쑥쑥

貴
귀할 귀
높을 귀

▷ **품귀(品貴)** : 물건을 구하기 어려움.

▷ **낙양지가귀(洛陽紙價貴)** : 낙양의 종잇값이 귀해졌다는 말로, 책이 좋은 평판을 얻어서 매우 잘 팔림을 이르는 말. 진나라 좌사가 삼도지부를 지었을 때 낙양 사람들이 너도나도 베꼈기 때문에 낙양의 종이가 모자라 비싸진 고사에서 유래함.

▷ **귀이천목(貴耳賤目)** : 귀를 귀하게 여기고 눈을 천하게 여긴다는 뜻으로, 먼 곳에 있는 것을 괜찮게 여기고, 가까운 것을 나쁘게 여김.

고사성어 하나

함 흥 차 사

咸 興 差 使

심부름을 간 사람이 소식이 없다.

다 **함** 일어날 **흥** 심부름꾼 **차** 부릴 **사**

_《축수편(逐睡篇)》 중에서

조선 태조 이성계가 두 번에 걸친 왕자의 난에 분노하여 왕위를 정종에게 물려주고 함흥으로 떠났다. 후에 정종에게 왕위를 이어받은 태종은 아버지의 노여움을 풀고자 함흥으로 여러 차례 사신을 보냈다. 하지만 이성계는 그 사신들을 죽이거나 잡아 가두어 돌려보내지 않았다고 한다. 이때부터 떠난 사람이 다시 돌아오지 않는 것을 '함흥차사'라 부르게 되었다.

'왕'이라고 하면 시대를 막론하고 가장 큰 힘과 재산을 가졌다고 생각할 거예요. 태조 이성계 또한 조선을 세우고 왕이 되었으니 누구나 부러워할 만한 권력을 손에 넣었지요. 하지만 그의 아들들은 왕권을 두고 다툼을 벌였어요. 태조가 왕이 되지 않았다면 모두 사이좋게 지냈을지도 모르는데 말이죠. 방번과 방석이 방원에게 죽임을 당할 때 이성계의 마음이 어땠을까요? 방간과 방원이 선죽교에서 왕권을 놓고 전투를 벌였을 때 그 마음이 어땠을까요? 힘 있고 돈 있는 사람이 되는 것도 중요해요. 하지만 소중한 사람을 지키는 것이 그보다 더 중요하다는 것을 잊지 마세요.

함께 알아 둡시다!

일무소식(一無消息) : 도무지 소식이 없음.

종무소식(終無消息) : 끝내 소식이 없음.

위 귀 인 이 위 호 인 난
爲貴人易 爲好人難

귀한 사람은 되기 쉬우나, 좋은 사람이 되기는 어렵다.

함 흥 차 사 咸興差使

심부름을 간 사람이 소식이 없다.

글귀 하나

비 지 지 난 야　처 지 즉 난 야

非知之難也　處知則難也

아닐 비　알 지　어조사 지　어려울 난　어조사 야　처리할 처　알 지　곧 즉　어려울 난　어조사 야

아는 것이 어려운 것이 아니라,
아는 것을 어떻게 처리하느냐가 어려운 것이다.

_《한비자(韓非子)》의 〈세난(說難)〉 중에서

정나라 무공은 호나라를 정벌하고 싶은 마음을 숨기고, 호나라 군주에게 딸을 시집보냈어요. 그리고 신하들을 모아 놓고 어느 나라를 정벌하면 좋을지 물었어요. 관기사라는 대부가 호를 정벌하는 것이 좋겠다고 말했어요. 무공은 그를 죽였어요. 이 소식을 들은 호나라는 정나라를 믿고 침략에 대비하지 않았어요. 이에 정나라는 호를 정벌하고 나라를 빼앗았어요. 관기사는 주변 정세를 알고 말했을 뿐인데 죽임을 당했고, 호나라는 정나라에 형제의 의리를 느꼈지만 패망하고 말았어요. 한비자는 말하고 있어요. 단순히 아는 게 중요한 것이 아니라, 내가 보고 듣고 아는 것을 복잡한 이해관계 속에서 분석해 내고 상황에 맞게 대처하고 처리할 줄 알아야 한다고 말이에요.

중고등 기초한자 어휘 쑥쑥

處
곧 처, 살 처
처리할 처

▷ **처신(處身)** : 세상을 살아가는 데 가져야 할 몸가짐이나 행동.

▷ **마행처 우역거(馬行處 牛亦去)** : 말 가는 곳에 소도 간다. 남이 하면 나도 할 수 있다는 뜻.

고사성어 하나

노 마 지 지
老 馬 之 智

늙을 노　말 마　어조사 지　지혜 지

연륜이 깊으면 나름대로의 장점과 특기가 있다.

_《한비자(韓非子)》의 〈설림(說林)〉 중에서

제나라 환공이 고죽국을 정벌하러 갔다. 그런데 봄에 갔다가 겨울에 돌아오니 그만 길을 잃고 말았다. 모두 어쩔 줄 몰라 하자 관중이 말했다. "늙은 말의 지혜가 도움이 될 것입니다." 그 말을 듣고 늙은 말을 풀어 그 뒤를 따라가니 길을 찾을 수 있었다. 또 산속을 행군하다 물이 떨어져 모두 목말라 했다. 습붕이 말했다. "개미는 겨울에는 남쪽에 살고, 여름에는 산의 북쪽에 사는 법이다. 개미집이 한 치의 높이라면 그 밑으로 여덟 자를 파면 물이 있다." 그의 말대로 파 보니 과연 물을 얻을 수 있었다.

● ● ●

'옛말 틀린 것 하나도 없다.'라는 말이 있어요. 대부분 실패가 불 보듯 뻔하거나 실패를 경험한 사람에게 내뱉는 말이지요. 그렇다고 옛말이 모두 맞는 것은 아니에요. 틀리는 경우도 당연히 있지요. 그런데도 맞을 확률이 꽤 높은 건 왜일까요? 그건 수많은 경험 속에서 우러나온 말로, 자신과 같은 상황에 놓일 후세사람에게 전해 주는 진심 어린 충고라서가 아닐까요? 일이라는 것이, 다 이해하고 있다고 성공하는 것은 아니니까요. 알고 있더라도 경험해 보지 않으면 다양한 변수에 의해 실패할 확률이 높아요. 그러니 중요한 일을 하기 전에 꼭 경험이 많은 사람을 찾아가 조언을 구하세요. 이것이 실패를 줄이는 지름길이랍니다.

노마식도(老馬識途) : 늙은 말이 갈 길을 안다는 뜻으로, 노마지지와 같은 말.

노마지도(老馬知途) : 노마식도와 같은 말.

비 지 지 난 야 처 지 즉 난 야

非知之難也 處知則難也

아는 것이 어려운 것이 아니라,

아는 것을 어떻게 처리하느냐가 어려운 것이다.

노 마 지 지 老馬之智

연륜이 깊으면 나름대로의 장점과 특기가 있다.

글귀 하나

애	민	자	강	불	애	민	자	약
愛	民	者	強	不	愛	民	者	弱
사랑 애	백성 민	사람 자	강할 강	아닐 불	사랑 애	백성 민	사람 자	약할 약

백성을 사랑하는 자는 강하고, 백성을 사랑하지 않는 자는 약하다.

_《순자(荀子)》의 〈의병(議兵)〉 중에서

'선비를 아끼는 자는 강하고, 선비를 아끼지 않는 자는 약하다. 백성을 사랑하는 자는 강하고, 백성을 사랑하지 않는 자는 약하다. 법령에 믿음이 가는 자는 강하고, 법령에 믿음이 가지 않는 자는 약하다.'의 일부예요. 이 말은 한 나라의 지도자부터 동생을 둔 형까지 누구에게나 적용되는 말이에요. 만약 축구 감독이 재능 있는 선수를 아끼고 선수들을 사랑한다면 그 축구팀은 강해요. 하지만 선수들의 재능과 몸을 아껴 주지 않고, 인재를 적재적소에 배치하지 못한다면 그 팀은 약할 수밖에 없어요. 이제 여러분에게 묻습니다. 아랫사람을 사랑하지도 않으면서 그들이 여러분을 잘 따르게 하려고 하지 않았는지 말이에요.

중고등 기초한자 어휘 쏙쏙

弱
약할 약

- ▷ **취약(脆弱) :** ① 무르고 약함. ② 가냘픔.
- ▷ **약관(弱冠) :** 남자가 스무 살에 관례하는 데서, 남자의 스무 살 된 때를 일컫는 말.
- ▷ **고근약식(孤根弱植) :** 일가친척이나 뒤에서 지원해 주는 사람이 없는 외로운 사람을 비유해 이르는 말.

고사성어 하나

지 음
知 音

알 지 소리 음

자신을 진심으로 알아주는 친구.

_《열자(列子)》의 〈탕문(湯問)〉 중에서

중국 춘추시대 거문고를 잘 타던 백아에게는 거문고 소리만 듣고도 마음을 알아주는 종자기라는 친구가 있었다. 그런데 종자기가 죽자 백아는 더 이상 자신의 거문고 소리를 알아줄 사람이 없음을 안타까워하여 줄을 끊어 버리고, 다시는 거문고를 타지 않았다고 한다.

● ● ●

지음이라는 말은 백아가 거문고 줄을 끊었다는 백아절현(伯牙絶絃)이라는 성어와 관련이 있답니다. 자신의 마음을 진정으로 알아주는 친구를 잃고 거문고 줄을 끊어야 했던 백아의 심정은 어땠을까요? 그런데 여러분! 혹시 백아에게 다른 사람을 인정하려는 마음이 부족했던 건 아닐까요? 인정받고 싶다는 생각이 너무 커, 다른 사람의 마음을 헤아리지 못한 건 아닐까요? 조금만 더 시간을 갖고 연주를 계속했다면 그는 뛰어난 연주로 많은 사람들을 기쁘게 했을 것이고, 훗날 자신의 소리를 알아주는 또 다른 친구를 만날 수 있지 않았을까요? 대부분의 세상일은 한 가지 일로 끝날 정도로 단편적이지 않거든요. 여러분도 한 가지 일이 잘못되었다고 모든 것을 내팽개치지 마세요. 또 다른 길이 있거든요.

막역지우(莫逆之友) : 마음이 맞아 서로 거스르는 일이 없는, 생사를 같이할 수 있는 친밀한 벗.

담수지교(淡水之交) : 맑은 물의 사귐이라는 뜻으로, 담박하고 변함없는 우정. 교양이 있는 군자의 교제를 이르는 말.

애 민 자 강 불 애 민 자 약

愛民者強 不愛民者弱

백성을 사랑하는 자는 강하고, 백성을 사랑하지 않는 자는 약하다.

지 음 知音

자신을 진심으로 알아주는 친구.

글귀 하나

유 용 이 무 의 위 란

有勇而無義 爲亂

있을 유 용감할 용 접속사 이 없을 무 의로울 의 할 위 어지러울 란

용맹한데 의롭지 않으면 난을 일으킨다.

_《논어(論語)》의 〈양화(陽貨)〉 중에서

자로가 "군자는 용맹을 숭상합니까?"라고 묻자 공자가 대답했어요. "군자는 의로움을 으뜸으로 삼는다. 군자가 용맹한데 의롭지 않으면 난을 일으키고, 소인이 용맹한데 의롭지 않으면 도적질을 할 것이다." 사람들은 일을 할 때 말이나 행동에 막힘이 없고 화끈한 사람을 좋아합니다. 일 처리가 시원시원하기 때문이죠. 그런데 조심해야 해요. 만약 이런 사람이 의롭지 않으면 나중에 쉽게 배신하거든요. 마음에 의리가 없으니 절친한 사람을 떠나 거취를 옮기는데 별다른 고민을 하지 않는답니다.

중고등 기초한자 어휘 쑥쑥

亂
어지럽다 란
반란 란

▷ **난무(亂舞)** : ① 엉킨 듯이 어지럽게 추는 춤. 또는 그렇게 춤을 춤. ② 함부로 나서서 마구 날뜀.

▷ **일사불란(一絲不亂)** : 한 오리 실도 엉키지 아니함이란 뜻으로, 질서가 정연하여 조금도 흐트러지지 아니함.

고사성어 하나

지 록 위 마
指鹿爲馬

가리킬 지　사슴 록　할 위　말 마

간사한 꾀로 윗사람을 농락하여 권세를 마음대로 휘두르다.

_《사기(史記)》의 〈진시황본기(秦始皇本紀)〉 중에서

진나라 2세 황제 때 승상 조고가 권세를 마음대로 휘두르고 싶었지만, 여러 신하들이 듣지 않을까 두려웠다. 그래서 계략을 세워 사슴을 황제에게 바치며 말했다. "말입니다." 황제가 웃으며 말했다. "승상이 잘못 아셨소. 어찌 사슴을 말이라 하시오?" 황제가 좌우 신하를 둘러보니, 대부분 말이라 대답하고 사슴이라고 대답하는 사람은 드물었다. 조고는 나중에 사슴을 사슴이라고 말한 정직한 신하들을 모두 죽였다.

● ● ●

진시황제의 통일제국은 그의 막내아들인 어수룩한 2세 황제 호해와 조고에 의해 너무나 쉽게 기울고, 〈초한지〉를 통해 많이 알려진 항우와 유방이 천하를 다투던 세상이 온답니다. 그런데, 조고라는 인물도 참 대단하지요. 자신이 가진 권세를 믿고 윗사람을 농락하여 사슴을 말이라고까지 하니 말입니다. 하물며 황제에게까지 그러는데 신하들이 어떻게 조고의 말을 거역했겠어요? 진실을 말하면 목숨이 위태로우니 말입니다. 이렇듯 사람이 지나치게 욕심이 많거나 화끈하거나 용감하면, 먼저 그 사람이 양심이 있는 사람인지 아닌지를 살펴야 해요. 만약 양심이 없다면 큰 부정이나 악행을 저지르기 쉽거든요. 그렇다면 당연히 멀리해야겠죠.

이록위마(以鹿爲馬) : 사슴을 말이라고 한다는 뜻으로, 지록위마와 같은 뜻.

이천역일(移天易日) : 하늘을 옮기고 해를 바꾼다는 뜻으로, 간신이 정권을 농락함을 비유해 이르는 말.

유 용 이 무 의 위 란
有勇而無義 爲亂

용맹한데 의롭지 않으면 난을 일으킨다.

지 록 위 마 指鹿爲馬

간사한 꾀로 윗사람을 농락하여
권세를 마음대로 휘두르다.

글귀 하나

가 여 언 이 불 여 지 언 실 인
可與言而不與之言 失人

옳을 가 | 더불 여 | 말할 언 | 접속사 이 | 아닐 불 | 더불 여 | 어조사 지 | 말할 언 | 잃을 실 | 사람 인

함께 말할 만한데도 말을 하지 않으면 그 사람을 잃게 된다.

_《논어(論語)》의 〈위령공(衛靈公)〉 중에서

'함께 말할 만한데도 말하지 않으면 사람을 잃게 되고, 함께 말할 만하지 못한데도 말한다면 말을 잃을 것이니, 지혜로운 사람은 사람도 잃지 않고 말도 잃지 않는다.'라는 구절의 일부입니다. 가끔 내 마음을 온전하게 털어놓아도 될 사람에게 침묵을 지키다 그 사람을 잃어버리는 경우가 있어요. 또 반대로 믿지 못할 사람인데 철석같이 믿고 모든 것을 털어놓아 낭패를 보는 경우도 있어요. 그만큼 사람을 제대로 판단하기는 어려운 일이랍니다. 이제 그 사람이 어떤 사람인지 제대로 볼 수 있는 지혜로운 눈을 가지려고 노력해 봐요. 그리하고 싶다면 그 사람에 대한 다른 사람의 의견에도 귀를 기울여야겠지요?

중고등 기초한자 어휘 쑥쑥

與
줄 여, 더불 여
참여할 여

▷ **증여(贈與)** : ① 물품 따위를 선물로 줌. ②『법률』당사자의 일방이 자기의 재산을 무상으로 상대편에게 줄 의사를 표시하고 상대편이 이를 승낙함으로써 성립하는 계약.

▷ **여세추이(與世推移)** : 세상이 변하는 대로 따라 변함.

고사성어 하나

간 담 상 조
肝 膽 相 照

속내를 드러내고 친하게 지내다.

간 간 쓸개 담 서로 상 비출 조

_ 한유(韓愈)의 〈유자후묘지명(柳子厚墓誌銘)〉 중에서

당나라 유종원이 죽자, 한유가 유종원과 유몽득의 우정을 기리며 쓴 다음과 같은 묘지명에서 '간담상조'가 전해진다.

'아, 선비는 역경에 처했을 때 참다운 절의가 나타난다. 평상시 편안하게 살고 있을 때는 그리워하고 즐거워하면서 간과 쓸개를 비추어 줄 만큼 서로 마음을 털어놓고 사이좋게 지내지만, 머리털 한 가닥만한 이해관계라도 생기면 자신의 이익을 챙기느라 서로를 헐뜯고 비방하는 것이 허다하다. 더욱이 함정에 빠지면 손을 뻗어 구해 주기는커녕, 오히려 밀쳐 내고 돌을 던지는 것이 그러하다. (후략)'

당나라 유종원과 유몽득은 절친한 친구 사이였습니다. 유종원이 개혁정치를 펴다 지방으로 좌천되었을 때, 유몽득 또한 파주로 좌천되었어요. 몽득이 좌천되었다는 말을 들은 유종원은 늙은 부모를 두고 척박한 땅으로 가는 몽득을 걱정하며 자신이 대신 파주로 지원하겠다는 말을 했다고 합니다. 유종원의 유몽득에 대한 배려와 우정이 실로 대단하지요? 모두가 자기 살길만 찾는 세상에서 말이에요. 여러분도 유종원과 같은 친구를 얻었으면 해요.

허심탄회(虛心坦懷) : 마음을 비우고 생각을 터놓음. 명랑하고 거리낌이나 숨김이 없는 마음.

금란지교(虛心坦懷) : 단단하기가 황금과 같고 아름답기가 난초 향기와 같은 사귐이라는 뜻으로, 우정이 깊은 사귐을 이르는 말.

가 여 언 이 불 여 지 언 실 인

可與言而不與之言 失人

함께 말할 만한데도 말을 하지 않으면 그 사람을 잃게 된다.

간 담 상 조 肝膽相照

속내를 드러내고 친하게 지내다.

글귀 하나

물 부 득 기 평 즉 명
物不得其平則鳴

만물 물 아닐 부 얻을 득 그 기 평평할 평 곧 즉 울 명

만물이 평온함을 얻지 못하면 울기 마련이다.

_《한유(韓愈)》의 〈송맹동야서(送孟東野序)〉 중에서

● ● ●

〈송맹동야서〉의 첫 구절로, '무릇 만물이 평온함을 얻지 못하면 울기 마련이다. 초목은 소리가 없으나 바람이 흔들면 소리를 내게 된다. (중략) 사람이 말하는 것에 있어서도 또한 그러하니, 부득이한 일이 있었던 뒤에야 말을 하게 된다. 노래를 하는 것은 생각이 있기 때문이고, 우는 것은 회포가 있기 때문이다.'의 일부예요. 누구를 만난다는 것 자체가 부딪힘이에요. 살살 부딪히면 작은 소리를 내고, 세게 부딪히면 큰 소리를 내지요. 가끔 너무 아프게 부딪혔을 때는 소리를 지르지만, 밖으로 소리가 나지 않아요. 이럴 때 여러분이 그 아픔을 알고 보듬어 줘야 해요. 사랑하는 사람들의 소리에 귀를 기울여 줘야 해요.

중고등 기초한자 어휘 쑥쑥

鳴
울 명
부를 명

▷ **자명종(自鳴鐘)** : 미리 정하여 놓은 시각이 되면 저절로 소리가 나도록 장치가 되어 있는 시계.

▷ **고장난명(孤掌難鳴)** : ① 외손뼉만으로는 소리가 울리지 아니한다는 뜻으로, 혼자의 힘만으로 어떤 일을 이루기 어려움. ② 맞서는 사람이 없으면 싸움이 일어나지 아니함.

고사성어 하나

사 면 초 가
四 面 楚 歌

넉 사　얼굴 면　초나라 초　노래 가

아무에게도 도움을 받지 못하는 곤란한 상황.

_《사기(史記)》의 〈항우본기(項羽本紀)〉 중에서

초나라 항우와 한나라 유방의 싸움이 막바지에 이르렀을 때 일이다. 한나라 연합군은 해하(垓下)에서 항우의 군대를 포위했다. 유방은 초나라 군사들의 사기를 떨어뜨리기 위해 초나라 포로들에게 초나라 노래를 부르게 했다. 사방에서 초나라 노랫소리가 들려오자 군사들은 고향 생각에 하나둘 도망가고 초나라 군사들의 사기는 땅에 떨어졌다. 항우는 결국 기병 800명만을 이끌고 포위망을 뚫고 도망치지만, 오강(烏江) 가에서 최후를 마쳤다.

• • •

항우는 사방에서 들리는 초나라 노랫소리에 눈물을 흘리며 해하가(垓下歌)를 부릅니다. "힘은 산을 뽑고 기운은 세상을 덮을 만한데, 때가 불리하니 오추마가 나아가지 않는구나. 오추마가 나아가질 않으니 나는 어이 할까나? 우희야! 우희야! 너를 어이 할까나?" 항우의 구슬픈 노래가 끝나자, 우희가 춤을 추며 시를 지은 후 자결을 합니다. 항우가 자신 때문에 위험에 빠지는 것이 싫었기 때문이에요. 해하가를 보면 항우는 사면초가에 빠진 것을 자신의 탓보다 때가 불리하게 작용해서라고 말하고 있어요. 이처럼 사람들은 상황이 곤란해지면 본인은 어쩔 수 없었다고 변명합니다. 정말 그런가요? 아니에요. 그 상황을 만든 사람은 바로 나, 맞습니다. 이것을 인정할 때 우리는 비로소 문제의 해결점을 찾을 수 있어요.

함께 알아 둡시다!

고립무원(孤立無援) : 고립되어 도움을 받을 데가 없음.

진퇴유곡(進退維谷) : 앞으로도 뒤로도 나아가거나 물러서지 못하는 궁지에 빠짐.

물 부 득 기 평 즉 명

物不得其平則鳴

만물이 평온함을 얻지 못하면 울기 마련이다.

사 면 초 가 四面楚歌

아무에게도 도움을 받지 못하는 곤란한 상황.

글귀 하나

사 인 선 사 마　금 적 선 금 왕

射人先射馬　擒賊先擒王

쏠 사　사람 인　먼저 선　쏠 사　말 마　사로잡을 금　도적 적　먼저 선　사로잡을 금　임금 왕

적을 쓰러뜨리려거든 그가 탄 말을 먼저 쓰러뜨리고,
도적을 사로잡으려면 그 우두머리를 먼저 사로잡아라.

_ 두보(杜甫)의 〈전출새(前出塞)〉 중에서

● ● ●

'상대를 쓰러뜨리려면 그 사람이 의지하고 있는 것을 먼저 쓰러뜨려야 하고, 도적을 사로잡으려면 그 우두머리를 먼저 사로잡아야 한다.'는 뜻이에요. 이 시구는 상반되는 말을 하는 것 같지만 실상 주장하는 것은 같답니다. 상황에 따라 가장 효율적인 방법으로 적을 쓰러뜨리라는 것이지요. 여러분도 이렇듯 한 가지 방법만을 고집하지 말고, 처지와 상황에 맞는 적절한 방법을 찾아 각각 대처할 줄 알아야 해요.

중고등 기초한자 어휘 쏙쏙

射
쏠 사

▷ **열사병(熱射病)** : 고온 다습한 곳에서 몸의 열을 발산하지 못하여 생기는 병. 체온이 높아져서 어지러움과 피로를 느끼다가 갑자기 의식을 잃고 쓰러짐.

▷ **사공중곡(射空中鵠)** : 무턱대고 쏘아 과녁을 맞혔다는 뜻으로, 멋모르고 한 일이 우연히 들어맞아 성공했음을 비유하는 말.

고사성어 하나

군 계 일 학
群 鷄 一 鶴

무리 **군** 닭 **계** 한 **일** 학 **학**

수많은 사람 중에 뛰어난 한 사람.

_《진서(晉書)》의 〈혜소전(嵇紹傳)〉 중에서

어떤 사람이 죽림칠현(竹林七賢, 대나무 숲의 일곱 현인이란 뜻으로 진나라 초기 노장사상을 주장한 일곱 선비)의 한 사람이었던 혜강의 아들 혜소가 많은 사람들 틈에 섞여 출근하는 모습을 보고 말했다. "그저께 많은 사람들 틈에서 혜소를 보았는데, 마치 닭의 무리 속에 한 마리 학과 같더군요."

● ● ●

여러분은 닭인가요? 학인가요? 우리는 닭이 될 수도 있고, 학이 될 수도 있어요. 기준과 상황에 따라서 말입니다. 누군가는 얼굴로는 학이 되지만 운동으로는 닭입니다. 또 누군가는 결단력은 학이지만 추진력은 닭입니다. 얼굴이 예쁜 사람도 주변에 더 예쁜 사람들이 많으면 닭이 될 수도 있어요. 그러니 누구나 특별해질 수도 있고, 누구나 평범해질 수도 있어요. 혹시 상대해야 할 사람이 많아 걱정인가요? 그렇다면 그들 중에 학을 찾으세요. 그런 다음 상대방이 닭이 되고 내가 학이 될 무언가를 찾으세요. 그것을 찾는다면 여러분은 충분히 승산 있는 싸움을 할 수 있답니다.

계군일학(鷄群一鶴) : 군계일학과 같은 뜻.

추처낭중(錐處囊中) : 주머니 속에 있는 송곳이란 뜻으로, 재능이 아주 빼어난 사람은 숨어 있어도 저절로 남의 눈에 드러난다는 말.

출중(出衆) : 뭇 사람 속에서 뛰어남.

사 인 선 사 마 금 적 선 금 왕

射人先射馬 擒賊先擒王

적을 쓰러뜨리려거든 그가 탄 말을 먼저 쓰러뜨리고,

도적을 사로잡으려면 그 우두머리를 먼저 사로잡아라.

군 계 일 학 群鷄一鶴

수많은 사람 중에 뛰어난 한 사람.

글귀 하나

*駟 : 네 필의 말이 끄는 수레

군 지 하 사　여 피 상 사
君 之 下 駟　與 彼 上 駟
그대 군　어조사 지　아래 하　사마 사*　줄 여　저 피　위 상　사마 사

당신의 제일 느린 수레로 상대의 가장 빠른 수레를 상대하라.

_《사기(史記)》의 〈손자오기열전(孫子吳起列傳)〉 중에서

● ● ●

손자병법으로 유명한 손무의 후손인 손빈이 한 말입니다. '당신의 제일 느린 수레로 상대의 가장 빠른 수레를 상대하고, 당신의 제일 빠른 수레로 상대의 중간 빠른 수레를 상대하고, 당신의 중간 빠른 수레로 상대의 가장 느린 수레를 상대하라.'라는 구절의 일부예요. 손빈의 말을 들은 제나라 장수는 1패 후에 2승을 거두어 천금(千金)이 걸린 시합에서 승리해요. 지는 것이 싫어 처음에 가장 빠른 말을 내보냈다면 승리를 장담할 수 없었겠지요. 여러분 기억하세요. 어떤 때는 뛰어난 재능보다 뛰어난 전략이 승패를 좌우한다는 것을요.

중고등 기초한자 어휘 쑥쑥

彼
저 피
덮을 피

▷ **어차피(於此彼)** : 어차어피(於此於彼)의 준말로, '이렇게 하거나 저렇게 하거나 어쨌든'을 뜻함.

▷ **피차(彼此)** : ① 저것과 이것. ② 서로.

▷ **차일피일(此日彼日)** : 오늘내일하며 자꾸 기한을 늦춤.

고사성어 하나

백면서생 白面書生

흰 백 얼굴 면 글 서 날 생

한갓 글만 읽고 세상일에는 전혀 경험이 없는 사람.

_《송서(宋書)》의 〈심경지전(沈慶之傳)〉 중에서

남북조시대 송나라 문제는 북위를 공격하기 위해 귀족들과 상의하고 군사를 일으키려 했다. 이때 심경지가 출병에 반대하며 말했다. "밭갈이는 농부에게, 바느질은 아낙에게 맡겨야 합니다. 폐하께서는 적국을 치려 하면서 백면서생들과 일을 도모하니 어찌 성공할 수 있겠습니까?" 하지만 문제는 심경지의 의견을 받아들이지 않고 출병했고 결국 패하고 말았다.

심경지는 열 살 때부터 반란군과의 전투에 참여하여 용맹함으로 이름을 떨쳤고, 마흔 살에는 이민족의 반란을 진압한 공로를 인정받아 사령관으로까지 승진한 사람입니다. 설사 그가 글은 잘 모르지만 수십 년 전쟁터에서 뼈가 굵은 사람인데, 그런 사람의 의견을 무시하고 탁상공론으로 전투를 벌였으니 패배를 예측하기란 그리 어렵지 않습니다. 만약 여러분이 CEO가 되어 기업을 경영한다면 현장의 목소리에 귀를 기울여 송나라 문제와 같은 우를 범하지 않았으면 해요. '밭갈이는 농부에게, 바느질은 아낙에게'를 잊지 마세요.

백면서랑(白面書郞) : 희고 고운 얼굴에 글만 읽는 사람이란 뜻으로, 세상일에 조금도 경험이 없는 사람.

촌계관청(村鷄官廳) : 촌닭 관청에 간 것 같다는 속담의 한역으로, 경험이 없어서 어리둥절해 하는 사람들 두고 이르는 말.

군 지 하 사　여 피 상 사

君之下駟 與彼上駟

당신의 제일 느린 수레로 상대의 가장 빠른 수레를 상대하라.

백 면 서 생 白面書生

한갓 글만 읽고 세상일에는 전혀 경험이 없는 사람.

글귀 하나

당	단	부	단	반	수	기	란
當	斷	不	斷	反	受	其	亂
마땅히 당	끊을 단	아닐 부	끊을 단	반대 반	받을 수	그 기	어지러울 란

결단해야 할 때 결단하지 않으면 도리어 화를 당한다.

_《사기(史記)》의 〈제도혜왕세가(齊悼惠王世家)〉 중에서

‘아! 도가(道家)의 말 중에 ‘결단해야 할 때 결단하지 않으면 도리어 화를 당한다.’는 말이 이것이구나!’의 일부예요. ‘칼자루를 쥐다.’라는 말이 있어요. 어떤 일에 실제적인 권한을 갖는다는 뜻이죠. 이 말은 싸움의 주도권이 누구에게 있는지 알려 줄 때 써요. 내가 칼자루를 쥐었다면 내 뜻대로, 상대가 쥐었다면 상대의 뜻대로 판이 돌아갈 테니까요. 그런데 만약 내가 고민하고 망설이다가 상대에게 칼자루를 빼앗겼다면 어떤 일이 일어날까요? 여러분, 이제 기억해야 해요. 상황이 매우 급하게 돌아갈 때는 신중한 결정보다 빠른 결단이 나를 살릴 수도 있음을 말이에요.

중고등 기초한자 어휘 쏙쏙

斷
끊을 단
결단할 단
나눌 단

▷ **단호(斷乎)** : 결심이나 태도, 입장 따위가 과단성 있고 엄격함.

▷ **단기지계(斷機之戒)** : 학문을 중도에서 그만두면 짜던 베의 날을 끊는 것처럼 아무 쓸모 없음을 경계한 말. 맹자가 수학(修學) 도중에 집에 돌아오자, 그의 어머니가 짜던 베를 끊어 그를 훈계하였다는 데서 유래함.

고사성어 하나

송 양 지 인
宋襄之仁

쓸데없는 아량을 베풀어 실속이 없다.

송나라 **송** 도울 **양** 어조사 **지** 어질 **인**

_《십팔사략(十八史略)》 중에서

중국 춘추시대에 송나라의 양공이 정나라를 침범하자, 초나라가 정나라를 구하려고 대군을 파병했다. 양공은 초나라와 홍수(泓水)를 사이에 두고 대치했고, 초나라 군대는 아직 강을 건너지 못해 전열을 가다듬지 못했다. 양공은 이러한 적을 불쌍히 여겨 그들이 모두 건널 때까지 기다린 후 싸웠다. 하지만 전투에서 패했고 세상의 비웃음을 샀다.

● ● ●

양공은 이 전투에서 다리를 다쳤고, 이때 입은 상처 때문에 죽었답니다. 양공은 '군자는 상처 입은 자를 다시 해하지 않으며 나이 많은 사람을 사로잡지 않는다. 어찌 정렬도 하지 않은 적을 치려고 진군의 북을 울릴 수 있단 말인가?'라는 의미의 말을 했다고 하죠. 살다 보면 맺고 끊는 것이 정확해야 하고, 공과 사를 확실하게 구별해야 할 때가 많아요. 중요한 순간에 개인의 인정에 가려 주저하다가 나라의 큰일을 그르쳐서야 어찌 큰 인물이 될 수 있겠어요. 양공이 놓친 것이 혹시 이 부분이 아닐까요?

옹산화병(甕算畫餠) : 독장수 셈과 그림의 떡이라는 뜻으로, 헛된 생각일 뿐이고 실속이 없음을 이르는 말.

경중미인(鏡中美人) : 거울 속의 미인이라는 뜻으로, ① 실속이 없는 일. ② 실속보다는 겉치레뿐인 사람.

당단부단 반수기란
當斷不斷 反受其亂

결단해야 할 때 결단하지 않으면 도리어 화를 당한다.

송양지인 宋襄之仁

쓸데없는 아량을 베풀어 실속이 없다.

우화 속 지혜 나침반

상대가 익숙해질 때까지 기다려라

어느 마을에 부자와 가죽을 손질하는 사람이 이웃해서 살고 있었어요. 가죽을 손질하는 고약한 냄새 때문에 부자는 늘 고민이었어요. 참다못한 부자는 가죽을 손질하는 사람을 찾아가서 말했어요.

"당신네 집에서 나는 고약한 냄새 때문에 내가 살 수가 없으니 이사하시오."

"정말 죄송합니다. 냄새가 새어 나가지 않도록 노력하겠습니다."

"다음에 또 이런 일이 있으면 당장 이사를 해야 할 테니 각오하시오."

"네, 알겠습니다."

하지만 그 다음 날도 또 고약한 냄새가 나는 것이었어요. 부자는 또 가죽을 손질하는 사람을 찾아갔어요.

"또 고약한 냄새가 났으니 이제 어쩔 수 없소. 이사하시오."

"네, 알겠습니다. 하지만 조금의 말미라도 주셔야 준비를 할 것 같습니다."

부자는 집으로 돌아갔습니다. 하지만 다음 날도, 또 그 다음 날도 고약한 냄새가 났고 그때마다 부자는 가죽 손질하는 사람을 찾아가 이사하라고 했지만, 그때마다 가죽 손질하는 사람은 곧 간다고 하면서 이삿날을 미루는 것이었어요. 그렇게 부자는 가죽 손질하는 사람과 여러 날 싸우는 동안 가죽 냄새에 익숙해지게 되었어요. 그런 후에 부자는 가죽을 손질하는 사람을 찾아가지 않게 되었어요. 물론 가죽을 손질하는 사람은 이사하지 않았답니다.

VI

자각편

글귀 하나

인 심 지 부 동 여 기 면 언
人心之不同 如其面焉

사람 인 마음 심 어조사 지 아닐 부 한가지 동 같을 여 그 기 얼굴 면 어조사 언

사람 마음이 같지 않음은 그 얼굴이 서로 다른 것과 같다.

_ 좌구명(左丘明)의 《춘추좌전(春秋左傳)》 중에서

‘사람 마음이 같지 않음은 그 얼굴이 서로 다른 것과 같습니다. 제가 어찌 감히 당신의 얼굴을 저의 얼굴같이 하라 말할 수 있겠습니까?’라는 구절의 일부예요. 저는 다른 사람의 마음이 제 마음과 똑같은 줄 알았어요. 그렇게 한참을 살았어요. 하지만 사람과의 관계 속에서 그렇지 않다는 것을 깨닫게 되었지요. 제 가슴에는 참 많은 생채기가 생겼답니다. 이제는 알아요. 사람 얼굴이 똑같지 않듯이 마음도 똑같을 수 없다는 것을요. 여러분도 꼭 기억해 두세요.

중고등 기초한자 어휘 쑥쑥

面
낯 면
겉 면

▷ **국면(局面)** : 어떤 일이 벌어진 장면이나 형편.

▷ **인면수심(人面獸心)** : 얼굴은 사람의 모습을 하였으나 마음은 짐승과 같다는 뜻으로, ① 남의 은혜를 모름, 또는 마음이 몹시 흉악함을 이르는 말. ② 사람의 도리를 지키지 못하고 배은망덕하거나 행동이 흉악하고 음탕한 사람.

고사성어 하나

남 귤 북 지
南 橘 北 枳

남녘 **남** 귤나무 **귤** 북녘 **북** 탱자나무 **지**

남쪽의 귤이 북쪽에서는 탱자가 되듯 사람은 처한 상황에 따라 성품이 변한다.

_《안자춘추(晏子春秋)》 중에서

제나라의 재상 안영이 초나라에 사신으로 가게 되었다. 초나라 영왕은 안영이 재능에 비해 키가 작고 외모가 볼품없음을 비꼬아 말했다. "자네 같은 인물을 사신으로 보내는 걸 보면 제나라에는 인재가 없는 모양이죠?" 안영이 대답했다. "우리나라는 큰 나라에는 큰 사람을, 작은 나라에는 작은 사람을 보냅니다." 얼마 있다가, 영왕은 절도죄를 저지르고 잡혀가는 제나라 사람을 보며 말했다. "제나라 사람은 원래 도둑질을 잘하는 모양이죠?" 안영이 말했다. "회남의 귤나무를 회북에 옮겨 심으면 탱자가 되죠. 저 사람은 제나라에 있을 때는 도둑질이 무엇인지 몰랐는데, 초나라에 와서 도둑질하는 것을 보니 이 나라의 풍토가 좋지 않은가 봅니다."

● ● ●

사람을 외모로만 판단하고 비아냥거리던 초나라 영왕의 당황하는 얼굴이 보이네요. 여러분은 안영의 재치 있는 대답을 보고 어떤 생각이 들었나요? 그가 만약 작은 키와 볼품없는 외모에 주눅 들어 살았다면 대인의 면모를 갖출 수 있었을까요? 안영은 외모보다 더 큰 것이 외모 안에 들어 있음을 알고, 자신을 갈고닦았을 거예요. 처음에는 화려한 포장에 눈길이 가지만, 포장을 뜯고 내용물을 보고 나면 포장지는 금세 잊어버리게 된답니다.

귤화위지(橘化爲枳) : 남귤북지와 같은 말.

근주자적(近朱者赤) : 붉은빛에 가까이하면 반드시 붉게 된다는 뜻으로, 주위 환경이 중요하다는 것을 이르는 말.

인 심 지 부 동 여 기 면 언

人 心 之 不 同 如 其 面 焉

사람 마음이 같지 않음은 그 얼굴이 서로 다른 것과 같다.

남 귤 북 지 南 橘 北 枳

남쪽의 귤이 북쪽에서는 탱자가 되듯
사람은 처한 상황에 따라 성품이 변한다.

글귀 하나

상인호 불문마
傷人乎 不問馬

다칠 상 사람 인 어조사 호 아닐 불 물을 문 말 마

사람은 다쳤는가 하고, 말에 대해서는 묻지 않는다.

_《논어(論語)》의 〈향당(鄕黨)〉 중에서

공자의 마구간에 불이 났어요. 집에 돌아온 공자는 사람이 다치지 않았는가만 묻고, 말에 대해서는 묻지 않았다고 해요. 어찌 말(馬)이 귀하지 않겠어요? 당연히 귀하지요. 더군다나 공자가 살던 춘추전국시대의 말은 이동수단일 뿐만 아니라 무기였으니까요. 하지만 사람보다 귀하겠습니까? 아니 귀해서야 되겠습니까? 언제부턴가 사람들은 모든 것을 돈으로 환산해서 말해요. 돈으로 가치전환이 안 되는 물건이나 사람들을 무시하곤 해요. 그런데 아세요? 돈으로 바꿀 수 없는 것을 많이 가진 사람일수록 행복하다는 것을요. 여러분은 돈으로 바꿀 수 없는 것을 얼마나 갖고 있나요? 지금 찾아보세요.

중고등 기초한자 어휘 쑥쑥

傷 다칠 상

▷ **식상(食傷) :** 같은 음식이나 사물이 되풀이되어 물리거나 질림.

▷ **상궁지조(傷弓之鳥) :** 한 번 화살에 맞은 새는 구부러진 나무만 보아도 놀란다는 뜻으로, 한 번 혼이 난 일로 늘 의심과 두려운 마음을 품는 것을 이르는 말.

고사성어 하나

가 정 맹 어 호
苛 政 猛 於 虎

가혹한 정치는 호랑이보다 무섭다.

가혹할 가　정치 정　사나울 맹　어조사 어　범 호

_《예기(禮記)》의 〈단궁(檀弓)〉 중에서

공자가 태산 기슭을 지나는데, 세 개의 무덤 앞에서 울고 있는 여인을 보았다. 공자가 제자 자로를 시켜 그 이유를 묻자 여인이 대답했다.

"시아버님과 남편, 그리고 아들까지 호랑이에게 잡아먹혔습니다."

"그런데도 왜 부인께서는 이곳을 떠나지 않으셨습니까?"

"이곳에는 혹독한 세금이나 재물을 빼앗는 못된 벼슬아치가 없답니다. 그래서 떠나지 못하고 있습니다."

이 말을 전해 들은 공자는 길게 탄식하며 제자들에게 말했다.

"제자들아! 명심해라. 가혹한 정치가 호랑이보다 무섭다는 것을."

저는 가끔 정치라는 보이지 않는 동물이 세상을 잘 다스리면 모두에게 혜택을 주지만, 그렇지 않을 때는 우리를 해친다는 생각을 하곤 합니다. 그래서 그 동물의 변화를 곰곰이 지켜보았습니다. 그랬더니 이 변신동물은 항상 우리 곁에 있는 듯 없는 듯하다가 탐욕과 증오를 먹었을 때는 무서운 호랑이로 변했고, 대화와 배려를 먹었을 때는 순한 고양이로 변했습니다. 정치는 국민을 다치게 해서는 안 됩니다. 그러기 위해서는 항상 국민을 최우선으로 두는 정치가 무엇보다 필요하겠지요.

가렴주구(苛斂誅求) : 가혹하게 세금을 거두거나 백성의 재물을 억지로 빼앗음.

민고민지(民膏民脂) : 백성의 피와 땀이라는 뜻으로, 백성에게서 과다하게 거두어 들인 세금이나 재물을 이르는 말.

상 인 호　불 문 마

傷人乎　不問馬

사람은 다쳤는가 하고, 말에 대해서는 묻지 않는다.

가 정 맹 어 호 苛政猛於虎

가혹한 정치는 호랑이보다 무섭다.

글귀 하나

거 세 이 예 지 불 가 권
擧世而譽之 不加勸

온통 거 / 세상 세 / 접속사 이 / 칭찬할 예 / 어조사 지 / 아닐 불 / 더할 가 / 힘쓸 권

온 세상 사람이 칭찬한다고 더욱 애쓰지 않는다.

_《회남자(淮南子)》의 〈숙진훈(俶眞訓)〉 중에서

● ● ●

'온 세상 사람이 칭찬한다고 그 일에 더욱 애쓰지 않고, 온 세상 사람이 헐뜯는다고 기가 죽지도 않는다.'라는 구절의 일부예요. 사람들은 남이 좋아하고 칭찬하면 기분 좋아 그 일에 온 정성을 다하고, 조금이라도 싫은 내색을 하면 어쩔 줄 몰라 하지요. 그렇게 남의 시선에 자신을 맡겨요. 그런데 그것은 내가 생각하는 것이 아니라 다른 사람이 만든 가상의 내가 생각하는 것이지요. '진정한 나'는 어디에 있나요? 이제부터는 주관을 가지고 남의 칭찬과 비난에 쉽게 울고 웃지 마세요. 자신의 행동이 자신의 생각과 일치하는가 그렇지 않은가부터 살피세요. 그러면 세상의 시선이 그리 중요한 것이 아니란 것을 깨달을 거예요.

중고등 기초한자 어휘 쏙쏙

擧
들 거
선거할 거
온통 거

- ▷ **천거(薦擧)** : 어떤 일을 맡아 할 수 있는 사람을 소개하거나 추천함.
- ▷ **경거망동(輕擧妄動)** : 경솔하여 생각 없이 망령되게 행동함. 또는 그런 행동.
- ▷ **일거양득(一擧兩得)** : 한 번 들어 둘을 얻는다는 뜻으로, 한 가지의 일로 두 가지의 이익을 보는 것을 말함.

고사성어 하나

한 단 지 보
邯 鄲 之 步

땅이름 한 조나라 서울 단 어조사 지 걸음 보

자기 본분을 잊고 억지로 남을 따라 하면 실패한다.

_《장자(莊子)》의 〈추수(秋水)〉 중에서

전국시대 조나라의 사상가 공손룡이 자신을 천하제일로 생각하고 위나라 위모에게 장자에 대한 이야기를 들으러 간다. 위모는 공손룡을 우물 안 개구리라고 조롱하며 말한다. “한 소년이 조나라 수도인 한단의 걸음걸이가 좋아 보여 그곳의 걸음걸이를 배웠다네. 그런데 그 나라의 걸음걸이를 배우기 전에 옛 걸음걸이마저 잊어버려서, 집으로 기어서 돌아갈 수밖에 없었네. 지금 자네가 장자에 이끌려 이곳을 떠나지 않는다면 장자의 큰 지혜도 배우지 못할 뿐 아니라 본래 자네가 가지고 있던 지혜마저 잊어버릴 걸세.” 이 말을 들은 공손룡은 그곳을 도망치듯 떠났다.

● ● ●

남의 떡이 커 보이고, 새로운 것이 좋아 보이기 마련입니다. 남의 것을 탐하는 자는 자신이 무엇을 가졌는지 모르고, 새로운 것을 탐하는 자는 오래된 것의 변치 않음을 모른답니다. 이 말은 꼭 물질적인 것만을 뜻하지 않아요. 먼저 나를 돌아보고 자신이 가진 장점을 찾아보세요. 그런 다음 남을 보면 자신을 잃지 않고 다른 사람의 좋은 점을 닮을 수 있어요. 그리고 남에게 칭찬받을 만한 일만 하지 말고, 내게 맞지 않는데도 남이 한다고 무작정 따라 하지 마세요. 이 둘 어디에도 진짜 내 모습은 없으니까요.

한단학보(邯鄲學步) : 한단지보와 같은 말.

화호불성(畫虎不成) : 범을 그리려다가 강아지를 그린다는 뜻으로, 서투른 솜씨로 남의 언행을 흉내내려 하거나, 어려운 일을 하려다가 도리어 잘못됨을 비유함.

거 세 이 예 지 불 가 권

舉世而譽之 不加勸

온 세상 사람이 칭찬한다고 더욱 애쓰지 않는다.

한 단 지 보 邯鄲之步

자기 본분을 잊고 억지로 남을 따라 하면 실패한다.

글귀 하나

선 유 자 익　선 기 자 타
善游者溺　善騎者墮

잘할 선　헤엄칠 유　사람 자　빠질 익　　잘할 선　말 탈 기　사람 자　떨어질 타

수영을 잘하는 자는 물에 빠지고, 말을 잘 타는 자는 말에서 떨어진다.

_《회남자(淮南子)》의 〈원도훈(原道訓)〉 중에서

'헤엄을 잘 치는 사람은 물에 빠지고, 말을 잘 타는 사람은 말에서 떨어진다. 각자 그 좋아하는 것이 도리어 자신에게 해가 된다. 지나치게 일을 많이 한 사람은 일이 뜻하는 바대로 되지 않으며, 명예를 다투고 이익을 탐하는 사람은 곤경에 처하게 된다.'라는 구절 중 일부입니다. 무슨 일을 잘하게 되면 교만해져서 급기야 이 글처럼 물에 빠지거나 말에서 떨어지곤 하지요. 여러분! 아무리 수영을 잘하고 말을 잘 타더라도, 깊은 물에 들어가기 전에는 구명조끼를 챙겨 입고 말에 오르기 전에는 안장을 한 번 더 살펴야 하지 않을까요?

중고등 기초한자 어휘 쏙쏙

騎
말 탈 기

▷ **기사도(騎士道)** : 중세 유럽에서, 기사로서 지켜야 했던 도덕.

▷ **기호지세(騎虎之勢)** : 호랑이를 타고 달리는 형세라는 뜻으로, 이미 시작한 일을 중도에서 그만둘 수 없는 경우를 비유적으로 이르는 말.

▷ **필마단기(匹馬單騎)** : 혼자 한 필의 말을 타고 감.

고사성어 하나

군맹무상 群盲撫象

무리 군 소경 맹 어루만질 무 코끼리 상

사물을 좁은 소견과 주관으로 잘못 판단한다.

_《열반경(涅槃經)》 중에서

인도의 경면왕은 장님들을 모아 코끼리를 만져 보게 한 후, 상님들에게 물었다. "코끼리가 어떻게 생겼는지 말해 보라." 그러자 상아를 만진 이는 '무', 귀를 만진 이는 '키', 머리를 만진 이는 '돌', 코를 만진 이는 '절굿공이', 다리를 만진 이는 '널빤지', 배를 만진 이는 '항아리', 꼬리를 만진 이는 '새끼줄' 같다고 했다. 열반경은 어리석은 중생을 코끼리를 만져 본 장님에 비유했다.

● ● ●

장님들이 틀린 것을 이야기하지는 않았어요. 모두들 자신이 만져 본 것을 가지고 이야기한 것이니까요. 우리들도 코끼리를 만진 장님처럼 자신이 본 것만 믿고 살아요. 하지만 확실하게 봤다고 생각했던 것이 전체가 아니라 자신이 보려 했던 일부분이고, 들었던 것들이 자신이 듣고 싶었던 일부분일 때가 많아요. 이런 우리들의 행동은 마음의 크기를 작게 만들어 자신만이 옳다고 생각하게 한답니다. 저는 가끔 코끼리를 만진 장님들이 일시에 눈을 떠, 코끼리를 보고 서로에게 멋쩍은 웃음을 보일 때를 상상해 봅니다. 내가 틀릴 수도 있다는 생각은 우리를 더욱 큰사람으로 만들어 준답니다. 우리 조금만 더 다른 사람의 말에 귀를 기울이고, 겸손하게 살아보도록 해요.

군맹상평(群盲象評) : 여러 맹인이 코끼리를 더듬는다는 뜻으로, 군맹무상과 같은 말.

구반문촉(毆槃捫燭) : 장님이 쟁반을 두드리고 초를 어루만져 본 것만 가지고 태양에 대해 말한다는 뜻으로, 남의 말만 듣고 지레짐작으로 이렇다 저렇다 논하지 말라는 말임.

선 유 자 익 선 기 자 타
善游者溺 善騎者墮

수영을 잘하는 자는 물에 빠지고,
말을 잘 타는 자는 말에서 떨어진다.

군 맹 무 상 群盲撫象

사물을 좁은 소견과 주관으로 잘못 판단한다.

글귀 하나

자반이축 수천만인 오왕의
自反而縮 雖千萬人 吾往矣

스스로 자 되돌릴 반 접속사 이 곧을 축 비록 수 일천 천 일만 만 사람 인 나 오 갈 왕 어조사 의

내가 떳떳하면 천만 명도 두렵지 않다.

_《맹자(孟子)》의 〈공손추(公孫丑)〉 중에서

'스스로 돌이켜서 정직하지 못하면 비록 가난하고 천한 사람이라도 내 두려워하지 않겠는가? 그러나 스스로 돌이켜서 정직하다면 비록 천만 명이라도 내가 가서 대적할 수 있다.'의 일부예요. 증자가 제자인 자양과 용기에 관해 이야기를 나눈 것입니다. 사람들은 싸우기 전에 상대할 사람의 수가 많고 적음을 살피고, 지위가 높고 낮음을 살피고, 재력이 있는지 없는지를 살펴요. 그런데 이 글에서는 먼저 자신을 돌아보고 떳떳하면 어떤 상대든 두렵지 않고, 부끄러우면 상대가 비록 힘없는 사람이더라도 두렵다고 말하고 있답니다. 참으로 의미 깊고 당찬 말이에요. 대장부란 싸울 때 두려움이 없는 사람을 말하는 것이 아니라 이런 마음을 가진 사람을 두고 하는 말일 거예요.

중고등 기초한자 어휘 쑥쑥

往
갈 왕
옛날 왕

▷ **왕년(往年)** : 지나간 해. 주로 '왕년에', '왕년의' 꼴로 쓰임.

▷ **설왕설래(說往說來)** : 서로 변론을 주고받으며 옥신각신함. 또는 말이 오고 감.
≒ 언왕설래 · 언왕언래.

고사성어 하나

삼 마 태 수
三 馬 太 守

재물에 욕심이 없는 청백리.

석 삼 말 마 클 태 지킬 수

_《조선왕조실록》 중에서

조선 중종 때 송흠이란 사람이 있었다. 그는 자신과 아내 그리고 어머니가 탈 말, 세 필만 거느리고 고을 수령으로 부임했다. 대부분의 고을 수령이 많은 인력과 말을 동원하는 것과 달랐다. 이후 검소한 행차를 한 그를 모두 삼마태수라 불렀다.

송흠은 늙은 어머니를 봉양하기 위해 서울의 높은 벼슬을 마다하고 지방으로 내려갈 정도로 효성이 지극했어요. 높은 직책에 있었음에도 집에 쌀이 떨어지는 일도 자주 있었다고 하니, 그가 얼마만큼 청빈했는지 짐작할 수 있지요. 당시에는 관리가 새로 부임하거나 전임을 할 때 7~8마리의 말로 행차하는 것이 관례였지만, 송흠은 달랐어요. 검소한 그에게는 말 세 필이면 족했답니다. 그가 청백리(淸白吏)로 꼽히는 이유를 짐작할 수 있는 대목이지요. 그런데 송흠은 왜 이리 자신에게 엄격했을까요? 이러한 행동은 그냥 쉽게 되는 게 아니거든요. 끊임없이 자신을 누르고 붙들어야 가능한 일이에요. 아마 송흠은 자신이 뇌물을 받거나 부정을 저지르지 않고 청빈하게 살면 그 혜택이 백성에게 돌아간다고 생각했을 거예요. 또 자신이 떳떳하면 그 누구에게도 당당할 수 있음을 알고 있었어요. 여러분, 사람들을 상대할 때 강해지려고만 하지 마세요. 떳떳해지세요. 떳떳하면 당당해지고, 당당하면 자연스럽게 강해진답니다.

청백리(淸白吏) : 청백한 관리.

탐관오리(貪官汚吏) : 탐욕이 많고 부정을 일삼는 벼슬아치.

기마욕솔노(騎馬欲率奴) : 말을 타면 노비를 거느리고 싶다는 뜻으로, 사람의 욕심은 끝이 없다는 말.

자반이축 수천만인 오왕의

自反而縮 雖千萬人 吾往矣

내가 떳떳하면 천만 명도 두렵지 않다.

삼마태수三馬太守

재물에 욕심이 없는 청백리.

글귀 하나

권 연 후 지 경 중
權然後 知輕重

저울 권 그러할 연 뒤 후 알 지 가벼울 경 무거울 중

저울질한 뒤에 가볍고 무거움을 알 수 있다.

_《맹자(孟子)》의 〈양혜왕(梁惠王)〉 중에서

'저울질을 한 뒤에 가볍고 무거움을 알 수 있고, 재어 본 뒤에 길고 짧음을 알 수 있다. 사물이 다 그러하거니와 마음이 유독 심하다.'의 일부예요. 마음의 무게를 재고 싶다면 먼저 마음을 찾아야 해요. 마음을 찾기 위해서는 행동을 보면 알 수 있어요. 행동에는 까닭 있는 마음이 담기니까요. 이제 여러분도 자신에게 물어보세요. 나는 왜 그런 행동을 했는지 말이에요. 그러면 조금은 인정하기 싫은, 날것 그대로의 속마음과 마주하게 될 거예요. 처음에는 깜짝 놀라지만 피하지 마세요. 먼저 그 마음을 인정하고 마주해야 해요. 그래야 그 마음을 끌어안고 다독일 수 있으니까요.

중고등 기초한자 어휘 쏙쏙

權
권세 권
저울 권

▷ **패권(霸權)** : 어떤 분야에서 우두머리나 으뜸의 자리를 차지하여 누리는 공인된 권리와 힘.

▷ **권불십년(權不十年)** : 권세는 십 년을 가지 못한다는 뜻으로, 아무리 높은 권세라도 오래가지 못함.

고사성어 하나

조삼모사 朝三暮四

아침 조 석 삼 저물 모 넉 사

간사한 잔꾀로 남을 속인다. 눈앞에 보이는 차이만 알고 결과가 같은 것을 모른다.

_《열자(列子)》의 〈황제(黃帝)〉 중에서

송나라에 저공이라는 사람이 많은 원숭이를 기르고 있었다. 그러나 먹이 대는 일이 점점 힘들어지자 얕은꾀를 냈다. "앞으로 도토리를 아침에 세 개, 저녁에 네 개씩 주마!" 이 말을 들은 원숭이가 하나같이 화를 내자 저공은 이렇게 말했다. "그렇다면, 아침에 네 개, 저녁에 세 개씩 주마!" 그러자 원숭이들이 기뻐했다고 한다.

• • •

여러분! 3+4는 뭐지요? 7이라고요? 맞았어요. 그렇다면 4+3은 뭘까요? 그래요. 똑같이 7 이에요. 이 덧셈은 조삼모사라는 고사성어와 관련이 있어요. 여러분을 놀리기 위해 물은 것이 아니니 오해하지는 마세요. 누군가 이렇게 간단한 숫자로 나를 속이려 하면 잘 속지 않아요. 하지만 그 숫자가 백만, 천만, 억 단위인 데다가 어려운 전문용어까지 사용한다면 어떨까요? 아마 상황이 달라질 거예요. 그러니 정신 바짝 차려야 해요. 살다 보면 꼼꼼함과 철저함이 필요할 때가 많답니다.

자기기인(自欺欺人) : 자신을 속이고 남을 속인다는 뜻으로, 자신도 믿지 않는 말이나 행동으로 남까지 속이는 사람을 풍자함.

할고충복(割股充腹) : 배를 채우려고 허벅살을 베어먹는다는 뜻으로, 한때를 모면하기 위한 어리석은 잔꾀를 비유해 이르는 말.

권연후 지경중

權然後 知輕重

저울질한 뒤에 가볍고 무거움을 알 수 있다.

조 삼 모 사 朝三暮四

간사한 잔꾀로 남을 속인다.

눈앞에 보이는 차이만 알고 결과가 같은 것을 모른다.

07. 무언가 잃고 싶지 않을 때

글귀 하나

구 환 실 지　무 소 부 지 의
苟患失之　無所不至矣

만약 **구**　걱정할 **환**　잃을 **실**　대명사 **지**　없을 **무**　바 **소**　아닐 **부**　이를 **지**　어조사 **의**

사람은 잃을 것을 걱정하면 못하는 짓이 없다.

_《논어(論語)》의 〈양화(陽貨)〉 중에서

●●●

공자가 비루한 사람과는 함께 임금을 섬길 수 없다며 한 말이에요. '부귀를 얻기 전에는 얻을 것을 걱정하고, 이미 얻고 나서는 잃을 것을 걱정하니, 만일 잃을 것을 걱정한다면 못하는 짓이 없게 된다.'라는 구절의 일부랍니다. 우리는 가끔 '저리도 많이 가진 사람이 어찌 저런 나쁜 일을 서슴지 않고 하지?'라고 생각할 때가 있어요. 이 의문에 '부귀에만 뜻을 두는 자는 못하는 짓이 없다.'라는 옛말이 어느 정도의 해답을 주지 않나 싶어요. 그 사람이 어떤 사람인지 알고 싶나요? 그렇다면 그가 무얼 좋아하고 무얼 얻으려 하고, 무얼 잃지 않으려 애쓰는지를 보면 정확히 알 수 있어요. 여러분 자신도 마찬가지예요.

중고등 기초한자 어휘 쏙쏙

患
근심 환
재난 환

▷ **환란(患亂)** : 근심과 재앙을 통틀어 이르는 말.

▷ **양호유환(養虎遺患)** : 범을 길러서 화근을 남긴다는 뜻으로, 화근이 될 것을 길러서 후환을 당하게 됨을 이르는 말.

고사성어 하나

와신상담 臥薪嘗膽

누울 **와** 땔나무 **신** 맛볼 **상** 쓸개 **담**

목적을 달성하기 위해 온갖 수고로움을 참고 견디다.

_《사기(史記)》의 〈월세가(越世家)〉 중에서

춘추시대, 오나라 왕 합려는 월나라 구천에게 패해 전사했다. 합려의 아들 부차는 원수를 갚고자 장작 위에서 잠을 자며, 사람들이 자신의 방을 출입할 때 "부차야, 너는 월나라 사람이 네 아비 죽인 것을 잊었느냐?"라고 외치게 했다. 그 후 부차는 구천과의 싸움에서 승리를 거뒀다. 전쟁에서 패배해 부차의 포로가 된 구천은 갖은 고난과 모욕을 겪다가 월나라로 귀국했다. 복수를 다짐한 구천은 자리 옆에 쓰디쓴 쓸개를 매달아 놓고 핥으며 "너는 회계산의 치욕을 잊었느냐!"라고 말하며 자신을 채찍질했다. 그렇게 군사를 훈련하며 복수의 기회를 노리다가 20년 후, 부차를 굴복시키고 마침내 회계의 굴욕을 씻었다.

대부분의 사람들은 권력이나 경제력이 있을 때 오만해져요. 부차나 구천 또한 자신의 힘만 믿고 겸손함을 잃어 쓰라린 패배를 맛봐야만 했어요. 만약 그들이 주변의 진심 어린 충고를 조금만 귀담아들었다면 전쟁의 양상은 또 달라졌을 거예요. 사람들은 무언가를 오랫동안 가지고 있으면 그것이 영원히 떠나지 않을 거라 착각해요. 그리고 잃고 난 후에야 비로소 알게 됩니다. 얻기 위해서도 많은 노력이 필요하지만, 그것을 지키기 위해서는 더 많은 공력이 든다는 것을 말이에요.

회계지치(會稽之恥) : 회계 산에서 받은 치욕이란 뜻으로, 전쟁에서 진 치욕 또는 마음에 새겨져 잊지 못하는 치욕을 비유해 이르는 말.

절치액완(切齒扼腕) : 이를 갈고 팔을 걷어 올리며 주먹을 꽉 쥔다는 뜻으로, 매우 분하여 벼르는 모습을 이르는 말.

구 환 실 지 무 소 부 지 의

苟 患 失 之 無 所 不 至 矣

사람은 잃을 것을 걱정하면 못하는 짓이 없다.

와 신 상 담 臥 薪 嘗 膽

목적을 달성하기 위해 온갖 수고로움을 참고 견디다.

08. 나보다 배경이 좋은 사람을 만나 주눅이 들 때

글귀 하나

산 부 재 고　유 선 즉 명
山不在高　有仙則名

산 산	아닐 부	있을 재	높을 고	있을 유	신선 선	하면 즉	이름 명

산은 높음이 중요한 것이 아니라 신선이 있으면 이름이 난다.

_ 유우석(劉禹錫)의 〈누실명(陋室銘)〉 중에서

'산은 높음이 중요한 것이 아니라 신선이 있으면 이름이 나고, 물은 깊음이 중요한 게 아니라 용이 있으면 신령스러워진다. 이곳은 누추한 집이지만, 오직 나의 덕이 향기로울 따름이다.'의 일부예요. 우리가 어떤 학교를 명문이라고 부르는 이유는 건물이 높거나 화려해서가 아니라, 어떤 분야에 능력 있는 학생들이 그 학교에 다니기 때문이에요. 사람도 마찬가지예요. 외모나 출신배경보다 그 사람의 됨됨이와 행동 때문에 존경하는 거예요. 사람들은 가끔 부러움과 존경을 착각해요. 우리가 멋진 외모나 출신배경이 좋은 사람을 부러워하는 것이지, 존경하는 것이 아니라는 것을 잊고 말이죠. 배경 좋은 사람을 부러워하지 마세요. 여러분의 가슴 속에는 신선과 용이 살고 있답니다.

중고등 기초한자 어휘 쑥쑥

名
이름 명, 명분 명
이름날 명

▷ **익명(匿名)** : 이름을 숨김. 또는 숨긴 이름이나 그 대신 쓰는 이름.

▷ **명의(名義)** : ① 명분과 의리. ② 문서 상의 이름.

▷ **명실상부(名實相符)** : 이름과 실상이 서로 꼭 맞음.

고사성어 하나

호 가 호 위
狐 假 虎 威

여우 호　빌릴 가　범 호　위엄 위

강한 자의 권세를 빌어 위세를 부리다.

_《전국책(戰國策)》의 〈초책(楚策)〉 중에서

초나라 선왕이 신하들에게 물었다. “북쪽의 나라들이 우리 재상인 소해휼을 두려워한다고 하던데 그 말이 사실이오?” 신하 강을이 대답했다. “어느 날, 호랑이가 여우를 잡았는데 여우가 말했습니다. ‘그대는 감히 나를 잡아먹을 수 없다. 하늘이 나를 모든 짐승의 우두머리로 삼았으니, 그대가 나를 잡아먹는다면 하늘의 명을 거스르는 것이다. 나를 믿지 못하겠거든 내가 앞에 갈 테니 내 뒤를 따르면서 나를 보고 달아나지 않는 짐승이 있는지 보아라.’ 호랑이는 그 말이 옳다고 여겨 여우의 뒤를 따라갔습니다. 그런데 모든 동물이 그들을 보고 달아나자, 호랑이는 자기가 무서워 도망가는 것을 알지 못하고 여우가 두려워 도망간다고 생각했습니다. 전하께서는 사방 오천 리에 백만 대군을 거느리고 계십니다. 북방의 나라들이 두려워하는 것은 소해휼이 아니라, 그 뒤에 계신 전하와 전하의 군대입니다.”

● ● ●

사람들은 자기 자신의 솔직한 모습보다 잘나가는 누군가로 비치거나 잘 생기고 예쁜 누군가의 사람으로 비치길 바랍니다. 그건 기업들이 잘생기고 예쁜 연예인의 이미지를 빌려와 회사의 상품에 후광효과(後光效果)를 노리는 점과 크게 다르지 않습니다. 하지만 진실한 지혜의 눈을 가진 사람 앞에서는 본 모습이 그대로 드러나기 마련이랍니다. 여러분도 누군가의 여러분이 아닌 자신의 모습을 진실하게 보여 주세요. 그 모습이 더욱 사랑스럽고, 예쁘답니다.

함께 알아 둡시다!

호왈백만(號曰百萬) : 말로는 백만을 일컬으나 실상은 얼마 안 됨.

허장성세(虛張聲勢) : 헛되이 목소리의 기세만 높인다는 뜻으로, 실력이 없으면서 도 허세로만 떠벌림.

산 부 재 고 유 선 즉 명
山不在高 有仙則名

산은 높음이 중요한 것이 아니라 신선이 있으면 이름이 난다.

호 가 호 위 狐假虎威

강한 자의 권세를 빌어 위세를 부리다.

글귀 하나

인 필 자 모 연 후 인 모 지
人必自侮然後 人侮之

사람 인 반드시 필 스스로 자 업신여길 모 그러할 연 뒤 후 사람 인 업신여길 모 어조사 지

사람은 반드시 스스로 업신여긴 뒤에 남이 그를 업신여긴다.

_《맹자(孟子)》의 〈이루(離婁)〉 중에서

● ● ●

'사람은 반드시 스스로 업신여긴 뒤에 남이 그를 업신여기며, 집안은 반드시 스스로 훼손한 후에 남이 그 집안을 훼손하며, 나라는 반드시 스스로 공격한 뒤에 남이 그 나라를 공격하는 것이다.'의 일부예요. 우리는 아무도 뭐라고 하지 않았는데도, 스스로 주눅이 들어 눈치보다 결국 숨어 버리는 자신을 만나곤 해요. 숨지 마세요. 나는 나예요. 그냥 나예요. 누가 뭐라고 해도 나는 그냥 나랍니다. 그 모습을 인정하고 사랑해 주세요. 그러면 어깨가 펴지고 상대를 똑바로 바라볼 수 있어요. 이제 상대도 여러분을 업신여기지 못할 거예요.

중고등 기초한자 어휘 쏙쏙

然
그러할 연
불탈 연

▷ **개연성(蓋然性)** : 절대적으로 확실하지 않으나 아마 그럴 것으로 생각되는 성질.
▷ **망연자실(茫然自失)** : 멍하니 정신을 잃거나 어리둥절해 하는 모습을 이르는 말.
▷ **아연실색(啞然失色)** : 뜻밖의 일에 얼굴빛이 변할 정도로 매우 놀람.

고사성어 하나

와 각 지 쟁
蝸 角 之 爭

달팽이 와 뿔 각 어조사 지 다툴 쟁

달팽이 뿔 위에서의 싸움같이 하찮은 일로 벌이는 싸움.

_《장자(莊子)》의 〈칙양(則陽)〉 중에서

전국시대 위나라 혜왕이 맹약을 깬 제나라 위왕을 죽이려고 대신들과 논의했으나 의견이 분분했다. 이에 재상인 혜시가 천거한 대진인에게 의견을 묻자, 대진인이 이렇게 답했다. "달팽이의 왼쪽 뿔에 촉씨가, 오른쪽 뿔에는 만씨라는 나라가 있었습니다. 이 두 나라가 전쟁을 벌였는데 시체가 수만 명이나 되었고, 패배하여 도망친 군대를 쫓아갔다가 돌아오는 데만 십오 일이 걸렸습니다."

황당해하는 혜왕에게 대진인이 말했어요. "사방과 하늘땅에 한계가 없답니다. 끝이 없는 경지에서 본다면 우리가 얼마나 미약한 존재겠습니까? 그렇다면 달팽이 뿔의 만씨와 임금님이 다른 점이 있습니까?" 혜왕은 다르지 않다고 힘없이 말하고, 결국 전쟁을 포기했다고 합니다. 여러분, 자신이 미운가요? 왜 미운지, 그 근원을 따라가다 보면 누군가와 끊임없이 비교하고 부러움과 결여감에 계속 화를 내는 자신을 만나게 됩니다. 이제 달리 생각해 봐요. 저 넓고 넓은 우주에서 자신을 내려다본다면, 내가 얼마나 미약한 존재입니까? 그렇다면 시선을 자신이 부러워하며 비교했던 사람들로 옮겨 보세요. 그 사람들 또한 미약한 존재 아닌가요? 아마 나와 똑같을 거예요. 사람은 누구나 좋은 점도 있고, 싫은 점도 있는 미약한 존재랍니다. 그러니 다른 사람이 부럽더라도 자신을 미워하지 마세요.

함께 알아 둡시다!

만촉지쟁(蠻觸之爭) : 만씨와 촉씨의 다툼이라는 뜻으로, 와각지쟁과 같은 말.

계목쟁식(鷄鶩爭食) : 닭과 집오리가 먹이를 서로 먼저 먹으려고 다툰다는 뜻으로, 여염의 사람들이 서로 다툼을 비유해 이르는 말.

인 필 자 모 연 후 인 모 지
人必自侮然後 人侮之

사람은 반드시 스스로 업신여긴 뒤에 남이 그를 업신여긴다.

와 각 지 쟁 蝸角之爭

달팽이 뿔 위에서의 싸움같이 하찮은 일로 벌이는 싸움.

글귀 하나

호 지 자 불 여 낙 지 자
好之者 不如樂之者

좋아할 호 어조사 지 사람 자 아닐 불 같을 여 즐거울 낙 어조사 지 사람 자

좋아하는 자는 즐기는 자만 못하다.

_《논어(論語)》의 〈옹야(雍也)〉 중에서

'아는 자는 좋아하는 자만 못하고, 좋아하는 자는 즐거워하는 자만 못하다.'라는 공자의 말이에요. 우리는 가끔 어떤 경기나 게임에 빠지곤 해요. 재미있으니까요. 그런데 자신의 실력이 남과 비교되고 잘하고 싶은 생각이 들 때, 그것은 더 이상 재미가 아닌 또 다른 스트레스가 되지요. 하지만 곰곰이 생각해 봐요. 내가 이것을 왜 하는지를. 내가 즐겁고 행복해지기 위해 하는 거잖아요! 그럼 이제 즐기세요. 승부의 긴장감과 분노까지 모두 그 경기의 일부이고 우리가 재미있어하는 이유니까요.

중고등 기초한자 어휘 쑥쑥

好
좋을 호
아름다울 호
자주 호

- ▷ **절호(絶好)** : 더할 수 없이 좋음.
- ▷ **청호우기(晴好雨奇)** : 갠 날에는 좋은 경치를 보이고, 비 오는 날에는 기이한 경관을 보인다는 뜻으로, 산수의 경관이 언제나 좋음을 이르는 말.
- ▷ **호학불권(好學不倦)** : 학문을 좋아하여 책 읽기에 게으름이 없음.

고사성어 하나

군 자 삼 락
君 子 三 樂

군자의 세 가지 즐거움.

임금 군 아들 자 석 삼 즐거울 락

_《맹자(孟子)》의 〈진심(盡心)〉 중에서

군자에게는 세 가지 즐거움이 있다. 부모님이 모두 살아 계시고 형제에게 아무 탈 없는 것이 첫 번째 즐거움이고, 하늘을 우러러 부끄러움이 없고 땅을 굽어보아 사람들에게 부끄러움이 없는 것이 두 번째 즐거움이며, 천하의 영재를 얻어 교육하는 것이 세 번째 즐거움이다. 천하의 왕 노릇 하는 것은 여기에 들어있지 않다.

제가 먼저 저의 삼락(三樂)을 말해 볼게요.
"가족들이 건강해 함께 뛰어놀 수 있는 것이 첫 번째 즐거움이고, 유리할 때나 불리할 때 교만해지거나 비굴해지지 않는 것이 두 번째 즐거움이고, 내가 좋아하는 한문을 통해 많은 사람과 만날 수 있는 것이 세 번째 즐거움이다."
이제 여러분 차례입니다. '○○삼락'을 한번 만들어 보세요. 그러면 여러분이 없는 것보다 가진 것이 많고, 꽤 괜찮은 사람이라는 것을 알 수 있을 거예요. 당신은 멋진 사람이니까요.

금슬지락(琴瑟之樂) : 거문고와 비파의 조화로운 소리라는 뜻으로, 부부 사이의 다정하고 화목한 즐거움.

거가지락(居家之樂) : 속세의 영화에 마음을 두지 않고 시(詩), 서(書) 등으로 세월을 보내는 즐거움.

호 지 자 불 여 낙 지 자

好之者 不如樂之者

좋아하는 자는 즐기는 자만 못하다.

군 자 삼 락 君子三樂

군자의 세 가지 즐거움.

글귀 하나

여	지	치	자	거	기	각
予	之	齒	者	去	其	角
줄 여	어조사 지	이 치	사람 자	제거할 거	그 기	뿔 각

이빨을 준 자에게는 뿔을 주지 않는다.

_《한서(漢書)》의 〈동중서전(董仲舒傳)〉 중에서

‘무릇 하늘은 또한 고루 나누어 주어 이빨을 준 자에게는 뿔을 주지 않았고, 날개를 달아 준 자에게는 두 발만 주었으니, 큰 것을 받은 자는 작은 것을 취할 수 없게 한 것이라.’의 일부로, 전한 시대의 유학자 동중서가 한 말이에요. 동중서는 하늘이 한 사람에게 다 주지 않고 모두에게 각각의 몫을 나누어 주었다고 해요. 이 말을 달리하면 여러분에게도 분명 하늘이 준 몫이 있다는 거예요. 그러니 하늘이 준 선물을 열어 보지도 않고, 평생 남과 다른 자신의 모습을 원망만 하고 살지 않았으면 해요. 여러분은 아직 젊어요. 젊다는 것은 아직 기회가 많이 남았다는 뜻이랍니다.

중고등 기초한자 어휘 쏙쏙

齒
이 치
나이 치
나란히 설

▷ **설치류(齧齒類)** : 포유강의 한 목을 이루는 동물군. 송곳니는 없고, 앞니와 앞어금니 사이에 넓은 틈이 있다. ≒ 쥐류

▷ **순치보거(脣齒輔車)** : 입술과 이, 수레의 덧방나무와 바퀴처럼 따로 떨어지거나 협력하지 않으면 일이 성취하기 어려운 관계를 이르는 말.

고사성어 하나

낭중지추 囊中之錐

주머니 낭 가운데 중 어조사 지 송곳 추

유능한 사람은 숨어 있어도 그 존재가 언젠가 드러난다.

_《사기(史記)》의 〈평원군전(平原君傳)〉 중에서

전국시대 조나라 평원군은 원군을 청하러 초나라에 가게 되었다. 식객 삼천 명 중에서 열아홉 명의 수행원은 뽑았으나 나머지 한 명을 뽑지 못했다. 이때 모수라는 사람이 자신을 스스로 천거했다. 평원군이 말했다. "재능이 뛰어난 사람은 주머니 속의 송곳처럼 눈에 드러나는 법이네. 자네는 내 집에 온 지 삼 년이 지났으면서도 한 번도 이름이 드러난 적이 없었네." 모수가 말했다. "그것은 어르신께서 저를 한 번도 주머니 속에 넣어 주지 않으셨기 때문입니다. 이번에 주머니 속에 넣어 주시면 끝뿐만 아니라 자루까지 드러내 보이겠습니다." 평원군은 마침내 모수를 수행원으로 뽑았고, 모수의 활약으로 무사히 원군을 얻을 수 있었다.

여러분은 모수가 자신을 스스로 천거한 일에 대해 어떻게 생각하세요? 저는 용기 있는 행동이라고 생각해요. 하지만 이런 행동에는 책임이 뒤따른답니다. 모수가 초나라에 가서 아무런 활약도 하지 못하고 돌아왔다면, 그는 실력도 없으면서 허세만 부린 사람으로 손가락질받았을 거예요. 하지만 모수는 자신이 한 말과 실력이 일치한다는 것을 모두에게 보여 주었어요. 고국에 돌아온 평원군은 이렇게 말했어요. "나는 이제 감히 사람을 고르지 못하겠소. 내가 고른 사람이 수백 수천이 되는데, 모수 선생 같은 뛰어난 사람을 알아보지 못했소. 모수 선생의 세 치 혀는 백만 대군보다 강했소. 나는 다시는 사람을 고르지 않겠소." 여러분에게도 다른 사람이 아직 발견하지 못한 숨겨진 재능이 있어요. 그러니 이제 모수처럼 용기만 내면 된답니다.

절윤(絶倫) : 매우 두드러지게 뛰어남.

백미(白眉) : 여럿 중에서 가장 뛰어난 사람이나 물건을 이르는 말.

여 지 치 자 거 기 각

予之齒者 去其角

이빨을 준 자에게는 뿔을 주지 않는다.

낭 중 지 추 囊中之錐

유능한 사람은 숨어 있어도 그 존재가 언젠가 드러난다.

글귀 하나

자 신 자 인 역 신 지
自信者 人亦信之
스스로 자 믿을 신 사람 자 사람 인 또 역 믿을 신 어조사 지

스스로를 믿는 사람은 남도 또한 그를 믿는다.

_《명심보감(明心寶鑑)》의 〈성심(省心)〉 중에서

'스스로를 믿는 사람은 남도 또한 믿게 되어 오나라 월나라 사이라도 형제가 될 수 있고, 스스로를 의심하는 사람은 남도 또한 의심하게 되어 자기 자신 외에는 모두 적국이 되게 할 것이다.'라는 구절의 일부예요. 우리는 자신이 하는 일이 대부분 쉽게 해결될 거라 믿지만, 마음 한편에서는 실패를 두려워하고 있음을 느낄 수 있어요. 그럴 때면 자신을 믿는 것이 남을 믿기보다 쉽지 않다는 것을 알게 되지요. 그렇다면 이 두려움을 어떻게 할까요? 철저히 준비하고 끊임없이 노력하면 자신감은 자연스럽게 따라온다고 합니다. 그러니 걱정만 하지 말고 지금 한 번 더 움직이세요. 준비와 노력 없는 자신감은 한갓 망상에 지나지 않는다는 점 잊지 마세요.

중고등 기초한자 어휘 쑥쑥

信
믿을 신
소식 신, 펼 신

▷ **소신(所信)** : 어떤 일을 함에 있어서 옳다고 믿고 그에 따라 하려고 하는 생각.

▷ **경낙과신(輕諾寡信)** : 무슨 일에나 승낙을 잘 하는 사람은 믿음성이 적어 약속을 어기기 쉽다는 말.

고사성어 하나

관 포 지 교
管 鮑 之 交

대통 **관** 절인 고기 **포** 어조사 **지** 사귈 **교**

관중과 포숙처럼 믿음과 의리가 두터운 친구 사이.

_《사기(史記)》의 〈관안열전(管晏列傳)〉 중에서

중국 춘추시대 관중과 포숙은 우정이 아주 돈독하였다. 둘이 장사를 할 때, 관중이 이익금을 더 많이 가졌지만 포숙은 그가 탐욕스러운 것이 아니라 가난하기 때문이라고 이해해 줬다. 또한, 관중이 세 번 벼슬길에 나가 모두 군주에게 쫓겨났지만, 포숙은 그가 못난 것이 아니라 아직 때를 만나지 못한 것을 알아주었다. 관중이 세 번 전쟁터에 나가 세 번 모두 도망쳤지만 포숙은 그가 겁쟁이가 아니라 늙은 어머니 때문임을 알아주었다. 관중은 죽기 전에 이렇게 말했다. "나를 낳아 준 이는 부모지만, 나를 진정으로 알아준 이는 포숙이다."

● ● ●

관중이 죽을 때가 되자, 제나라의 군주인 환공이 다음 재상으로 포숙이 어떤지 관중에게 물어봤어요. 관중은 이렇게 말했어요. "포숙은 흑백이 너무 분명하여 재상이 되기에 적합하지 못합니다." 포숙이 이 말을 전해 듣고 웃으며 이렇게 말했다고 해요. "관중의 말이 옳다." 이 이야기를 얼핏 들으면 관중이 너무한다고 생각되고 둘 사이의 믿음에 의심이 간답니다. 하지만 이 둘의 믿음은 우리가 생각하는 믿음보다 훨씬 더 컸어요. 관중은 자신이 진실을 얘기하더라도 포숙이 이해하리라 믿었고, 포숙은 관중이 재상 자리에 가장 적당한 인물을 천거하리라는 것을 믿었지요. 실로 평범한 우리들로서는 범접하기 어려운 경지입니다. 그래서 아직도 이 둘의 우정이 회자되고 있는지도 몰라요.

문경지우(刎頸之友) : 생사를 같이하여 목이 떨어져도 두려워하지 않을 만큼 친한 사귐. 또는 그런 벗.

백아절현(伯牙絶絃) : 백아가 거문고 줄을 끊어 버렸다는 뜻으로, 자기를 알아주는 절친한 벗, 즉 지기지우의 죽음을 슬퍼함을 이르는 말.

자 신 자 인 역 신 지

自信者 人亦信之

스스로를 믿는 사람은 남도 또한 그를 믿는다.

관 포 지 교 管鮑之交

관중과 포숙처럼 믿음과 의리가 두터운 친구 사이.

글귀 하나

임	하	이	선	어	불	여	귀	가	직	망
臨	河	而	羨	魚	不	如	歸	家	織	網
임할 임	물 하	접속사 이	부러워할 선	물고기 어	아닐 불	같을 여	돌아갈 귀	집 가	짤 직	그물 망

강에 가서 물고기를 탐내는 것은
집에 돌아가 그물을 짜는 것만 못하다.

_《회남자(淮南子)》의 〈설림훈(說林訓)〉 중에서

강가에서 물고기를 보고 욕심을 내지만 얻기 위한 노력을 하지 않는다면 가질 수 없어요. 하지만 집에 돌아와 그물을 짠 다음 강으로 다시 가서 그물질을 한다면 물고기를 잡을 수 있지요. 간단한 논리지만 실천하기는 어렵답니다. 우리는 좋은 것을 보면 갖고 싶다는 생각을 해요. 그렇지만 생각만 할 뿐, 갖기 위한 노력은 하지 않아요. 그리고 부러워만 하지요. 자신을 한번 되돌아봐요. 갖고 싶은 것이 있거든 노력하세요. 세상에 쉽게 얻어지는 것은 없답니다.

중고등 기초한자 어휘 쏙쏙

歸
돌아갈 귀
의탁할 귀
죽을 귀

▷ **귀환(歸還)** : ① 본디의 처소(處所)로 돌아옴. ② 전쟁터 또는 외지에서 다시 돌아오거나 감.

▷ **귀책사유(歸責事由)** : 법률적인 불이익을 부과하는 데 필요한 요건. 의사 능력이나 책임 능력이 있고 고의나 과실이 있어야 한다.

▷ **사필귀정(事必歸正)** : 모든 일은 반드시 바른길로 돌아감.

고사성어 하나

득 롱 망 촉
得 隴 望 蜀 인간의 욕심은 끝이 없다.

얻을 득 땅 이름 롱 바랄 망 나라 이름 촉 _《삼국지(三國志)》의 〈위지(魏志)〉 중에서

후한을 세운 광무제에게 대부분의 세력이 귀순했지만, 농서의 외효와 촉의 공손술만이 강하게 저항했다. 신하들은 토벌을 건의했으나 광무제는 받아들이지 않았다. 시간이 흘러 외효가 질병으로 죽고 그의 아들 외구순이 광무제에게 롱(隴) 땅을 바쳤다. 땅을 얻은 광무제가 말했다. "인간은 만족을 모른다더니, 롱을 얻고 나니 촉을 바라게 되는구나!" 그로부터 4년 후, 광무제는 촉을 토벌하고 통일을 이룬다.

시간과 장소에 따라 조금의 차이는 있지만, 사람에게는 좋은 욕심과 안 좋은 욕심이 있어요. 좋은 욕심이란 작게는 나를, 크게는 우리를 발전시킨답니다. 그리고 주변 사람을 미소 짓게 하지요. 하지만 안 좋은 욕심은 자신을 망가뜨리고, 곁에 있는 사람을 힘들게 해요. 여러분의 마음속에는 어떤 욕심이 더 많이 있나요? 좋은 욕심인가요? 안 좋은 욕심인가요? 옛말에 '바다는 채워도, 사람의 욕심은 채울 수 없다.'라는 말이 있어요. 득롱망촉처럼 인간의 욕심은 끝이 없다는 뜻이지요. 참으로 공감이 가는 말입니다. 이제 우리 안 좋은 욕심 하나를 버리고 좋은 욕심 하나를 가져요. 그럼 우리가 사는 세상이 조금 더 아름다워질 거예요.

계학지욕(溪壑之慾) : 시냇물이 흐르는 산골짜기의 욕심이라는 뜻으로, 물릴 줄 모르는 한없는 욕심을 비유적으로 이르는 말.

거어지탄(車魚之歎) : 수레와 고기가 없음을 탄식한다는 뜻으로, 사람의 욕심(에는 한이 없음을 이름.

임 하 이 선 어 불 여 귀 가 직 망
臨河而羨魚 不如歸家織網

강에 가서 물고기를 탐내는 것은 집에 돌아가 그물을 짜는 것만 못하다.

득 롱 망 촉 得隴望蜀

인간의 욕심은 끝이 없다.

글귀 하나

우수화원 좌수화방 불능양성
右手畫圓 左手畫方 不能兩成

오른쪽 우 손 수 그릴 화 원 원 왼쪽 좌 손 수 그릴 화 네모 방 아닐 불 능할 능 두 양 이룰 성

오른손으로 원을 그리고,
왼손으로 네모를 그리면 양쪽 다 이룰 수 없다.

_《한비자(韓非子)》의 〈공명(功名)〉 중에서

● ● ●

'한 손으로만 혼자 박수를 치면 아무리 빨리 치더라도 소리가 나질 않는다. 신하의 근심은 한 가지에 전념하지 못하는 데 있다. 오른손으로 원을 그리고 왼손으로 네모를 그리면 양쪽 다 이룰 수 없다.'라는 구절의 일부예요. 자신이 동그라미를 그렸으면 상대방에게 네모를 그리게 하세요. 내 자리를 조금 내줄 때 우리는 화합할 수 있어요. 아름다운 연주를 듣고 싶다면서 오케스트라의 모든 악기를 혼자 연주하면 안 되잖아요.

중고등 기초한자 어휘 쏙쏙

圓
둥글 원
원만할 원
화폐 단위 원

▷ **원만(圓滿)** : ① 성격이 모난 데가 없이 부드럽고 너그럽다. ② 일의 진행이 순조롭다. ③ 서로 사이가 좋다.

▷ **천원지방(天圓地方)** : 하늘은 둥글고 땅은 네모남을 이르는 말.

▷ **방저원개(方底圓蓋)** : 바닥이 네모난 그릇에 둥근 뚜껑이라는 뜻으로, 일이 어긋나고 맞지 않음을 비유해 이르는 말.

고사성어 하나

화 룡 점 정
畵 龍 點 睛

그림 화 용 룡 점 점 눈동자 정

가장 중요한 부분을 완성해 일을 끝내다.

_《수형기(水衡記)》 중에서

남북조시대 양나라에 장승요라는 화가가 있었다. 안락사라는 절의 주지 스님이 그에게 불당의 벽에 용을 그려 달라고 부탁했다. 장승요가 벽에 네 마리 용을 그렸는데 눈동자를 그리지 않았다. 사람들이 이유를 묻자 장승요가 말했다. "눈동자에 점을 찍으면 용이 되어 날아가기 때문입니다." 사람들이 믿지 않자, 그가 붓을 들어 용 한 마리의 눈에 점을 찍었다. 그러자 천둥 번개가 치더니 용이 벽을 깨고 하늘로 올라갔다.

진실하지 못한 사람은 상대방의 눈을 보고 말하지 않는다고 해요. 실제로 눈을 보고 있으면 상대방의 감정 변화를 조금은 읽을 수 있어요. 눈이 정말 사람의 인상에서 중요한 부분을 차지한다는 것도 알 수 있답니다. 그래서 잘 그린 초상화의 눈을 보면 그 사람의 성품과 생각까지 읽을 수 있다고 해요. 그러니 화가가 눈을 그릴 때 얼마나 심혈을 기울였겠어요. 여러분, 어떤 일을 정말 잘 해내고 싶다면 시작도 중요하고, 과정도 중요합니다. 하지만 그 일을 성공으로 이끄는 것은 온 정성을 쏟아부은 마지막, 마무리랍니다. 공들인 마무리는 과정을 더욱 돋보이게 하지만, 어설픈 마무리는 과정과 시작조차 무의미하게 만들어 버리니까요.

중도반단(中途半斷) : 시작한 일을 완전히 끝내지 않고 중간에 흐지부지함.

최후일각(最後一刻) : 마지막 순간.

우 수 화 원 좌 수 화 방 불 능 양 성

右手畫圓 左手畫方 不能兩成

오른손으로 원을 그리고, 왼손으로 네모를 그리면 양쪽 다 이룰 수 없다.

화 룡 점 정 畫龍點睛

가장 중요한 부분을 완성해 일을 끝내다.

15. 끊임없이 누군가와 비교할 때

글귀 하나

척 유 소 단 촌 유 소 장
尺 有 所 短 寸 有 所 長

자 척 있을 유 바 소 짧을 단 마디 촌 있을 유 바 소 길 장

30센티미터도 짧을 수가 있고, 3센티미터도 길 수가 있다.

_《초사(楚辭)》의 〈복거(卜居)〉 중에서

● ● ●

'尺(척, 30.3센티미터 정도)이라도 짧을 수 있고, 寸(촌, 3.03센티미터)이라도 길 수 있다. 사물도 부족한 점이 있을 수 있고, 지혜로움도 밝지 못한 경우가 있으며, 수로도 헤아릴 수 없는 것이 있고, 신령스러움도 통하지 않는 것이 있다. 당신의 마음을 그대로 써서, 당신의 생각대로 따라가 보라.'의 일부예요. 좋고 나쁨과 길고 짧음은 정해져 있지 않아요. 코끼리 옆에 서면 나는 작고, 개미 옆에 서면 나는 커요. 그러니 자신을 한 가지 모습으로 단정 짓지 마세요. 누구랑 비교하고 어떤 상황에 놓이느냐에 따라, 나는 언제든지 커질 수도 있고 작아질 수도 있으니까요.

중고등 기초한자 어휘 쑥쑥

寸
마디 촌
마음 촌
적을 촌

▷ **촌극(寸劇)** : ① 아주 짧은 단편적인 연극. ② 사람들의 이목을 끄는 우발적이고 우스꽝스러운 일.

▷ **촌철살인(寸鐵殺人)** : 한 치의 쇠붙이로도 사람을 죽일 수 있다는 뜻으로, 간단한 말로도 남을 감동하게 하거나 남의 약점을 찌를 수 있음을 이르는 말.

고사성어 하나

오 십 보 백 보
五 十 步 百 步

다섯 오 열 십 걸음 보 일백 백 걸음 보

조금의 차이는 있으나 비슷하다.

_《맹자(孟子)》의 〈양혜왕(梁惠王)〉 중에서

맹자가 양혜왕을 만났을 때 일이다. 양혜왕은 자신이 다른 군주보다 선정을 베풀지만, 인구가 불어나지 않는 까닭을 물었다. 맹자는 양혜왕이 사소한 선정을 베풀고 민심을 얻어 전쟁을 통한 부국강병을 노리고 있음을 꼬집었다. 그리고 양혜왕의 속마음이 다른 왕과 크게 다르지 않음을 다음과 같이 비유적으로 말했다.

“둥둥, 북이 울리고 전쟁이 시작되자마자 한 병사는 50걸음을 도망쳤고, 또 다른 병사는 100걸음을 도망쳤습니다. 그런데 100걸음 도망간 병사가 50걸음 도망간 병사를 비겁하다고 비웃으면 어떻습니까?”

“50걸음이나 100걸음이나 도망친 것은 마찬가지지요.”

“그렇다면 왕께서는 이웃나라보다 백성이 많아지는 것을 바라지 마소서.”

오십보백보와 난형난제(難兄難弟)의 차이점을 아세요? 오십보백보는 ‘조금의 차이는 있으나 잘못이기는 마찬가지’라는 말이지요. 하지만 난형난제는 ‘두 사람의 능력이 서로 엇비슷하여 그 우열을 가리기 어려울 때 쓰는 말’이랍니다. 우리가 많이 알고 있는 막상막하(莫上莫下)와 같은 뜻이지요. 오십보백보는 부정적인 의미로 많이 쓰이고, 난형난제나 막상막하는 긍정적인 의미로 대부분 쓰인답니다.

천편일률(千篇一律) : 여러 시문의 격조가 변화 없이 비슷비슷하다는 뜻으로, 여러 사물이 거의 비슷비슷하여 특색이 없음을 비유하여 이르는 말.

대동소이(大同小異) : 혜시의 소동이(小同異), 대동이(大同異) 론에서 비롯된 말로, 거의 같고 조금 다르거나 비슷한 경우를 말함.

척 유 소 단 촌 유 소 장

尺有所短 寸有所長

30센티미터도 짧을 수가 있고, 3센티미터도 길 수가 있다.

오 십 보 백 보 五十步百步

조금의 차이는 있으나 비슷하다.

글귀 하나

시 강 즉 목 불 명
視強則目不明

볼 시 　강할 강 　곧 즉 　눈 목 　아닐 불 　밝을 명

무리하게 보려고 하면 눈에 잘 보이지 않는다.

_《한비자(韓非子)》의 〈해로(解老)〉 중에서

'무리하게 보려고 하면 눈에 잘 보이지 않고, 너무 들으려고 하면 귀에 잘 들리지 않으며, 생각이 지나치면 지식이 혼란스럽다.'의 일부예요. 사람들은 자신에게 대상을 객관적으로 볼 수 있는 지성이 있다고 생각해요. 그래서 보고 들은 내용을 심사숙고해서 정확하게 판단했다고 말하죠. 하지만 나중에 보면 자신이 틀린 경우가 많아요. 왜 그럴까요? 그것은 자신이 미리 생각한 내용이 틀리지 않았음을 증명하는 정보에 감각이 더 민감하게 반응하기 때문이에요. 자신이 보고 싶은 것만 보고 듣고 싶은 것만 듣도록 감각을 지배한 것이랍니다. 그래서 사람은 다른 사람의 충고도 받아들일 줄 알아야 하는 거예요.

중고등 기초한자 어휘 쑥쑥

強
강할 강
힘쓸 강
억지로 시킬 강

▷ **강경(強硬)** : 굳세게 버티어 굽히지 않음.

▷ **견강부회(牽強附會)** : 이치에 맞지 않는 말을 억지로 끌어다 붙여 유리하게 함.

▷ **약육강식(弱肉強食)** : 약한 자는 강한 자에게 먹힘이란 뜻으로, 생존 경쟁의 살벌함을 말함.

고사성어 하나

천의무봉 天衣無縫

하늘 천　옷 의　없을 무　꿰맬 봉

작품이나 일이 너무 자연스럽고 완전 무결하여 흠이 없다.

_《태평광기(太平廣記)》 중에서

《태평광기》에 다음과 같은 이야기가 전해진다. 어느 무더운 여름날 곽한이라는 청년이 마당에서 신선한 바람을 쐬고 있었다. 그때 하늘에서 아리따운 여인이 내려왔다. 곽한이 누구냐고 물으니 여인이 대답했다. “하늘에서 내려온 선녀랍니다. 당신이 세속을 멀리하고 생활하는 것이 부러워 찾아왔습니다.” 이 말을 듣고 곽한이 선녀를 훑어보니 그녀의 옷은 실로 꿰맨 자국이 하나도 없었다고 한다. 이를 이상히 여겨 물어보니 선녀가 말했다. “천상의 옷은 원래 바늘이나 실로 바느질하는 것이 아닙니다.” 여기에서 비롯되어 어떤 작품이 기교 없이 훌륭하게 만들어졌을 때나 아름답고 깨끗하게 행동하는 사람을 일컬어 ‘천의무봉’이라고 한다.

꿰맨 자국이 없다는 것은 사람이 손을 댄 인위적인 모습을 찾을 수 없다는 뜻일 겁니다. 곧 자연스럽다는 뜻이지요. 작품을 보고 우리의 오감(五感)이 어떠한 인위적인 것을 잡아내지 못했기 때문에 그러한 찬사를 보내는 것이랍니다. 이렇듯 우리가 흔히 쓰는 ‘자연스럽다.’라는 말을 곱씹어 보면 의미심장한 뜻이 담겨 있어요. 어찌할지 모를 때, 가끔 억지로 무엇인가를 하려 하지 마세요. 그 일이 어떻게 되었을 때 가장 자연스러운지 생각해 보세요. 그리고 거기로 흘러가세요. 물처럼 바람처럼 말이죠.

무위자연(無爲自然) : 인공을 가하지 않은 그대로의 자연 또는 그런 이상적인 경지.

무위지치(無爲之治) : 아무 작용을 하지 않아도 저절로 다스려지는 이상적 정치.

시 강 즉 목 불 명

視強則目不明

무리하게 보려고 하면 눈에 잘 보이지 않는다.

천 의 무 봉 天衣無縫

작품이나 일이 너무 자연스럽고

완전무결하여 흠이 없다.

우화 속 자각 나침반

나는 혹시 우물 안 개구리가 아닐까?

개구리는 우물 안에서 폴짝폴짝 뛰며 신나게 놀고 있었어요. 그런데 큰 바다에 사는 거북이 한 마리가 우물에 고개를 들이밀며 말했어요.

"너는 우물 안이 좁지 않니?"

"아니! 나는 이곳이 세상에서 제일 크고 제일 살기 좋은 곳이라고 생각해. 놀다 지치면 우물 벽에 들어가 쉬고, 위험한 동물도 없어서 편히 잘 지내고 있어. 하늘도 한눈에 들어온단다. 너도 한번 들어와 보렴. 우리 같이 놀자."

"그럼 나도 한번 들어가 볼까?"

하지만 거북이는 발이 걸려서 도저히 우물 안으로 들어갈 수가 없었어요.

"미안하구나. 우물이 작아서 들어갈 수가 없구나. 그런데 이곳이 최고라고 생각하는 너를 보니 안타까워. 바다에 대해 말해 줄게."

"바다? 그곳은 어떤 곳인데?"

"바다는 그 끝이 보이지도 않고, 그 넓이와 깊이를 잴 수 없을 정도로 크고 깊단다. 옛날에 9년 동안 홍수가 나고 7년 동안 가뭄이 든 적이 있었지만, 바닷물은 불어나지도 줄지도 않았어."

거북은 한참 우물 안의 개구리를 바라봤어요.

"우물 안을 세상에서 가장 크다고 생각하는 너는 이해하기 힘들 거야."

바다 이야기를 들은 개구리는 너무 놀라 그 자리에서 꼼짝도 할 수 없었답니다.

찾아보기

행동편

언어편

인내편

청소년을 위한

토닥토닥 명언 노트

초판1쇄 발행 2015년 7월 27일
초판9쇄 발행 2024년 9월 9일

지은이 허시봉

펴낸이 김재룡
펴낸곳 도서출판 슬로래빗

출판등록 2014년 7월 15일 제25100-2014-000043호
주소 (139-806) 서울시 노원구 동일로183길 34, 1504호
전화 02-6224-6779
팩스 02-6442-0859
e-mail slowrabbitco@naver.com
블로그 http://slowrabbitco.blog.me

기획 강보경 **편집** 김가인 **디자인** 변영은 miyo_b@naver.com

값 12,000원
ISBN 979-11-86494-03-5 43800

「이 도서의 국립중앙도서관 출판시도서목록(CIP)은 서지정보유통지원시스템 홈페이지(http://seoji.nl.go.kr)와 국가자료공동목록시스템(http://www.nl.go.kr/kolisnet)에서 이용하실 수 있습니다. (CIP제어번호 : CIP2015018658)」